有爱的青春陪伴者

学校：

DOULE YIGE QUAN

兜了一个圈

九兜星 著

上海故事会文化传媒有限公司
上海文化出版社

图书在版编目（CIP）数据

兜了一个圈 / 九兜星著. -- 上海 ：上海文化出版
社，2025. 7. -- ISBN 978-7-5535-3176-2

Ⅰ. I247.5

中国国家版本馆 CIP 数据核字第 2025CF7252 号

责任编辑　蔡美凤
特约编辑　雪　人
装帧设计　Insect　孙欣瑞
印务监制　周仲智
责任校对　言　一

兜了一个圈
九兜星　著

出　　版　上海文化出版社
出　　品　上海故事会文化传媒有限公司
　　　　　（201101 上海市闵行区号景路 159 弄 A 座 3 楼 www.storychina.cn）
发　　行　长沙大鱼文化传媒有限公司发行中心
印　　刷　天津睿和印艺科技有限公司
开　　本　880×1230　1/32　印　张 10　插　页 2 页
版　　次　2025 年 7 月第 1 版　印　次 2025 年 7 月第 1 次印刷
书　　号　ISBN 978-7-5535-3176-2/I.1227
定　　价　45.80 元

故事会 大众文化 出版基地 www.storychina.cn　　上海故事会文化传媒有限公司 出品（01215）www.storychina.cn

本书如有印装问题，请与印刷厂联系调换。联系电话：0731-82755298

兜了
一个圈

在南嘉的这段时间，是她到现在为止的人生中

最幸福的一段时光

有热情仗义的同学朋友，有温柔护短的老师主任

有地方吃饭有地方睡觉，
可以踏踏实实地安稳地上学
这已经是她幻想中，最美好的生活了

她也体验了这么长时间，算起来也足够幸运了

她知道自己运气向来不好，体验过便知晓了

"如果我说，我其实没有什么太远大的理想，只想过长大之后，可以有个安定的小房间，不用太大，能容得下我，不用担心刮风下雨，不用担心随时会被赶走，不用看人脸色，任何时候都可以随心所欲自己做主。每天有足够吃饱的饭菜，和充足的休息时间，以及一个温暖的被窝，你会不会……觉得挺瞧不起我的？"

"不会。"

"而且我觉得，不用担心，你一定能实现。"

Contents

目 录 ▼

Contents

目 录

第一章
初到南嘉

/

1

那年风吹树响，蝉鸣不绝，我伸手触碰到骄阳，以为抓住了一整个盛夏。

爱意放肆生长，我们无话不谈。

——南嘉附中高一（18）班岑西来稿

"考试结束，请全体考生立即起立，停止作答。考生将试卷、答题卡、草稿纸等与考试相关的材料，整齐叠放于桌面右上角后，带上准考证有序撤离考场。"

机械的广播声响起，一秒，两秒，三秒，校园重新迎来热烈的躁动。

岑西面无表情地走出考场，刚刚结束中考的她脸上并没有丝毫放松和喜悦。

她匆匆离开学校，着急赶往家中，准备将没用的教材和草稿纸悄悄打包变卖。

破败旧巷尽头，"吱呀"作响的木门虚掩着，岑西小心翼翼地溜回那个连窗户都没有的小仓库。

屋内一片狼藉，显然又被她那沉迷喝酒、打牌的父亲搜过了。

抽屉无一幸免被翻了个底朝天，她偷偷攒的几十块钱也被一扫而空，连个钢镚都没给她留。

好在那些书本没被看上。

岑西动作利落地将东西大包小包拖往村口的废品站。

路上，她默默计算着日子，马上她就可以离开这里，去南嘉上高中了。

中考成绩出来当天，几个学弟学妹争抢着出价，买走了那几本她留下没当废品卖的笔记。

原因无他，南嘉附中，省级重点高中，重点中的重点，岑西是嘉林县唯一一个过线，并被火箭班录取的。

几本笔记加上当时卖废品的钱，一共赚了四百多块。

翌日清晨天还未亮，岑西独自一人悄悄来到镇上的车站，买了一张去往南嘉市的大巴车票。

车在路上辗转了五个多小时，等岑西找到小姨开的烤鱼店时，已经快接近中午。

烈日骄阳将少女巴掌大的脸庞烤得通红，汗水浸湿衣领，她拎着简单的行李，不自在地朝店门前正在收拾碗筷的女人走去。

"小姨。"

女人擦桌子的动作未停，闻声抬头，见到岑西的一瞬间，明显愣了一下，而后尴尬地将神情掩去："来了啊？"

"嗯。"

"行，你稍等我一会儿。"女人低头继续手上未完的活。

岑西见状，忙将行李往地上一放，懂事地伸手："我帮你一起，小姨。"

女人没有拒绝。

等将碗筷全数收拾完，她的视线才重新回到岑西身上："你跟我来。"

没有热情的关心，女人只将她往烤鱼店楼上领。

岑西跟在身后，对这样冷淡的态度习以为常。从小到大，她早已习惯被所有人忽略。

去往二楼的楼梯在户外，是露天的，不太牢固，偶尔脚步重了还会微微晃动。

到了二楼，入目是个破旧的小天台。天台上堆了些当初装修一楼店面时剩下的建筑废料，闷热的夏风吹过来，隐隐还卷着些不太好闻的怪味。

天台上有个额外加盖的小隔间，空间很小，里面除了放着一张高低床，没有多余的家具。

不过岑西对此接受度良好，毕竟她从来没享受过什么好待遇，比起老家那个仓库，这间屋子好歹有窗户。

岑西迅速将行李放进屋里，一刻也不敢歇，当即回到楼下店里帮忙。

她深知没有人会对她不求回报地提供帮助和爱。

一个多月的暑假，岑西都在忙碌中度过。

这天下午过了饭点，她刚把碗刷完，小姨便将最后一份烤鱼装进打包盒，递到她面前："橙子，把这份外卖送一下，不远的，就在你学校旁边。"

算起来，今天应该是火箭班上初升高衔接课的第二天。

比正式开学提早两周，名义上是自愿原则，不过整个班都是尖子生，几乎没有人不自愿。

除了岑西。

两周需要额外交八百块钱教材费，她交不起这笔钱，成了班里唯一一个没能提前去上课的学生。

听小姨这么说，她忙将外卖接过，心想送完之后可以顺道去新学校转转。

南嘉是省城，街巷交错，车水马龙，岑西来的这一个多月，几乎每天都待在店里帮忙，对附近的环境半点不熟，好不容易送完餐，却始终没找到学校的位置。

在路上兜了几圈，她索性掏出一个塑料袋，想沿街捡点瓶瓶罐罐，能卖点钱是点钱。

该说不说，大城市的卫生维护得确实不错，废品都不好捡，令她没想到的是就这么一路捡着，竟误打误撞进了南嘉附中侧边的小门。

岑西还没反应过来，等听到不远处的篮球场传来几阵女孩们的尖叫后，她的注意力才被那头的人群吸引。

下午只有两节课，两节课上完时间还早，不少学生喜欢打一会儿球再回家。

岑西拎着一袋子废品往篮球场走，站在场边女生们身旁才看了一会儿，就能明显地感觉到，她们几乎都是为了看同一个人来的。

树影摇晃的盛夏，那人奔跑在烈阳下意气风发。

少年穿着最为简单的夏季蓝白校服，身形挺拔，个头极高，回回只需稍稍一跃便能轻而易举将球扣进，轻轻松松占尽上风，不过举手投足间，那股子懒散肆意怎么也掩盖不住，背过身去随手撩起衣摆擦个汗，都引得周围女生们不住讨论。

"不是，周承诀掀衣服擦个汗居然还要转身背着我们？都是同班的，怎么还拿大家当外人啊？"

"可恶，想看男神腹肌。"

"喏，那边好几个大方掀的，你们凑合看看呗。"

"……我们是想看男神的腹肌，不是想看男性的腹部。"

对比太过强烈，连向来没什么表情的岑西都不禁被逗笑。

一场球打完，几个男生陆续走回场边，原本站在岑西身边的女生们，此刻已然一人一瓶水，凑到了那位擦汗还要藏着掖着的少年跟前。

不过他谁的水都没接，礼貌又熟练地婉拒并道谢，没有叫任何人难堪，随后从一块儿打球的好友书包里抽了一瓶。

岑西的视线跟随着那几个矿泉水瓶转过去，最终还是落到了周承诀身上。

少年仰着头，喉结上下滚动，喝水的速度很快。

岑西定定盯了半晌，直到男生身旁的好友严序用手肘抻了抻他的胳膊："喂，阿诀，那女生你认识啊？她盯你挺久了，眼神还挺奇怪的。"

闻言，周承诀捏着水瓶的手垂下，视线自然而然往岑西那边扫过去。

女生站在人群最后面，整个人白得没什么血色，个子不算矮，但身形很瘦，透着股营养不良的劲，长发规规矩矩地低扎在颈后，清爽的八字刘海衬得那张瓜子脸尤为显小，鹿眼漆黑漂亮，左眼黑瞳正下方卧蚕处淡淡地缀着一颗棕褐色的小痣。

这一眼，竟看了许久。

"不是，真认识？以前没见过啊……"严序见他半天没吭声，随口问。

周承诀没答，只是收回眼神，面不改色地把瓶中剩下的那点水一口气喝完，然后拧好瓶盖。

这反应看似挺不经意的，但严序总觉得有什么地方不对劲。

周承诀这人，不论是长相、成绩，还是家世背景，随便拿出一样都能把女孩迷得五迷三道的，说他一句天之骄子也不为过。从小到大，身后追着他的小姑娘就没少过，他也早就习惯无视别人的注视，若无其事、毫不受影响地干自己的事。

可从方才到现在，他整个人好像没了一贯的懒散，动作显得很不自然，像是紧张的时候不知道该干点什么，没事找事做。

严序还是第一次见他这个状态，要知道这位哥可是连参加国赛都能提前一小时淡定交卷的心理素质。

正纳闷时，那边岑西已经朝两人走来，严序只当她和刚刚送水的那些女生一样，随口道："好小子，又一个冲你来的。"

周承诀没什么表情，只淡淡地冲他说："喝你的水，快点。"

跨越了半个球场，岑西终于在周承诀面前停下脚步。

严序佯装喝水，默默坐在原地吃瓜，结果就听见女孩小心又礼貌地询问道："同学，请问你的矿泉水瓶还要吗？如果不要的话，可以给我吗？谢谢。"

严序明显被水呛了一下。

他扫了眼身旁的少年，方才还挺不自在的人，这会儿周身气压似乎都低了几分。

周承诀半晌没动静，脸上没什么表情，他不笑的时候，看起来挺凶的。

岑西从小察言观色惯了，见状也不敢再问他要，只将视线投向他身旁的严序，语气比方才更加小心翼翼了些："同学——"

然而询问的话还没来得及再次说出口，方才迟迟没动静的人，却突然将瓶子放进了她的袋子里，还顺手抽走了严序手中的那个，一块儿放进去。

随后他站起身，直接拿过岑西那袋东西，偏头似是往球场内正喝水的几个男生扫了眼，语气里听不出什么情绪："等着。"

岑西一时没反应过来，正纳闷时，注意力又一下被身后的声音拉回来。

"岑西？"

女生回身朝声音传来的方向看去，就见一个同样身着蓝白校服的男生朝自己小跑过来。

没对比就没伤害，这衣服穿在周承诀身上时，她竟都没意识到只是一件普通的校服。

"真的是你？我就觉得看你眼熟。"

"啊，赵……"

"赵一渠。你还记得我吗？"

岑西短暂回忆了一下："嗯。"

有点印象，但不多。

这人初中在嘉林和她同校两年，后来初三就转到了南嘉，说起来算半个老乡。

"我听说你也考来南高了。"

岑西又"嗯"了一声。

赵一渠笑得人畜无害："那以后我们又是同学了。你刚来南嘉人生地不熟，有什么事你就尽管找我，我们互相关照。"

两人正随意聊着的时候，周承诀拎着满满的废品袋，从不远处走了回来。

赵一渠朝他打招呼: "诀哥。"

少年的视线在赵一渠身上打量了两秒,没答他,只面无表情地将那袋东西随手丢还给岑西: "瓶子都在这儿了,你可以走了。这里是打球的地方,不是你们聊天搭讪的地方。"

"对不起,我不知道。"岑西下意识地道, "谢谢你。"

一旁的赵一渠笑着安慰她: "没事,我正好陪你一块儿走。"

周承诀凉凉地扫了他一眼,转身回了球场。

"什么情况,真认识啊?"严序抱着球起身跟了上去。

"不认识。"

两人的话音渐渐远去。

岑西没有继续留在球场,赵一渠也像方才说的那样,回场边拿上自己的书包便陪着她一块儿出了学校。

两人有一搭没一搭地聊天叙旧,主要是赵一渠在说,岑西偶尔应答。

出了校门往右拐便是南高旁的废弃旧教堂,那地方巷子小,平时走的人不多。

赵一渠正顾着回忆往昔,也没看走的是哪条路。

等到经过教堂门口的时候,前面拐角隐约传来一阵呼喊,恶劣的威胁声里夹杂着小孩恐惧的求饶。

"那个,我们换条路走吧?另一边离你家店更近点……"这话赵一渠自己说出来都心虚。

岑西没管,加快脚步。

"那边前面就是技校,很多混混不上学,守在路边专门敲诈小学生。"赵一渠停在原地提醒道, "我们别往那边走,免得被技校那群人盯上,他们打起架来太可怕了。"

岑西怎么会不知道前面是什么情况,她对这样的事尤其敏感,从小到大,她不知道受过多少回欺负,要不是总有人出手管一管她的闲事,她都活不到现在。

岑西往前小跑起来,而刚刚还笑着和她说要互相关照的赵一渠则立刻换了条路走。

她独自一人来到拐角处,就见一个黄毛混混正揪着小学生的衣领,恶狠狠地要他把钱全掏出来。

"钱都在手机里,手机已经给你了……"小孩哭号。

黄毛仍不满足，正想要继续恐吓时，不知从哪儿飞来一个水瓶，结结实实地砸在他下巴处。

那力道极大，黄毛疼得龇牙咧嘴，一下松开了拽着小孩衣领的手。

"跑！"岑西忙冲那头喊了声。

好在那孩子反应快，闻声只瞧了她一眼，就立刻撒开腿狂奔。

眼见小不点跑没影了，黄毛凶神恶煞地朝岑西冲过来。

两人体形悬殊，被抓到没什么好果子吃，岑西不可能傻乎乎地和他硬碰硬，当即也转身就逃。

"让你多管闲事！看你能跑多远！"

跑步其实并不是岑西的弱项，她家条件差，从小被人欺负到大，稍微长大些学聪明了，遇到欺负她的便能跑就跑，这么多年也练出来了。

然而失算的是，如今是在南嘉，她对这地方实在不熟，南高又地处半山腰，周围的路上坡下坡交换着，最考验耐力，哪怕跑得快，一圈圈绕下来，体力也逐渐耗尽。

就在她以为今天这顿打怕是免不了的时候，旧教堂那边终于出现了一个勉强算熟悉的身影。

那个方才在球场上意气风发的蓝白校服高个子少年，此刻正懒洋洋地倚靠在教堂紧闭的黑色大门前。

岑西来不及多想，猛地朝他的方向奔过去，她跑得太快了，口腔里都带着丝血腥味。

距离他不过一米多的时候，岑西脚下控制不住地一软。

周承诀终于舍得动了，结实有力的手臂一下将她攥住，冷冰冰地开口："陪你一起走的那人呢？就这样把你一个人扔这儿？"

岑西跑得太急，上气不接下气："什么？"

周承诀睨了她两秒，没接话，只将人扶稳站好扯到身后。

"我今天非得弄死你！"黄毛很快追到跟前，满嘴脏话，伸手就想从周承诀身后逮人。

然而他还没碰到岑西分毫，手臂便被轻而易举地捅住。

"弄死谁？"周承诀不屑地打量黄毛两眼，"回去把你们技校'红黄蓝绿'的都喊过来，你这样的身板，一个人弄不过我。一对一，我只能和你讲讲道理，省得说我欺负你。"

他几乎高出对方一个头，高大的身形衬得黄毛像只瘦猴，手上力道才稍稍加重，对方便有种骨头都要被他捏碎的错觉，忙服软："好，好好，讲道理，你先松手。"

周承诀当黄毛答应了，谁想到才刚刚卸下力道，黄毛便忍不住要食言反打。

这是他自找的。

周承诀心情本就不太好，应付起来毫不费力气，轻轻松松占了上风。

不出半分钟，地上多了个哀号的黄毛。

"哎！那边！谁在打架！哪个班的？"

校门口忽地传来中年男人中气十足的嗓音。

这台词太过熟悉，岑西几乎是条件反射般拉起周承诀的手就跑。

男生眉梢微挑，任由她拽着跑。

盛夏骄阳透过树梢细碎地洒下一地斑驳，少年人奔跑在摇曳树影中若隐若现。

等跑出去一大段距离，周承诀才开口："我们跑什么？"

"那个应该是教导主任。"岑西很有经验地答。

上学的机会对她来说太过重要，她下意识便觉得不能让主任抓到。

"是，南高初高中部同校区，那主任已经训了我三年，我化成灰他都能闻出味来。"周承诀说。

岑西并未停下脚步："不会的，他刚刚没有看见你的脸。"

"周承诀！你给我站住！跑什么跑！"身后时不时传来教导主任的叫骂声。

岑西抱着最后一丝侥幸问他："……你，叫什么名字？"

少年似是冷哼了声，半晌才沉声答："周承诀。"

"呃……"

白跑了。

两人终于停下。

好在主任也没再继续追过来。

岑西一边顺着气一边问："被主任抓到，会怎么样？"

周承诀张口就来："乱棍打死。"

岑西哑然。

"写检讨吧。"少年仍旧面无表情，"老姚，噢，就那教导主任，最喜欢喊我写检讨。

"三天一小写，五天一大写，跟追连载似的，凑起来能出一本书了。"

岑西稍稍松了口气，好在只是写检讨。她说："我可以帮你写检讨。"

毕竟是她让他摊上这些事的。

"这么狂？"周承诀瞥了她一眼，"语文考几分啊？帮我写检讨。"

"中考语文一百四十三分，可以吗？"这是岑西的强项。

"巧了。"

"你也考了一百四十三分？"

"我四十三分。"

岑西一下都没反应过来，脱口而出："你是……不识字吗？"

"对，文、盲。"少年一字一顿。

见岑西没有任何反应，他的语气又冷了几分："你的手机号多少？"

"我没手机。"

周承诀睨了她一眼："那地址？"

"啊？"

"看你记性挺差的，不是要帮我写检讨？你跑了我上哪儿找你去？"

"噢。"岑西正思考该怎么告诉他地址，忽地想起口袋里那张打包外卖时多出来的卡片，忙掏出递给他，"这个是我小姨开的店，我住这儿，你可以来店里找我。"

周承诀伸手接过卡片，低头看着上面的宣传词，随口读出来："鱼你朝，鱼你暮，鱼你朝朝暮暮，至死不鱼烤鱼店，爱你，至死不渝。欢迎您光临。"

岑西、周承诀双双沉默。

夏日晚风卷着落叶，空气安静了一瞬。

半响，周承诀才抬眸看着她："你们这店是做什么的？正规勾当吗？让人不太敢光临啊。"

2

这场小插曲耽误了不少时间，天色渐暗，岑西想到店里应该已经开始忙了，着急要回去。

她和周承诀告别，对方轻点下头，还没来得及多说什么，校裤口袋里的手机响了。

周承诀看了眼来电显示，没什么反应地把电话接起来。刚一接通，那边就隐约传来八九岁小孩的哭喊声，他带着一丝嫌弃又无奈的表情，默默将手机拉开一大段距离，也不在意对面号什么，等号得差不多，情绪平稳了，才重新将手机放回耳边，语气是他惯有的懒："出息。"

一句安慰都懒得多说。

那头又开始叨叨，周承诀无所谓地从地上抄起自己的书包，下意识地往旁边扫一眼。

岑西已经走了，身影消失在他反方向的拐角。

周承诀睨着那方向看了几秒钟，索性就站在原地，继续满不在意地听手机对面哭到打鸣。

岑西走了一段，越走越觉得不对劲。

她本来就不认路，刚才又被追着瞎跑了那么多圈，连自己到底在哪儿都不太清楚，想找到回烤鱼店的路，基本得靠运气。

可她的运气向来不好。

与其靠烂运气去碰，不如干脆先跟着周承诀走，等回到人多的地方，再找别人问问。

然而此刻距离两人方才分开，已经过去了十多分钟，岑西朝身后看去，根本不见半个人影。

不安瞬间多了几分，她忙硬着头皮小跑着原路返回。

没想到才跑了没多久，就在不远处看到了他。

这人单手将黑色书包随意拎起来搭在右肩，步调懒散地往下坡的方向走，不紧不慢的，看起来丝毫没有晚归的担忧。

岑西不自觉地松一口气，不过毕竟不熟，也没敢上前打扰，只能悄悄在他身后跟着。

两人一前一后，始终保持着将近五米的距离。

岑西意外地发现，周承诀这人虽然个高腿长，但走路好像挺慢的，一段路一个停顿，磨磨蹭蹭，她跟起来非常轻松，甚至不用担心等待红绿灯的时间会被对方甩到不见人影。

更没想到的是，两人回家的方向好像也顺路，她才默默跟了十来分钟，居然就这么顺利地回到了烤鱼店门口。

她这辈子第一次这么幸运。

这个点，烤鱼店已经坐满了客人，小姨瞧见她这么晚才回来，脸色不太好看。岑西没敢再耽误，也顾不上周承诀最后往哪里走了，匆忙投入到新一轮的忙碌中去。

这一忙便忙到了七点多钟。

在烤鱼店干活没有固定的吃饭时间，岑西和小姨都是插空随便应付几口，也不会额外再做饭菜，基本是看快餐打菜区那边剩下什么就吃什么。

今晚大概是生意不错，菜已经卖光，米饭也只堪堪够打小半碗，岑西没什么资格挑剔，舀了点菜汤往饭上一浇，拌一拌也能吃。

反正从前在嘉林也没少挨饿。

这会儿店里没什么客人，小姨抽空去帮小女儿洗澡。

岑西端着碗坐在店门口，一边吃一边看店。

还没吃上两口，店里进来一个人，来人是赵一渠。

他应该是已经回了趟家，换掉了下午那套校服："你也在店里啊。"

赵一渠语气平常，从他脸上看不出半点对下午那事的尴尬："你小姨不在吗？我还打算来吃个晚饭呢。"

"快餐已经卖完了，其他的我也会做，你直接点吧。"岑西说完，往嘴里塞了口已经变凉的饭。

赵一渠看了眼墙上菜单，点了一份拌面扁肉。

岑西那小半碗饭还没吃完，闻言还是放下勺子起身，朝炉灶那边走。

期间她不经意往店外一瞥，瞧见那老榕树下，似乎站着一个人。

那块地方的光正好被枝繁叶茂的树冠遮挡，那人被阴影笼罩着，隐约只能看见个轮廓。

身形高大却透着股懒洋洋的劲，岑西莫名觉得有些眼熟。

正想看仔细一些，对方却头也不回地直接走了。

"你下午……后来怎么样了？"

"没怎么样。"岑西收回视线开始数扁肉，随口敷衍，"过去的时候人已经走了。"

"那就好。"赵一渠仍旧笑得人畜无害，"我那会儿正好有事，赶时间，所以抄了近道……"

"嗯。"岑西根本懒得拆穿。

赵一渠表情越发自然，凑在炉灶前："我听以前的同学说，你这回中考是嘉林第一对吗？你的总分好高啊，我们班好几个参加了中考的学神都没你高。"

岑西不自觉地微拧起眉，想了想，胡诌道："运气好，贫困生加了一百多分。"

"难怪。"赵一渠笑笑，"我说呢，要不然你那个分肯定能进我们班。不过火箭班没什么好，卷得要命，还得提前上课，真的一点不敢放松，羡慕你们平行班可以好好过暑假。"

岑西没吭声，正要把扁肉扔进锅里，店里的订餐电话忽然响了起来。

她忙放下手里的东西去接，电话那头却没有声音。

岑西一连问了几句"你好"，还是迟迟没有人应答，只好挂断。

赵一渠刚想说话，那电话又响了。

这一次仍旧没有声音。

反复几次，赵一渠没说上一句话，电话那头也没有。

铃声最后一次响时，小姨正好照顾完女儿回到店内，顺手接了起来。

这回对面似乎正常了，听见小姨忙应了几声"好嘞"，挂断后就朝岑西走来。

"我来。"女人接过她手中的捞勺，"有人点外卖，我抓紧炒一下，你送过去。"

岑西点点头，转身去拿打包盒，回来的时候，赵一渠已经吃上了小姨做的拌面扁肉。

女人把几样菜装盒递给岑西："就送到路口的便利店。"

岑西愣了一下，心想就几米路也舍得多花钱叫外卖，但最后也没多嘴，点点头带上东西便朝店外走去。

她很快到达便利店，不过并没见到单主。

原以为是店老板点的，结果对方一看见她就问："外卖吗？刚刚有个人让我和你说一声，他赶时间先走一步，外卖不用给他了，你扔了或者留着吃都行，他已经付过钱了。"

"要不你坐那儿吃吧，正好有位置，别浪费。"老板朝店内靠窗的长桌指了指。

岑西的肚子适时叫了一下，她今晚连那小半碗饭都没来得及吃完，犹豫几秒便道谢进了便利店。

外卖是小姨现炒的，点的都是好菜，新鲜又丰盛，这一顿吃得比她过年还好。

回到店里时，赵一渠已经吃完饭走了。

烤鱼店最忙的其实是消夜时间，每天这个时候，店里都有几个固定的小时工，岑西反倒闲下来。

她用冷水应付着洗完头和澡后，抓紧时间回到二楼预习高一课程。

教材和习题都是她趁高考结束，毕业生们乱扔的时候捡的，不全，但总比没有强。

她没机会去上衔接班，不代表不需要提前学。

天台隔间里没有桌椅，一张高低床还是和小姨的婆婆共用。

老太太年纪大睡得早，岑西不敢在屋内打扰，只能把天台边上那高度及胸的宽围墙当桌子，就着正好到二楼高的路灯站着写。

岑西自学能力不错，基础题做起来基本没什么问题，有些难度大或超纲的，偶尔只能写完前两问。

她一一做好记录，打算正式开学后去学校请教老师。

晚上刷题刷到十二点，岑西准时睡觉。

她在学习上有自己的节奏。

没钱的人生不起病，把身体熬垮得不偿失，因此她宁愿早睡早起，也不会干刷大夜熬通宵这种事。

第二天清晨五点，岑西被雷打不动的生物钟准时叫醒。

她按照惯例，一洗漱完就来到天台的围墙边，正打算把昨晚没想明白的几道题翻出来，重新理一理思路，就发现卷子上凭空多出了些不属于自己的笔迹。

岑西的字写得不错，不过属于工整清晰、改卷老师最喜欢的那一类，而卷子上多出来的那些字迹，虽写得不太认真，但寥寥几笔大气苍劲，很明显是有书法功底的。

岑西快速扫了一眼卷面。

她写完的部分大题旁，多出了几行更为简便的解题方法。

那几道她没想出来的题目，对方用几条横线清晰地画出了隐藏条件，虽没有写上完整的解题过程，可留下的几个式子，让岑西一下子理清了思路。

另外，一些她做完的题目标号处，也被打上了标记。

岑西重新看了遍题干，发现被打标记的，都是她先前觉得误导陷阱多，或是题型出得比较好的，虽然写得出来，但适合摘录进错题集，复习的时候用于二刷。

简单来说就是，这些题考试会考。

除此之外，本子下面还多出一沓试卷，是别人写完后再复印的版本，字迹很明显和她卷子上那些出自同一人之手。

她粗略扫了几眼，这几张卷子的出题水平和质量比她捡的要高不少。

岑西想不出这是谁给她的。

她在南嘉没什么认识的人，赵一渠算一个，但他的字她见过，属于很努力但很抱歉的那种。

想不到索性就不想了，她抓紧时间拿出草稿本，盖住卷子上的答案，一道接一道刷了起来。

之后的每一天，小天台上都会出现一套新卷子。

当天的题当晚刷完，第二天，卷子上就会多出些笔迹。

有时候是更简便的解题方法，有时候，部分题型估计是岑西用的解法更优，对方就会在她的答案边上顺手写个"6"。

暑假剩下的十多天假期，岑西都在干活和刷题中度过。

火箭班的衔接课一连上了十四天，也终于在临近开学前，大发慈悲地放了一天假。

望江壹号顶楼，周承诀正在暗不透光的卧室里补觉。

这房子离南高近，平时上学他就一个人住在这儿，图个方便。

往常冷冷清清的大平层，此刻有点热闹。

"光阴似箭啊，好久不见了朋友们。"李佳舒扒拉着江乔的胳膊感叹。

严序哼笑一声，坐到沙发上："好久不见个鬼，昨天在班里哭着喊我爸爸，向我借卷子抄的不是你？"

客厅里几个人都是火箭班的，闻言笑出声来。

"嘘！"李佳舒忽然开始用气声说话，"别笑，别把周承诀吵醒了。"

江乔一听到周承诀的名字，忙接话："你不是他远房表姑吗？长辈还这么怕他啊？"

"还长辈。"严序拆台，"她爸妈把她零花钱停了，现在她的家庭地位十分低下。"

李佳舒瞪了他一眼，才说："你们是不知道周承诀这个人的起床气有多重，平时还好，刚起床真别招惹他，神挡杀神，谁来都不管用。"

"他还在睡？"严序往紧闭的卧室门扫了眼，"这几天上课我看他好像也是一脸睡眠不足的样子，晚上喊他打游戏都找不到人，都干吗去了？"

李佳舒摇摇头："不知道，谁敢管他。"

江乔想到周承诀理科全科满分的战绩，猜测："会不会是熬夜刷题？"

"不可能。"严序一口否决。

他和周承诀从小"鬼混"到大，对他这哥们儿还是很了解的，虽然平时看着懒懒散散不像个好学生，还总被教导主任抓典型，但其实生活习惯都很健康，早睡早起，连晨跑都风雨无阻，是个卷王，但永远只在晚上十二点前卷。

"什么档次的题，还要他周承诀亲自熬夜刷？"

这话用来形容别人，可能有点装，但放在周承诀身上，在座几个火箭班大神都是心服口服的。

江乔没再管这个，默默拉着李佳舒到一旁，小声问起自己最关心的事："一会儿他真不去啊？"

火箭班难得放一天假，大家约着一块儿去玩密室。李佳舒知道江乔喜欢追着周承诀跑，便偷偷把碰头地点定在周承诀家，想着他没准看在这么多同学的面子上，能松口答应一块儿去。

哪想到他根本没起床，李佳舒只能无奈地摇头："他从小就不喜欢参加这种人多的活动，以前学校组织的他都请假不去呢。"

江乔叹着气："他到底喜欢什么啊？"

"可能喜欢数学吧，要不你下回约他一起写卷子？"

"……约过了，被拒绝了。"江乔无语。

"你们两个别聊了。"严序歪过头看向李佳舒，"想吃什么？出去吃点，大家午饭都还没吃。"

李佳舒摆摆手："我已经点了外卖。"

"点的什么？"严序问。

"烤鱼还有炒菜，正好看见茶几上有张附近烤鱼店的卡片，很近，应该快到了。"

李佳舒话音刚落，玄关处忽然响起门铃声。

这门铃声像是担心屋里人听不见，一声接一声，震天响。

"这外卖怎么不打电话，按什么门铃啊！等会儿把周承诀吵醒，谁都活不了！"

李佳舒被这声音震得心都提到了嗓子眼，正要冲向玄关时，身后卧室门"咔嗒"一声开了。

李佳舒脊背一僵，心虚地干笑着缓缓转过身，对上了周承诀那张明显带着愠色的冷脸。

严序起身从沙发那儿走过来，把李佳舒拉到自己身后。

周承诀沉着脸，一言不发地往门口走。

开门的一瞬间，门铃终于停了。

下一秒，门外传来轻柔礼貌的女声："您好，您的外卖到了，请接收一下。另外，如果有垃圾需要帮忙带下去扔，一次三块。"

女孩把一长串话说完，才抬起头，视线与周承诀对上时，明显愣了一下。

少年居高临下，五官在她面前清晰放大，内双，典型的清冷下三白，不笑的时候看起来有点凶，干净清爽的黑色头发略显凌乱，宽大的白T恤、黑裤随意套在身上，明明有些不着调，却让人挪不开眼，帅得没边。

岑西没想到开门的人会是周承诀，想到自己刚刚的话，多少有些不够意思，毕竟她还欠他一份检讨，虽然他可能早就忘了。

岑西犹豫了下，正想说不要钱也行，就听见少年没什么脾气道："等着。"嗓音沉沉，还带着点初醒的哑。

客厅里紧张地盯着门外动静的李佳舒，诧异地抬头看向严序，后者只微微挑了下眉。

周承诀在几个人的无声注视下走回客厅。

李佳舒小声说："早上保洁阿姨刚来过，垃圾已经清掉了……"

少年没应声，自顾自地往卧室走，随后不知从哪儿找出两袋矿泉水瓶回到门口："一袋五块？"

岑西没反应过来，茫然地点头。

周承诀把两袋瓶子给她，又给了她十块钱，现金。

"什么？对啊，那个主题我们早就预订好了，怎么了？"静默的屋内突然传来李佳舒接电话的声音，"原来说的是六个人，但是现在有一个不去了。"

李佳舒捂着手机看向严序："老板说那个主题支线任务有六个按钮，至少要六个人，多出来可以，少了不行，怎么办？"

严序闻言，将目光投向玄关处的周承诀。

他显然是听见了，沉默两秒，转过身叫住正往电梯口走的岑西："喂。"

"还有什么事吗？"岑西回头。

周承诀语气淡淡："玩密室差一个人，能来凑个人数吗？付费。"

岑西没玩过密室，但听到付费，毫不犹豫地点点头："行。"

李佳舒兴奋地晃着严序的手臂："吃饭吃饭，吃完立刻出发。"

周承诀没一块儿吃，回卧室洗头洗澡，换了身外出的衣服。

出来的时候，他们几个正好吃完准备出门。

严序瞥见走在身后的周承诀，挑眉问："一块儿去？"

"嗯。"

"那我们就有六个人了？"李佳舒反应过来，看向多出来的岑西，"那她……"

"她也去。"周承诀面不改色道，"人多壮胆，人少了我害怕。"

李佳舒一脸莫名其妙地往严序身边凑，窃窃私语："不是，这位哥是一打十的选手，他在、害怕、什么？"

3

几个人一块儿搭电梯下了楼。

李佳舒性格外向，话很多，基本上有她在的时候，耳根子都很难清净。

路上，她一会儿拉着江乔大聊最近熬夜看的令人脸红的漫画，一会儿又被严序的小动作惹毛，与他扭打在一块儿，叽叽喳喳就没停过。

岑西一个人待惯了，和这帮人又不认识，全程没参与什么话题，只安安静静地跟在人群最后。

和她一样的还有周承诀。

他也不是个喜欢集体活动的人。

平时看着脾气还行，各科老师没事还总喜欢拿他出来调侃，大多数时候，他都是淡淡地跟着笑，偶尔也会懒洋洋地插科打诨，不过其实相处起来就知道他性子挺冷的，也可能是因为懒得应付太多人际关系，除了从小一块儿长大的几个能成天凑在他身边，与其他人玩得都不深，进不去他那个朋友圈子。

"前面那么热闹，不去一块儿聊？"周承诀忽然不咸不淡地开口。

岑西后知后觉他是在和自己说话，仰头看他："不了，都不认识。"

"聊两句不就认识了？"少年语气冷冰冰的，"你那天和那谁不是一下就聊起来了……"

"什么？"岑西没懂。

"没什么。"

岑西悄悄看了看他的脸色，小心翼翼地找话题："那个，检讨我写完了，你还要吗？"

周承诀："这个你倒是记得清楚。"

岑西小声道："我记性其实挺好的……"

少年冷嗤一声，没再说话。

两人一路无言地并肩走在最后，周承诀偶尔偏头垂眸扫她一眼。

女生仍旧穿着那身在南高球场第一次见到时的衣服，短袖、短裤十分宽大，看起来并不合身，颜色虽然是最耐脏的纯黑，不过衣领和衣摆处还是刷得有些变形起球，大抵就只有那么两套衣服来回换洗。

烈阳曝晒之下，廉价肥皂的气味，混杂着周承诀身上清新的橙味沐浴露香，默默飘荡在两人之间。

意外的好闻。

后来的很多年，在周承诀的认知里，那就是夏天的味道，独属于他们的，青春的味道。

密室逃脱这两年被各种综艺带得在学生里非常流行。

岑西初中时也曾听同学们讨论过，不过从没机会参与。

AA 制，人均至少好几十块，对她来说是一笔巨款，消费不起。

并且没吃过猪肉，还没看过猪跑。

她家唯一一台破电视，在父亲某次发酒疯的时候被砸坏了，密室综艺热播的那段时间，她也不曾看过，因此她对密室其实没有什么了解，以为只是普通的解题游戏。

到了地方，店主按照惯例介绍了一遍基本规则，等人全数进入房间后，灯光瞬间熄灭。

游戏才刚开始，已经有人被这突如其来的黑暗吓得尖叫起来，岑西虽没这么大反应，但也不自觉后退了两步。

这一退便撞到了身后的周承诀。

室内一片漆黑，她原本还分不清谁是谁，下一秒，她感觉手臂被人往后拉了一下。

这一拉，方才还只是不小心撞到周承诀跟前，此刻已经完全被他的气息笼罩。

恐怖音效不断环绕，情绪向来比较稳定的岑西也有点紧张起来，仰头寻找周承诀的方向，轻飘飘的音色混杂在一片尖叫中："怎么了？"

"别走太靠前，"少年的语气毫无波澜，"我害怕。"

岑西差点以为自己听错了。

这种沉稳淡定的劲儿，不知道的还以为密室里的鬼都是他亲手杀的呢。

"别怕。"岑西还是安慰了一句，"那我陪你吧。"

她也不了解周承诀，没准他这个人害怕的时候就是这样跩也说不准。

不过莫名地，她紧张的情绪似乎也得到了缓和。

广播开始引导游戏流程。

李佳舒人菜瘾大，又怕又爱玩，常常冲在最前，又被各种灯光音效吓得跑回来找人做伴。

其他几个也吓得乱窜，严序倒是不怕，但时不时还会故意闹她。她实在信不过他，最后她只好盯上全程淡定的岑西，双手紧紧攥住岑西纤瘦的胳膊，将人从周承诀身边抢走，打死没再松开过。

伴随着此起彼伏的尖叫，几个人终于走到一扇微透着光的门前。

李佳舒想都没想，立刻把方才找到的钥匙插上。

铁门被推开的一瞬间，一群人骂骂咧咧。

"太突然了，你稍微吱一声啊，一点准备都没有。"严序下意识地用手臂挡着光，但为时已晚，"救命，我眼睛疼。"

江乔："我觉得我要瞎了。"

"我哪里知道。"李佳舒也没好到哪儿去，捂着眼睛号，"报警报警！马上把密室老板给我抓起来！"

他们在黑暗中耗了二十多分钟，此刻突然重见光明，实在太过刺眼，一时间根本适应不了。

岑西被李佳舒的话逗得没忍住笑了声，笑完才后知后觉，自己的眼睛好像一点事都没有。

她下意识地抬眸，发现那个一直走在最后、全程不怎么参与的人，不知什么时候走到了她前面。

少年身形高大，往她面前一站，直接挡去了大部分光亮。

等他再走开时，她的眼睛已经能够适应屋内的光线了。

岑西愣了一瞬，犹豫地伸手扯了下他的衣角："你怎么……走到前面去了？"

周承诀表情莫名有些不自在，语气冷冰冰道："我害怕，不可以？"

岑西忙收回手，小心翼翼地道："可以。"

周承诀答完，视线下移，最后落在她收回的手臂上，眉心微不可察地拧了一瞬。

她刚才被李佳舒死死抓了一路，惊吓中的人没什么分寸，此刻在明亮的光线下，能清晰地看见她纤白的手臂上，被抓出了好几道红痕，甚至还有几个明显的指甲印。

那头李佳舒嚷嚷完报警，很快又沉浸到游戏里去，翻箱倒柜找出最后支线任务的六把钥匙，招呼着大家开始选房间："每个房间至少一个人，你们自己选一下。"

她说完，看向岑西，笑容狗腿："嘿嘿，小姐姐，你跟我一起。"

岑西知道她不敢一个人，刚想点头答应，就听见身后传来一道微沉的嗓音："不行，她跟我。"

李佳舒、江乔、岑西三人满头问号。

严序："啧。"

李佳舒当即抱住岑西，生怕周承诀抢似的："为什么？"

"因为——"周承诀脸不红心不跳，"我害怕啊。"

江乔闻言，自告奋勇地举了下手："那我和你一块儿。"

周承诀想都没想直接拒绝："你喊起来更吓人。"

江乔一噎。

李佳舒："那我也害怕啊。"

经济基础决定密室地位，周承诀淡定地道："我加钱，你还有钱吗？"

她有个屁，刚刚点外卖的钱还是昨天从严序那儿坑来的。

结果显而易见。

密室的最后，李佳舒被吓得双腿发软，还得严序搀着，但看到岑西淡定地出来，还是忍不住"哼"了声，放了一句自以为最狠的话："小财迷！我绝对不会原谅你，这辈子都不会再和你说话了！"

严序乐得差点笑背过去："好好好，大小姐，你有本事先站稳再说话。"

当天晚上，小姨没再让岑西帮忙，催她先去洗漱，为第二天的正式开学稍微做做准备。

她仍旧同往常一样，用肥皂应付着洗了头、洗了澡，将头发擦到半干后便来到围墙旁。

不过今天并没有新的试卷出现，岑西索性将之前十多天的卷子都拿出来，想再仔细整理一下错题和经典题。

梳理了没多久，楼下烤鱼店传来赵一渠熟悉的声音。

"阿姨，岑西今天不在吗？"

小姨正忙着，一边炒菜一边回他："她明天要开学，我让她今晚别忙了。"

"噢，我来给她送卷子，班主任让我帮忙给她的。"

小姨笑了笑："她在楼上呢，要不你上去找找她，麻烦你了啊。"

岑西从围墙处探出脑袋往下看了眼，并不太想让赵一渠上二楼来，索性自己往楼下走。

走到一楼的时候，碰上正准备上楼梯的赵一渠。

对方忙将手中一大沓厚厚的试卷递到她面前，笑说："我才知道原来你和我一个班啊。"

岑西"嗯"了一声："可能吧，我也不大清楚。"

"今天老师让我把卷子带给你我才知道，估计你那加分也算进去了。"

"嗯。"

岑西随手翻了翻这些完全空白的试卷，就听赵一渠说："衔接课十四天的卷子都在这儿了，知道我们写得有多想哭了吧。"

她淡笑一下："嗯，谢谢你。"

"没事。那我先走了啊。"

岑西抱着试卷回到二楼，打算挑出几张来马上写写，感受一下南高的出题风格，正好今天也没别的新卷子可刷。

然而她才粗粗扫了两眼，就觉得题目有些熟悉。

对于写过的题，岑西基本都有印象，如果二刷过，那就等于刻在脑子里了。

她忽然想起这些天每晚刷的那些试卷，翻出来快速对了几份后发现，这些卷子她确实已经做过了。

第二天正式开学。

比起十多天前的冷清，今天一路上全是学生。

那个有过一面之缘的教导主任正拿着一个喇叭，单手叉腰站在校门口正中央维持秩序。

路过的狗都要被他训上两句。

岑西有些心虚，默默低头绕开他，按照门牌指示找到班级。

火箭班大多数同学都是从附中初中部直升上来的，原本就认识，少部分其他学校的，也都是通过各种竞赛保送过来的尖子，从前在多校联合集训班就有不少交集，再加上十四天的衔接课，早已经熟络地打成一片。

岑西顶着张生面孔进到班里，一道接一道探究的目光瞬间投向她，多少有些不自在。

岑西今天穿的仍旧是那身纯黑短袖短裤。

她夏天总共就那么一套衣服，夜里洗了白天穿，好在盛夏闷热，在天台上晾一晚，蒸都能蒸干。

只不过新生开学虽然还没统一订校服，但大多数学生习惯穿从前初中的校服来上课，南嘉整个市的初高中校服都是蓝白色，岑西一件黑色短袖混杂在一众蓝白色中，还是非常突兀。

她在门前站了没两秒，班主任叶娜娜踩着预备铃风风火火地从她身后进来了。

见到岑西，叶娜娜只愣了一下，便立刻问："岑西是吗？"

"嗯。"

"暂时只剩下一个位置了，你先将就一下。"班主任一手揽着她肩头，另一只手朝教室后方指过去，"来，第二组和第三组最后一桌的，帮忙把你们旁边'二点五'组那个空桌稍微收拾一下，别把东西放人家抽屉里，有同学要坐。"

两个被点名的同学，严序和毛林浩闻言，动作整齐划一地朝班主任叶娜娜敬了个礼，而后异口同声道："奴才听命！尊贵的'叶赫那拉'女士。"

全班瞬间乐得哄笑。

叶娜娜送两人一人一个白眼，也笑了下，没多说什么。

火箭班里的学生个个成绩都拿得出手，随便挑一个都是各科老师忍不住炫耀的脸面，师生之间基本上处成了朋友，氛围还是比较开明融洽的，像这样"贴脸开大"的事也常有，老师对这些小家伙总是又恨又爱。

总体来说还是爱更多，哪怕平时皮点儿，也没有真正计较。

南高的座位安排稍微特殊点，桌椅是一人一套，两桌拼一起凑成一列算一个组，第一组和第四组正常靠墙，第二组和第三组中间多出一列单桌，横向来看，一排共有五套桌椅拼在一起，没有空隙，中间多出的那个单列就是二点五组。

二点五组左右都有人，进出不太方便，其他组两周轮换一次位置，二点五组也不参与，一般没人爱坐，所以往往也只有这一列的座位剩下。

等两人把那桌椅清出来，叶娜娜轻拍岑西的后背，示意她下去，而后便转身出了教室。

火箭班闹归闹，教学效率还是相当高的。

岑西快速穿过班级，来到二点五组末尾，才刚一坐下，就听见讲台上传来数学老师的声音，一句新学期的寒暄都没有，直奔主题："前天最后一张测试卷我改完了，先发下去。"

周承诀和严序一路同桌，他向来不喜欢和不熟的坐一块儿，所以哪怕每次换到第二组或第三组，也都是严序挨着二点五组的坐。

严序闻言，正准备转过身去掏挂在桌侧的书包，才猛地注意到，这个穿着黑色短袖的新同学，他好像认识？

他眯着眼再仔细瞧了下，当即转身拍了拍大概是又被教导主任抓去训到现在、姗姗来迟的周承诀："我说……我有了个新同桌。"

周承诀就像没听见似的，毫不关心。

严序继续说："我同桌还是个妹子。"

周承诀仍旧连看都懒得看一眼："嗯，恭喜。"

严序挑了下眉："我同桌看起来还特眼熟，你确定不看看？"

大早上被训，周承诀心情本来就不好，这会儿快被严序吵死了，不耐烦地往那边瞥了一眼。

只这一眼，他突然对严序刚刚一连好几个"我、同、桌"三个字，感到格外刺耳。

少年语气凉凉道："二点五组，算什么你同桌？"

4

"本来这节早读课应该是你们班主任的语文课哈，不过刚开学，他们班主任那边事情多，现在正被你们老姚抓着开小会呢。"数学老师将试卷分成几沓，随手递给第一排的几个学生，让他们帮忙一起发一下，然后拧开那经典的罐头玻璃杯喝了口茶水，继续说，"所以这节早读我过来代一下，正好讲讲这张卷子。"

"哦……"班里学生在他说完这话后，立刻暧昧地起了声哄。

班主任和数学老师是夫妻，学生时代总喜欢聊老师的八卦，尤其这种官方糖，嗑得最是光明正大。

数学老师笑着摆摆手："好了好了，还是赶紧看看你们的卷子都做成什么样了吧。"

正式开学第一节课，由于班里同学已经提前相处了两周，大家互相都认识了，就没有平常新班级那种自我介绍的环节，数学老师又很快进入正题，因而岑西这唯一一个新加入的同学，存在感并不是很强，入座后就没有太多人关注了。

几个学生穿梭在班级里分发试卷，岑西的卷子在自己手中，拿出来后便悄悄打量了下四周。

这里和她初中时的学习氛围很不同。

她当初那个学校，在嘉林县都算吊车尾的，班里最终考上高中的同学并不多。

可类似这样发卷子的时候，大多数同学还是喜欢四处打探分数，不管分多分少，都爱比一比，或者拿着卷子互相对答案，一一比对是否有被多扣分的现象，能找老师多加一分是一分。

岑西知道氛围肯定会不一样，但新同学还是和她想象中的稍有不同。

他们似乎并不在乎卷面分数。

等待试卷的过程中，各自也都很忙。

不过不是忙着玩，大多数同学都有自己买的题册或试卷可做，每人桌上还放了几本厚得令人发指的竞赛题。

上面在发试卷，下面却一个没闲着。

题册翻得"哗哗"响，打草稿写步骤的笔"唰唰唰"就没停过。

岑西环顾了一整圈，身旁严序刷题的时候喜欢趴着，她稍微偏个头，视线便能恰好落到一桌之隔的周承诀身上。

岑西没想到和周承诀居然是同班，两人少数几次接触都在课外，此刻在班里看到他，还是有点不习惯。

像是察觉到了她的目光，周承诀翻试卷的手一顿。

岑西心下一紧，忙收回视线。

等到再次悄悄往周承诀那边看时，就见他正面无表情地将刚发下来的卷子塞进桌肚。

卷面一晃而过，岑西看不太真切，只觉得他的字好像还挺好看的。

见卷子发得差不多了，数学老师随手戴上眼镜："这张卷子部分题难度还是挺高的，前面大家做得都还行，不过最后一道大题，几乎可以说是全军覆没了，就周承诀一个人写对。"

全班人的目光齐刷刷投向最后排的少年，膜拜的居多，中间也夹杂着一些小女生趁机光明正大偷看帅哥的眼神。

岑西也看了过去。

周承诀难得没在刷题，他桌上放的居然是作文纸，不知道在写什么小作文。

语文四十三分，却还这么热爱，倒是挺罕见的。

在这么多人直勾勾的注视下，这人竟然还能毫不受影响，继续他的激情创作，头都懒得抬。

显然是被夸惯了。

"其他人，我印象中顶多有做出来两问的。"数学老师继续说。

班里人立刻号成一片："做出两问不错了，老师，那一夜，我差点失去了头发。"

数学老师看着最后一排跟着起哄的毛林浩说："毛毛你也敢说这种话，我真的很痛心啊。"

"噗！"全班瞬间乐翻了。

毛林浩是数学课代表。

数学老师名叫王喆，"喆"字拆开来就是"吉吉"，学生时代最爱给老师起外号，"吉吉国王"这名号从衔接班第一天起就安在了他头上。

毛林浩当初是数学竞赛保送进火箭班的，王喆就随意挑了他当课代表，"吉吉国王"的课代表还正好姓毛，当即被赐名"毛毛"。

学生们私底下这么喊，没想到王喆居然还会在课上公然叫，看来"吉吉国王"的称号已经流传甚广。

毛林浩憋笑憋得脸都红了："老师，请你离学生的生活远一点。"

全班又是一阵哄笑。

好班闹归闹，收得也快，没一会儿，所有人的注意力重新回到题上。

王喆也知道这帮小兔崽子没错的题不爱听，索性直接先讲评最后那道大多数人都不会的大题。

结果没想到班里有几个喜欢钻牛角尖的，在第一问上就拖着他连讲了几种解法，早读课又没多长时间，一直到下课铃响，都没讲到第二问。

接下来两节是英语课，英语老师同样是讲评卷子，大多数同学都没听，仍旧闷头苦想刚刚那道数学大题的后两问。

岑西的英语算是各科里较弱的，起初听得还算认真，到后面肚子因为例假闷闷生疼，整个人都有点提不起劲。

两节课结束便是大课间。

大课间一般用来升旗或做操，时间比较长，一些女生趁这个时间跑来岑西身边互相自我介绍。

不过大多醉翁之意不在酒，岑西这个位置离周承诀很近，好几个明面上在和她说话，实则注意力早飞到周承诀那边了。

赵一渠是这帮人里少数的男生，他一下课就带着他那惯有的笑容凑了过来，还顺带往岑西的桌上放了一瓶冰镇矿泉水："给，今天还挺热的。"

岑西此刻小腹疼得厉害，看见那冰水连头都疼，只能勉强挤出个笑容来，冲他摆手："谢谢你，不用了。"

"没事，和我还客气什么。"赵一渠压根儿没察觉出岑西的异样。

一旁不知道在写什么小作文的少年，一连写错了三个字，画掉后，难得抬眼，凉凉的眼风扫过那瓶水，又沉着脸收回来。

几个女生听见赵一渠这么说，随口八卦："你俩认识啊？"

"对。"赵一渠笑着挠挠头，"我们都是嘉林的，也算是从小一块儿长大了。"

"那你们俩岂不是传说中的青梅竹马了？"江乔拍了下手，"羡慕了，我根本没有青梅竹马。"

边上一直懒得说话的周承诀微不可察地拧了拧眉心，冷不丁用手肘碰了碰正打游戏的严序，问："你和李佳舒什么时候认识的？"

严序放技能的手没停，头也不抬："这你还要问我啊？她从产房刚被抱出来，我就在产房门口陪她一块儿号了。"

两人一出生就认识。

昨天才发誓这辈子都不和岑西说话、今天就发现自己和岑西同班的李佳舒，其实已经憋了很久了，这会儿终于找到空插了一句："明明只有你号，姐这辈子还没哭过！"

江乔的注意力一直没从周承诀身上离开过，听到他终于说话了，也顺着他的话题问赵一渠："哎，对了，那你和西西也是从一出生就认识啊？"

"不是。"半晌没动静的岑西忽然开口，嗓音弱弱的，"初一认识的吧，同班了两年，然后他转学了。"

江乔听着都有些尴尬："这……也不算从小一块儿长大哈。"

周承诀握着笔的手微微收紧几分又松开，半晌不屑地轻嗤了一声。

赵一渠凑在岑西的座位旁，没有要走的意思，问："你卷子都写完了吗？"

岑西觉得他有点搞笑，英、数、物、化、生，每天每科一份卷子，十四天七十份，他昨晚才把卷子给她，今天就问她都写完了没有。

"没有，"女生小腹疼得脸色有些苍白，话音很轻，"来不及。"

赵一渠："没事，不着急，你慢慢写，有不会的可以来问我，你别不好意思问。"

岑西这会儿真不太想说话，沉默两秒索性问他："刚刚数学卷子最后那道大题你会吗？"

赵一渠一愣，没想到她会直接问这个，摸了摸鼻子，尴尬地笑了下："那我不行，这个你要问诀哥了。"

小腹又开始坠痛，岑西嘴唇抿得越发紧，没法再思考其他，忙从书包里找了点纸巾起身准备去洗手间。

周承诀的视线跟随她站起来的动作抬高，眉心微皱，最后又看了眼她桌上那瓶冰水，收回视线。

江乔见岑西的位置空了，拍拍严序的肩膀，叫他往旁边挪一个位置玩，自己则是随手拿了一张卷子凑到周承诀跟前，脸上带着略显羞意的笑，小声问他："这题怎么做啊？"

周承诀平时虽然性子冷，比较懒得交朋友，但有人问他题，他一般都会教，没那么傲，因此每个课间来排队请教的人都有不少。

不过对于并不是真心想来问题、目的不太单纯的，他应付起来就比较敷衍了。

比如此刻的江乔，明眼人都看得出来。

因而他只随意扫了眼卷面，便推还回她："太基础了，你找本书随便翻翻例题吧。"

能考进火箭班的，不至于问这种问题。

江乔讪讪收回卷子，反正她在周承诀这儿吃瘪也吃习惯了。

毛林浩还在琢磨那道大题，本想把课代表的尊严找回来，但英语课又想了两节课，还是没想出来。

事实证明，课代表在神的面前是一文不值的。

他抱着卷子，狗腿子似的凑近周承诀，双手合掌冲周承诀拜了两下："诀哥，赐教，我必须赶在'吉吉国王'下次讲评之前搞懂！"

周承诀瞥了他一眼，还是放下了小作文："拿来。"

他讲题其实比王喆快，王喆有职业病，致力于照顾到每一位学生，常常讲得很细，时间就比较长。

而周承诀看人，像毛林浩这种竞赛选手，其实稍微点一点就通。

他按照习惯的讲题方法，随手在毛林浩的卷子上画了一条辅助线，再写了几个最关键的式子，一句话都还没说，就听到毛林浩激动道："哇！我死都没想到画这条线！诀诀，没有你我可怎么活啊！"

周承诀："滚。"

毛林浩凑在他旁边没挪位置，一边感叹，一边接着他给的几个步骤往下写过程。

周承诀也没赶毛林浩走，拿起笔继续写自己的小作文。

刚开学，不少学生在互相串门，没一会儿，教室后门就进来两个人。

来人应该是赵一渠以前的同学，不过成绩没他好，没考进火箭班，分到了平行班。

此刻两人来串班，直奔他走来，拿着一张卷子勾住他的肩膀："哎，我们刚刚过来的时候，看见有个穿着一身黑的女生走过去。"

赵一渠："噢，我们班的。"

"她是咱们学校的学生啊？那挺奇葩的，来学校不穿校服穿一身黑的……"

两人随口说完，便把手里的卷子拿给赵一渠，指着最后一道大题说："昨天从你们班搞的卷子，实在写不出来啊，教教呗。"

赵一渠瞧了眼，又是那道题。

其实刚刚周承诀教毛林浩的时候，他有在边上旁听，但是毛林浩懂得太快，他根本还没头绪，索性带着人拿着卷子一块儿来到周承诀面前，想让周承诀再教一回。

"诀哥，给我们再讲讲呗，刚刚没听懂……"赵一渠的态度还是挺谦逊的。

周承诀写小作文的动作再次被中断，沉默两秒，没什么表情地接过卷子："我想想用什么方法给你们讲。"

几人应了声"好"，等在边上又聊了起来。

"噢，所以那女生也是你们火箭班的？"

赵一渠："嗯，对。"

"哪个初中的啊？你们火箭班这些人，哪个在南嘉不出名，没印象有这号人啊。"

"就我之前那个嘉林初中的。"

"噢……嘶，你们那初中不是很差吗？不然你也不会半路转南嘉来啊。"

赵一渠含含糊糊地说："好像是有什么加分吧，加了一百多分。"

"啊？"对方一听就来劲了，"加一百多分？我和老杨差三十来分就考进来了，那女生运气真好，早知道我们俩就生在乡下，那随随便便能考进火箭班了。"

赵一渠没再接话，低头看向周承诀，正想问他可以开始讲了吗，就见少年修长的指节抵住卷面，面无表情地往他们的方向一推："讲不了。"

赵一渠："嗯？"

周承诀的语气相当敷衍："我不会，问老师去吧。"

"不是，诀哥，'吉吉'刚刚还说你是全班唯一一个全对的。"赵一渠的笑容带了点讨好，"你刚才不是还给课代表讲了吗？"

周承诀连头都懒得抬："蒙的。"

"啊？"这话把两个外班人都听傻了，"选择题能蒙，数学大题怎么蒙啊？答题卡都得写满一页纸……"

少年这会儿难得透出点瞧不起人的傲气，轻蔑地道："随便蒙，靠运气蒙，运气好都能蒙进火箭班。"

周承诀把话说完，视线再次落到岑西桌面那瓶赵一渠给的冰水上，定定看了几秒，最后索性直接伸手将水拿过来，一口气喝了个干净。

喝完，他拧上瓶盖，起身正要往垃圾桶走时，正好撞上从外面回来的岑西。

女孩盯着他手里的空瓶。

少年脸不红心不跳，淡定地道："渴了，等会儿再买一瓶赔给你。"

第二章
我主武，你主文

/

1

几分钟后，熟悉的广播声开始回荡在整个校园。

一般这种经典曲目一出，就意味着得准备下楼迎接升旗仪式，以及老姚每周升旗的固定戏码——国旗下训话环节。

李佳舒转过身来催严序快点，后者手上一局游戏还没打完，嘴里吐槽她催什么催，但还是利落地放下手机，从座位上站起来。

他伸了个懒腰，不咸不淡地将视线投向周承诀："走吗？李佳舒跟赶着去投胎似的。"

"你们先走，老姚找我。"周承诀答得很简短。

"噢。"严序恍然大悟，笑得有些幸灾乐祸，"我说你一早上写什么呢，又是检讨啊？"

"嗯。"

"多少字？"

"八千。"

"够狠的，是犯了天条吗？"严序笑抽了一会儿，又补充道，"您待会儿能读快点吗？这么热的天，哥几个在底下熬不住啊。"

"我又不是干说唱的，"周承诀懒洋洋地道，"反正主席台上也没太阳。"

严序："八千字，你该，就该罚写八万，这波我站老姚。"

周承诀轻笑了下，不紧不慢地低头捞起书包，不知在翻找什么。

一会儿的工夫，就见他从里头掏出一件黑色外套来，随意往身上一套，拉链直拉到顶。

南嘉的夏天气温很高，因此每个班的空调几乎都是从早开到晚。

少年人年轻气盛，通常喜欢把温度调到很低，一些怕冷的学生便会再带一件秋冬校服外套来裹一裹。

这会儿要到操场去，户外滚烫的烈阳高悬，穿太多怕是要中暑，多数同学离开教室前，都会顺手把校服外套脱了塞桌肚里。

周承诀这操作把严序都看愣了，人家都是在班里穿，到了外边脱，他倒好，反着来。

严序："不是，你干吗？"

"冷。"

严序好笑道："外面这么大太阳看不见？"

周承诀："那就防晒。"

"您还挺讲究。"严序幽幽地道，"主席台上没太阳。"

周承诀面不改色道："我身体虚弱。"

……这位暑假前刚以一挑十、一个人把隔壁两个班篮球队的人玩到吐的选手，到底是怎么突然变虚弱的？

操场上，学生们陆续来到自己班级所在位置，从矮到高排成一列。

岑西一米六八的个头，在班里不算最高，但也排到了靠末尾三分之二的位置。

前后都有学生，规规矩矩的蓝白色中间突然混着个一身黑，周围很快有无聊学生闲着没事开始小声议论。

"火箭班怎么有个女的没穿校服啊？学习好就是可以为所欲为哈。"说话的人语气带着点酸。

"哦，黑衣服的那个啊？学习好什么啊，听说成绩很差，乡下来的，好像有什么加分。"

"凭什么啊？我们累死累活也就进个平行班，这样突然插一个差生，不会砸了南高火箭班这么多年的招牌？平均分得被她拉掉多少……"

"成绩差不说，感觉素质也堪忧，大家都穿校服，就她搞特殊，穿一身黑，跟个'精神小妹'似的，非常符合那种差生太妹的刻板印象了。这种人能进火箭班，我真觉得我们进不了好冤……"

岑西安安静静地站在队列之中，微低着头，嘴唇紧咬着，例假的闷疼让她分不出任何心思去管闲言碎语，只担心方才纸巾会不会垫得太少。

主席台上，老姚已经开始新学期的第一回心灵鸡汤和常规训话了，而某些叽叽喳喳仍旧在小声继续着。

李佳舒个子就比岑西矮了那么一点儿，正好排在她前面。

她状似不经意地往后看了眼岑西，后者脸色不太好看，却一声不吭。

广播里传来教导主任中气十足的嗓音："下面请优秀新生代表上台发言——哎，还没到你，你这——"

姚主任话音一顿，忽然想起今年的优秀新生代表就是周承诀这小子……

这位哥除了语文拿不出手，其他科全部满分战绩就没败过，这次由他发言，也是全年级老师一致的选择。老姚其实也挺看重他，就是担心小孩年轻气盛容易飘，总忍不住管管他，此刻瞥了眼他一身黑的穿着，又习惯性训话："你的校服呢？"

"还没订呢，老……姚主任。"

老姚又下意识地道："初中的呢？"

"都上高中了。"少年懒洋洋地笑了下，"主任，先别骂了，我现在暂时还是个——优秀新生代表，等会儿到检讨环节您再……"

再喷也不迟。

底下顿时起了一阵哄笑，不少女生开始小声议论："那穿黑衣服的是周承诀吧？我等了一个暑假，终于又要等来他的检讨了吗？"

"该说不说，周承诀穿这一身黑又帅到我了。羡慕火箭班的女生，能天天看。"

"那张脸是真的绝，希望老姚每周罚他检讨一次。"

李佳舒闻声抬头瞧了眼周承诀的打扮，脑海中忽然闪过方才岑西那微皱的眉头，没忍住，故意放大音量自言自语起来："呀，这周承诀穿着一身黑色搞特殊，不也挺符合差生刻板印象吗？怎么还选他当优秀新生代表啊？"

前面的江乔闻言，也帮腔："也不知道穿个初中校服能不能考得过他，怎么也得考个全科满分吧？"

火箭班的几个女生虽和岑西还不熟，但也都是护短的性格，一人随一句："穿黑衣服就叫搞特殊，也没见某些人不搞特殊考得有多好，没进火箭班是因为不喜欢吗？"

"真有意思，第一次见平行班的嘲讽火箭班的学生是差生。"

"周承诀搞特殊怎么就没人敢喷了呀，欺软怕硬吗？"

几个人的声音都不小，隔壁班那两人被说得脸一阵红一阵白，没好意思再吭声。

岑西紧捏着手心，熬过一阵疼痛，这会儿稍微缓过去了，想到刚刚的事，犹豫着往前挪了一步："谢谢。"

虽然她话音微弱，但李佳舒其实听见了，别扭地垂下头，佯装看手机没吭声。

最后是江乔回过头来，冲岑西摆摆手："没事，要不是周承诀正好没穿校服，我们都不好怼。"

李佳舒面上看着淡定，其实已经在微信里和严序嘀瑟了：你刚刚听见没？哈哈哈，谁能想到周承诀今天也穿一身黑，干得好，跟故意的似的！

严序看着这几行字，扫了眼台上那位临下楼前才换了黑衣服的少年，微微挑了下眉。

主席台上，姚主任瞪了周承诀一眼，催促他赶紧的。

少年漫不经心地走到话筒跟前，不着调地连着支架一块儿拿起来，支架离地二十来厘米，高度才正好。

姚主任心里无语。

下面又是一阵笑。

"大家好，我是高一（18）班周承诀，天气挺热的，我就简单说两句。"他往台下扫了眼，视线停留在某处，看起来难得有些一本正经，"接下来的三年可能会很辛苦，但事在人为，人定胜天，预祝各位得偿所愿，加油吧，高中生们。"

话音落下，他偏头看了眼老姚，后者一愣："说完了？"

"嗯。"周承诀模样挺欠，"简单两句啊，三个成语我昨晚查了两个小时。"

老姚无语。

众学生："噗……"

这种发言确实难为一个语文成绩四十三分的文盲了。

姚主任都快被他气到没脾气了，只说："快快快，检讨，别浪费时间。"

少年闻言，再次拿起话筒架，没个正行："不好意思啊大家，还是我。刚刚那个没有字数要求，但是这个有，这回估计要耽误大家点时间了。"

一些颜控的女生开始起哄："没事！随便耽误！"

"我们耽误得起！"

老姚再次无语。

于是众目睽睽之下，周承诀懒洋洋地从衣兜里掏出一沓皱巴巴的作文纸来。

目测十来张，很难想象什么罪行需要十来张的检讨。

主要还是那天揍技校黄毛的事，这事其实很简短，能"水"的内容不多。

他先是复杂阐述了下事情的起因经过，随后为了凑齐八千字，"画风"逐渐开始跑偏。

"我和那黄毛说，让他多找几个人来，他最开始明明答应了，结果我刚一松手，他就反悔想搞事，那我只能不得不进行一些自我防卫。从这件事中，我们也可以得到一些启示，做人要讲诚信。"

老姚一脸问号。

于是在哄笑声中，周承诀一本正经地开始给大家讲诚信的重要性，一听就是套了篇小学生命题作文进去拼命"水"出来的。

到后来，他甚至又凭空捏造了一个主题："要是那黄毛当初守诚信，去找了帮手来合力对抗我，就不一定会惨败，由此也可以看出团结协作的重要性。"

然后又洋洋洒洒套了篇有关团结的作文进去。

最后，一场酣畅淋漓的检讨，是在老姚夺过话筒，一连几句"去去去，可以了，你给我下去"等赶人的话中圆满结束的。

解散后，岑西的肚子仍旧不太舒服，她没有马上回班，又去了趟洗手间。

等回到教室的时候，她发现自己座位边上挨着的人，似乎从严序换成了另一个人。

那人穿着一身黑色，坐在椅子上也没个正行，整个人懒懒地往后靠，长腿伸着，仰着头倚在椅背上，双手交叉搭在胸前，脸上盖着一本翻开的书，看起来像在补觉。

岑西下意识地轻手轻脚坐回自己的位置，没敢出声打扰到他。

升旗仪式占据了大课间绝大多数时间，岑西坐下才写了两道选择题，上课铃声便响了起来。

这节是自主课，班主任叶娜娜大概是又被抓去开了个小会，姗姗来迟。

火箭班学生大多自律，课堂秩序其实挺好管的，哪怕没有老师在教室里盯，大家也基本上埋头各写各的题。

放眼望去，不太老实的也就最后排某位黑衣哥们儿。

周承诀被那八千字检讨折腾得挺惨，这会儿补觉还没醒。

叶娜娜放下课本，朝班级最后排抬了抬下巴："那个睡着的，谁啊？"

班主任明知故问。

话音刚落，全班人的眼神齐刷刷地投向最后排。

毛林浩闻声扫了眼，开始吹他诀哥："霸占咱们年级理科光荣榜的那个男人！"

叶娜娜也很配合："哦，是那个语文考四十三分的男人吗？"

班里"扑哧"一阵笑。

严序笑到肚子都疼了："啊，对对对。就刚刚检讨的时候，教育大家做人要讲诚信、要团结的那个男人。"

叶娜娜回忆了一下方才姚主任的脸色，也忍不住笑："行。来，同桌，把那个讲诚信的男人叫起来上语文课了。"

严序正笑着，闻言，笑容僵住，当即把自己的课桌椅往旁边挪了十厘米，一本正经地道："老师，我不是他同桌。"脸上写满了"别来沾边"四个大字。

周承诀这会儿还没醒，而他的起床气，已经严重到尽人皆知。

班主任多少也知道，于是点了他前桌李佳舒："那你叫。"

李佳舒也把椅子往前挪了挪："老师，我也不敢……"

叶娜娜摇摇头："你这个做姑姑的家庭地位啊。"

最后，叶娜娜将视线投向全程压根儿没抬头看热闹的岑西身上："岑西，叫一下你旁边这位，上课了。"

岑西做题的时候注意力很集中，边上不论多热闹，她都能充耳不闻，此刻被老师点了名都没反应，还是身旁的毛林浩戳了戳她，她才一脸蒙地停笔看他。

毛林浩："快叫诀哥起床。"

岑西愣了下，明白过来后，总觉得毛林浩这句式听起来，有点怪怪的。她脸颊微不可察地烧了烧，侧过身看向那个从升旗回来后便一直睡到现在的少年。

那本书还盖在他脸上，岑西没有过多犹豫，小心翼翼地戳了戳他劲瘦的腰间。

全班人当即倒吸一口冷气。

她疑惑地抬眼看了看周围，不知道大家盯着她的表情，怎么比考试还紧张。

周承诀没反应，岑西加大力道又戳了两下。

下一秒，她纤细的手腕忽地被周承诀一把握住。岑西心中没来由地一惊，当下只想将他立刻叫醒，她来不及思考，忙用另一只手将那盖在他脸上遮挡光亮的课本直接拿开。

周承诀显然是被这动静吵醒了，眉心蹙起，握着她的手更紧了几分。

少年缓缓睁眼，面上明显带着愠色。

李佳舒瞧见他这表情，忍不住朝严序嘀咕："完了，同情她……"

严序默默把自己的桌椅再往外挪了点，尽量远离。

岑西使了点劲，将手腕从周承诀的大手中挣脱出来。

周承诀眱着空荡荡的掌心两秒钟，偏头对上她的视线，嗓音带着些初醒的哑，低低沉沉的："怎么了？"

岑西被他看得有些不自在："上课了，老师来了。"

周承诀此刻还未清醒，但语气里没有半点脾气："好，谢了。"

李佳舒、江乔双双震惊加满脸问号。

严序："呵。"

少年微蹙的眉心不知什么时候已然舒展，在课椅上坐正了些，自然地捏了捏后颈。清醒片刻后，他不紧不慢地从抽屉里掏出一杯红豆奶茶，毫无障碍地随手往新同桌怀里一放。

岑西做题的笔再次停顿下来，温温热热的奶茶正好贴在她闷疼的小腹处。

岑西偏头看向周承诀，后者淡淡道："说好了要赔你一杯新的。"

2

"好了好了，看够了吗？"讲台上，叶娜娜适时开口维持了一下课堂纪律，"看够了就回过头来。"

大多数人听话地转回注意力。

极个别喜欢耍宝的，故意和她抬杠："老师，看不够。"

叶娜娜应对这帮兔崽子也很有经验，一边点开PPT一边头也不抬道："看不够的，去，搬上桌椅，坐到周承诀头上盯着看。"

全班一阵闷笑："这么好啊，老师。"

被直接拿出来调侃的周承诀也只是懒洋洋地扯了下嘴角。

毛林浩看热闹不嫌事大，积极地举手提问："老师，能通知别的班的同学搬桌椅过来盯着看吗？艺术班那边好多妹子说想来看。"

"哦，那坐不下了。"班里人都知道，艺术班不少漂亮的女生没事就来火箭班串门，为的都是多看周承诀两眼，一个个起哄得更加来劲。

叶娜娜冲毛林浩抬抬下巴，面含神秘的微笑道："来，毛林浩你起来，把我衔接课的时候给你们布置的，名著十个重点情节，挨个背一遍，现在立刻马上。"

毛林浩磕磕巴巴地开始背起名著十题。

周承诀面上仍旧带着些许困意，习惯性地按响几个手指骨节后，低声叫岑西："喂，同桌。"

岑西偏过头："嗯？"

"什么课？"周承诀问。

讲台上站了五分钟的语文老师要是听到他这么问，怕是会被气死。

岑西轻声答他："语文。"

少年点了点头，随后直接无视了桌上的语文书，开始在桌肚里找卷子。

他找了一会儿，想起这位置是刚换的，桌肚里的东西还没来得及换，又淡定地侧过身去严序那边翻。

片刻后，他找了一张数学卷子出来写。

岑西哑然。

严序见周承诀拿东西都不方便，才想起两人莫名其妙换了座位这事，随口问他："你怎么坐我位置上了？一回来就看你仰在这儿睡。"

周承诀脸上没什么表情，非常自然地说："刚才回来太困了，没注意。"

严序点点头："那等会儿下课换回来，我的书和卷子都还在——"

他话还没说完，就见周承诀动作利落地伸手将他桌肚里的一沓东西全掏了出来，随手放他桌上，而后还顺便将自己的书包挪了过来，面不改色道："不用了，麻烦。"

严序一时还没反应过来，只说："你这挪来挪去的倒是不麻烦啊？"

正想再说点什么，就听见身旁这位哥懒洋洋地冲叶娜娜道："老师，严序说毛林浩背得不行，他一句都听不下去了，他行，他迫切地想给大家展示一下。"

严序人都傻了，条件反射般否认："不是，我并不迫切。"

叶娜娜直接无视了严序抗拒的目光："那行。严序，你来展示一下你的迫切。"

严序呆了。

岑西衔接课没来，并不知道名著十题是哪十题，此刻正好拿着名著蓝皮书一边听一边做标记。

一节课很快到了尾声，叶娜娜提前五分钟结束课程。

她拍了两下手，示意这些偷摸刷数理化卷子的小兔崽子抬头："是这样的，衔接课的时候因为班里人没来齐，部分班委就还没选，现在正好有时间搞一下这个事情。"

选班委这事原本不难，火箭班的学生大多忙于刷题，一般是不愿做这类需要花时间服务大家的事的，但由于南嘉历年评选的市级优秀班干可能会涉及加分，竞争多少就有些激烈了。

想到这儿，叶娜娜索性直接问："担任过班长的同学起立我看看。"

话音刚落，教室里起了一阵窸窸窣窣桌椅挪动的声响。

叶娜娜显然是低估了火箭班学生的优秀程度，全班六十号人，除了周承诀，全员起立了。

她看向周承诀，笑道："怎么就你一个没站起来？"

周承诀懒散地扯了下嘴角："我每周估计都得去检讨一次，实在忙不过来。"

"你还好意思说。"叶娜娜闻言瞪了他一眼。

她一时有些头疼，这么一来，选谁似乎都难以服众。

她想了想，说："那不然按成绩来？"

但是火箭班学生录取的方式很多元，有竞赛的、保送的，还有中考成绩优异的，并不是所有人都参加了统一考试，这才刚开学，也没有排名。

"班里谁的成绩最好啊？"叶娜娜问。

这话一出，底下开始七嘴八舌。

"我周哥！"

"诀诀！"

"肯定是周承诀啊。"

"那个讲诚信的男人。"

虽然说什么的都有，但无外乎都指向周承诀一人。

火箭班重理轻文，几乎没人在意他那四十三分的语文成绩。

这也算是民心所向了，叶娜娜思考了几秒钟，说："那班长就周承诀？"

涉及加分的事，与其给和自己不相上下的人雪中送炭，不如给永远赶不上的人锦上添花。

这决定几乎没有人有异议。

唯有周承诀本人无奈地吐槽了一句："老师，你真的挺叛逆的。"

叶娜娜没搭理他，只问其他人："那行，有没有不服的？"

众人拖长尾音："没有——"

周承诀："我不服。"

叶娜娜："你不服憋着。"

周承诀只能闭嘴。

选完班长，叶娜娜也忍不住开玩笑："以后你们就可以和爸妈说，自己语文考得比班长好了。"

毛林浩起哄："老师，那语文课代表也给我诀哥当！"

周承诀也跟着懒懒地笑："那不如把教导主任和校长都给我当，这样回去可以吹考得比教导主任和校长都好。"

叶娜娜："行。你们老姚就在窗外呢，你自己去和他说，正好下周的检讨还没找到理由。"

全班又是一阵哄笑。

谁都没把那所谓的下周检讨当真，唯有岑西听进去了。

她低头从书包里摸出一张叠得方方正正的纸，小心翼翼地递到周承诀面前。

周承诀眉梢微扬，思考了两秒："这是什么？"

"检讨书。"岑西解释道，"我之前说过要替你写的，我不知道你今天就要念，对不起。"

周承诀似是敛起了些神色，淡淡道："哦。"

"你留着吧。"岑西说，"可以下次用。"

他快被她一本正经的样子气笑了："咒我呢？"

岑西认真地道："不是。"

"先欠着吧，下次是什么主题还不一定。"

"行。"

岑西脑海中闪过他方才的八千字检讨，心想他什么主题都敢套，其实也没多大差别。

周承诀睨了她两秒，最后还是拿走了那份检讨。

中午放学铃敲响的一瞬间，李佳舒跟个饿鬼似的直扑向严序和周承诀这边："快点快点，我觉得我现在能吃下全班人。"

这三人从小一块儿长大、一块儿上学，吃饭也一直是一起的。

加上李佳舒最近被家里断了经济来源，就更得跟着这两位才能填饱肚子。

周承诀被她吵得忍不住皱眉头，还是严序对她耐心好点，商量完吃什么，催着周承诀赶紧。

周承诀下意识地扫了眼身边的新同桌，岑西还在埋头写题，完全没有要走的意思。

李佳舒催得急，三人很快在校门口常吃的那家店解决了午餐。

回班的路上，李佳舒嚷嚷着要绕去食堂再买一瓶饮料，周承诀随口道："你俩去吧，我回班。"

"那不是你同桌吗？"他话音刚落，李佳舒瞥见不远处食堂楼梯口走上去一个人，"她怎么这么晚才去食堂？这个点去还能吃到什么啊……"

这话是对周承诀说的。

严序闻言瞧过去，又瞥了眼周承诀，故意道："二点五组，算什么同桌？"

周承诀凉凉地扫了他一眼，只说："走吧，去食堂。"

李佳舒困惑："你不是要回班？"

周承诀："我也渴了。"

三个人走到食堂的小超市门口时，正好看见岑西端着一个餐盘走到不远处的餐桌前。

距离很近，她餐盘里的东西，三人都看得清清楚楚。

李佳舒方才在校外一口气点了十个小炒，这会儿看到岑西的餐盘里除了一份五毛钱的白米饭，就只有一份一块钱的咸菜根，有点看不过去，嘀咕道："她是减肥吗？这么点怎么够吃啊？干吗来这么晚嘛，这么晚肯定没菜了……"

周承诀面无表情地道："她能有几两重？减什么肥。"

严序："人家家庭条件一般，你以为谁都跟你似的，大小姐。"

李佳舒难得没回嘴。

严序又说："之前在球场遇过一次，人家还捡废品卖呢，哪是什么财迷啊，就是真缺钱。"

周承诀悠悠开口："啧，李佳舒啊……"

李佳舒这会儿内心无比煎熬，觉得自己真的很该死。

周承诀微不可察地勾了下嘴角，随口说："要是你实在觉得心里过意不去……"

"我想先给她买点吃的。"李佳舒撇着嘴，"但我这会儿也没钱啊……"

李佳舒说完，双手合十抵在面前，视线在面前两位大款身上来回扫。

严序在李佳舒这儿一般没什么原则，正想掏钱，就见一直没什么表情的周承诀居然先他一步，从校裤口袋里掏出饭卡递了出去。

李佳舒感激地冲他抱了下拳："谢了！以后你是我姑姑！"

周承诀："……倒也不必。"

他跟在李佳舒身后一块儿进了食堂的小超市，随口叮嘱："买点好的，别抠抠搜搜的。"

"知道，知道。"

李佳舒心里是真的过意不去，这会儿挑起东西来很认真。

结完账出来，李佳舒想了想，还是有点拉不下面子，索性把一袋东西塞进周承诀怀里，求他以同桌之便帮忙给岑西。

周承诀十分勉为其难地答应了。

回到座位上的时候，岑西正在喝周承诀上午给她买的奶茶，一边喝一边做题。

她以前没喝过奶茶，这是第一次喝，小口小口的，每一口都很舍不得。

周承诀看了一会儿，回过神来，随手把那袋刚买回来的东西往她桌上一放。

岑西做题的动作一顿，茫然地抬头看向他："这是什么？"

周承诀懒散地往座椅上一靠："李佳舒给你的。"

岑西没明白，索性将袋子打开来看，里头有好几种零食点心，甚至还有几包卫生棉。

这些东西她见过，但一样没吃过，就连卫生棉也没用过，她连最便宜的都买不起，每到生理期，都是用粗糙的手纸应付着多垫几层。袋子里的东西全是她负担不起的价格。

"她为什么要给我这些？"岑西问。

周承诀好笑道："她以一己之力独自孤立了你一上午，你没发现？"

"没有啊。"岑西摇摇头，"早上有人说我，她还帮了我，我都没有什么可以谢她的。"

周承诀眉梢微挑，很快捕捉到重点，神色敛了几分："说你什么？谁说你了？"

岑西没答他，只说："你还是帮我还给她吧，这些太贵了。"

周承诀没理她这话，面无表情地直接将那袋东西塞进她书包里："你还是收了吧，不然以李佳舒的性格，半夜醒来都忍不住扇自己耳光。"

3

南高地处半山腰，大半个山头都被这一所学校占据。出了校门全是上下坡，一般不是就住在山头附近的学生，中饭大多在学校食堂或校门外一条小街解决，方便省时间。

江乔属于少数同学，她比较挑食，家里条件又好，因此每天中午不管风吹雨打，都有司机准时在校门口接她回家吃饭。

不过她家那个别墅区离南高比较远，所以她几乎是最晚一个回到教室的。

今天下午第一节课又是体育课，没什么所谓，她来得就更晚了些。

原以为教室里已经没人了，没想到一来便看到周承诀往岑西书包里塞东西的一幕。

东西塞完，正好上课铃响了，两人也没再有什么交流，周承诀像什么事都没发生过般，随意侧身弯腰拿起地上的篮球，几步出了教室。

岑西并没在意他的离开，而是将书包再往里推了推，低头把刚刚写到一半的题写完，才拿起桌上的单词本塞口袋里，踩着上课铃去上体育课。

教室里一时间只剩下江乔一个人，她停在原地，若有所思地眨了两下眼睛，最后也没多想，做贼似的趁着班里没其他人的空当，从书包里掏出她这几天绞尽脑汁写的信，悄悄放到了周承诀的桌上。

体育课的时候，岑西因为痛经，找老师请了假。

这儿的老师倒是好说话，见她朝自己走来就懂了，说是在边上休息或者回班都可以。

岑西坐在树下，安静地背了一会儿单词，后来见几个女孩起身回班，便也跟着一块儿回了教室。

南高校风不错，大多数学生家里条件都过得去，极少出现什么偷盗事件，加上现在用现金的人少，也没什么值钱东西可偷。

因此学生离班基本没有关门的习惯，就连放学，每个教室的门也都是大剌剌地敞着。

结果一节体育课的时间，周承诀的桌上凭空多出了一沓花花绿绿的信纸。

.042.

课间时间过去一半，打篮球的那群男生终于舍得回教室了。

都正值青春年少，个个不怕晒，在烈日下打了几十分钟球，出了一身汗，有点味儿也在所难免。

不过，一群人一窝蜂回来，味儿多少还是有点冲。

不少女生默默把窗户打开。

李佳舒跟在严序身后进门，说话更是直白，嫌弃得要命："你不能洗个澡再回来？臭死了。"

严序冷哼一声："你上回来我家拉肚子，让我坐厕所门口陪你聊天的时候，我说你什么了吗？"

李佳舒："我杀了你，严序！"

周承诀此刻已经回到座位上坐下了，闻言，默默低头瞧了自己一眼，随后用胳膊肘轻碰了下身旁仍在写题的岑西，状似不经意地问了句："味儿大吗？"

岑西一愣，而后很快反应过来，轻轻摇头："不会，没什么味道。"

这话是真的，周承诀平时锻炼得多，体力很好，并不是特别容易出汗的体质，加上作息健康又爱干净，基本上没什么味道。

岑西和他有过几次短暂的接触，也都能闻到他身上淡淡的橙子香。

他好像特别喜欢橙子味的东西，沐浴露和洗衣液似乎都是这类香型。

此刻也没有半点汗味，仍旧是熟悉的淡香。

"不好意思啊。"周承诀莫名有点不自在，估计是以为岑西不敢说实话，还是解释了句，"平时打完球，我们都会去寄宿生宿舍那边冲个澡再回来，今天打嗨了，来不及。"

岑西握着笔，偏头看过去："真不会，而且班里有空调。"

结果就见这哥们儿随手撩起衣摆擦了擦汗。

周承诀的坐姿几乎是习惯性朝着她的方向偏的，他也就随手擦了那么一下，可那几块深深浅浅明显的腹肌，还是正好撞入岑西的视线。

她一下回过头，莫名有种做贼心虚的感觉。

这人不是喜欢藏着掖着吗……怎么还有失手的时候？

不过看得出来锻炼得真的很好……

岑西心跳得有些快，难得紧张。人在紧张的时候好像确实会不知道该干点什么，她索性从书包里掏了几张纸巾出来，递给周承诀，只是递出去后，又有些后悔，她的纸巾都是最便宜最劣质的。怕他嫌弃，女孩小声道："你要吗？质量不太好就是了……"

"谢了。"周承诀偏头，很快接过用上，"这不挺好的。"

少年把汗擦完，侧身弯腰拎起一袋东西："刚刚在篮球场上收的。"

是一袋空水瓶。

他没等岑西接，直接将袋子挂在她课桌下的钩上，随后又拿了一杯橙汁放她桌上，不经意道："买多了。"

岑西刚想拒绝，便又听他说："他们都有。"

女孩闻言，下意识地往周围看了一眼。李佳舒、严序、毛林浩他们确实人手一杯，只不过他们手上的，很明显看得出是冰镇过的，杯身的水汽凝成水珠一滴滴往下落，只有她这杯是常温的。

江乔的座位靠前，打从周承诀踏进教室，便几秒回一次头，结果脖子都快转抽筋了，也没见周承诀注意到桌上那沓信。

一直等到严序挨完李佳舒的打回到座位上，才有动静，只听见他打趣道："嚯，这才开学多久，又来一堆信！这要是一堆检讨书，我哥们儿都能用半学期。"

周承诀懒散地扯了下嘴角："滚。"

班里人闻声全部转过来八卦。毛林浩站起来扫了一眼，戏多地抱头哀号："我怎么没有，我怎么没有？她们是不是不知道我坐这边，一定有送错的！难道这届女孩都只喜欢讲诚信的男人吗？"

周承诀噎住。

严序乐死："让你在主席台上瞎开屏。"

周承诀无语。

他满不在意地收起桌上那沓信，懒洋洋地起身，将信丢进教室最后的垃圾桶。

一眼没看。

连是谁送的都不关心。

最后一节课下课铃刚响，等在教室外许久的班主任叶娜娜几步走了进来，趁大家还没离开教室，她站到讲台上："耽误大家两分钟。下周，你们新生要军训，这个应该早就听说了吧？"

毛林浩："老师，就在学校里军训吗？"

"不在本校。"叶娜娜摆摆手，"听老姚说，这回要好好训训你们，好像都不在本市，打算把你们全拉到外地去。"

"哪儿啊老师？"

"今塘岛，封闭式管理。"

班里好些人没听过这地方，一时间讨论起来。

"这地方好玩吗？"

"海岛哎，应该不错吧，我查一下。"

"哇，搜出来的第一条居然是今塘附中贴吧里发的他们学校校草照片。"

"帅吗，帅吗？我看看！"

"这个可以和周承诀打得有来有回了。"

叶娜娜接着说："所以大家这两天抓紧把军训服的费用交一下，你们周末也可以买点东西稍微准备准备，泡面、零食啊，还有防晒什么的也很重要，别都晒得跟毛林浩似的。"

毛林浩无辜中枪。

"那行，没别的事了。"叶娜娜看向周承诀，"班长这几天帮忙收一下钱。"

周承诀没什么表情地点了点头。

等叶娜娜一走，学生们也陆续离开教室。

毛林浩手指转着篮球朝周承诀走过来："诀哥，还打吗？"

周承诀扫了眼身旁正收拾书包的新同桌："不打了，体育课刚打过。"

严序只拿了几张还没写的卷子："李佳舒爸妈让咱们晚上一块儿去她家吃饭，你去吗？"

周承诀没什么兴趣："懒得去，你们去吧。"

严序："那你自己去车棚吧，我坐她家的车走。"

少年不紧不慢地把黑色书包斜挎身上，无所谓道："成。"

这两人为图方便，都在附近弄了一套房住，不像李佳舒、江乔她们喜欢叫家里人接送，平常都是一块儿骑自行车来回的。

见岑西已经出了教室，周承诀也独自一人往学校的车棚走。

岑西对南高附近仍旧不太熟，早上来时艳阳高照，此刻天色渐暗，总觉得几条路又和印象中不太一样了。

她跟随着人流走了一段，又拐了个弯，就在准备下坡的时候，隐约看见前面坡底有几个人守在出口处。

岑西脚步一顿，再定睛瞧了眼，有一个是半个月前遇见的黄毛。

这会儿刚放学不久，周围学生很多，可岑西觉得他们肯定是来报复的，当即准备转身换一条路跑。

然而她一身黑衣服混在一堆蓝白色校服中着实显眼，对方一见她这反应便认出来了，拔腿就追。

上坡路岑西跑起来吃力，加上正来例假，疼得体力也没那么好，她一时不知该怎么跑。

鬼使神差地，她脑海里突然闪过方才严序说的"车棚"两个字。

她记得早上来时正好留意过这地方，此刻只能硬着头皮凭借着零碎的记忆，使劲往车棚跑。

好在记忆是对的，她才刚冲到车棚入口处，就见那一身黑色长袖的少年正弯腰解着锁。

也不知怎的，从前被父亲打到满身伤也不曾掉泪的坚韧少女，此刻在看到这个认识没多久的人时，鼻子忽地泛起一阵酸意。

不过也仅是一瞬。

周承诀听见入口的动静，满不在意地抬眸扫了眼。

见来人是岑西，他眉心微蹙："还没回家？"

岑西脱口而出："黄毛堵我……"

就连她自己都没意识到，这语气莫名有种找人撑腰告状的味道。

周承诀眉梢微扬，就听见这姑娘顺着气又补充了一句："还有、还有几个'红黄蓝绿'……"

少年差点被她这语气惹笑，没忍住微勾了下嘴角，而后又正了正神色，淡定地道："哪儿碰上的？"

他边问边把车锁扣回去。这自行车是竞速款，没后座也带不了人，他索性不打算骑了，直接放一边，朝岑西走过去。

女孩凭着记忆描述："有一座很矮的小天桥，桥下有一个小山洞，是条下坡。"

"池后巷。"周承诀秒懂，随口给她介绍，"那小桥是连接初高中部的，平常从桥上往巷子跳，就出去了。"

岑西顿住。

要不说他能天天写检讨呢，还是有一定实力的。

"下了那条坡再拐弯，走个十分钟能到你家店。"周承诀一副很有经验的样子。

岑西一愣，一时没反应过来："你怎么知道？"

周承诀把车钥匙随手丢回书包里，面不改色地给她回忆："'至死不鱼'烤鱼店，爱你，至死不渝。"

岑西："……噢。"

那外卖小卡片上有地址。

"走吧。"周承诀走到岑西身旁，顺手替她把跑路时滑到手臂的书包带提溜回肩上。

少年这会儿半点看不出之前在主席台上，一本正经地祝大家得偿所愿的好学生样，语气浑不懔的，跩得要命："找他们去。"

4

两人就这么一路无言并肩走到校门口。

出了南高的一瞬间，岑西清醒过来了。

其实她并不是个喜欢求助的人。

她长相惹眼、成绩又拔尖，明明都是优点，但这些优点放在一个没钱没势的小女孩身上，往往会引来更多麻烦。

从前在嘉林时，被孤立、被造谣，甚至被欺负，这些事情她没少遇过。

旁人被欺负有父母撑腰，而她的父母甚至还会不分青红皂白怪她招惹是非，再打骂她一顿。

同学怕被殃及，不敢出头帮她。

告诉老师，老师也只是通知家长，后果更惨。

求助就像个笑话。

后来再遇到，她能躲便躲，躲不了就咬牙扛。

她也没弄明白自己怎么就下意识跑来车棚这边找周承诀，或许是情急之下没过脑，此刻冷静下来，觉得多少还是不妥。

他已经被害得写了八千字检讨，没理由再拖他下水。

况且这回，对面人太多了，和上次不是一个情况。

想到这儿，岑西伸手扯了下周承诀的衣角。周承诀脚步微顿，偏头瞧她："怎么了？"

"还是别找了。"岑西说。

少年眉梢微挑："理由？"

"他这回把'红黄蓝绿'全叫来了，人很多。"岑西想到他那精彩的检讨，"引经据典"加以论证，"你刚用检讨教育过大家，团结的重要性，估计他们在隔壁听到偷师了，这回真团结了。"

周承诀没忍住，以拳头抵在唇边，轻笑了声："从我的检讨中都能得到启示，不愧是语文课代表。"

语文课代表早自习需要上讲台带读，班里没人爱领这活，加上火箭班里理科大神居多，语文大多属于不拉胯，但平平无奇，像岑西这种中考一百四十三分且作文满分的选手，就这么一个，叶娜娜索性直接敲定了岑西。

岑西想了想，又说："而且打赢了，也得写检讨，你刚'水'……不是，刚创作完八千字，还是算了吧。"

"放心吧，以老姚对我检讨书的热爱程度，哪怕是我右脚先跨进校门，都有可能罚个两千字。"周承诀一脸无所谓地扫了岑西一眼，又说，"况且这不还有你嘛。"

岑西噎住。

"我主武，你主文；我伸张正义，你负责检讨。"周承诀抬手轻轻拍了两下岑西圆润的后脑勺。

岑西沉默。

"伸张正义"最终没成，因为双方压根儿就没遇上。

他们走回池后巷的时候，那群"红黄蓝绿"早就不见踪影。

周围学生依旧络绎不绝，两个没穿校服的走一块儿，加上周承诀在学校里知名度又高得过分，很快有人认了出来。

"前面那个是周承诀吗？"

"那个身高没跑了，南高找不出几个像他这么高的。"

"啊啊啊，我第一次放学碰上他，听说他就住附近那个巨贵的望江壹号，骑自行车一溜烟就到家了，根本碰不到人。"

"不过望江壹号不是在反方向吗？他怎么往这边走……"

有关周承诀的议论此起彼伏，岑西觉得众目睽睽之下走在他身边，应该不是什么好事，于是默默将速度放慢了些。

两人很快拉开一两米的距离。

结果她一口气还没松下来，前面的少年脚步忽地一顿，在原地停下，转身看她，不咸不淡地问："肚子疼？"

岑西一愣："没啊。"

她这会儿倒是真不疼。

"那走这么慢？"说着，周承诀走回她身边，话里听不出什么情绪，"别落单啊，不利于团结。"

岑西一噎，想了想说："他们应该已经走了，要不你回家吧。"

周承诀下巴朝前方的路抬了下："回家啊，顺路。"

岑西："哦。"

好像是，她上回偷偷跟他回家，就一路跟到了烤鱼店。

晚霞将他们并肩的身影拉得斜长。

两人就这么"团结"地走着，期间，岑西都在默默记着周围的路线。

十来分钟后，烤鱼店出现在眼前。

"到了。"

岑西点头看他："谢谢你。"

周承诀没答，转身往方才来的方向原路返回，背对着她懒洋洋地抬手挥了挥。

翌日清晨五点，岑西起床洗漱完，照常站在小天台的围墙边默读了一小时英语。

六点出头，她将课本收回书包，脑海中回忆了一下上学路线，忍不住开始担心半路上会再次碰上那个黄毛。

她正犹豫着要不要等路上的学生多点再下楼，忽地瞥见一个人影从楼下老榕树前慢悠悠地经过。

少年个子高、肩膀阔，黑色 T 恤宽宽松松地套在身上，书包斜斜挎着，步调懒散，看起来十分眼熟。

岑西连忙背上书包往楼下跑。

周承诀没在烤鱼店前停留，岑西便像第一次遇见的那晚一样，离他五米远，悄悄跟在身后，踏踏实实地上学。

黄毛果然如预料的那样，没有放弃蹲她。

两人一前一后快到池后巷那块的时候，大老远就看见坡底站了些二流子。

几个人晃晃悠悠的架势很唬人，路过的学生全皱眉自动绕开走。

岑西心下一紧，结果就见那几个歪七扭八的人忽地站直了身子。

周承诀上坡的姿态仍旧懒懒散散不着调。

须臾，大概是终于看到那几个人了，少年脚步一顿，像是想到什么，很自然地朝身后扫了一眼。

在看到不远处悄悄跟着的岑西时，他丝毫没有意外地微扬了下眉梢。

片刻后，他不紧不慢地回过头，磁沉嗓音里带着不咸不淡的嘲讽："罚站啊？"

黄毛一伙人一声不吭。

明明人多势众，却愣是没一个人敢动。

周承诀冷不丁朝坡上迈了一步。

下一秒，黄毛一伙人一下四散，各跑各的，瞬间无影无踪。

周承诀无语。

就那么一小步。

之后连着几天上下学，岑西都会有意无意地在路上寻找周承诀的身影。

有时候，她会悄悄跟在他后面；有时候，她眼拙没找到人，跑过头了，还会被他顺手揪住书包背带拎回身边，然后听他懒洋洋地嘲笑一句："在这儿呢。"

反正只要是周承诀在的时候，黄毛那伙人都不敢靠近。

这天中午吃饭，严序一边和李佳舒抢鸡翅，一边问周承诀："你这两天怎么都不骑车了？"

"走路锻炼身体。"周承诀随口扯，"我不是虚弱吗？"

严序还是把鸡翅让给了李佳舒："我老是一个人回家，都要没劲死了。"

周承诀并不关心他的死活："那你和李佳舒一块儿回家得了。"

"放过我吧，那我能被她吵死。"

这话一出，严序又挨了一顿打。

周承诀懒得搭理他们，起身打算去买饮料，随口问："要喝什么？我一块儿买了。"

结果压根儿也没等他们俩回答，就自行买了七八杯，独自一人直接先回了教室。

傍晚放学的时候，江乔难得没拖延，动作利落地收拾好书包，做贼似的跟在周承诀后头出了教室。

早上她听见严序抱怨周承诀这几天总走路上下学，当即给家里的司机打了电话，让对方别来接了。

江乔跟出去的时候，周承诀已经到了楼梯口。

她几步小跑到他身边："你也走路回家吗？我今天正好也是。"

少年闻声动作微顿，淡淡"嗯"了一声，下楼的步伐明显快了些许。

江乔追得有些吃力："那个，我……"

她本想说正好和他顺路一块儿走，结果话还没说完，就听见周承诀简短地回她："抱歉，有事。"

等江乔反应过来的时候，已经完全追不上他了。

李佳舒后来居上，一把揽住垂头丧气的江乔："怎么了？你不是说晚上放学要和那谁一块儿走？"

"他走路也太快了，根本跟不上。"江乔吐槽了一句。

"他是这样的。"李佳舒宽慰道，"他和严序走路都快，我也经常跟不上，而且这小子总嫌我们烦，吵着他，从小就喜欢一个人待着。"

江乔点点头："好吧——"

她话音还未落，身边忽然一阵风似的跑过一个人影。

一个穿黑色短袖的女孩朝着不远处的少年奔去。

而方才脚下步履生风、嘴上还说着抱歉有事的人，此刻几乎是肉眼可见地放慢了脚步。

女孩很快跑到周承诀边上，似是刻意隔开一些距离，没靠得太近，结果差点被身边来来往往速度过快的自行车碰到，女孩直接被周承诀连人带书包，一下拎到马路内侧，交换了位置。

江乔眨眨眼，小声问："那是岑西吗？"

李佳舒看过去："是吧。"

江乔话里带着点羡慕："我觉得周承诀好像对岑西挺好的。"

"可能吧。"李佳舒想起心里的愧疚，猜测道，"估计也是恻隐之心。"

"哇！"江乔的重点一下跑偏，"你还知道'恻隐之心'这个词啊？"

李佳舒的眼睛瞬间瞪圆了："拜托，我可不是周承诀那种文盲。"

江乔忍不住笑："你语文也就比他高二十……"

李佳舒："……你自己走吧，我家的车来了，再见，绝交。"

这人一年和她绝交八百次，江乔毫不在意地回了李佳舒几个飞吻。

第二天上午大课间，江乔悄悄带了一封新写的信凑到岑西桌旁蹲下。

岑西正全神贯注地解一道函数题，江乔将信一下塞进她怀里，而后眼巴巴地望着她，差点把她吓得一激灵。

"这是什么？"

江乔眨眨眼，脸色微红："信。"

"给我的？"岑西吓得更蒙了。

"不是不是。"江乔忙摆摆手，"我是想问你，能不能帮我给周承诀……"

岑西松了一口气，反应过来后，不自觉地紧了紧手中的笔："他桌子不就在旁边？"

"哎呀，你上回也看到了，偷偷放，他直接扔，根本不看。"

"那就当面给他……"

"那他也扔。"

岑西没明白她怎么会想到找自己，说："怎么不找佳舒？他们关系那么近。"

江乔都忍不住想笑："他只会让佳佳滚远一点。"

"你是他同桌，他可能不太好意思拒绝。"江乔摇了摇岑西的手臂，"你就帮我试试吧。"

岑西不太敢，毕竟她和周承诀还没熟到这个地步。

江乔眨了两下眼："求你。"

岑西没招架过这么会撒娇的，加上她之前升旗的时候还帮过自己，为难片刻，还是心软地应下了："好吧，但是……"

江乔："没事，我知道希望不大，扔了我也承受得住！"

岑西没干过这种事，打从应下来后，心虚得要命。

期间，她不自觉地往周承诀那边偷瞥了好几眼，被抓包后又缩回去。

几次过后，少年不咸不淡地问："有事？"

"没事……"

"有事说事。"这人显然不好糊弄。

岑西犹豫半天，最后还是将那封信小心翼翼地塞进他手里。

周承诀沉默了几秒。

"又是检讨？"这人显然对她递过来的信件类物品有了警惕，"我最近没犯事，老姚还没罚呢，你盼我点好，别这么积极行吗？"

"不是。"岑西都不敢看他，只说，"是信……"

空气安静了一瞬。

周承诀微挑了下眉。

紧接着，便是信封被撕开的声响。

信纸展开的同时，伴随着少年压低的嗓音："亲爱的周承诀你好，我是江……"

下一秒，信纸被丢回岑西手里。

"这种脏钱你都挣？"周承诀连看都懒得看了。

"没、没收钱……"

"……连钱都没收？"周承诀都快被气笑了，语气里没了半点温度，"我在你这儿，就这么不值钱，是吧？"

少年冷哼一声："可以啊，岑西。"

岑西心里莫名涌上一股奇怪的感觉，这好像是认识以来，他第一次叫她的名字，但没想到是以这样的方式。

"对不起。"

周承诀没答她。

岑西抿唇，睨着数学卷子上写到一半的大题，迟迟没再下笔。

最后一节课的时间，她几乎都耗在了这道题上。

她在草稿纸上试了好几种方法，写了几行又画掉，没一种行得通。

她下意识地看向身旁冷着一张脸的少年，几次想开口问，又不敢。

两人间的低气压一直持续到傍晚放学。

期间没再说过一句话。

放学铃响的时候，毛林浩又抱着篮球来找周承诀："诀哥，打球吗？"

周承诀脸色不太好看，没什么心思应付："不打。"

毛林浩早就习惯周承诀难约这件事，随手把球放回桌下："那我再写一会儿卷子得了。"

严序是班里最反内卷的，一下课便掏出手机点开游戏，此刻正招呼着班里同学开两把黑再走。

"阿诀，玩吗？带两把啊。"

周承诀薄唇抿着没吭声，面无表情地把卷子收进书包里。

正准备起身离开时，就听见身旁女孩犹犹豫豫地朝自己小声开口："那个……这道题它……"

少年动作顿了一瞬，而后索性往椅背一靠，掏出手机，淡淡回了严序一句："拉我一个。"

组队的几个人一下嗨了："诀哥要带我们？"

"我等八百年了，终于把大腿盼回来了。"

"上号，上号。"严序也笑了，"我段位卡这儿都多久了，你终于舍得来了。"

那边游戏音效很快响了起来，岑西弱弱收回题目，皱着眉头又画去几行式子。

几分钟过后，她偏头看向正写卷子的数学课代表毛林浩。

虽然不熟，但是印象中，他人挺好的，岑西犹豫着，最后小心翼翼地开口请教。

好在毛林浩是个自来熟，脾气好、有耐心，讲解起来也十分丝滑。

一题问完，岑西忍不住感叹一句："你好厉害！"

"不不不。"毛林浩笑着挠挠头，"这题我原本也不会，刚好问过'吉吉'了。"

下一秒，耳边传来严序的哀号："阿诀？你是掉线了？"

"你刚才一打五都不带眨眼的，能被自家红 Buff（手游中的功能性野怪）干死？"

一局游戏很快惨烈收场。

严序人傻了："你是不是不小心连上校园网那个老古董了，关了关了，换流量重开一局。"

"不打了。"

周承诀沉着脸关掉手机，弯腰侧身捞起篮球从毛林浩身旁慢悠悠地经过。

毛林浩不经意地抬了下头，开心得快蹦起来了："诀哥，你打球啊？不是说不打吗？"

"嗯。"周承诀随口道，"打一会儿也行，来吗？"

"来来来！"

毛林浩兴奋地收拾好书包跟上他，想了想又补充道："不过诀哥，我体力一般，你别打太凶，一会儿让让我。"

少年语调懒散："行，让让你。"

第三章
今塘岛军训时光

/

1

这场球打得可以算得上是毛林浩人生中最难忘的一段回忆。

好几回他喘不上气时，一度怀疑他诀哥的文盲程度，是不是已经到了"我体力一般，你让让我"这几个简单的字都理解不了的地步。

暑假前的那场篮球赛，毛林浩因为被父母带国外旅游去了，遗憾错过。

对于周承诀一个人玩吐隔壁两个班篮球队的佳话，他没有亲眼见证过。

原本多少还是抱有怀疑态度，经由这一场，他已经坚信了。

因为这之后的半个多月，他一看到篮球也想吐。

一有人约他打篮球，他就疯狂摇头拒绝，嘴上还一个劲念叨着"老子就是再写十套数学卷子，也不碰一秒钟篮球"。

把"吉吉"给感动得连夜为他私人定制了二十份竞赛卷，鼓励他三天刷完。

毛林浩欲哭无泪。

临近周末的最后一天课间，陆续有同学来周承诀这边交军训服费用。

周承诀这会儿也才想起还有这么个事，他不紧不慢地走到讲台上："说个事，军训服的钱大家抓紧交一下，最晚最后一节课之前，放学我得统一交到娜姐那边去，晚了就要被训了啊。"

下面有胆大的耍宝："那你千万别交。"

"啊，对对对，别把大家当外人。"

周承诀仍旧是懒懒扯了下嘴角："滚。"

如今这种收费，学生们基本选择直接转账，不少人开始掏手机往班级群里转钱。

"转好了。"

"我也转了。"

周承诀目光往岑西那儿扫了眼，淡声补了一句："转账、给现金都可以。"

"要不诀哥你直接开个群收款得了，收现金多麻烦。"

岑西原本还在低头默默数着钱，此刻手上动作一顿，茫然地往周围扫了几眼，一时不知该不该继续数。

周承诀站在讲台上还未下来，此刻班级的一切动静都尽收眼底，闻言，不咸不淡地扯："老姚就在窗外。"

吓得一群人立刻把手机揣回兜里。

等他回到座位上时，岑西那钱还没数完。

一套军训服一百块，一人两套换洗，前面有几个交现金的同学，都是拿着两张百元钞票直接交的，压根儿就不用数。

而此刻岑西手中捏着的钱好厚一沓，从一块到五块，再到十块、二十块，什么面值的都有，仔细看还有硬币，一堆钱皱皱巴巴、零零碎碎，一看就是一点点攒出来的。

她数得很认真，来来回回数了好多遍，直到上课铃响，也没把钱交给周承诀。

她只得先用草稿纸小心翼翼地把钱包起来。

接下来的几节课，岑西除了听课做笔记，就是埋头刷题，偶尔心不在焉地悄悄往周承诀那边瞥上几眼，可偏偏就是一句话都没敢说。

打从昨天那事之后，两人就没再有过什么交流。

岑西也是这两天才发现，周承诀这个人其实性子真的挺冷的，不说话的时候，脸上没什么表情，看起来确实难以接近。

也难怪先前听到学校里的女生提起他时，总带着点高不可攀、只可远观的仰慕味道。

之前觉得是她们太夸张了，此刻才明白，大概是因为他知道她收垃圾攒钱的事，相处起来多少带着点同情分，所以才会偶尔对她关照一二。

如今那点同情已经被她消耗殆尽，岑西才终于真正认识到别人口中的周承诀。

只要他不愿意，别想多说上一句话。

其实她也没奢望过能和这样的人交上朋友，毕竟从前在嘉林，大多数同学家庭条件也就普普通通的情况下，她都常被拉出来踩上两脚，更何况现在是在南嘉。

哪怕坐得再近，两人之间的差距也不会只是一张课桌的距离。

然而同在一个班，他又是班长，做不了朋友却避免不了必要的接触。

岑西一只手握着笔，另一只手放在桌肚的书包里，手指紧攥着那包厚厚的现金，犹豫着看向周承诀好几次，最终还是不知道怎么开口。

这样心不在焉的状态一直持续到最后一节课下课。

周承诀没有马上离开，坐在位置上对着手机里的收款信息，一边登记名字，一边单手数其他的现金。

须臾，他头也没抬，只淡声问了句："你又接江乔什么单了？"

岑西反应了半分钟，才意识到周承诀是在同自己说话。

"没有。"她首先否认。

周承诀登记完一个人名，继续往下对，似是轻叹了一口气，又说："有题就问。"

"没有。"她还是否认。

岑西安静地在旁边犹豫许久，见他已经快把整张表格填完了，最终还是不得不开口问他："军训服可以只买一套吗？"

少年手中的笔尖停顿了下。

"我每天军训完立刻洗，一晚就会干，不会影响……"岑西忙争取道。

半晌，周承诀才无所谓道："随你。"

岑西松了一口气，把那包已经包好的零钱拿出来，在外面的草稿纸上写好自己的名字，然后小心翼翼地放到他的桌上："我已经数过几遍了，要是数少了，你再找我，应该没有假币，如果有，我也写名字了。"

周承诀仍旧没抬头，只淡淡地"嗯"了一声。

"麻烦你了……"

客气得让周承诀心底莫名起了阵躁意，他没再答。

开学后的第一个周末，岑西还是守在店里忙进忙出。

小姨的丈夫和婆婆对她这个外人的到来颇有微词，她只有尽可能多干点活，才能继续住在这个小天台。

周日这天下午，岑西正在洗碗池前洗餐盘，忽然听见店外传来小孩的哭声。

听声音，是小姨的女儿。

大抵是玩的时候没走稳摔了跤，这一哭便停不住。

大人都在忙，没人哄，哭闹声持续了很长一阵，不少客人被吵烦了。小姨没了法子，牵着女儿的手到洗碗池这儿找到岑西："先别洗了，把妹妹带出去玩一会儿。"

"这个是我前两天订鱼的清单。"说着，小姨从围裙兜里掏出一张纸塞到岑西手里，"你带着妹妹去这个超市逛逛，顺便把货一块儿带回来，按照清单对仔细点，别缺斤少两了，那些个做生意的可都精着呢。"

说罢，她又拿出二十块钱："这丫头就是嘴馋了想吃零食，你看着给她买点，别买多了。"

岑西接过清单和钱，牵上妹妹的手，点点头："好。"

超市离烤鱼店并不远，就在江对岸，过个桥就能看到。

那块是富人区，望江壹号也在那附近，小姨店里的味道做得不错，那片区挺多人喜欢点的，小姨也会定期在那家超市订点好货。

岑西还是第一次来这样的地方，从进门起就有点蒙，好在妹妹还算是见过世面的，操着一口小奶音，熟练地教她往里走。

先完成小姨交代的事要紧，岑西带着妹妹率先来到生鲜区，档主拿过清单简单扫了眼便钻进垂帘后面点货去了。

出来的时候，档主把一小推车的东西往岑西面前一晾："你看看吧，没问题就拿走吧。"

妹妹圈着岑西的手臂蹦蹦跳跳："姐姐快点，我们买好吃的去。"

岑西睨着那车东西，又垂眸瞧了眼清单，平静地道："东西少了，叔叔。"

对方见她不过是个十来岁的小丫头，压根儿不放在眼里："你懂什么？赶紧拿走。"

"这条鱼顶多三斤半。"岑西将一个袋子提溜起来又放回去，转而拿起旁边那个，"这个四斤，我们订的是五斤。"

闻言，对方一把攥起她说的扎袋，随手往秤上一放，音量大了不少："你自己看看，不识数吗？"

这招唬唬外行绝对管用，尤其像岑西这个年纪的小孩，哪懂什么柴米油盐，脸皮又薄，平时连讲价都不好意思开口，更何况是这样的情况。

偏偏岑西从小就见惯了这样的场面。

她面不改色地伸手触到那袋鱼，指甲一使劲，轻易掐破了塑料袋一角，水顺着破口很快流尽。岑西再将那袋鱼往秤上一放，淡定地读数："三斤半。"

老板脸色一僵，就见她又将另一袋按照同样的操作来了一遍："四斤。"

对方显然明白是小瞧她了，这会儿下不来台，只能用大嗓门来掩饰心虚："滚滚滚，要就拿走，小丫头片子什么都不懂！"

岑西拧着眉："钱早就收了，这么多监控拍着呢，您非要耍赖，我只能打电话投诉了。"

档主脖颈都涨红了，情绪上头，随手扬起捞网就想往岑西头上招呼："你再捣个乱试试！"

哪料东西还没砸到岑西头上，那黝黑的手腕就被人一把挡住。

"你动手试试？"

身后传来少年低沉的嗓音。

岑西下意识地回过头，就见周承诀高大的身影不知什么时候出现在她右方，肌肉线条流畅的小臂轻而易举将那中年男人的手挡了回去。

"李佳舒，打电话投诉。"

"打了！打了！"

李佳舒不仅打了，还扯起嗓门，又是哭又是喊地把周围逛超市的人全吸引了过来，添油加醋地把这档主一通说，哭得委屈巴巴，要求大人们帮忙评评理。

岑西手上牵着的妹妹见状，也学着号，演得相当逼真，吓得档主脸都一阵红一阵白，灰溜溜地进去把那足斤足两的货全数拿出来，这才将围观的人打发了。

一场闹剧很快收场，其他人似乎对李佳舒的操作早就见怪不怪，只有岑西还停留在震撼中。

李佳舒帮归帮，可仍旧扯不下面子和她主动搭话，弱弱地藏在后面，一个劲拧严序的手臂，让他开口。

他们仨里头，和岑西最熟的肯定是周承诀，然而严序也不明白，这人此刻怎么也不主动，明明刚才看见岑西被欺负，走过来的步伐都生风。

严序没办法，笑着冲岑西打招呼："嗨，前任同桌。"

周承诀凉凉的眼风扫了他一眼。

"这么巧啊，你也来逛超市。"严序继续说，"李佳舒说明天军训，今天必须买点零食带上，问你要不要一起逛？"

严序的手臂被李佳舒掐青了。

"不了，我来帮我小姨拿货的，"岑西小心看了眼周承诀的脸色，指指妹妹，"还得带她，刚刚谢谢你们了。"

"没事，本来你投诉了也能解决，我们就是帮你省点时间。"严序说，"不过你头还挺铁的，这都不怕。"

岑西笑容浅淡："东西少了我要自己贴的。"

贴钱不说，要是一次两次总出这种问题，她可能都没法继续在店里住下去。

除了小姨这里，她实在没别的地方可以去，她还想好好上学。

妹妹一心惦记好吃的，这会儿也没心思等他们继续聊天，岑西无奈地被小丫头拉着走。

周承诀随手把推车给严序："你们逛，我去买点别的。"

李佳舒没多想："你刚刚不是说没什么东西想买的？"

"你这一车甜的，看得我头疼。"周承诀不咸不淡地丢下一句，直接走开了。

妹妹显然是熟门熟路了，扯着岑西的手，很快将人领到零食区。

"姐姐看！"小孩兴奋地拉岑西蹲下，"有好多口味！姐姐，哪个好吃？"

"不知道呀，姐姐没吃过。"岑西凑在妹妹身旁，也挺新奇。她没怎么逛过超市，上回李佳舒给她买的那袋东西，她到现在还留着舍不得多吃，"橙子味的怎么样？"

妹妹鼓了鼓腮帮子："我更喜欢草莓味的。"

岑西当即道："那就草莓味的。"

然而这家超市的价格显然比外面小卖部高出一大截，小姨就给了二十块钱，她扫了眼价格，忙将东西放回去，哄着妹妹："我们再看看别的好不好？看看有没有更好吃的。"

妹妹嘟了嘟嘴，情绪有些欠佳，正想赖着不走，眼神一下愣住："姐姐。"

"嗯？"

"那个高高的帅哥哥老跟着我们。"

闻言，岑西自然地往身后瞧去。

这会儿人不多，货架之间空荡荡，没什么人，唯一能瞧见的是一个四十来岁的秃头中年大叔，挺着个啤酒肚推着推车经过。

岑西神情凝重，这小丫头该不是审美有什么巨大缺陷吧？

她没把这事放心上，只带着妹妹继续找能买得起的东西，最后她自己贴了几块钱，总算买到小丫头满意的零食。

严序和李佳舒已经挑了一车东西等在收银台那边了。

周承诀姗姗来迟，手里也多了一个推车。

李佳舒还挺好奇，这人从不喜欢逛超市，居然还能自己买一车东西。她忙走上前将推车接过，一看就无语了。

"你刚刚不是说看我那一车甜的头疼？那你这一车甜的是怎么个事？"

周承诀没回话，只面不改色地教育他姑姑："军训的时候带去给同学分一分，得罪人了不好意思和人说话，就得哄着点，懂不懂？"

"噢噢。"李佳舒一听，以为是在给她支招，当即也不反驳了，"还是你想得周到！"

2

军训出发这天要求上午九点在校门口集合，岑西按照固定的生物钟起了个大早，洗漱完就下楼到店里帮小姨一块儿忙活早餐。

八点出头的时候，岑西正站在店门前包着扁肉，抬头的一瞬间，隐约看见有个和周承诀挺像的人影经过。

店里忙得很，她没时间多想，垂眸继续手上的动作。

约莫过了半个多小时，门前响起一阵自行车铃声，一听便像是在叫人，岑西下意识循着声音的方向看过去。

按铃的是严序，旁边还站着周承诀。

周承诀的穿着和她方才看见的一闪而过的人影十分相似，就是此刻他手上多了两盒蛋糕。

严序跨坐在自行车上，单脚踩地，冲岑西扬了扬下巴："不走吗？不是九点集合？"

岑西刚将一份面条下进锅里，冲他摇摇头："来得及，我再忙一会儿。"

看样子是准备踩点了，严序随口提醒："去太晚前排就没位置了，大巴车后排很晕的。"

岑西笑了笑："没事。"

严序瞥了眼身旁一言不发的少年，压低声音问："那走吗？"

走还是等给个准话啊，老不说话靠他传，还得靠他猜。

周承诀收回眼神："走。"

两人到学校的时候，去往军训营地的大巴已经停在校门口了，大多数人还没来，前排空座还剩挺多。

严序先上了车，在第三排坐下，抬头对周承诀说："咱俩别坐一块儿，李佳舒还搁家里抹防晒呢，说让我给她占个座，太靠后她会吐。"

周承诀无所谓地点点头，直接坐到他后面一排。

时间渐渐接近九点，大巴车内陆续热闹起来。

江乔挽着李佳舒的手走上来，站在车头往车厢内扫了眼后，藏不住兴奋地扯了下李佳舒的手臂，捂住嘴小声说："啊啊，周承诀没和严序坐一块儿啊，他身边空着，我不和你坐了，我想和他坐。"

李佳舒"嗯"了一声："那正好，我让严序帮我占座了。"

"加油姐妹。"李佳舒拍拍江乔的肩膀，打着哈欠坐到严序边上。

江乔心跳加速往第四排走，快到周承诀身旁时，就见方才还一手拎着两盒蛋糕，另一只手百无聊赖地划拉着手机的人，不知什么时候已经把蛋糕放到了身边座位上，整个人懒洋洋地靠着椅背，双手交叠搭在胸前，黑色帽檐遮挡去半张脸，双眼闭着，一副已经进入补觉状态的模样。

随意伸着的长腿，正好挡住了那唯一能进到他旁边座位的小过道。

江乔站在边上犹豫了一阵，最后还是没敢叫醒他，撇嘴默默往后排走去。

她刚坐下，手机便"嗡嗡"振动了两声，拿出来一看，是李佳舒发来的微信。

简直不敢相信我这么美：你人呢？姐妹。

小乔要努力变强：在后面，他一秒入睡，我进不去，没敢叫他。

简直不敢相信我这么美：出息啊。

小乔要努力变强：……主要我怕叫醒他，他直接把我从车窗扔出去，他那个起床气……

简直不敢相信我这么美：那倒是，但是我感觉他现在起床气好像没有以前那么重了吧……

在她印象中，岑西好几回都撞上周承诀刚醒，但也都相安无事啊。

两人没再讨论这个问题。

李佳舒的注意力很快被从车窗照射进来的刺眼阳光吸引，这会儿已经放下手机，和身旁的严序吵起来了。

"你和我换个座，我不想靠窗。"李佳舒理所当然道，"这大巴没窗帘，靠窗太晒了！"

"不换。"严序一局游戏刚开始，头都没抬，"我也是人，我也怕晒。你不都在家涂一小时防晒了？要相信产品，对科技有信心。"

"你换不换？不换我杀了你。"

"来，你来杀。"

…………

岑西踩着点到的时候，大多数同学已经就位。

李佳舒还在单方面殴打严序，车厢氛围也和平时在班里不同，集体出远门，个个都兴奋，吵吵闹闹的。

岑西很自然地往最后排走，结果一路走下去，愣是没找到一个空座。

毛林浩冲她摆了下手："后面没位置了，你看看前面还有没有。"

班主任叶娜娜这会儿也上来了，站在车头看到有人还没入座，快速扫了眼车厢后，往第四排指了下，拿着一个导游话筒对岑西道："来这儿，这里还有一个座。"

不少女生纷纷从过道探出头来，小声讨论：

"是周承诀边上那个位置吗？"

"好像是，我刚才想坐，没敢进去。"

"呜呜，早知道座位是刚刚好的，我也最后一个到。"

岑西走回周承诀身边时，这人仍旧保持着补觉状态一动不动。

她正犹豫着要不要直接跨进去，就见少年面无表情地脱下帽子抓了两把头发，又重新把帽子戴上，一副还没睡醒的样子。

而后他懒洋洋地站起身，随手将靠窗位置上的两盒蛋糕拎起来，若无其事地坐过去，高大的身形挡去了车窗外直射进来的一大半烈阳。

他原先的位置空了出来，岑西正好抱着书包坐下。

前头吵架的李佳舒正巧往后瞥了眼，指着骂严序："你看看人家，你还是不是男人！"

严序无语。

最后严序还是如李佳舒的愿换了座位。

叶娜娜点了下名，稍微说了几个军训的注意事项，便也坐下了。

李佳舒这会儿换完座开心了，从行李箱里掏出一堆零食来挨个分。

她首先转过身问周承诀。

周承诀回了两个字："不吃。"

李佳舒又看向岑西，没给她拒绝的机会，直接往她怀里塞了一把，又抱着东西往后面分去了。

岑西垂眸一瞧，还挺巧的，居然是她那天在超市想买却买不起的橙子味汽水糖。

　　陆续有同学上来分零食，周承诀基本都没有接，有的实在盛情难却，前一秒接过，后一秒便自然地塞到岑西手里。

　　江乔拿着东西上来分的时候，周承诀正好在接电话。

　　她等在旁边，越听越觉得吃味。

　　少年语调懒洋洋的，可听得出来，和电话那头的人关系明显不一般。

　　"嗯，买了。"他边应着，边垂眸眯了眼，"我看看。有，车厘子、草莓、蓝莓什么都放了。

　　"起了个大早订的，新鲜着呢。

　　"不是，吃不到能怎么着？能哭啊？

　　"还真哭啊？公主啊。

　　"这还好南嘉有分店，不然我还得飞北临给你带是吧？"

　　江乔撇着嘴，小声问岑西："他和谁打电话呢？"

　　岑西往边上看了眼，很快又收回眼神，摇摇头。

　　江乔心里有点堵，有意打断，拿着零食往周承诀面前凑："吃吗？"

　　男生面无表情地将脸转向窗外，无声拒绝。

　　岑西看着自己怀里满满一堆别人给的零食，多少有些不好意思。

　　她没钱买零食，自然也没法分享回去，书包里仅有早上出门前装的三个茶叶蛋。

　　她想了想，有点不太好意思地拿出来问江乔："茶叶蛋你吃吗？"

　　江乔笑着摆摆手："我不吃鸡蛋的。"说完便离开了。

　　岑西咬着唇，看了眼周承诀，不太敢主动搭话，索性站起来往前探，将茶叶蛋递到严序面前："待会儿佳舒回来的时候，帮我给她好吗？"

　　严序一瞧，忙替李佳舒拒绝："不行，她坐车不能吃蛋，不然指定吐我一身。"

　　他正想说"不如给我吧"，然而还没来得及，就见周承诀一边打着电话，一边分出神来将那袋茶叶蛋直接拿走了："我吃。"

　　"给我留一个。"严序眉梢一挑，"你刚刚不是什么都不吃？"

　　"我同桌给我的。"周承诀淡淡地道，"三个正好，少一个都不够。"

　　严序无语："二点五组算什么同桌？"

　　周承诀冷笑一声："你有本事向你同桌要啊。"

　　严序更无语了："我同桌不就是你吗？"

周承诀挂了电话，笑得更欠揍了："那不好意思了，你同桌什么都没有。"

大巴摇摇晃晃驶向今塘岛，这路说远不远说近也有几个小时的车程，大家吃完东西打完游戏，玩累了就开始昏昏欲睡。

后半程，车厢内明显安静了许多。

大抵是周末两天忙疯了，早上还早起帮忙，这一路上岑西睡得相当沉，一开始头止不住往下砸，还砸醒过一回，后来似乎是找到一个非常舒适的角度，踏踏实实睡到下车前。

转醒时，明显感觉有人在她脸颊上掐了两下，等睁眼时，周围人已经陆续下车了。

岑西抱着书包和零食走下车，就见几个女生围在一块儿小声议论着。

她顺着女孩们盯着的方向看去。

就见不远处，周承诀随手将一盒蛋糕递给对面那位个头几乎和他持平的少年。

那人模样有点痞帅，懒散劲倒和周承诀如出一辙。

有女生掏出手机调出照片比对了一下，说："好像是之前今塘附中贴吧里发的那个校草。"

"居然不是个'照骗'，明显真人更帅啊！"

"听说这半个岛都是他家的。"

"岛主啊。"

"所以又帅又有钱的大佬果然都是一块儿玩的。"

那头，周承诀把那提了一路的蛋糕递出去之后，随口调侃一句："连朋友都算不上，就这么供着，挺费心啊，跟给人当爹似的。"

对面那人也是个不好惹的，瞥了眼他手里的另一盒蛋糕："多买一盒什么意思？"

"我就想看看，到底什么玩意值得让我这么大老远带过来。"

"你不吃甜的吧。"少年痞痞地扯了下嘴角，"彼此彼此。"

周承诀顿了一下："赶紧滚吧。"

那边老姚和各班主任已经开始维持秩序，要求大家整齐划一排队了。周承诀不紧不慢走回去时，叶娜娜正拿着喇叭叫他："班长，快点过来帮忙发一下军训服。"

周承诀不紧不慢地从队伍末尾往前走，经过岑西身旁时，就听叶娜娜说："手上的东西先让同桌帮忙拿一下，空手上来。"

他难得很听话地把蛋糕交了出去。

军训服发起来也挺快，男女两边站，周承诀推着一车衣服，左右各发两套，很快便发到了岑西面前。

两套女款军训服交到她手上时，岑西明显愣了一下，而后压低声音小心提醒他："我只买了一套。"

男生没什么表情道："订的时候不小心报错数，多订了一套，正好拿着换洗吧。"

周承诀说完，若无其事地继续往后发。

全部发完后，老姚又拿着喇叭训了十来分钟，才终于舍得让大家解散。

同学们三五成群开始往各自分配的宿舍楼走，岑西回头找到漫不经心走在最后的周承诀，将蛋糕递回给他。

结果他顺手替她拎起书包，也没接那蛋糕，只随口道："带到宿舍去分了吧。"

到宿舍时，女孩们已经开始试军训服了。

这衣服总共就穿几天，也没按尺寸订，好多人穿起来都太大。

岑西忙拿出针线替大家改了改。

江乔一脸崇拜："你真的好厉害，连针线活都会，我连衣服都不会洗，刚刚问了娜姐，说这边没有洗衣机，要自己洗。"

"这谁顶得住啊？"李佳舒当即掏出手机给严序打电话。

岑西想都没想直接道："没事，我可以帮你们洗。"

"那哪行。"江乔想了想，又说，"那你得收费，不能白干。"

岑西也没想到，本来只是想做点力所能及的事，还大家分她零食的人情，结果江乔、李佳舒两人直接给她搞了个大生意。

这事不知怎么还传到了赵一渠那儿，最后替她在男生宿舍那边都拉来几单。

夜里七点钟，岑西提着两桶军训服独自去了洗衣池。

才洗了没一会儿，周承诀提着两件衣服走到她跟前。

白炽灯的光线忽地被他挡去大半，岑西下意识地抬头："你怎么——"

她话还没说完，正好看见他手上的衣服，忙说："要我帮你洗吗？"

她补充道："不收费。"

"不必。"少年没领情，"你业务量太大了，我这人挺挑的，怕你达不到我的要求。"

"好吧。"岑西低下头去，"那你自己来。"

"没洗过，怎么洗，你教教我？"

女孩闻言，点点头，动作利落地给他示范了一遍。

于是周承诀一件又一件地尝试了起来，自己的试完了，又盯上岑西桶里的。

"是这样？我再试两件。"

时间一分一秒地过去，眼见那两桶衣服已经被他洗了一半，再试下去，怕是全被他洗完了。

她正想开口，就听见他突然问："蛋糕的味道怎么样？"

"啊？"话题转得太快，岑西一时没反应过来。

周承诀扬眉："你没吃？"

"噢，有吃，佳舒分了我一块。"岑西夸奖道，"很好吃，很甜。"

"李……"周承诀顿了下，"我今塘有一哥们儿，他家里突然住进来一个异父异母的亲妹妹，跟供祖宗似的供着，说这牌子的蛋糕好吃，非要我从南嘉带，我就顺便多订了一个给你……你们尝尝。"

他也搞不明白自己为什么要向岑西解释："就下午那个男生。"

岑西"嗯"了一声，洗衣服的动作没停，只好奇地问："异父异母……要怎么亲？"

周承诀也在刷衣服，随口答她："就，正常亲吧，都异父异母了，有什么不能亲的。"

空气安静了一瞬，岑西莫名有些不自在，正好看到手中的军训服，想起他给自己多发了一套，忙说："那个，回南嘉之后，我再把另一套军训服的钱给你吧，我现在没带钱。"

周承诀手上的动作顿了一瞬，很快又回到那没正行的调调："班长订错数，要你一个语文课代表付什么钱？干吗，想篡位啊？你这个思想觉悟有待提高。"

3

这次军训宿舍原本是按班级分配的，但有的宿舍人头凑不齐，便有几个班混住的现象。

好在混住的几个性格大多外向，聊了两句便很快熟络。

学生时代对集体外出住宿这种事，总是有种特别的情怀。

此刻七八个人挤在几个上下铺的房间里，兴奋得不得了。

青春少女们洗漱完熄了灯往床上一躺，免不了聊聊八卦扯扯帅哥。

"周承诀"这三个字，在女生宿舍夜聊中，提名率几乎是百分之百。

艺术班的曲年年得知李佳舒和周承诀是亲戚，忙掏出手机："佳佳，能把周承诀的微信号推给我不？"

李佳舒正在拆牛奶吸管，还没来得及答，江乔就直接替她回话了："她上回给我推了，结果连她自己都被拉黑到现在。噢，对了，拉回来了吗？"

李佳舒早习惯了："还没。"

江乔："噗！"

"那我给他写个信吧。"曲年年开玩笑说，"之前老听说他帅，没亲眼见过，今天在宿舍楼下近距离看到了，我连我俩未来孩子的名字都取好了。"

江乔好奇地问："叫什么？"

曲年年："周爱曲，曲爱周。"

"你也是个文盲吧。"李佳舒一口牛奶差点喷出来，"那你俩不合适，他也是文盲，我觉得他得找个语文至少一百四十分以上的学霸互补一下，不然两人的孩子估计到老都不识字。"

曲年年："上哪儿找语文一百四的去？你们火箭班估计也挑不出两个。"

过来人江乔叹气劝道："别费劲写信了，他都直接扔的，噢——"

说到这儿，她才想起来自己让岑西帮忙送信那事："西西，我那信，他最后看了没？"

岑西顾及她面子，半晌没吭声，想私下再和她说。

哪想到江乔这人除了在周承诀面前脸皮薄点，其他时候还挺虎的："没事，你直接说。"

岑西没办法，一五一十地说了。

"我就知道。"江乔倒不是很受挫，"周承诀小时候怕不是在男德班上的学吧？"

李佳舒随手将牛奶盒丢垃圾桶里："他小时候还真没和我们一块儿上学。"

这一聊便聊到了半夜，大多数时候，岑西都在安静倾听，只有在问到她时才会应声。

第二天一早除了岑西，没一个人醒得过来。

她看了眼时间，独自一人去食堂带了八人份的早餐回到宿舍，这才把几个大小姐全数喊起来。

原以为给大家留的时间绰绰有余，但岑西还是低估了她们拖延的能力。

一群人光抹防晒霜就抹了半小时。

最后八个人是跑步冲出门的。

李佳舒体力差，跑不动几米路，很快落在后面。

岑西见状，回过头拉住她的手腕便一个劲扯着人狂奔。

"完了完了。"跑到一半时，李佳舒尖叫了声，"我忘记戴帽子了。"

这事叶娜娜昨晚查寝的时候还反复强调过，千万别忘戴帽子，这是在营地，教官可不会心软，忘戴一次就是跑五圈起步。

可偏偏越强调，越容易忘。

李佳舒哭丧着脸，正绝望地准备返回宿舍拿，就听见岑西说："你先去集合，我去拿。"说完便转了方向跑，根本没给她拒绝的机会。

过了不到两分钟，身后的跑步声由远及近。

李佳舒这会儿跑得腿软想吐，回头看到岑西拿着她的帽子回来了，眼眶都发酸。

哪料下一秒，这姑娘已经跑到她前面，说："你上来，我背你，不然来不及了。"

岑西比她还瘦得多，背上凸出的骨头都硌人，可偏偏背着她还能脚下生风。

李佳舒没有哪一刻比此刻还想哭。

好在最终赶到时，距离集合时间还有两分钟。

李佳舒哭到打嗝，抱住岑西的胳膊一个劲道歉："对不起，嗝，我、我……嗝，我以后都，嗝，我每天都要，嗝，和你说话！"

"那她能被你吵死。"周承诀黑着脸，一把将她扯开，拧了一瓶水递给岑西。

岑西没喝，刚想给李佳舒，又被周承诀拦回来："你喝你的，别管她。"

上午的时间基本都在站军姿中度过。

中场休息的时候，女孩们往草坪上一坐，全凑在一块儿补防晒。

李佳舒根本顾不上自己，只一个劲要帮岑西抹，边抹边说："我好像都还没给你做过自我介绍。"

她这人要面子，确实憋了很多天。

"我叫李佳舒，你应该早知道了哈。"

"嗯。"

李佳舒话匣子总算打开了，得意道："'佳舒'十二卷，卷卷有爷名。虽然不是那个家也不是那个书。"

岑西沉默了两秒："其实也不是家书。"

"啊？"李佳舒蒙了，这自我介绍她从小用到大啊！

"军书十二卷……"岑西努力忍住笑，手指悄悄往后指了下周承诀，说，"你和他是亲戚啊？"

少年此刻正好躺在她身后休息，一只手臂枕在颈后，另一只小臂压在眼睛上。

原以为他根本不会注意到，没想到下一秒，岑西觉得后脑勺被人轻轻拍了下，耳边响起周承诀熟悉的低嗓："你现在骂人挺难听啊。"

李佳舒还没反应过来："怎么了？"

严序像看傻子一样看着她："说你俩不愧是亲戚，文盲是基因里带的。"

……文盲就文盲，她西姐说的都对。

几天的军训一眨眼便过去了。大概是为了给大家留个好印象，军训结束的前一天，食堂饭菜终于一改寡淡，稍微丰盛了些许。

封闭式管理的营地没法出去买吃的，一解散，学生们就跟饿狼似的扑向食堂。

李佳舒左手拉着岑西，右手拉着江乔，也正想冲，结果才跑了没几步，就看见走在前头的严序和周承诀被几个女生拦了下来。

李佳舒见怪不怪："又有妹子看上周承诀的脸了。"

结果话音刚落，就见其中一个女生居然把信塞给了严序。

李佳舒脚步一顿，嘀咕了一句："什么眼神，居然还有写信给严序的。"

而后又像没事人般拉着两人继续奔向食堂。

这会儿食堂窗口前已经挤了不少人，几人好不容易排了十分钟的队，眼见就要打上菜了，前面突然插了两个男生进来。

李佳舒本来就憋闷，一时间火气上来了："插什么队啊？"

"不好意思，我们男生饭量大，让我们先打嘛。"两人贱兮兮道。

李佳舒吵架还没输过："狗都知道排队，没想到有的人还不知道。"

"你骂谁是狗呢？"对方下意识扬起手中的餐盘，只是还没来得及挥，严序便一把将李佳舒扯到自己身后。

等李佳舒反应过来时，就见严序学着那两人方才贱兮兮的语句："不好意思咯，我们个高的，比你们这种一米七的饭量大，让我们先打嘛。"

说完，他吊儿郎当地指了指自己："一米八九。"又随手指了指身旁的周承诀，"这个，一米九一。"

一旁江乔"噗"的一声笑出来，忍不住冲两个插队的男生嘲讽道："饭量大怎么才吃到一米七啊？"

周围不少同学也在笑，两个插队的男生被当众下了面子，黑着脸直接出了食堂。

小闹剧很快结束，大家按照队伍顺序打好菜坐到一块儿，结果李佳舒一见严序坐下，便端着餐盘去了旁边。

江乔眨眨眼："你干吗不理严序，他刚刚不还护你了？"

"哎呀，写信又没用。"见李佳舒不吭声，江乔忙安慰道，"你看我给周承诀写了多少封，他理都不理。"

李佳舒愤愤道："我都没收过信，凭什么他先收了！审美有问题！"

敢情您和他又比上了？

傍晚训练结束，李佳舒蔫蔫地被江乔牵着回宿舍，路上兜里的手机响了两下，她兴致缺缺地掏出来一瞧，眼睛瞬间亮了："你们先走吧。"

"怎么了？"

"我也要收信去了！看严序在我这儿还有什么可嘚瑟的。"

岑西看着李佳舒独自离开的身影，心里莫名有些不安。

这样的不安一直持续到吃晚饭前，李佳舒迟迟未归，岑西忙冲江乔说："你给佳舒打个电话吧？我总感觉有些奇怪。"

"奇怪什么？"江乔没懂，但还是听话地掏出手机。

一连几个电话都没打通。

岑西神色变了变："打给周承诀。"

"我被他拉黑了呀。"

"那打给严序。"

"噢噢！"

江乔留在原地打电话时，岑西已经先行一步朝男生宿舍跑去。

她跑得很急，正要上楼时，一下撞入一个结实的胸膛。

"抱歉抱歉。"岑西头也没抬，她这会儿压根儿没心思管到底撞了谁。

"干吗呢，连男生宿舍都敢闯了？"

熟悉的懒散调调在面前响起，岑西忽地松了一口气，连慌张都莫名少了几分。

"佳舒……佳舒可能遇到麻烦了。"

军训营地不大，又是封闭式的，找起人来其实不算困难。

几人分头找，岑西由于没有手机，不被允许单独行动，只能老老实实跟着周承诀。

十来分钟之后，周承诀接到严序的电话，朝岑西道："找到了。"

两人赶到营地后山的器材室时，李佳舒正在委屈巴巴地骂严序："你这王八蛋怎么来这么晚？呜呜……"

器材室的门锁上了，李佳舒在里头出不来，严序这会儿正用手机打着光研究怎么开锁，任由她骂也不还嘴。

周承诀走上前接过打灯的手机，面无表情地看他摆弄了一会儿，冷静地道："这种锁从外面锁上，没有钥匙的话，要里外一起弄才能开。"

岑西闻言凑近看了眼："这种确实要两边配合。"说罢，她从随身携带的针线盒里取出两根细针。

严序面色微沉："李佳舒开不了，她紧张得声音都发抖，而且她也没弄过这个。"

岑西仰头看向那接近屋顶的高窗，严序顺着她的视线看去："爬不出来，太高了，里面没有搭脚的地方，我刚刚也试了，太窄，进不去。"

"我应该可以进得去，"岑西忽然开口，"我更瘦。你们搭把手，我能进得去。"

"岑西。"周承诀眉心蹙起。

"没事。"岑西神色平淡道，"我以前经常被关起来，每次都是我自己跑出来的，开过很多种锁，这种我也打开过。"

少年定定看了她半分钟，最后沉着脸走到她跟前蹲下，将人扛到自己肩头："小心点。"

"嗯。"

她确实瘦得离谱，就那么窄的一个高窗，也能轻易钻进去。

岑西跳下去的动静挺大，周承诀看不见里面的情况，控制不住紧了紧手心。

"西西，呜呜……"

"没事，他们都在外面。"岑西先安抚了一下哭成泪人的李佳舒。

片刻后，门缝传来她微弱的嗓音："我摸到锁了，周承诀？"

"我在。"

两人配合得十分默契，不出两分钟，门锁便被两根细针轻易打开。

严序脚下生风踏入漆黑一片的器材室，朝岑西道了声谢，很快把李佳舒带了出来。

他背着人看向周承诀，后者只让他先带人离开。

李佳舒吓得没力气走了，倒有力气委屈巴巴地控诉："我都要饿死了，你们怎么才发现我……"

严序检查完她发现没受什么伤，也忍不住骂一句："让你下次还敢一个人跑来收什么信，没脑子吗？"

"就你有信收是吧？我凭什么没有！"

"好好好，我给你写行吧？你要几封？三千字够不够？"

"谁要你写的啊……"

两人拌嘴的声音渐渐远去。

岑西滑坐在漆黑的门后一动不动。

器材室内霎时安静得针落可闻。

须臾，熟悉的脚步声停在了她面前。

岑西抬头一愣："你怎么还在这儿？"

"我走了把你一个人扔这儿，"少年冷着脸，"要是又被锁里边了，还得再来开趟锁？"

"不会的，我没关系。"岑西嗓音轻浅，"你快去食堂吧，去晚了就没东西吃了。"

"你没关系？这跳下来有五米。"周承诀第一次不知道该用什么语气和她交流，"你能不能，稍微把自己当回事？

"你现在能自己站起来吗？"

4

岑西答不了，她知道不行。

这器材室外面有搭脚的地方，里面却没有，窗口离地将近五米，几乎是两层楼的高度，她是直接生生跳下去的。

落地的一瞬间只觉得双腿麻得没了知觉，稍微缓缓倒是能动弹了，但那会儿她只顾着担心李佳舒的情况，还着急开锁，便咬牙忍下了。

反正从小到大，她最擅长的便是忍。这会儿紧绷的神经陡然松懈下来，才察觉到那股子钻心的疼痛。

岑西对伤痛很有经验，尤其是自己身上的，知道大问题肯定没有，不过一只脚应该扭了，本想一个人坐着缓缓再回宿舍，却没想到周承诀居然还没走。

这反倒让她有些不知所措。

从前遇到这种情况，她总是被忽略的那一个，没人管过她，她也早就习惯。

少年在她跟前站定，没有要走的意思。

岑西没吭声，双手把着门，试图借点力看看能不能站起来，但那股劲仍旧使不上来，估计还得再缓一阵。她无奈地瞥了眼面前的人，小声建议："你还是先走吧，我再休息一会儿，去晚了，食堂真的没东西吃了——"

"不差那一口。"周承诀打断她。

其实他这会儿有点生气，尤其听到岑西一再劝他先走，那股无名火便更盛。他不清楚是什么缘由，但明白必须压下来，整个人便多少有些不自在。

门后的墙壁上有一整排吊灯开关，周承诀一连按下几个按钮，只听见声音却看不见光亮。

他索性俯身下去，一把将人从地上抱起来，直接出了器材室。

"喂……"岑西这会儿是真吓蒙了，心跳得比方才跳窗还快。

"现在知道害怕了？"周承诀冷着脸，抱起她来毫不费力，几步走到室外的路灯下，将岑西放到一块石头上坐稳，"动都动不了，还一个劲赶人走，我少吃一口能饿死？

"倒是你……"

周承诀话音顿住，没再继续，轻叹一口气，在她面前蹲下，还没等她反应过来，便直接伸手将她的裤脚拨到膝盖以上。

"这样疼吗？"他握着她的小腿肚，指节扣在骨头上稍微摆弄了两下。

"不疼。"

周承诀似是松了口气，又继续检查另一边："这样呢？"

"也不疼。"

少年眉梢扬了扬，手指轻弹了下她的右脚踝："这儿？"

话音刚落，岑西"嘶"了一声："有点……"

"只有这儿？"

"嗯。"

"那还好，问题不大。"说着，他直接上手将她那破旧的布鞋脱下，一只手贴上她脚底，另一只手扣住她脚踝，正要使力，岑西却一下收了回去。

"干吗？"周承诀抬眸，没明白她突然的抗拒。

"你别弄了。"岑西表情不太自在地道，"有味儿……"

军训了一整天，再爱干净的人也难避免这事。

"能有什么味儿？"他倒没想到是因为这个，少年不容拒绝地重新将她的脚踝扣握住，一边动作娴熟地转着骨节，一边随口说，"真没有啊，反正我是没感觉。"

他难得话多："你是没去过男生宿舍，有的袜子能直接凭空立在那儿。"

岑西被他转移了注意力，忍不住笑出声来，结果正好忽略了最后最疼的一下，只听"咔"的一声，脚踝处的胀痛瞬间消减了许多。

"转转。"周承诀松开她的脚。

岑西听话地照做，这会儿还真能使上劲了。

"能动就行了，估计还是会肿，喷个药，两三天能好。"他说罢，随手拿起一旁的鞋，很自然地想替她穿回去。

岑西忙伸手把鞋拿走，少年动作一顿，也没再和她争。

岑西穿鞋的工夫，周承诀的手机一连响了好几回，前几个电话他都挂了，最后实在嫌烦才接起来。

"说。"

大概是严序打来的，说是食堂没剩什么吃的了，问要不要给他们带几个馒头。

周承诀对食物多少还是有点挑，当即回他："你自己留着吃吧。"

岑西悄悄抬头看他一眼，其实很想说，能不能给她带两个，毕竟两个馒头真挺管饱的，不吃就得饿着。

但最终还是没敢说出口。

她不太习惯向别人提出要求，哪怕只是两个馒头。

今塘是个三面环海的小岛，两人回去的路上静谧无言，唯一充斥在耳畔的声音，便是那一下又一下拍打着海岸的浪潮。

快到宿舍的时候，周围学生多了起来，大多是吃完饭结伴出来散步闲逛的。

岑西自动和周承诀拉开一小段距离，后者偏头看她一眼，顾及她脚伤，也没强行靠近，只漫不经心地问："自己能走？"

方才多少还要他扶两下。

"嗯。"她声音不大，"慢慢走就行。"

那也行。

无非就是走得久一点，反正他一直能看得见她。

快到宿舍的时候，周承诀又打了个电话。岑西只隐约听见他说了句什么"哥们儿，有空没，没空也得有"之类的话，后来距离拉得更开了些，她也没有乱听别人通话的习惯，索性直接回了宿舍。

令她比较意外的是，由于她回来得晚，宿舍这几个大小姐居然亲自动手，帮她把接单的两桶军训服全洗完晒好了。

进门时，江乔和李佳舒还在争论。

"我就说不用打那么多遍肥皂。"

"不多打几遍怎么干净？"

"那也不用一下子用光五个肥皂吧？我后面冲泡泡都冲了半小时。"

"多少？"岑西惊了，忍不住笑，"你们是把肥皂当饭吃了吗？"

"呜呜……"听到吃饭，李佳舒仰天长叹，"我今晚光咽馒头了，早知道前几天零食省着点吃，三个，我生生咽了三个才饱。"

"三个正常。"江乔安慰她，"毛林浩吃了十二个。"

"你还没吃吧？"两人拿出强行忍住没碰的零食塞到岑西手里，"凑合着垫垫，明天我们就可以回南嘉了！"

其实她回南嘉也常饿肚子。

最后她拆了包装，还是摆回桌上叫她们一块儿吃。

岑西只象征性尝了两口就到阳台洗漱去了。

宿舍在二楼，岑西站在洗手池前，面朝阳台用冷水扑脸。

没一会儿的工夫，楼下传来几声响指。

见她没反应，响指便继续打了两下。

岑西随手抹了把淌到脸颊的水珠，靠着阳台栏杆往外探头，一看，底下站的是周承诀。

似是为了告诉她刚刚的响指就是他打的，少年仰头睨着她，又打了一下："现在脚能行吗？"

"可以的。"岑西答。

"那走两步给我看看。"

"嗯？"

这人还怪不好糊弄。

周承诀扯了下嘴角："下来一趟。"

岑西以为他有什么要紧事，也没多问，转身离开阳台便出了宿舍。

到周承诀跟前时，对方那眼神似乎就没从她脚踝上移开过，这毕竟是女生宿舍楼下，虽然大多数人已经闲逛完回屋躺平了，但多少还有眼睛在盯。

眼看这人要伸手撩她的裤脚，岑西下意识地后退一步："你干吗？"

"我看看肿没肿。"周承诀无奈地收回手，心想也是自己多虑，这姑娘下楼时还能蹦两下，估计真没多大事。

他也不耽误时间了，直接将手里的几袋东西递出去。

"这是什么？"

"吃的。"周承诀摸了摸鼻子，"李佳舒说吃不到就吊死在宿舍。"

岑西无语。

"你拿上去分了吧。"

"好。"

"脚记得喷药。"他说完，转身就离开了，步伐略显急促，像是有什么急事。

岑西点点头。

但她其实压根儿没有喷药的打算，药对她来说是奢侈品。

岑西回了二楼，推门而入时，香味立刻飘满整个宿舍。

几个馋鬼一下迎上来："什么这么香？"

岑西如实说："周承诀让我带给佳舒的。"

"啊？"李佳舒趴床上打游戏，闻言诧异地摘了耳机，"他？我？"

岑西好笑道："他说你吃不到要吊死在宿舍。"

江乔："噗！这确实是她能说出来的话。"

"这种话我只敢和严序说。"李佳舒一脸茫然，"和周承诀说，他心情好的时候，只会让我滚；心情不好的时候，会给我准备吊死的绳子。"

众人无语。

"哎呀，算了算了，我要被香死了，先吃了再说。"李佳舒忙从床上爬起来，招呼几个舍友都来吃。

炸鸡、烧烤、麻辣烫、甜品，应有尽有。

正要开吃时，周承诀发来一条微信：把你下午收的短信和电话号码截屏给我。

李佳舒当即听话地照做。

一群人吃了没一会儿，海边忽然放起烟火。

几个人兴奋地捧着吃的全跑到阳台上看。

"我之前上网时就看到有人说，今塘岛的烟花很美，没想到这次能遇上！"

"好美啊，我拍一段发表白墙上。"

"哎哎哎？表白墙上有人说，这烟花是周承诀放的？"

翌日是最后一天军训，一大早集合完，每个班进行完总结会演，便是自由休息等待回程大巴。

不过，这一次比较特别的是，休息期间还有个意外观赏项目。

给李佳舒发短信恶作剧的两个王八蛋被逮着了，就是昨天插队那两人。

那两人自己亏了一顿午饭，便准备报复回去，想把李佳舒关器材室里，等错过饭点再放出来，哪料没钥匙打不开锁，就心虚地溜了。

这会儿其他人都在休息，就这两人被罚跑圈。

这事在表白墙上闹得挺大，一群闲着没事干的学生都坐在操场边围观。

江乔盯着手机实时播报："听说他俩要跑六十圈。"

李佳舒惊了："这么猛？这跑得完？"

"跑到晚上大巴来为止，哈哈哈！"

曲年年回艺术班那边打听了一圈，这会儿把事情来龙去脉捋清楚了，开始给大家科普："其实这事是在表白墙上发酵的。

"咱们营地不是不能外出也买不着东西吗？昨晚今塘附中那帅哥就来送吃的。这事本来很小，但由于来送东西的那帅哥实在帅得太过招摇，才在后门等了一会儿，就惹得一群妹子围观拍照。没多久，去拿东西的人到了，居然是周承诀，好家伙，又是一顿拍照，然后这两个帅哥的接头照就满天飞了，整个校园墙全是，连教官都刷到了。

"知道昨晚那烟花哪儿来的吗？周承诀被罚绕小岛跑圈，烟花在路上摆着呢，每隔一千米一个，都不用人监督，数着烟花数就知道跑多少了。"

曲年年"啧啧"道："而且其实他本来可以不用罚的。

"让人买东西送进来，不也是因为佳舒昨天那事闹得大家都没吃上饭嘛，本来教官的意思是，马上要回程了，罚那两人跑个二十圈差不多了，但是周承诀不同意。

"他说有人受伤了。你们不知道，我听我们班在训导处外面偷听的人说，周承诀提到有人受伤的时候，整个人火气直接上来了。

"吓得教官一时都没敢开口。

"最后的结果是，他可以一并受罚，但那两人必须严惩，他跑多少，那两人就得双倍。

"所以昨晚烟花炸了快一小时都没停过。

"最搞笑的是，听说烟花还是隔壁那帅哥卖给营地的，一条龙服务啊，哈哈哈！"

江乔感慨道："有人护着太爽了，羡慕死。"

李佳舒拍拍她的肩膀："没事，你是我姐妹，你想的话，按辈分，你也可以是他二姑。"

"……那倒不必。"江乔说，"不过你受伤了啊？怎么没说？"

李佳舒满不在意道："没啊。"

"啊？"

傍晚一群人回宿舍收拾行李时，那两人还在跑圈。

李佳舒把昨晚的外卖袋一并收到一处，结果从里头掉了一瓶跌打损伤的喷剂出来。

先前两人又加上了好友，她纳闷地拍了一张照给周承诀发过去。

发完照片，她还发了一个问号。

那边很快也回了一个问号。

简直不敢相信我这么美：这干吗的，我没受伤啊？

zcj：给你救命恩人的，动点脑子。

简直不敢相信我这么美：她受伤了？

zcj：拜你所赐，多盯着她喷药，和她说到医务室免费拿的。

回程的大巴到达南高门口时，已经接近晚上七点钟。

下了车集合完，原本就该各回各家，结果正好有人说要不干脆一块儿聚个餐再走，军训苦了那么多天，也该好好补补了。

岑西并不打算参与，她出不起这个钱，正打算先行离开的时候，就听赵一渠提议道："不如去岑西家的店吧？烤鱼，大家吃吗？肥水不流外人田嘛，而且就在附近。"

周承诀眉心拧了一下，凉凉地瞥了他一眼。

这想法一出，个个都附和说"好"。

一行人直接顺道去了"至死不鱼"。

到店后，赵一渠跟回了自己家似的，熟络地跟小姨打着招呼："阿姨，这些都是岑西的同学，大家一起来光顾生意，你可得给我们打个折呀。"

小姨手上动作一顿，笑着点点头："好好好，给你们优惠。"

那边严序正安排大家围着入座，坐了两三张大圆桌，周承诀闻言面无表情地把话拦下来："小本生意打什么折？"

他走向女人，礼貌地道："阿姨，你就正常收，一会儿找我结账。"

说完，他又回到位置上："想吃什么随便点吧，我一块儿结了。"

严序上道得很："大家敞开了点，别给他省钱啊。"

毛林浩笑着起哄："诀诀！我都想嫁给你了！"

周承诀无语地转向店内："阿姨，给他上十二个馒头。"

岑西原本打算放下书包去帮帮忙，严序朝李佳舒使了个眼色，后者也十分懂事地把人扯到自己身边坐下。

一帮人吃饱喝足后又开始玩起了游戏。

学生时代聚餐游戏无非就那几样，成语接龙什么的，在座的理科大神里"文盲"居多，没人感兴趣，最后挑了最俗套的真心话大冒险。

不过开学也没多久，大家交情有深有浅，有的问题就显得十分客气。

这会儿轮到岑西说真心话，李佳舒立刻举手提问："你来南高之后，和谁关系好？"

李佳舒对这事十分在意，哪想到一问出口，就接到了好几个白眼。

严序嫌弃道："李佳舒，你小学生坐小孩儿那桌去。"

岑西笑了下，环顾一圈，准备开始作答。

李佳舒非常刻意地咳了几声，岑西当即道："佳舒。"

大小姐满意地嘚瑟起来。

江乔顺口接："还有呢？"

岑西："乔乔。"

江乔："嗯嗯！"

结果一群人似是为了逗她，都开始咳了起来："还有呢？"

岑西忍着笑："严序。"

严序摆了个"OK"的手势，朝周承诀挑了挑眉梢。

周承诀随手拿起橙汁喝了口，眼神回到岑西身上："还有呢？"

也不知怎的，被他盯着问，岑西莫名有些紧张，她想了半晌才回："曲年年。"

周承诀毫无表情。

"谁啊？"严序问。

江乔答："我们军训时一个宿舍的，艺术班的。"

严序扫了眼周承诀的脸色，忍笑道："哎呀，说自己班的。"

岑西认真地想了下："蒋意殊。"

周承诀面色冷淡。

蒋意殊是班里的英语课代表，岑西回忆："军训有天晚上在走廊背单词，她提醒我有个单词背错了。"

很好。

少年又面无表情地喝了一杯橙汁。

严序憋笑憋得很辛苦："蒋意殊在隔壁那桌，只能说咱们这桌的。"

"噢。"岑西老实巴交地想了半天，最后看向周承诀……旁边正在啃馒头的毛毛，"毛林浩，他讲题好耐心啊。"

周承诀心想：……可以，好样的。

第四章
小老师

/

1

一帮人玩嗨了，又加了一桌子菜，看起来丝毫没有要走的意思。

烤鱼店不大，往常虽然客人也多，但很少有这样一整个班几十个人一块儿来的情况。

最后忙起来，人手又有些不够了。小姨上完一锅鱼，走到岑西身后，悄悄将人叫回后厨。

"有个外卖要送一下。"女人熟练地打包着还冒着热气的鱼，"老熟客，平台贵几块钱就不愿意在软件上点了，每次都是打电话来直接订，都没办法派骑手接单。"

小姨将打包好的外卖递给岑西："你去一趟没事吧？你同学们那边……"

"没关系。"

当然是帮忙要紧，方才她坐下吃喝，心里都难免不安。

那小区她暑假的时候送过几次，离烤鱼店有个三四站路，担心送晚了被投诉，岑西没往前门走，直接从后门离开，抄更近的那条小道走。

第二天不用上学，这帮学生放松起来更没了顾虑，吃吃聊聊很尽兴。

周承诀起身拿起放桌上的手机朝收银台走去。

"阿姨，算一下钱，我先把账结了。"说完，他下意识地朝店内环视了一圈，仍旧没看到离开已经很久的女孩后，状似不经意地问了一句，"阿姨，岑西上楼休息了？"

小姨还在对着清单按计算器，闻言也没抬头："我刚让她帮忙送外卖去了。"

按下等于号，计算器语音播报出一个数字后，女人突然"嘶"了一声，转身抬头扫了眼墙上的挂钟，自言自语道："也去一个钟头了啊，按理说该回来了……"

少年脸色微不可察地变了变："她去哪儿送？"

女人随口报了个小区名字，周承诀付完款，又多转了一千："阿姨，我有事先走一步，一会儿他们要再点什么，你就从这儿扣。要是不够，我明儿再来结。"

"嗐，没事儿，你们都是橙子的同学嘛，而且要不了那么多的。"

周承诀礼貌地点点头，转身便也从后门出去了。

三四站路，走路来回也就半小时，周承诀打了一辆车，不到五分钟便到达目的地。

少年围着偌大的小区周围找了整整三圈，最后终于在不远处的公交站牌下找到了她。

女孩耷拉着脑袋，安安静静地坐在站牌前的长椅上，昏黄的路灯将她孤零零的影子拉得斜长。

那本该早被送出去的外卖，此刻正放在她手边的空位上。

纯白的外卖袋被红色辣油浸透一半，东西显然是被打翻过的。

少年神色一敛，几步走到她跟前。

女孩头顶的光亮被挡去大半，却并没什么反应，仍旧安静地低头盯着地面出神。

周承诀面色沉了沉，也没经过她同意，一言不发地直接拉起她的右手，仔细检查完右手臂后，又冷着脸换另一只手臂检查，问："别的地方有没有烫到？"

岑西半晌才抬头，表情有些茫然。在看清楚眼前人时，她鼻间控制不住闪过一丝酸楚，眼眶微微发胀。

"还有地方被泼到吗？"周承诀又问了一次。

岑西反应了一会儿，才缓慢地摇了摇头。

周承诀索性在她旁边坐下，语气也温和许多："怎么回事？"

"就……跑得太急了，路上又耽搁了一点时间，到的时候有点晚，再加上洒了点汤汁出来，单主生气了，就不要了。"

她说得轻描淡写，而且明显把情况弱化了很多，但周承诀不是傻子，稍微一听就全明白了。

对方显然是发了大火，估计把气全撒她身上了，不然外卖不会打翻得那么厉害，汤汁也不会溅上她的手臂。

她连去超市帮忙拿货，缺斤少两都得自己贴钱，此刻单子被退，东西也洒了，这单自然得算在她头上。

不仅得贴钱，回去挨一顿数落肯定是少不了的。

小姑娘显然是害怕了，一个人坐在这儿不知所措也不敢回家。

这会儿时间已经很晚了，路上几乎没有什么行人，周承诀沉默地拉过她的手，找不到纸巾，便撩起衣摆小心地替她将油渍擦去，擦完一边又换另一边。

两只手臂都擦干净后，见她没受什么伤，他才松开她。

少年的手从女孩身后绕过，轻松地将她放在身侧的外卖拎到自己跟前打开："放了这么多辣椒？"

岑西闻言偏头看过去，回答也有气无力："嗯，这家人很爱吃辣，每回都让我小姨多放点辣椒。"

"那巧了。"

岑西不解地眨了下眼。

"晚上他们点菜全部不要辣，吃起来没滋没味的，我吃到最后都没吃饱。"周承诀看向身旁少女，"这份卖我呗？正好合我口味，我垫垫肚子。"

"都打翻了……"

周承诀伸手捎了捎她的脸颊："都在盒子里，又没掉地上，节约粮食学没学过？"

她当然懂，可她自己吃没事，让别人吃，她做不到。

"行吧。"周承诀忽然摊了摊手，"反正我饿一饿没什么关系，顶多就是饿得胃疼一晚上而已，能挺得住。"

岑西悄悄瞥了他一眼，轻叹一口气："那、那你吃吧，不用给钱。"

"我们很熟吗？"

"啊？"

"同桌才几天，单独请我吃饭会不会不太好？"

"……那你给我现金吧。"

"成。"少年微不可察地弯了弯嘴角。

一时间，两人之间只剩下周承诀有一口没一口吃外卖的细微声响。

岑西坐在边上有些尴尬，随口找了个话题："那个，你那天说，男生宿舍有的袜子能直接立在那儿，是真的吗？"

周承诀夹菜的动作顿了一瞬："妹妹，我好歹吃着饭呢。"

"噢。"岑西忍不住笑了下，"我忘了。"

"我瞎扯的。"周承诀默默将辣椒拨到一边，"当时不转移一下你的注意力，我都怕你疼哭。"

"我不会哭。"岑西平静地道。

周承诀睨了她许久，半晌才说："偶尔哭一哭也没什么。"

气氛再次安静下来，周承诀想到刚才的事，见她情绪稍微好点了，才问："你路上出什么事了？"

"也没什么，就跑得急了点。"

"跑得急怎么还晚到？"

他真的很难糊弄。

"被人追了？"虽是问句，但周承诀那语气显然已经下结论了。

岑西只能老实地点头。

"谁？"

她沉默。

"黄毛？"

岑西一愣，抬头看向周承诀，最后点了点头。

"知道了。"

女孩的手指心虚地抠着掌心。

其实不是黄毛，是她爸。

她从店里出来没多久，就在路上遇到了从嘉林找来南嘉的父亲。

岑西知道他来准没好事，不是要抢钱，就是不许她继续上学。

她只能跑。

可她并不想让周承诀知道这些难堪的事，甚至不想让他们知道她有这样一个父亲。

第二天休息了一天，等到周五上学的时候，周承诀的位置空了。

岑西时不时往边上空位扫一眼，期间仔仔细细将各科老师发下来的卷子整齐叠好，收到他抽屉里。

等到中午快放学的时候，仍不见人来。

严序见她一个劲往这边瞧，随口说："他请假了，今天估计都不会来，你找他有事？"

"没有。"岑西摇摇头，忍不住问，"他怎么了？"

"好像是胃疼，昨天吊了一天的水，今天估计还得再吊一天。"严序转着手中的笔，往选择题上打了个钩说，"听他妈说吃辣吃的，也不知道他什么时候突然吃起辣来。"

岑西写字的笔顿了顿："他不能吃辣？"

"吃不了，他以前是游泳队的，饮食控制得很严格，他自己也喜欢吃清淡的，一碰辣就胃疼。"

黑色水笔在草稿纸上洇出一个点，岑西眈着周承诀的位置正出着神，教室前门传来江乔的声音："西西。"

"啊？"女孩抬眸。

江乔冲走廊尽头指了指："娜姐找你有事，让你去一趟。"

"噢，好。"岑西忙扣上笔盖。

这会儿班主任办公室内除了叶娜娜，还站着一个妆容精致、难掩矜贵的漂亮女人，女人身旁还带了个小学生。

岑西进门时不经意瞧了眼，只觉得有些眼熟。

还没来得及开口问老师找她什么事，就见那女人轻拍了拍小孩的书包，语气温柔道："快，去和姐姐道谢。"

岑西一脸茫然地站在原地，没等她反应过来，小孩已经快步冲到了她跟前。

伴随着清脆又响亮的"谢谢女侠姐姐"几个字，小孩深深地朝岑西鞠了个躬，就是力道一下没掌握好，鞠躬鞠得有些猛，孩子个头又小身子也软，额头一下磕到膝盖，没站稳，双手下意识撑地，直接顺势翻了个跟头。

岑西有些无语。

带他来的女人明显忍不住笑出声来，叶娜娜也笑着调侃了句："小弟弟，你这礼行得有点大了。"

说完，她又看向岑西，揽着女孩肩头将人带到自己身边："不记得了？"

"这小孩说，暑假的时候，他被技校那边的混混抢了，是你救了他。"

"噢……"那会儿情况有些急，岑西也没仔细看过那小学生的模样，听叶娜娜这么一说，便对上号了。

正说着，教导主任也推门而入："我已经联系到隔壁技校的领导了，那两个混混揪出来了，校方很重视，之后会严肃处理。"

一旁带小孩的精致女人礼貌地冲老姚一笑："那麻烦您和学校了。"

老姚平时凶归凶，但其实是个极其护短的个性，闻言忙摆摆手："应该的，绝对不可能让好孩子平白被欺负。"

女人的目光重新回到岑西身上，亲切地拉过她的手，又替那小孩道了好几次谢，最后说要包个红包以示感谢时，岑西才礼貌开口拒绝。

见没别的事，叶娜娜就让岑西回教室了。

女孩前脚刚走出办公室，女人便感叹道："这孩子可真好！"

"是啊。"叶娜娜对岑西的印象极好，当即点头附和，"学习认真又懂事乖巧，人缘也好，中考分数拿到咱们南嘉来都是第一呢。那语文成绩更是厉害，唯一一个上一百四的，作文还是满分，就是家里条件差了点，吃了不少苦。"

女人闻言，眸光亮了亮："语文成绩这么好呀？"

"我的课代表呢。"叶娜娜也有点骄傲。

"那给我儿子辅导语文正正好的呀！"

叶娜娜瞧了眼她身旁那小学生，点点头："那倒是。"

南高第一的尖子辅导个小学生，绰绰有余了。

"您帮我问问她，看看她愿不愿意，多少钱都行的，由她开。"

"那再好不过了，等下午上课时我就问问她。"

两人也没多逗留，聊完后，一大一小很快离开南高。

路上，小孩扯了扯女人的手问："婶婶，阿诀哥哥成绩不是很好吗，怎么还要找家教？"

"你阿诀哥哥啊，理科可以，语文就是个文盲。"

下午叶娜娜找岑西提了这个事，岑西想都没想便应了下来。

南高虽然给了她学费全免的福利，但上学要花钱的地方仍旧很多，光靠打杂、卖废品确实杯水车薪。

家教的时间定在周六上午，岑西从叶娜娜那儿拿到地址，顺便让老师帮忙查了一下过去的路线。

那地方是南嘉最贵的别墅区，有些远，过去得费点时间，岑西特地提早了两小时出门。

陆景苑别墅内，周承诀被胃疼折腾得不轻，刚吊完两天水，这会儿还躺在床上休息。

江澜衣敲了两下门。

被窝里传出一声闷闷的"进"。

不过房间太大隔音又太好，外面听不见，敲门声便仍旧在持续着。

少年无奈地翻身下床，趿着拖鞋懒洋洋地去给他妈开门："妈……我这负着伤呢，您一大早干吗呢……"

"洗个脸下楼吃早饭，你那胃还想折腾啊？"江澜衣边说边催着他往洗手间走，"动作快点，妈妈给你请的家教应该快到了，一会儿吃完饭就好好跟人家学。"

周承诀："嗯？"

"妈，您别搞笑啊，我请什么家教？"周承诀刷着牙，说话有些含糊。

"你那四十三分的语文成绩，是我搞笑还是你搞笑啊？"

周承诀用水扑了把脸："又不影响，我直接走竞赛保送啊——"

少年话音未落，楼下门铃声便响了起来。

"快去，给你补课老师开门。"江澜衣忙推着他下楼，"人家第一天来，你得给她留个好印象。"

"不是，妈，"周承诀有点无语，"我睡衣都还没换呢。"

然而说是这么说，人已经被扯到一楼了。

"快去，别让小老师等着急了。"

这会儿周承诀身上难得透着点浑不懔的劲，没了平日在学校的学霸样，看起来还挺难管的："妈，没用，都跟您说了没用，您都找过多少个家教老师了？那文绉绉的，不喜欢就是不喜欢，不会就是不会。"

"亲戚会远离你，朋友会背叛你，但语文不会。"少年边走边不着调地吐槽着，手已经搭在门把手上了，"语文不会就是不会，谁来都不管用，建议您出门右拐不送。"

门开的一瞬间，一道熟悉的嗓音在少年耳畔响起："你好，我是——"

两人皆是一怔，定定站在原地，半晌没人开口。

"愣着干什么啊？"大厅里传来江澜衣的声音，"阿诀，赶紧给妹妹拿拖鞋。"

"你……"周承诀不自在地舔了下嘴唇，"要什么颜色的拖鞋？"

2

"啊？"岑西一时还没来得及消化眼前这情况，下意识地后退两步，重新瞧了眼石柱边上精致的门牌号，确认没有找错地方后，才再次看向门边站着的少年，"噢，都……都行。"

周承诀说是要给她找拖鞋，这会儿动作都不利索了，右手不自在地摸了摸脖子，转身走到鞋柜前。

"我给西西买了新的拖鞋。"江澜衣见周承诀磨磨叽叽的，看不下去了，几步朝两人走来，冲自己儿子道，"让开让开，我来拿。"

少年被他亲妈随手一推，懒散地后退两步："西、西？"

周承诀一字一顿、不着调地跟着他妈学了一句，看向岑西时，眉梢不自觉扬了扬。

岑西也觉得挺尴尬的，她也没弄明白是怎么回事。

女人很快从鞋柜里拿出双崭新的拖鞋，满脸笑意地递到岑西面前："阿姨没养过女儿，不知道你们小女孩喜欢什么样的，粉红色的可以吗？"

"可、可以。"女孩明显受宠若惊，她长这么大，还从来没人问过她的喜好。

从衣服到鞋子，一直都是穿别人不要的。

她没有任何挑选的资格，更别说尊重她的喜好。

江澜衣闻言开心地笑了笑，将拖鞋往门前地毯上一放，伸手揽过岑西："那你试试看，看看尺码合不合适？"

"没关系的。"岑西第一次面对这样温柔的长辈，一时有些不知所措。

没人疼爱的小孩是这样的，习惯了听话，习惯了讨好，稍微有人对自己好那么一丁点，就忍不住患得患失，担心哪里做得不够好，让对方失望，难得的爱意便稍纵即逝。

岑西看上去很拘谨，不知道该怎么反应才好。

周承诀懒洋洋地倚靠在门框边，适时开口："妈，小学生才喜欢粉色。"

江澜衣闻言，倒是被转移了注意力，偏头瞪了他一眼，淡定地回："小学生语文都考不出四十三分。"

周承诀十分无语。

岑西难得看周承诀吃瘪，忍不住抿唇笑了下。

等女人回过神来时，她已经自行将鞋换好了。

"哎呀，好像不错，走两步看看舒不舒服？不舒服我让阿诀再去买两双回来。"江澜衣牵着女孩的手腕，让她原地转了两圈。

"真挺好的，阿姨。"岑西乖巧地答。

江澜衣看向身后亲生的儿子："好看吗？"

少年音色仍旧带点初醒时的懒意，语调拖得很长，听起来欠欠的："好——看——"

女人满意地拉着岑西进门，随手将她背着的书包卸下来，丢给周承诀。

周承诀任劳任怨地接过，单手提溜着，跟在两人身后一块儿进了大厅。

江澜衣牵着岑西，忍不住感叹："还是小女孩好啊，能打扮得漂漂亮亮的，阿姨买了好多粉色的东西，那小子都不喜欢。"

"妈……"周承诀忍不住吐槽一句，"我要是天天穿粉色，您不觉得很惊悚吗？"

岑西想象了一下那个画面，又忍不住笑了一下，而后只觉得后脑勺被少年轻轻地拍了下："想什么呢你？"

"我没。"她狡辩。

"别动手动脚的。"江澜衣立刻瞪周承诀一眼，"人家这可是一百四十三分的脑子，你一个四十三分的，怎么好意思碰？"

"我——"周承诀再一次吃瘪，"行行行，我供着行吗？"

"喂，祖宗。"少年跟在女孩身旁，手肘碰了碰她，"吃早餐了吗？"

岑西这会儿还沉浸在江澜衣的亲切中，有些恍惚，一时没注意到周承诀对自己的称呼："吃完过来的。"

"吃了什么？"周承诀挑眉问。

岑西沉默了两秒，没答上来。

她其实没吃，早上出门早，今天又没时间在店里帮忙，她连个茶叶蛋都没敢拿。

几句话的工夫，江澜衣已经走到客厅了，女人回身瞧了周承诀一眼："带西西上楼去吧，让她好好拯救拯救你那语文。"

"妈……早饭都还没吃。"

"我要是你，考出四十三分，早饭都吃不下。"

周承诀："我吃得下。"

他扫了眼岑西，又道："她也没吃。"

"西西也还没吃啊？那得吃啊，不能饿着，把胃饿坏了就不好了。"江澜衣忙说，"那你俩先上楼，我一会儿给你们送上去。"

"不是。"周承诀拎着岑西的书包，将人往楼梯带，边走边吐槽，"妈，您确定我是亲生的吗？"

"难说。"江澜衣也很纳闷，"我以前语文没考这么差过，四十三分，抬不起头做人的。”

周承诀怀疑他百年之后入了土，墓碑估计都会被刻上"此人语文四十三分，后人不必给他烧香"这样的字样。

陆景苑寸土寸金，周家别墅的装修更是对得起这楼盘的价，岑西还是第一次踏进这种只在电视剧里才能见识到的场景。

周承诀习以为常地走在前面，岑西小心翼翼地跟在后面。

女孩低着头，仔细盯着脚下花纹精致的台阶，只觉得一块台阶的价格估计都能比她命还贵，脚步下意识轻缓许多，连呼吸都透着拘谨。

这种感觉，在两人一前一后来到周承诀卧室门前的时候，尤甚。

少年自如地推门而入，随手将岑西的书包往床尾的皮质沙发上一放，察觉到身后迟迟没有动静，转身找她。

就见那姑娘还老实巴交地站在门口，压根儿没敢一块儿进来。

"不进来？"周承诀眉梢一扬。

岑西手指不自在地抠着虎口，没敢对上他的眼神，只小心地朝室内环顾了下，不太确定地问道："就在这儿吗？"

"嗯。"周承诀应了句，难得没明白她突如其来的怯意，"你怕什么？"

岑西没吭声。

"怕黑？"周承诀当即捞过茶几上的遥控器按了下，伴随着窗帘缓缓拉开的声响，光亮一点点钻进漆黑的屋内。

岑西摇摇头，其实她不怕黑，纯粹是因为屋内陈设看起来就价值不菲，就连地毯都比外面厚了两层，她没敢踏进去，生怕踩坏撞坏什么东西，把她整个人拆开来卖，估计都赔不起零头。

"这边我上学的时候不常住，一般住望江那儿，你去过的。"周承诀放下遥控器，朝门口衣帽间的方向走来。

岑西回忆了一下，点点头："嗯。"

"平时也就周末回这儿住两天，我爸妈在这儿。"衣帽间设在房内，是开放式的，没有门，此刻少年的嗓音清晰地从里面传来，"我写作业一般就直接在卧室里解决了，懒得过去书房。书房在刚刚上来那楼梯的另一边，最边上，你要是想去书房也行。"

"没事。"她本来也不是这个意思。

"你进来。"周承诀这会儿大抵是懂了她突如其来的拘谨，不咸不淡地补了句，"随意啊，我没那么讲究。"

"噢，好。"岑西这会儿的紧张已经削减了不少，小步踏上屋内柔软的地毯，单手搭在门把上，冲衣帽间里的人问，"房门要关吗？"

"随你。"

岑西没将门全关上。

毕竟两人只是刚认识不到一个月的异性同桌，莫名其妙关在一个封闭空间内，多少还是有些不自在。

又想到一会儿江澜衣可能会上来，因此只半掩着。

这屋内比她方才在门口看见的还要大，在她过去的认知里，卧室不过是用来睡觉的地方，能放得下一张小床就足够了。

而此刻眼前不仅有床，书桌、茶几、环形沙发一应俱全，新奇好看的陈列也随处可见。

从前在嘉林的时候，她也曾去过几个家庭条件在学校里数一数二的同学家辅导功课，可那些都没法和眼前的周承诀家相提并论。

岑西刚刚才松懈下来的拘谨又莫名涌上来些许。

此刻周承诀不在跟前，她便下意识循着少年方才话音飘来的方向找去。

几步之后，女孩在开放的衣帽间门口停下。

她对衣帽间这种东西完全没有概念，只看见少年正背对着她，站在儿面墙的磨砂玻璃橱柜前。

虽不知道他要干什么，但他还没出来，她也不好进人家卧室瞎逛，索性就留在这儿等他一会儿。

周承诀伸手拉开柜门，拿了件白T恤出来，犹豫了下，又放回去，最后挑了件衣袖带着几条白色条纹的黑色经典运动T恤。

其实他平常穿衣服压根儿不怎么讲究，简单干净就行，反正身材高大、宽肩窄腰的，活脱脱就是个衣架子，又有那张脸顶着，不论什么衣服往身上套都很难不好看，也就今天不知是怎么了，倒是莫名其妙挑了挑。

他关上柜门，随手将刚拿出来的衣服往身边小沙发上一丢，双手交叉抓住身上穿着的睡衣下摆，正打算往上脱时，动作忽地一顿。

而后鬼使神差地转过头。

下一秒，直直对上岑西茫然的视线。

两人就这么安安静静地对视了三秒钟，最后还是他先破了功，有点想笑，但在她过分单纯的眼神下，生生忍住了。

少年不自在地清了清嗓："我虽然不怎么讲究，但是吧，也没有这么不讲究。"

岑西眨了下眼："什么？"

"你总得让我把睡衣先换了吧？换上衣也就算了，"周承诀无奈又好笑地指了指睡裤，"下面也得换。"

"噢！"这下岑西可算明白过来了，当即背过身去，从耳根到脖子都肉眼可见地泛起红，"我不知道你要换衣服。"

在女孩正尴尬地站在原地不知道该干什么时，江澜衣正好端着两份早餐从楼下上来了。

"能进来吗？给你俩把早餐拿上来了。"女人温柔的嗓音从门外传来。

岑西稍微有些愣神。

看得出来，江澜衣虽口头上时不时拿周承诀出来损，动不动还嫌弃他几句，但其实是个极其尊重孩子的长辈，此刻哪怕卧室房门仅仅是半虚掩着，她仍旧没有不经同意便擅自闯入。

这要是放在她嘉林那个爸身上，别说进门前先询问，哪怕是加了几道锁的门，他都是一脚踹开。

"西西？周承诀？"江澜衣又叫了两人一声。

岑西思绪一下被拉了回来，赶忙几步小跑到门口迎上去："来了，阿姨。"

女孩将门打开，见江澜衣手里端着东西，几乎是习惯性伸手想要帮忙。

"不用不用，阿姨端进去就好。"江澜衣笑着朝屋内沙发抬了抬下巴示意她，"你进去坐着等着吃就好了，上来这么久了，怎么还站这儿？"

"是不是阿诀欺负你，不让你进房？"江澜衣将两盘早餐往茶几上一放，偏头冲她招招手，"你来，我跟你说，这小子倔着呢，说不学就不学，怎么都管不了。之前折腾走了好多个辅导老师，他要是欺负你，那肯定是故意想让你趁早走，你不用怕他，阿姨给你撑腰。"

"不是的，"岑西忙摆摆手，"他还在里面换衣服。"

这下倒是轮到江澜衣有些惊讶了，女人朝衣帽间的方向扫了眼。

她对自己儿子还是比较了解的，这小子从小就有脾气得很，打从学会自己穿衣服开始，这事就没再让爸妈插过手，换衣服的时候，别说让女孩在房间待着，就连亲爹亲妈、穿一条裤子长大的发小严序，通通都得出去。

正想着，周承诀换好衣服从衣帽间出来了。

见他妈在，也没意外，毕竟早听见她吐槽自己的声音了。

"你快点儿，别想拖延时间把补课给糊弄过去。"江澜衣思绪很快被拉了回来，"别欺负人，听见没？"

周承诀很自然地走到岑西身旁，往沙发上一坐，随手拿起一片吐司，慢条斯理地抹起酱来："你问她，我欺没欺负她？"

他脱衣服都差点被她看了，到底谁欺负谁。

"你有前科，我反正先警告你了。"

"好好好，我一定伺候好了。"周承诀懒洋洋地扯了下嘴角，也没当回事，熟练地敷衍了句，顺手将抹好花生酱的吐司片递到岑西面前，问她，"花生过敏吗？"

岑西摇摇头。

"那尝尝。"

这氛围倒是还算融洽，江澜衣稍稍放下心，准备要走："那我就不打扰你们了。"

"西西，麻烦你啦，该骂就骂、该罚就罚，没事的。"

周承诀不着调地扬了扬眉梢，收获他亲妈一记嫌弃的瞪眼。

屋内很快只剩下两人。

没了江澜衣在中间调和，尴尬的气息迅速蔓延。

岑西坐得十分端正，跟个听话的小学生似的，周承诀则是懒散地往身后沙发一靠，难得透着点公子哥做派，这人在家和在学校确实有点大不一样。

岑西不知道该说什么，埋头啃了口吐司片，眼前一亮。

吐司片抹花生酱的吃法，她还是头一回见，味道比想象中好吃很多。

周承诀见状，随手再舀了勺碧根果碎，替她均匀地撒上。岑西看了他一眼，尝试性地又吃了一口，这回味道更佳了。

这顿早餐很丰盛，江澜衣不了解岑西的喜好，中式西式的都准备了点，不仅有牛奶、甜品，粥点、小菜也都一应俱全。周承诀按照自己的吃法，挨个让岑西尝了遍，期间不自觉地观察她的表情反应。

"喜欢？"他问。

岑西点点头。

"那看来我们口味差不多。"周承诀淡淡道，也没看她，替自己也弄了一份，不过这份比起方才替她弄的，明显就随意敷衍得多，"说说吧。"

"什么？"

"今天什么情况啊？"周承诀咬了口吐司片，他吃相并不算讲究，随便得很，还挺糙的，不过倒是挺符合这个年纪男生的个性。

岑西也纳闷呢，叶娜娜和她说的是辅导小学生，她还特地让李佳舒帮忙借了几本小学语文教材，昨晚连夜加了个班，仔细想了一套辅导方案，哪想到今天门一开，撞入眼帘的人竟然是周承诀。

岑西只能把周五那天的事跟周承诀简单说了一遍。

"我妈不常去学校，娜姐又只教高中部，不认识她。"周承诀抽了几张纸巾擦嘴，"我初中那会儿，老姚倒是经常叫家长，不过一般都没好事，我妈嫌丢人，不愿意去，这种差事她每回都是下死命令派我爸去的，老姚估计也没想到那是我妈。"

岑西点点头："我以为是教那天那个小孩才答应的。"

"什么意思？"这话周承诀听着就不高兴了，眉梢微挑了挑，"要早知道是我，你就不愿意了呗？"

"不是……"岑西小心瞥了他一眼，"我怕我教不了你，而且我只备了小学的课。"

毕竟这人成绩在火箭班都是拔尖的，从来只有同学问他题的份儿，哪怕语文是他的弱项，岑西还是觉得有些挑战。

"这你倒是不必担心，"周承诀一脸坦然道，"我语文估计还考不过那小屁孩。"

岑西听得无语。

"不过说起来也挺巧的，那小孩居然是你亲戚。"岑西怎么也没想到。

"嗯，周康乐，我大伯的小儿子。"

说着，周承诀又给她递了一个流心奶黄包。

这姑娘食量其实挺大的，这一点，周承诀早在军训期间就已经发现了。

当时在营地是包食宿的，食堂饭菜不用额外掏钱，岑西便大胆放开了吃，很明显比其他女孩吃得要多。

这会儿茶几上的早餐还剩下不少，周承诀前两天伤到胃，吃不了太多，却还是有一搭没一搭地替她添置蘸料，半点没有要催她的意思："你别看他那天还挺淡定，那事过后，连哭了三天，耳朵差点被他号聋了。"

"不过，他居然能来学校找到我，是你告诉他的吗？"岑西接过他递来的虾饺，"谢谢。"

周承诀不自在地否认道："我哪有那工夫。"

女孩也没再多问。

早餐结束，岑西很快进入今天的主题。

毕竟她是来兼职挣钱的，不是来做客的，拿钱办事就该有办事的态度。

她一边翻着自己的书包，一边头也没抬吩咐他："你之前的语文考卷都还留着吗？还有作文，能找出来给我看看吗？"

周承诀正无所事事地拿着飞镖往墙上挂着的靶子丢："那种东西你确定要看？"

岑西忍不住抿唇笑了下："还是要看看的，我得了解一下你的程度。"

四十三分，还有需要进一步了解的必要吗？

周承诀没把这话问出口，只配合地将飞镖放下，起身往书桌走。

岑西从沙发上站起来，也跟着他一块儿走过去。

周承诀拉开抽屉开始翻，边翻边说："我可能要找一阵，大部分都在望江那儿没带过来，你自己先玩会儿。"

岑西点点头，也没真玩什么，只安安静静站在他身后不远处，小心打量起周围的一切。

少年的书桌上摆满了各类数理化竞赛教材，乌泱泱一片写满数字、算式的试卷和草稿纸铺满了整个桌面。

不仅是桌上，地上也堆了几沓课本、习题，从本子外观的新旧程度上看，大概都是他已经刷过多遍的题。

这倒让岑西多少有些意外。

她原本以为，像周承诀这种几乎门门满分的理科尖子生，大多是那种极具天赋、完全不需要花时间努力的类型。

上课睡觉、下课泡吧，不用听讲不用刷题，随便玩玩也能凭借聪明脑袋轻轻松松上名校。

然而，当她真正接触到他的时候才发现，这人除了上语文课的时候喜欢写其他科作业，不怎么听讲，其余科目的课从没见他睡过觉、犯过浑。

顶多有时候课上讲的内容太过简单，他会一边刷着自己找来的试卷习题，一边选择性挑点有难度的东西听听。

此刻看到这一屋子不知花了多少时间写过多少遍的书卷草稿纸，她才忽然意识到，周承诀这个人拥有的天赋不单单只是聪明，还有勤勉和自律。

原来他也是需要不断学习，不断在题海里摸爬滚打的。

周承诀还在翻找语文卷子，岑西瞥了眼他手边那沓刚刚费了老大劲才掏出来的"酸菜"，默默别开了眼神。

不远处黑色层架上摆满了各式各样的奖杯、金牌和证书，岑西不自觉被吸引过去，走到跟前站定。

她仔细看了看上面的文字，发现这些东西除了和各类理科竞赛有关，中间还掺杂着不少游泳赛事的奖项，岑西好奇地问了句："你还会游泳啊？"

周承诀那边翻卷子的动作忽地一顿，而后听不出什么情绪地回了句："嗯，我以前是游泳队的。"

"噢……"岑西想起来了，严序之前和她说过这个，不过那会儿她压根儿没想到居然是这种职业竞赛的水准，她忍不住感叹了句，"你好厉害！"

周承诀的脸色微不可察地变了一瞬，不过很快又敛去："以前游，现在不怎么游了。"

岑西没回头，错过了他一闪而过的表情，但仍旧能察觉出他语气没了先前的随意不着调。

很明显，他应该不太想提起这个。

她当即刹住车，没再继续这个话题，回到沙发上安安静静地坐着等他。

须臾，周承诀终于带着他那沓丢人现眼的东西过来了。

岑西只觉得身边沙发再次往下凹陷，就见周承诀挨着她坐下，将东西往她怀里塞完，便事不关己地懒懒往后靠："来，见见世面，小老师。"

岑西脸颊不知怎的，没来由地一臊，不过这股不对劲的感觉，很快在见识到他作文内容的时候，褪去了。

"扶老奶奶过马路？"女孩的语气里带着点不可置信。

周承诀理所当然道："老奶奶过马路，你看到了不扶一下啊？"

"我扶，但……"岑西思考了下措辞，"我们这个年纪，把这事写进作文里，有装嫩的嫌疑。"

就差把"连小学生都不如"拍他脸上了。

"可以。"周承诀被她这说法给气笑了，"有我妈给你撑腰，你骂人就越来越难听了是吧？"

"我没。"岑西轻声狡辩，收回看向他的眼神，目光落回到手头的一沓作文上，还没继续往后翻，便深吸一口气问他，"这下面该不会还有……半夜发烧，你妈妈冒着大雨背你去医院的事吧？"

周承诀眉梢一挑："行啊你，还得是语文课代表，这都能预判。"

岑西抽了抽嘴角。

她扫了几眼，又问："阿姨真能背得动你？"

周承诀"啧"了声："这不是那什么，什么艺术，什么生活的。"

"艺术来源于生活，但高于生活。"岑西替他说完。

"啊对，就这个，嘴皮子挺厉害啊。"周承诀随口嘀咕了句，"这以后要是吵架哪吵得过你。"

"什么？"后半句声音有点低，岑西没听清。

周承诀不自在地摸了摸脖子："没什么。"

岑西又快速翻了几页："有句话不知当讲不当讲。"

"能别在文盲面前扯文言文吗？"少年嗓音从身后传来。

岑西顿了下。

"讲呗，有什么当不当的，反正我妈护着你，我又不能欺负你。"

岑西胆子大了些："我觉得我昨晚备的小学课程还挺有针对性的，真能派上用场，没白费。"

"好好好，我谢谢你。"周承诀都快被她说得没脾气了，忍不住捉弄她一句，"我妈都没在这层楼，我现在要是欺负你，你喊哑了她都听不见。"

接下来的时间，岑西索性先给周承诀讲了讲作文的基础技巧。

刚开始讲得比较理论化，见周承诀听得心不在焉，估计也没听懂多少，之后她就想方设法说得更浅显些："就比如你那个扶老奶奶过马路的故事，对于高中生作文来说，太过老套了，写的时候可以适当地尝试一些反套路，会让整个故事更加新颖有创意，更容易让改卷老师眼前一亮。"

"反套路？"周承诀总算听进去了几个字。

"嗯嗯。"岑西抬眼看向他，正想更详细地给他说说这个反套路具体怎么去写，就见他点了点头。

"懂了。"

"懂了？"岑西不太相信却又有些欣慰，到底是火箭班尖子生，理解能力果然还是强的，一点就通。

正准备叫他趁热打铁写一段，她来改改，就听见屋外传来一阵相当急促的敲门声。

听这声响和节奏，不像是江澜衣。

两人的注意力齐齐被吸引过去，岑西偏头看了眼身后懒洋洋地靠在沙发上的周承诀："我去开一下门。"

结果还没来得及站稳，就被周承诀一把拉回了沙发上。

少年不紧不慢地起身："我去，你坐着。"

这敲门声岑西不熟，但周承诀熟，一听就知道是周康乐那小兔崽子来了。

果不其然，门刚打开一道缝，小屁孩那脑袋就顺势钻了进来。

没想到周承诀动作比他还快，大手抵在他脑门上，轻轻松松将人推回出去。

"干吗？"少年挡在门口，连看都不许周康乐往屋里看一眼。

周康乐踮了几回脚也没瞧见岑西，有些着急了："我要找姐姐。"

"找什么姐姐，你哪来的姐姐？这儿就你一个哥。"少年语气吊儿郎当的。

"我要看岑西姐姐！"

周承诀"啧"了声："你说看就看？不让看，回你自己家去。"

江澜衣走在后头姗姗来迟，见这阵仗，也不插手偏帮哪一方，只替周康乐说明来意："乐乐听说西西今天在咱们家给你补课，起了个大早要再来当面谢谢姐姐。"

周承诀看了眼时间："都中午十一点了，起了个大早？"

小鬼头扬了扬手里的盒子："我给姐姐买礼物去了。"

周承诀嫌弃地打量了下："都谁教你的，小孩不学好。"

"行了行了，怎么一直在门口站着，你让乐乐进去和西西玩会儿。"

"里头补着课呢，妈。"周承诀不大愿意，"我学得正投入，马上要开窍了，打算下回语文考试冲击一下一百四，您现在带着这小孩来打扰我蜕变，是不是不太合适？"

这鬼话，江澜衣自然是一个字都不会信。

几人说话的工夫，岑西也闻声走了出来，周康乐这下真乐了，立刻把礼物举到岑西面前。

那盒子看起来精致得很，估计也不便宜，岑西没敢接，下意识地看向周承诀。

周承诀则是直接伸手将盒子拿走，不咸不淡地丢下一句："我帮你先拿进去放着。"

江澜衣笑了笑，看向岑西："补一上午了，真是辛苦你了，先休息一会儿吧。中午留在家里一块儿吃个饭，阿姨多弄点好吃的给你们。"

岑西原本没打算留在周家吃饭，正想婉拒，却被周康乐激动地一把拉回屋内。

周承诀回到屋内，将周康乐送给岑西的那盒子随意往茶几脚一丢，懒散地坐回沙发上。

这会儿见两人手牵手笑眯眯地进来了，他冷哼一声，长腿一伸，将那盒子往茶几下又踢了踢。

好在这小孩只顾着聊天，也没想起来这事。

周承诀挺纳闷的，这姑娘跟个小鬼有什么可聊的。

他在边上被无视了个彻底，索性掏出一张数学卷子来刷，期间时不时戳戳岑西："这题怎么写？"

岑西："嗯？这题我问过你，还是你教我的。"

"是吗？"周承诀十分淡定地将卷子收回来，"忘了。"

他老实了两秒，又问："那这题？"

岑西："这题你教过毛林浩。"

周承诀："我怎么没印象，我教过他你都知道得这么清楚？"

岑西替他回忆了下："因为你教完他，他又在旁边喊着要嫁你。"

周承诀无语："给他多塞两个馒头就闭嘴了。"

岑西忍不住笑。

一来二去的，周承诀刷完了整张卷子，而周康乐这小鬼头的社交进展，也已经进行到向岑西要联系方式的阶段了。

小孩举着手腕上崭新的电话手表："姐姐，你给我留个电话吧，然后我们再加个微信。"

一旁正收拾卷子的周承诀闻言，当即冷冷扫了他一眼，而后冲岑西道："别搭理他。"

岑西当然没听周承诀的，但这事她还确实答应不了，女孩抱歉地冲小鬼头笑笑："对不起呀，姐姐没有手机也没有微信。"

这年头哪还有人没有这些？周康乐不信，正想再求求她，江澜衣正好从楼下上来了，到门口冲岑西招了招手，便将人叫了出去。

一时间，偌大的卧室内只剩下一大一小兄弟两人。

周康乐莫名感觉到周身起了股没来由的凉意。

下一秒，他听到他哥嗓音沉沉地叫了他一声："喂，小鬼。"

小孩弱弱地转过身，不知怎么，突然有些心虚，没敢吭声。

"你要她电话和微信做什么？"周承诀问。

周康乐在他这个哥面前一向老实，这会儿一点谎都不敢撒："这样我就能一直联系她，以后等我长大了，换我保护她。"

"姐姐以后有她自己的男朋友保护。"周承诀手指拧了拧眉心，"你凑哪门子热闹？"

周康乐忙说："那我就做姐姐的男朋友！"

周承诀差点没被他气笑了："那你没戏，她看不上你，歇着吧。"

见周康乐不信，他又说："女孩说自己没手机没微信，就是不想给的意思，懂吗？"

周康乐对此话抱有怀疑。

周承诀见这小鬼头仍旧不服，又继续发问："你数理化能全得满分吗？姐姐喜欢满分的。"

"我又还没学……我语文能得满分。"小孩嘟囔了句。

周承诀冷哼一声："你连一米三都没有吧？姐姐不喜欢矮的。"

"那姐姐喜欢多高的？"

"也不用太高。"周承诀面无表情地说，"一米九以上就差不多了。"

周康乐无语。

周承诀又问："你家住陆景苑吗？"

"嗯？"

周承诀："姐姐只看得上家住陆景苑的。"

少年偏了下头，目光正好触及那一整个层架的奖杯，眸色沉了一瞬，又回过神来赶尽杀绝："你游泳拿过国际赛事的奖吗？"

周康乐："为什么还要会游泳？"

他之前想学，喝泳池水喝到拉肚子，之后就打死也不学了。

"游泳都不会，以后有人问你，妈妈和姐姐同时掉水里，你救谁？你跳下去把水喝干？"

周康乐答不上来。

"另外，"周承诀忍不住勾了下嘴角，一本正经地批判他，"西西姐姐是你佳舒表姑的好姐妹，按照辈分，她就是你二姑，我们周家肯定不允许出现你这种想做二姑男朋友的道德败类。"

周康乐："嗯？"

周康乐这会儿还没捋清楚思绪，呆呆地愣在原地。

周承诀往门外瞥了好几眼，片刻后，就听见江澜衣的声音从不远处传来："西西，我们补课费都是上完一次就结，阿姨加你个微信，把钱转给你。"

岑西不好意思地小声道："阿姨，我没有手机，能给现金吗？"

"当然可以呀，那阿姨一会儿找现金给你。"

女人温柔地揽过岑西，正打算和她商量商量中午吃什么，就见周承诀从卧室里走了出来。

江澜衣正好问他："中午想吃什么？"

"随便，看她吧。"周承诀经过岑西身旁时，随手轻拍了下她后脑勺，"你点菜，我出去一趟。"

"上哪儿去？快要吃饭了。"江澜衣问。

"一会儿就回来。"

路上，周承诀一边走一边给严序发了条微信。

zcj：女生一般喜欢什么样的手机？

简直不敢相信我这么帅：你问我，我又不是女生。

周承诀索性直接切屏出去，点开网页搜索。

——女生喜欢什么品牌的手机？

——学习好的女生手机需要什么功能？

——可爱女生购买手机攻略。

结果搜出来的全是眼花缭乱的广告。

下一秒，严序又发来了消息。

简直不敢相信我这么帅：什么样的女生？

周承诀想了想：就，成绩挺好的一女生。

简直不敢相信我这么帅：成绩有多好啊？

zcj：语文能考一百四以上吧，其他科也都没什么短板。

那边沉默了将近半分钟，而后才发来一条消息。

简直不敢相信我这么帅：本来我是想帮你问问李佳舒的，但是我现在有个更可行的建议。

zcj：说。

简直不敢相信我这么帅：不如你问问你那二点五组的同桌岑西，让她帮你分析分析，这个分数段的女生，都喜欢什么样的手机？她语文不是恰好就那么凑巧的，一百四以上吗？

3

　　周承诀刚从外头回来，就听见一楼客厅那头传来不小的游戏音效，期间还伴随着周康乐时不时的尖叫，以及江澜衣同生活阿姨沟通午餐菜谱的话音，叽叽喳喳的，热闹得不行。

　　他循着动静传来的方向，不紧不慢地走到岑西后边，单手撑在沙发靠背上，微俯下身去看这两人在玩什么。

　　这个姿势，倒有点像是他将岑西拢在自己怀里。

　　似是察觉到身后的沙发微微凹陷，岑西不自觉偏头抬眸，垂落在脸颊边的细碎刘海一下从少年嘴角擦过。她没想到两人距离竟然这样近，一时还没反应过来，睁圆了眼睛，呆愣了好几秒。

　　最后还是被周康乐的叫声拉回了注意力："姐姐快看，你要专心点，不然是学不会的，这游戏很难。"

　　"噢，好。"收回视线的一瞬间，岑西难得慌张。

　　周康乐在教岑西打游戏。

　　往常不论和谁玩，他都只有被碾压的份，好不容易碰上个什么游戏都没玩过的姐姐，周康乐终于有了一丝丝成就感。

　　这会儿他跟个小大人似的给岑西演示，时不时还要指点两句。

　　游戏画面眼花缭乱，周康乐的小短手忙忙碌碌，但也不知道到底在忙些什么，岑西看得云里雾里。

　　"姐姐会了吗？"一把训练场的人机局结束，小孩抬眸问岑西。

　　刚刚那些乱七八糟的操作，岑西是真没看懂，只能淡笑着哄他："懂了。"

　　小孩惊喜地将手机递给她："那姐姐试试。"

　　岑西接过，硬着头皮上了，结局显而易见，被人机耍得团团转，连小兵都打死她好几回。

　　周康乐这小屁孩难得遇上个比自己还菜的，信心倍增，非要和岑西一对一单挑。

　　两人一块儿玩就得要两部手机，这会儿江澜衣人又在厨房不在跟前，他正苦恼着，周承诀从沙发后边绕了一圈，走到岑西身旁懒洋洋地坐下，不紧不慢地掏出自己的手机，随手滑开锁屏丢到她手里："玩吧。"

　　周康乐小朋友不可思议地睁大双眼。

　　要知道他这个哥可是有性格得很，虽然对人大方，花起钱来从不计较，但手机这种私人物品是一向不允许别人乱碰的，难得这次这么大度。

一局很快结束，小屁孩虐菜虐得很开心，好在岑西情绪相当稳定，在游戏这方面也没有丝毫好胜心，不论死几次都只是安静地笑着。若是换成李佳舒，周康乐都得被揍得脑袋开花。

这种不用玩了命地干活，不用忙着为钱发愁，只是坐在柔软沙发上吹着空调玩着游戏的闲暇时光，对岑西来说，本身就已经足够享受和奢侈了。

"我来。"一旁小鬼头还在得意，周承诀往岑西这边凑得更近了些，从她那儿将手机拿走，瞥了眼周康乐，"再开一局。"

说完，他微沉的嗓音低低地在岑西耳边响起："看过来，我教你。"

周承诀教人确实很有一套，不论是讲题还是介绍游戏，都简洁易懂。

少年手指修长，骨节清晰，握着手机不慌不忙，最大程度地把界面呈现到岑西眼前。期间，伴随着周康乐一次又一次悲惨的尖叫，以及周承诀时不时冒出的几句冷静耐心的讲解，岑西很快梳理清楚整个游戏模式和技巧。

不过，这会儿理论知识还未和实践相结合。

"试试。"周承诀眨眼便把小屁孩弄死，干净利落、毫不留情地将水晶拆完，而后将手机递回岑西手中，"弄他。"

女孩抿唇笑了下，小声道："我不太会。"

"自信点，你是我教的。"

一把单挑很快又开始了，周康乐原本还挺乐观，然而没过两分钟，稚嫩的尖叫声又响起了。此时的岑西已经不再是几分钟前的菜鸡，轻轻松松将小屁孩放倒一次之后，还顺手补完了整条兵线，一个没落。

周承诀扬了扬眉梢："可以啊，都会计算血量了。"

这姑娘确实聪明。

岑西不自觉地弯了弯嘴角。

前一秒还在狂妄的小屁孩，这会儿已经撂下手机往餐厅跑，凑到江澜衣身边，嚷嚷着要退役回家养猪，这辈子金盆洗手再也不碰游戏了。

江澜衣扭头冲他们两个道："都过来吧，准备开饭了。"

岑西十分听话地站起身，半点没拖沓。周承诀这人平日里每回吃饭都得阿姨上楼叫上好几次，今天倒是难得自觉一回。

这会儿桌上已经摆了几道菜，香喷喷的味道溢满整间屋子。

岑西礼貌拘谨地在桌边站定，周承诀晚她一步走过来，随手将餐椅往后拖出些距离，双手搭在她肩膀上，直接将人按到了他平时常坐的位置旁边，而后自己再坐进去。

"开动开动。"最后几道菜上桌，江澜衣带着洗完手的周康乐过来，一边替几个孩子倒饮料，一边看向岑西，"西西，吃啊，别这么客气，把这儿当自己家一样，放轻松哈。咱们自己家吃个饭都很随便的，也不知道这些菜合不合你的口味？"

"谢谢阿姨。"岑西乖巧地点点头，双手接过江澜衣递过来的橙汁，咬着唇微微出神。

这儿和她自己家完全不一样，在她家里，她连一块儿上桌吃饭的资格都没有，常常是她在厨房忙，一大家子人在吃。等到她忙完，一桌子只剩下需要她收拾的残羹冷炙。

这里比她家实在好太多太多了，像一场虚无缥缈、转瞬即逝的美梦。

"都说了不用客气，你这孩子。"江澜衣亲切地笑了笑，"你说吃不了辣的，我就没让阿姨放辣，正好，阿诀也吃不了辣，也是巧了，你们俩口味倒是都差不多。"

岑西闻言，冷不丁想起先前那份打翻的外卖，下意识地侧头看向身旁的少年。

周承诀不自在地轻咳了声，夹了一筷子菜塞嘴里，含糊道："没什么味儿，还是辣点好。"

"辣什么辣，再送你去吊两天水就老实了。"江澜衣吐槽一句。

周承诀面无表情地喝了口橙汁，转移话题："您干吗不吃？"

"我就不一块儿吃了，你爸快下飞机了，我俩一会儿去外面吃。"江澜衣脸上满是笑意，看得出来，夫妻两人的感情也极好。

周康乐边啃鸡翅边起哄："哦！叔叔和婶婶要过二人世界去了，羞羞。"

"就你懂得多。"江澜衣拿了双新筷子，替小屁孩添了点蔬菜，又十分自然地给岑西夹了个鸡翅。

周承诀随口问："爸不是说还要两三天才能回国？"

"我没和他一块儿去，他一个人待不了多久，索性就赶着时间把几个合同签了提前回来。"

周承诀"啧"了声："你俩都老夫老妻了，能别这么难舍难分吗？"

江澜衣白了他一眼："等你以后有女朋友了，可别死缠着人家。"

周承诀不以为然道："那您就放心吧，我能是这种风格的？"

岑西埋头吃着饭，只安安静静地听他们有一搭没一搭聊天开玩笑。

这个家里没有纷争，没有猜忌，没有吵闹，没有暴力，没有无理取闹恃宠而骄的弟弟，也没有不分青红皂白偏心打骂的父母。

氛围相当温馨融洽，她只觉得能默默坐在边上听着，就有种说不上来的幸福感。

周承诀几口饭菜下肚，还没好的胃又开始有些微微泛疼，正想放下筷子不吃了，就看见岑西往自己这边瞧了眼。

许是见他准备下桌，她也忙放下碗筷。

少年起身的动作一顿，索性又自然地坐了回去，往自己的空碗里再添了半碗饭，看向岑西："再吃点？"

岑西不知道该不该应声，他方才好像准备走来着，她也不好意思再多吃。

周承诀干脆直接拿过她面前的空碗，替她盛了满满一大碗，面不改色道："我还没吃饱，你再陪我吃一会儿。"

担心她会因为不好意思而拒绝，想到她方才说，上午的补课时长还没到两小时，吃完午饭会留下来再给他补足时间，周承诀随意想了个借口："不然我妈看到你吃好了，估计就叫我也别吃了，抓紧时间跟你上楼补课去。"

这下岑西完全没了拒绝的理由，接过他递过来的碗："好。"

江澜衣接了个电话出去了，打从她一走，没人给岑西添菜，这姑娘便再没碰过荤的，只敢老实巴交夹几筷子青菜，就着米饭咽。

周承诀这会儿只是做做样子，并没真打算继续吃，端着碗微微出神。

他回忆了下，她大概最喜欢那道鸡翅。

方才江澜衣给她夹了一个，她尝了一口，眼睛明显一亮，随后便继续吃起青菜，将那个尝了一口的鸡翅小心地留在碗边，等到最后才舍得全部吃完。

把喜欢的菜悄悄留到最后，这也是他军训期间发现的属于岑西的小习惯之一。

再看向不远处跟个饿狼似的周康乐，周承诀眉心嫌弃地一拧，那盘鸡翅，这小子少说吃了二十来个了，这会儿满脸全是酱汁，惹得周承诀洁癖都犯了。

他朝那盘鸡翅瞥了眼，见还有五六个，当即伸手连盘子一块儿抽了过来。

小屁孩筷子扑了个空，噘着嘴看向他哥，就听他哥不咸不淡地问："别的菜和你打架？"

其实这一桌子十来道菜，这小子一口也没少吃，他不挑食，红烧肉、蒜蓉虾、香煎三文鱼，什么都喜欢，因此个头虽不高，但已经有了圆润的趋势。

江澜衣打完电话回来，见到的便是这副"兄友弟恭"的画面，忙问："怎么了？"

"哥哥把鸡翅都拿走了。"

周承诀轻哼一声："你爸妈早上就打电话来让我盯着你点。"

这倒是真的，这小子的身材俨然要往小胖子发展，担心太胖会影响健康，家里父母已经开始控制他饮食了。

这事江澜衣也知道，平时在他自己家，他爸妈连饮料都不让碰的，今天她这个做婶婶的还是心软，没怎么管，让他偷偷喝了几杯，饭菜也由着他吃，此刻只能附和道："这你倒是要听哥哥的，多吃点鱼没事，鱼不长胖。"

见那小胖子仍旧死盯着他面前这盘鸡翅，周承诀索性直接将剩下的几个全数夹进岑西碗中。

默默埋头吃饭的少女微微惊讶地抬头看向他。

就听见他说："帮忙一块儿分了，省得那小子老惦记。"

岑西张了张嘴，正想要说什么，就听周承诀又压低嗓音在她耳边说了句："帮帮忙，吃了。"

女孩点点头："好。"

一顿饭结束，岑西难得有了吃撑的感觉。

两人一块儿回了卧室，岑西说到做到，认认真真又替他将没上完的时长补足才罢休，而且还挺有教师职业病的，免费再给他拖了将近半小时的堂。

不过挺意外的，这人嘴上说着对语文没半点兴趣，倒也没催她赶紧下课别拖堂趁早走。

补课结束，岑西简单收拾了下自己的书包准备回家，结果才走到卧室门口，周承诀便开了口："你等会儿。"

女孩回过身："怎么了？"

"过来。"他边叫住她，边从抽屉里拿出个盒子，动作利落地撕了封膜，将里头的手机拿了出来。

玫瑰金的，岑西不认识这个颜色，只觉得看起来粉粉嫩嫩。

周承诀拽着她坐回沙发上，而后简单给她演示了一遍使用方法，随后将手机给她。

岑西没明白："干吗？"

周承诀想了想，表情不太自在地开口："我妈说你没手机，平时调整补课时间什么的，联系起来可能不太方便，所以就让我给你找部手机先借你用着，主要是方便她和你联系，别的倒是没什么。"

岑西不敢接："还是别了吧……"

这手机一看就贵得要命，要是不小心弄丢弄坏了，她几年不吃不喝也拿不出钱赔。

"嫌它旧啊？我也才用了两年。"周承诀眉梢挑了挑，故意说，"要不给你买个新的？不然我妈那儿没法交差啊，她联系不上你，又要来说我。"

"啊？不不不。"岑西忙将东西接过来，没去想用过两年的手机怎么才从塑封盒里拆出来，也没去考虑周承诀这人怎么会喜欢用粉色手机，只记着他最后那句，摆手说，"不用了不用了，这个就可以了，别再买新的。"

见她愿意留着，周承诀又补了句："手机卡已经装进去了，话费也充好了。毕竟是我妈强行要联系你，这个钱肯定不能让你出。"

接下来的时间，周承诀又帮她注册了个微信号，然后一步步教她用："点这里，可以用手机号或者微信号搜索好友，然后添加。对方同意了，你们就能聊天了。"

岑西听得很认真，当即输了串数字进去。

周承诀扫了眼，见她输完数字按下搜索后，跳出来个十分熟悉的 ID。

——简直不敢相信我这么美。

周承诀看得无语。

"原来佳舒叫这个名。"她好笑地点了添加，对面很快通过。

岑西还没习惯手机打字，索性发了条语音过去。李佳舒听这声音就确认了她的身份，直接将岑西拖进一个小群。

大概是李佳舒提前说了声，她一进去，群里就开始排起欢迎队列。

岑西盯着刷屏的页面，好笑道："这个'简直不敢相信我这么帅'是谁啊？"

周承诀："严序。他俩跟小学生似的，你要是嫌长，也可以改个备注。"

岑西问他："直接改成名字吗？"

"改别的也行。"

岑西又问："那你给他们的备注是什么？"

"小帅和小美。"

岑西没忍住，笑了出来。

她边笑，边开始挨个添加好友。

几分钟过去，岑西忙忙碌碌一个又一个发送好友申请出去的动作才停下。

周承诀下意识掏出自己的手机，解开锁屏点开微信，扫了眼通讯录新好友的位置。

干干净净，完全没有看见新增好友申请的红点。

很好，干得漂亮。

周承诀快被她气死了。

岑西一通摆弄之后，将手机小心谨慎地收回书包里。这回是真要走了，她冲周承诀说了声，也不知这人脸色怎么比方才难看了些，没敢再多说什么，背着书包出了房门。

到楼下时，正好碰上吃完饭回来的江澜衣。

"要回家了呀？阿诀怎么没出来送送你？"江澜衣嘀咕了句，正要冲周承诀卧室的方向喊人，就见他已经懒洋洋地走到楼梯口了。

"你送送西西啊。"

"多大人了，还要送啊。"嘴上是这么说，人倒是已经走到大门前弯腰换鞋了。

岑西忙和江澜衣道了个别，小跑着追上去。

周承诀步子大，走在前头，女孩安安静静地跟在身后，双手攥着书包肩带，看起来乖巧又可怜。

有种被人遗忘的感觉。

周承诀忍不住停下脚步，等她温暾地走到身旁，才继续一块儿往前走。

两人沉默了一路，等送她到公交站时，少年才终于开口："把我微信加上。"

岑西眨了下眼："噢，好。"

"电话号码录进去了吗？"

岑西摇摇头，但又补充道："我已经背下来了。"

周承诀眉梢微挑了下，不自在地叮嘱了句："到店里了给我发个微……打个电话告诉一声。"

"你是来给我补课的，我得确认你安全回家了。"

"好的。"

"那没事了。"正好公交车从不远处缓缓驶来，周承诀抬了抬下巴，"上车吧。"

回去的路上，周承诀打开了那个他嫌吵、已经屏蔽很久的小群，随意往上翻了几页，见刷屏的仍旧是严序、李佳舒几个，没看见岑西，索性又将屏幕熄了。

半小时过后，手机提示音响了下。

周承诀扫了眼，是严序发来的微信。

约莫又过了二十来分钟，手机铃声终于响了起来。

他也没看来电显示，直接接了起来："怎么这么久才到？路上堵车了？"

那边传来严序蒙蒙的话音："啥？什么堵车，我在家呢。"

周承诀拧眉将手机拿下来，确认了一遍名字，又放回耳边："你这时候打电话来干吗？"

"这……"严序更蒙了，"找你打游戏，还能干吗？"

"不打，没事挂了，这会儿别再打过来。"

严序："你在等什么重要的电话吗？"

回应他的是"嘟嘟嘟"的挂断机械声。

4

这个点，正好碰上晚高峰，公交车慢悠悠地在回程的路上走走停停，约莫过了一个小时出头，岑西才回到烤鱼店附近。

她平时不常坐公交车，这种时不时就靠站停车的情况，她着实有些不习惯，下车时只觉得胃内翻江倒海，忍了很久才将那股恶心想吐的感觉压下去。

回到店里时，小姨他们已经忙开了，见她终于回来了，也没多说什么，只叫她赶快上楼把书包放一下就下来帮忙，岑西忙应了声好。

忙了大概半个多小时，客人最多的一阵终于结束了。

小姨盛了点饭菜放桌上，让岑西抽空吃了。女孩点点头，刚准备开吃，冷不丁想起自己似乎忘记给周承诀打电话报平安了。

她忙放下筷子，回到二楼小天台，翻出那部粉色手机。

她拿着手机躲到隔间后面的墙角蹲下，不太熟练地滑开锁屏，入目是一连串微信消息和未接来电。

她没有设置免打扰，满屏的微信消息提示全部来自李佳舒拉她进的那个小群，而那些未接来电，则都是周承诀打来的。

她这个手机号目前暂时只有他一个人知道。

岑西有些紧张地咬着唇，当即给对面回拨了一个过去。

周承诀那边很快将电话接起来，语气并不如往常那般沉稳淡定："你哪儿去了？"

"我在店里……"明明只是补课老师给学生那边例行报个平安，可不知怎么的，岑西被问得莫名有些心虚。

"什么时候到的？"周承诀又问。

岑西瞄了眼屏幕上的时间，又将手机放回耳边："应该到了有半个多小时了……"

"我打你电话也不接。"周承诀那边似是传来轿车鸣笛的声音，"我都在路上了。"

"我忘了，对不起啊！我到店里后就把书包放楼上了，而且手机开了静音，没听见你的电话。"

她先是态度诚恳地道了个歉，但又没懂他后一句话的意思，直白地问："你在路上干吗？"

"我……"周承诀一时不知道该怎么说，"跑步，锻炼身体。"

"啊，那我是不是打扰你了？"楼下传来小姨叫她下楼帮忙的声音，女孩跟做贼似的，下意识将手机捂得严实了些，压低了嗓音，"那我先挂了啊，我小姨叫我了，你继续跑吧。"

他跑个鬼。

岑西抓紧时间回到小隔间，将手机重新藏回书包里。拉拉链的时候，正好看见江澜衣中午给她的补课费，她拿了两百块出来放进口袋里，动作利落地回了楼下。

一连替小姨送完两个外卖，再回来时，已经接近八点钟。

这会儿店里还不太忙，小姨刚替妹妹洗完澡，难得空闲地坐在收银台前，一边看店一边吃着卤花生。

岑西环视了下周围，见四下没别人，捏着两百块钱凑到女人身旁，小声对她道："小姨，这是我给人补课的钱，接下来可能每周末都得去，我怕没有太多时间可以待在店里帮忙……"

岑西从小就明白，别人没道理平白无故收留她白吃白住。

小姨夹花生的动作明显一顿，随意瞥了眼那两张她塞过来的、崭新的两百块钱，而后很快便收回眼神，继续吃起花生，脸上表情没多大变化，只是话音明显压低了许多，像是怕其他人听见："收回去，别让那老太太看到了，自己藏好了。"

"小姨……"

"上楼去,明天不是还要上学?"

"好。"

晚上岑西洗完澡,拎着书包去了天台围墙边,准备把白天周承诀借她的几本拔高习题拿出来写一写。

才写了没多久,书包里的手机又响动起来,岑西将手机拿出来,见还是周承诀,忙接起来:"怎么了?"

"你加我微信了吗?"

"噢,对。"

"给你发了申请,等了半天,也没见你通过。"

岑西不好意思:"我没看手机。"

其实她压根儿还没习惯自己已经有了手机这件事。

岑西忙点开微信,找到那个小红点,利落地添加完好友后,又随口问他:"你是有什么急事吗?"

周承诀那边忽地安静下来,约莫沉默了三秒钟,才又开口道:"语文卷子上有道题不会写,这不得来问问我的补课老师。"

岑西语气有些惊讶道:"你还写了卷子呀?"

"嗯。"周承诀理所当然地说,"你临走前不是布置了几张?"

"是……"

但她布置归布置,倒是没想到周承诀居然真的愿意写,而且当天就写了。

江澜衣总说他难管,怎么劝都不愿意学,岑西心想这样一看,他到底还是有学霸的学习态度在的。

周一上午语文课,叶娜娜抱着一沓卷子走进教室。

"来,大家把桌上东西稍微收拾一下,这两节课连着课间时间,正好做个入学摸底考试。"叶娜娜一边说,一边利落地数着卷子,而后分发到每组的第一桌,"传下去,动作快点,不然耽误的是你们自己的答题时间了。"

底下哀号一片,其中数毛林浩号得最大声:"老师,摸底考怎么没提前通知一下啊?"

"你们军训前我不都说了,回来就摸底。"叶娜娜幸灾乐祸地说,"别号了,有的同学都已经写完两道题了。"

毛林浩马上老实了。

大家号归号,其实大多数人早已习惯。南嘉稍微好一些的学校都是这么个传统，尤其对于这些火箭班的尖子生来说，这种小测不过是阶段性检验学习成果罢了，平时各种竞赛都参加麻木了，更何况这种连位置都不用调换的课堂测试。

叶娜娜站在讲台上嘱咐："噢，对了，不允许给我空着啊，作文也必须按要求写满八百字。"她眼神往下面扫了一圈，"听见没，那个四十三分的男人？"

周承诀十分无语。

全班哄笑作一团。

既然叶娜娜都这么说了，周承诀索性直接翻到作文那面先看一下题目以示尊重。

高一上学期还没开始学议论文，现阶段考试还是以记叙文为主。

这次摸底考试的题目倒是简单，简直像是为周承诀量身打造的：《记最难忘的一天》。

他随意扫了眼，当即想到岑西周末提的反套路思维，心想这姑娘还挺厉害，这不直接押题了？

他第一次考语文这么胸有成竹，甚至洋洋洒洒直接先将作文写完了。

一场考试很快结束，大家挨个将自己的卷子往前桌传。

岑西偏头扫了周承诀那卷子一眼，没看太清，不过看起来黑漆漆一片，应该都写满了。

第二天下午的语文课，叶娜娜就带着已经改完的卷子回到班里了。

毛林浩见状假装痛哭："娜姐你不是吧？刚考完一天你就改出来了，你是没有自己的私人生活吗？"

叶娜娜白了他一眼："让你们体验一下南高如火箭般的速度。"

说完，她叫了几个同学上来帮忙把试卷发下去，只留了两张在自己手里。

"这次总体来说大家考得还算不错，名著部分基本没有同学不会，看来大家回去还是花了点时间的。"

"有几个同学要着重表扬一下，连我还没要求背的部分都答出来了。"叶娜娜点了几个名字，最后点到岑西时，一脸的满意藏都藏不住，"还有岑西，连作文都是满分。"

叶娜娜话音刚落，底下"哇"声一片。

当中要数李佳舒最激动，她甚至比满分当事人还要兴奋。

叶娜娜扬扬手中留下来的两张卷子，冲岑西说："一会儿你上来把作文给大家念一下。"

岑西点点头，并没有表现出太多喜悦。

毛林浩眼尖地发现叶娜娜手里不止一张卷子，忙问："老师，那还有一张是谁的啊？咱们班不会还有个作文满分吧？"

"我正要说这个。"叶娜娜当即将目光投向最后一排同样没有拿到卷子的周承诀，"周承诀，这次考下来，你感觉怎么样？"

周承诀一脸平静："较为满意，尤其是作文。"

"说到作文，"叶娜娜深吸一口气，"你这次的作文确实让我眼前……"

"一亮？"毛林浩接了话。

周承诀微挑了下眉梢，意料之内，岑西和他说过，反套路有创意，会让改卷老师眼前一亮。

叶娜娜无语道："眼前一黑。"

周承诀："嗯？"

"这样吧，既然大家都对他的优秀作文这么感兴趣，那周承诀你先来。"

周承诀身形一僵。

"你上来把你的优秀作文给大家朗读一遍。"

全班瞬间又热闹起来了，以毛林浩、严序为首，疯狂鼓掌起哄。

周承诀被起哄惯了，此刻扯了下嘴角，不紧不慢地说："别了吧老师，我罪不至此。"

叶娜娜想放他一马："那行，这样，抽查你一下，'罪不至此'是成语吗？答对了就不用朗读。"

周承诀下意识侧头看向岑西，后者刚要说话，就听见讲台上的班主任说："别盯着你同桌，自己答。"

周承诀没有太多犹豫，脱口而出："都四个字了，还能不是？"而后想了想，"但您都这么问了，那肯定不是。"

叶娜娜强憋着笑为他鼓了鼓掌："来，上来朗读。"

周承诀十分抗拒。

毛林浩拍桌拍得手都快断了："掌声一响，诀诀登场！"

周承诀狠狠地给了他一个白眼。

伴随着全班响亮的起哄声，周承诀不情不愿地走到讲台前，接过自己的卷子开始读。

开篇倒还算正常，过了没几句，画风逐渐开始跑偏。

"那天下着瓢泼大雨，我在马路边捡到……碰上了个老奶奶。

"老奶奶那脸色一看就不好，我上前问了句怎么了，她说她发烧了。

"老人家弓着背，站都有些站不稳了，看起来应该是真发烧了。

"我说发烧归发烧，您能先扶我过一下马路吗？这将会是您最难忘的一天。

"她拒绝了我，并骂了我两句。我看她还有力气骂人，应该也不着急去医院，就问她，那不如这样，您背我过马路行吗？

"她还是拒绝我，这回骂得更来劲了。这老太太到底怎么个事？

"这真是我最难忘的一天，而那个老太太在拒绝背我过马路的时候，也将失去她最难忘的一天。"

毛林浩和严序在下面笑疯了。

周承诀毫无波澜地走回自己位置坐下。

所有人都在憋笑，就连岑西也没放过他。

"喂？"少年不满，"偷笑是不是，嗯？不是你说的，反套路有创意？"

那也不能这么有创意吧。小姑娘憋了很久，终于憋出一句话来："你，别和别人说你语文是我辅导的……"

周承诀差点没被她气笑了："我马上把你名字写我衣服上，还有课本、卷子、手臂，这儿，还有这儿。"

他胡乱指了一通："全写上你的名字。"

5

周承诀这回的作文虽然仍旧令人眼前一黑，但好歹是勤勤恳恳凑满了八百字。

满分六十的作文分，叶娜娜看在他的考试态度上，给他打了个二十五。

加上岑西周六给他辅导了几张卷子，并强行要求他背了几首古诗、文言文，默写句句押题，客观题或多或少都有点沾边，于是这次他竟然也考了六十八分。

虽然总分一百五，但不管怎么说，比那四十三分进步了。

傍晚回到家，周承诀这个平时理科满分拿到手软的选手，第一次郑重其事地拍下了自己六十八高分的卷面，给他亲妈发了一条微信过去。

江澜衣挺意外的，这小子平时很少主动给自己发消息，更不会提学习上的事。

那边很快来了电话，听语气，明显相当满意他这次的进步："一下就进步二十五分啊？西西可真厉害！"

"嗯。"周承诀语调懒洋洋的，"这不碰巧让她押上题了。"

"什么叫碰巧，人家那是经验的合理利用。"

"行，您说的都对。"

江澜衣当即在电话那头掰着手指头畅想起来："补一次课就进步二十五分了，这要是多补几回……"

周承诀没吭声，就听他妈命令道："我告诉你，你可得顺着点西西，别再把这么好的小老师气跑了，我估计她就是老天爷派来拯救你的。"

周承诀忍不住吐槽："您用词别这么肉麻行吗……"

江澜衣思维活跃地跳转了话题："哎，对了，周末打算吃什么菜？我先准备着点，练练手，到时候给你们做，或者你问问西西，反正也不是做给你吃的。"

周承诀想了想说："再做回可乐鸡翅吧，其他的，我改天再问问她。"

"行，那你尽快吧，我怕时间太紧学不会。"

周承诀这回总算抓住了重点："您做？"

"啊，对呀。噢，忘了和你说了，刘阿姨这周末正好老家有事，要请假回去一趟，那妈妈只能亲自上阵了，总不能让西西来咱们家吃外卖吧？"

周承诀心想，就他老妈那厨艺，倒还不如点外卖呢。

他沉默的三秒钟，江澜衣似乎也从中读懂了他的言外之意，这她倒是没法否认："要不……我让你爸做吧？你爸手艺比我强点。"

提到老公，江澜衣突然"嘶"了声："哎呀，我差点忘了，你爸说这周末要我陪他一块儿去北临谈事情。那家里没人了，要不你让西西给你调一下补课时间吧？"

"那我俩不过去那边了，就在望江这儿补得了。"周承诀当即做了决定，"那边远，她来回也不方便。"

好是挺好的，江澜衣还是忍不住问："你是不是想翘了补课？"

"我能吗？老天爷都派她来救我了。"

"那行，那周末你补完课，一定带她出去吃点好的。那小姑娘太瘦了，别欺负人家听见没？"

"知道……"

"那妈再给你转点钱。"

"不用了，爸又给了我一张卡。"

挂了电话，周承诀躺在沙发上刷了一会儿手机，不经意间便点到超市外送小程序，下单了几袋生鲜鸡翅。等东西送到家门口的时候，他才开始犯起愁来。

在下厨这方面，他确实连个新手都算不上。

平常回家有阿姨做饭，上学自己一个人住，一般不是吃食堂就是校门口小炒店，时不时再点个外卖，根本没有亲自动手的机会。

这人目前的厨艺水平大概仅限于，将半成品放进微波炉里加热。

周承诀搜了几个可乐鸡翅的烹饪教程，从头到尾一步一步、老老实实按照视频教的往下做。

第一回，焦了个彻底。

估计是教程不行，他当即换了一个。

第二回，油溅得两只手臂都是点子。

估计这个教程也不太行，他当即又换了一个。

第三回，直接败在最开始给鸡翅切花刀上。

一刀下去，鸡翅完好，手拉了个口子。

两三袋鸡翅很快耗尽，一桌子黑黢黢的东西，挑不出一个能下得了口的。

周承诀难得有这样束手无策的时候，最后索性放弃挣扎，洗了个手，往陆景苑家里拨了个电话："刘阿姨，您这会儿忙吗？我回去一趟。"

第二天一早上学，周承诀的食指骨节处多了两个创可贴，手臂上也贴了些。

毛林浩一到座位上便眼尖地发现了，夸张地号了一句："诀诀，你这是怎么了！"

周承诀被他号得脑壳疼，还没打算开口，就听见一旁的严序调侃道："跟人干架去了？"

"嗯。"他也没个正经，随口应下来。

毛林浩好奇地道："为什么干架？"

"那人太能号了，我就手痒忍不住。"少年语气毫无波澜道。

毛林浩当即闭上嘴，默默将桌椅往边上挪了几寸。

岑西原本正在复习前些天自学的物理衔接课内容，闻言手中的笔停顿了下，偏头小心戳了下周承诀的手臂。

周承诀很自然地看向她，微挑了下眉梢。

"是黄毛找你了吗？"岑西压低嗓音小声问。

周承诀反应了一会儿，才想起她指的是谁，他都快把那帮人给忘了："没有，那几个不都被劝退了？早不在南高附近了。"

他又瞥了眼岑西略显自责的眼神，随口道："不关你的事，别想些有的没的。"

一节语文课下课，叶娜娜朝岑西叮嘱了句："西西，帮我把刚刚的默写收一下拿到办公室去。"

岑西点头应了声"好"后，动作利落地起身挨桌收。

她将小测纸统一收好，正准备出教室时，就见叶娜娜风风火火折返回来，将赵一渠一块儿叫上去了办公室。

班主任走在前头，两个学生便自然地跟在身后。

原本两人还有点距离，不过赵一渠加快了脚步，很快追到岑西身旁，有一搭没一搭地和她聊。

到了办公室，岑西将全班的小测纸整齐叠放在叶娜娜的办公桌上，正准备离开时，就听见叶娜娜向赵一渠问起订校服的事。

正好，她也想问问这事，索性站在办公室外的走廊上等赵一渠出来。

教室这边，周承诀正在给毛林浩讲物理大题，才刚画了个受力分析图，桌上倒扣的手机便一连振了好几下。

他一边继续给毛林浩写步骤，一边不紧不慢地捞过手机解了锁，满不在意地往屏幕上扫了眼，就见几分钟前去食堂买饮料的严序，发来了好几张照片。

小帅：*年轻人就该出来多走动走动，晒晒太阳，别整天坐在教室里。*

小帅：*阳光无限好啊。*

往常这种情况，周承诀一般是连大图都懒得点开加载的。

只是这回，照片的重点显然不是什么阳光无限好。

严序一共发来三张图，第一张图，无限好的阳光洒进校园，岑西和赵一渠在明媚的走廊并肩同行。

第二张图，岑西乖巧地站在走廊上等待，一窗之隔的办公室内，是正在和老师说话的赵一渠。

第三张图，岑西偏头看向赵一渠，后者脸上满是笑容。

周承诀写解题过程的手不自觉停了下来，沉默了约莫五秒钟，面无表情地编辑文字，给严序发了几句话。

zcj：摄影技术太差，下次别拍了。

zcj：手机什么型号？我避雷一下，像素看起来也不怎么样。

zcj：老姚一会儿就来没收你的。

小帅：……

周承诀收起手机，注意力转回面前的物理题上。

周承诀给毛林浩讲题的习惯大多是先画图提示，再放慢速度写过程，期间不会做过多的讲解，而是让他跟着自己的思路先自主思考。

大部分时候，刚写完几个步骤，毛林浩就会嚷嚷着自己懂了。如果写到一半，他还没想明白，周承诀就会开始给他分析。

此刻步骤已经写了一半多，毛林浩还是拧着眉头一声不吭，正常这种时候，周承诀已经开口替他捋思路了。

然而此刻，少年莫名有些静不下心来。

他微抿着唇，把笔放下，将本子往毛林浩面前一推："你先看，看能不能看懂，我出去一趟，回来再给你讲。"

毛林浩有些蒙，拿着笔挠挠头，随口问："诀哥你上哪儿去？"

周承诀："出去晒会儿太阳。"

毛林浩一脸疑惑。

年轻人啊，正是要晒太阳的年纪，哪怕正值酷暑，也无所畏惧。

周承诀走出教室没几步，迎面便遇上方才微信里那位伟大的摄影师严序，以及他技术很差的摄影作品中的两位主人公。

周承诀面无表情地往前走，直到两人从他身边经过。

女孩宽大的衣袖轻轻扫过他手臂，没有任何停留。

两人交谈的声音不大，周承诀只隐约听到有关"校服"的字眼。擦肩而过几秒后，他回身叫住了赵一渠，后者很快回头："诀哥你找我啊？"

赵一渠脸上带笑，冲周承诀几步快走过来。

岑西只看了他一眼，并没有太多的好奇，一个人先回了教室。

周承诀目送她进到班级里。

"诀哥？"

"哦。"少年收回眼神，想了想，直接掏出手机，"校服钱我好像还没转你，差点忘记了。以后要是有这样的事，你直接来找我要一下。"

原本订校服这事是班长负责，不过军训回来那两天，周承诀正好请了假，叶娜娜就将这事交给副班长赵一渠负责。

闻言，赵一渠摆摆手，笑了笑说："嘻，小事，我一开始就先帮你垫了，后来找序哥登记尺码的时候，他已经替你转给我了，你直接转给他就好。"

周承诀点了点头："成。"随后眼神又不自觉瞥了下方才岑西消失的方向，状似不经意地提了句，"她找你干吗？"

"谁？"赵一渠没反应过来。

"岑西。"

"噢，也是校服的事。"赵一渠向来是别人问什么，他就说什么，"上周登记尺寸的时候，她和我说手头的钱不够，暂时只付得起一套的费用，问我能不能先只订一套，等她把另一套的钱凑齐了，再交给我。"

校服穿的时间长，因此质量要求比军训服更高，价格也比军训服贵了不少。

一套要两百七，对于上周还没有补课兼职的岑西来说，着实是一笔巨大的开支。

听到这儿，周承诀已经重新掏出了手机："你别找她了，我先替她交了，你直接帮她和其他同学一样订两套。"

赵一渠的脸色微不可察地变了变，随后又换上他惯有的笑容："不用了诀哥，她这周已经把第二套的钱交给我了，刚刚她就是来问我这钱还赶不赶得上的事。"

"行。"周承诀将手机放回口袋里，没有打算和他继续聊，"回班吧。"

"好嘞。"赵一渠走在周承诀边上，对方个头比他高得多，步子也比他大，他甚至需要稍微多跨两步，才跟得上，"诀哥。"

周承诀没应声。

"我感觉，你好像对岑西还……挺好的哈。"赵一渠试探地问。

少年脚下步子微微一顿，半晌，才淡声道："我是她的同桌，也是她的班长。"

6

岑西回到班里，从书包里翻出昨晚写的两张英语卷子。

英语算是她几个科目中最为薄弱的一项，嘉林师资力量差，在外语上尤其明显，连老师自己的口语都带着浓重的乡音，更别提替学生打好语感基础。

初中英语较为简单，她靠死记硬背还能把分数稳住，可到了南嘉，她明显感受到了自己和其他人的差距。

昨晚做的这两套卷子还算不上提高卷，准确率虽然还不错，但这只是刚开始，如果普通的难度都不能保证完全正确，后续很难在这科上稳住高分。

这会儿是大课间的时间，岑西去了趟办公室回来，班里人空了一大半，大多数都跑到食堂买课间餐去了。

此时她座位周围的朋友全部不见人影，她抬眸往四周扫了一圈，所幸几个英语成绩比较好的同学正好都在。

她记得早读课时，英语老师抽空先看了他们的卷子情况，看完之后还笑着夸了句。

岑西不是个会主动交朋友的人，开学这么长时间，熟悉的也就座位周围一圈人，不过印象中，大家似乎都挺好相处的，她便没多想，带上错题本和红笔就往他们的方向走去。

到了几人桌旁，她先是礼貌地打了个招呼。

然而，在她拿出错题本轻声请教之后，其中一位个子较为瘦小的男生，脸上笑容稍稍淡了淡，不过很快又恢复成寻常的样子，只是抱歉地冲她摆摆手说："不好意思啊，这些我们也不太会。"

岑西垂眸看了眼手中的题，又抬头看了看面前几人，突然反应过来点什么，笑说了句"没事"后便回到了自己的位置上。

之后的几次课间，她分别拿着不同科目的题，再去问了一些人，得到的都是"抱歉""不太会""要不问问别人"这样的回答后，印证了她隐隐约约冒出的猜想。

边上的周承诀一边刷题，一边看着她连着几个课间进进出出，最终还是忍不住问了句："怎么了？"

女孩摇摇头，也没多说什么，只埋头继续写题。

周承诀定定睨了一会儿她安静的侧脸，若有所思。

接下来的几天，各个科目的老师都抽出几堂课的时间，把摸底考试考完了。

一连几场考试结束往前桌递答题卡的时候，周承诀都下意识瞥了眼身旁女孩的卷面。

明明几科的试卷上都填满了答案，但答题卡上很明显留有空白。

周承诀眉心微微拧了拧。

这些题对于岑西来说应该没什么难度的。

周五傍晚最后一节课下课后，赵一渠跑到讲台上招呼大家先别走，说是订的校服到了，安排了几个男生一块儿去搬回教室分发，让大家领完再放学。

班里大多数人本来也习惯放学后继续刷半小时题再回家，这会儿个个埋头奋笔疾书，没有半点怨言。

没一会儿，赵一渠领着毛林浩和体育委员等几个苦力从教室前门进来，几箱校服往地上一放，前排的女生们见状忙起身上前帮忙拆箱分袋。

赵一渠回到座位上，找出当初预定尺寸时登记的清单，对着上面的数据挨个点人名上来拿。

时间一分一秒过去，拿到校服的同学也没再多待，收拾好东西便陆陆续续回家。

岑西刷完两页化学练习册，却迟迟没有被点到名，而一旁已经拿到校服的周承诀，也面无表情地坐在位置上继续写手中的试卷，半点没有要走的意思。

片刻后，几箱校服终于分发完毕。

教室里已经没剩多少人了，赵一渠稍微整理了一下一地的纸箱和包装袋，随后下了讲台，朝岑西的方向小跑过来。

"抱歉啊，你的校服暂时还没到。"赵一渠解释说，"上周你只交了一套的钱，我报的时候就先只给你报了一套，但是我有帮你和生活老师那边说，这周你应该还会再交另一套的钱，结果可能是生活老师那边下订单的时候觉得两套分开订容易出差错，就没报那单独的一套，所以你的两套估计得等到下周五才能拿了。"

这也就意味着，她或许得再穿一周的常服。

岑西好像对这种事习惯了，脸上表情没多大变化，加上本身也确实是她晚交钱在先，因此很快接受了这个结果，冲他点点头："行，我知道了，麻烦你了。"

周承诀握笔的力道不自觉加重了几分，又看向身旁已经继续低头写题的女孩，正打算说点什么，就见叶娜娜从教室前门走了进来。

"水杯差点忘了拿。"她边说边朝讲台走去，伸手拿回自己的茶水杯，视线往教室里扫了一圈，"还不走啊？"

几个还没打算走的纷纷抬头，一人一句搭腔："学习令我无法自拔。"

"放学不积极，思想有问题。"叶娜娜话音落下，又朝岑西的方向看了眼，"正好，岑西你也还没走，那你跟老师来办公室一趟。"

岑西不自觉紧了紧手心，而后收拾起桌上的课本和试卷。

大抵是藏着点心事，手上动作没了往常的利落，一不小心还将笔碰掉到地上。

周承诀偏头扫她一眼，淡声说："你先去，书包我帮你收拾，一会儿替你带过去。"

岑西手上动作一顿："好。"

叶娜娜找她什么事，岑西其实心知肚明，到了办公室后，班主任开门见山，果不其然是找她谈这回摸底考的情况的。

除了第一天语文考得相当出色，之后考的几科，科科成绩出来都位于全班中后水平。

这和她中考的表现差距过大。

虽然火箭班采用的是多种不同的录取方式，并非所有人都参加了统招考，但岑西那个几近全科满分的中考成绩，摸底考试怎么说也不该是这样的水准。

"是不是刚来南嘉，在生活上有些不适应啊？"叶娜娜对岑西是很喜欢的，哪怕她这次考得并不是那么理想，语气仍旧亲切，试图与她一块儿分析问题的所在，也希望自己能够尽可能帮助到她。

然而，这个结果早已在岑西的预料之中，她明白问题在哪儿，只是不好当着叶娜娜的面坦白，索性直接顺着对方的话点了点头，轻声回道："嗯，稍微有些不适应。"

叶娜娜表示理解，并没有任何责怪的意思，只说接下来的三年，进度会比刚入学还要快上不少，让她上课集中注意力，课后也要尽可能抓紧时间，有问题就大胆多问，不要有顾虑，其他方面有什么需要帮助的，可以尽管来找自己。

岑西垂着头，安静地听她说话，眼眶忍不住酸了酸，最后乖巧地点点头，出了办公室。

办公室外，周承诀拎着她的书包，懒洋洋地靠在走廊栏杆上，见她出来，也没将书包交还给她，径直朝办公室方向走去，经过她身边时才开口："我找下娜姐，你在这儿等我会儿，一块儿走，有事和你说。"

岑西点点头，听话地等在门口。

办公室的窗户没有完全关上，里头的交谈声虽然不大，但时不时还是会透过缝隙传出来一两句。

岑西只听见周承诀向叶娜娜问了句校服订购门店的具体位置，吐槽了一下严序和李佳舒替他报错了尺码，又听见叶娜娜调侃了句周承诀和李佳舒姑侄关系不和等等，没一会儿就见他从里头出来了。

"走吧。"周承诀单手拎着岑西的书包，仍旧没有要让她自己背的意思，只朝楼梯的方向抬了抬下巴，让她跟着自己一块儿下楼回家，"跟你说个事。"

"什么？"

"我爸妈周末有事要去北临出趟差，陆景苑那边没人，我妈让我俩不用过去了，直接在望江这边补课就行。"周承诀说完，又担心她只去过一次，不记得是哪儿，便补充了一下，"就暑假那回你来过的那个地方。"

"好。"女孩点点头。

两人晃晃悠悠地回到烤鱼店后，周承诀将书包还给她，拐了个方向便朝订购校服的门店去了。

周承诀估算了一下岑西的尺寸，买了两套校服回到望江，连同自己那两套一块儿塞进洗衣机，洗完又很快进行烘干。从烘干机里掏出来时，四套校服全是一样的味道。

他顺手叠好放在床尾，懒洋洋地往沙发上一躺，琢磨着要怎么把校服给出去。

晚上七点出头，周承诀给岑西发了条微信。

zcj：有空？

岑西那边大概是正在帮忙，约莫过了半小时才回了他一句：我刚送完外卖回来，现在没什么事了，怎么了吗？

zcj：江湖救急，过来望江一趟。

岑西见状，以为周承诀有什么急事，也没多想，正好这会儿店里没什么客人，和小姨说了一声便往江对岸去了。

周承诀百无聊赖地把玩着手机，严序正好发了条消息过来。

小帅：打吗？上号。

周承诀这会儿明明找不到什么事做，却还是给他回了句：不打。

一会儿岑西该到了。

他从沙发上坐起来，想了想，索性走到玄关处换好鞋，搭上电梯直接下楼往小区门口走去，心想这姑娘记性好像不怎么样，要是一会儿忘了他住哪儿，正好能把人带上去。

结果这一等，便又等了二十来分钟。

他觉得有些奇怪，不自觉拧了拧眉，给岑西打了个电话。

这回对面很快接了起来。

"你怎么不在家呀？"

"你跑哪儿去了？"

两人的话音几乎是同时响起，而后又默契地陷入沉默。

岑西反应了两秒，轻声回他："我在你家门口，按了门铃没有人应，是我找错楼了吗？"

周承诀也有些纳闷，自己二十分钟前就在小区门口守着了。他边朝家的方向走，边问："你从哪个门进来的？我、我正好下来买点东西，想着回去的时候能捎上你，没看到你啊。"

"噢，我从地下车库走的，你们小区的外卖只能走地下，我习惯了。"

"行，那你再等我会儿，我马上到。"

两人都没将电话挂断，周承诀下意识加快脚步小跑起来。

岑西安静地蹲在他家门口，手机里少年的呼吸声逐渐加重，须臾，电话那边传来他的声音，他报了串数字后说："是门的密码，你先进去，别蹲着等。"

"好。"岑西闻言便站起身，不过大抵是蹲得太久了，起来得猛了些，当即一阵眩晕，她下意识闭眼，单手撑在身旁半米高的花瓶上缓了缓。

只是再睁眼时，周围的灯全灭了，眼前一片漆黑。

她原以为是自己还没缓过来，片刻后才反应过来，应该是突然停电了。

电话那头没了声响，她叫了周承诀几声，没有回应，信号好像断了。

周承诀才刚回到一楼前厅，就听周围同样因为停电，被滞留在一楼的邻居三言两语地讨论着。

他这会儿联系不上岑西，难得不太冷静地一连按了好几下电梯按钮。

"别按了小伙子，这周围一整片区都停电了，听说是什么地方出了事故在抢修，电梯用不了的。"

"我连电话都打不通。"一个阿姨还扬了扬自己没信号的手机。

少年脸色沉了沉："那什么时候能来电？"

"听物业说，怎么也得一两个小时吧。"

周承诀垂眸睨着手机，又尝试拨了几回岑西的电话，仍旧没法打通。

下一秒，他几乎是想都没想便往楼梯间走去。

他住在三十六层。

不知过了多久，岑西听到门厅处有了动静。

她循着声音看去，就见周承诀喘着粗气，一只手上还拎了几盒鲜切的水果出现在自己眼前。

"你回来了。"岑西反应了两秒，嗓音忍不住拔高了些，"你，走楼梯上来的？"

"嗯。"

"这可是三十六层……"

"等不了，这儿没电太黑了。"

7

听周承诀这么一说，岑西想起他之前在密室时的反应，开口问道："你是，害怕吗？"

"什么？"周承诀被她给问蒙了。

"怕黑。"昏暗的光线中，两人都看不太清对方的表情，岑西一脸真诚地朝头顶熄灭的灯指了指，"你不是怕黑吗？"

周承诀这会儿气已经捋顺了，就是嗓子还有些微哑，他直接反问："你不怕黑吗？"

"我不怕。"岑西缓缓摇摇头，"你很怕吗？"

"嗯。"周承诀莫名有些不自在起来，沉默了几秒钟，"怕，我怕死了。"

"那我陪你一会儿吧。"岑西平常照顾弟弟妹妹习惯了，说完，习惯性想要拍拍对方安抚几句。

没想到他下意识侧过身，避开了她伸过来的手，低沉的嗓音在黑暗的环境中尤为清晰："别碰。"

岑西的手臂兀自悬在两人之间，随即尴尬地收回来，小声道："对不起，我习惯了……"

"不是。"周承诀有些好笑，"你道什么歉，我身上全是汗。"

"噢。"

周承诀一边按指纹，一边问她："你怎么没先进去，密码不对？"

"不是，那会儿正好停电了，我就没开门。"

其实还是担心里头同样是一片漆黑，他不在，自己对里面又不熟悉，一个人随便进去，万一碰坏什么东西，不好交代，索性就继续在门口等着了。

周承诀开了门，手机打着灯，示意岑西先进去，自己在后头把门随手关上。

虽是停了电，但一直到停电之前，屋内的中央空调都是开着的，而且周承诀习惯将温度调得很低，这会儿屋子里还是很凉快。

他把人领到沙发边，让她坐下，随后将手里几盒切好的水果拿出来，往她面前的茶几上一摆，再拿个新叉子放到她手里："先吃点水果。"

说完，周承诀随手将打着灯的手机放茶几上留给她，自己明明一边说着怕黑，一边却又十分自如地摸黑进了厨房。

再出来时，他手上拿了个漂亮的烛台，少年下意识放缓脚步，另一只手拢着蜡烛上那抹微弱的昏黄。

"上回严序过生日，蛋糕店那边忘了把蜡烛放进来，临时通知还没到的李佳舒在路上买点带过来，结果这人发疯买了这种祭祀用的红烛。我估计神仙看了都得吓一跳，心想这到底要许多大的愿望，弄个这么粗的蜡烛。"周承诀随口说，"没想到居然还能派上用场。"

岑西忍不住笑了下，这的确像是李佳舒能干出来的事。

笑完，她终于想起正事："你找我来什么事呀，救什么急？"

她都想不到自己有什么能帮到他的。

"一会儿再和你说。"周承诀没立刻答她，放下蜡烛，又借着微弱的光去了一旁的水吧台，给她倒了杯冰冰凉凉的橙汁过来，"你先吃会儿水果，我一身汗，先冲个澡，很快的，出来再和你说。"

"好。"

周承诀转身跟个没事人般，往仍旧一片漆黑的浴室方向走去。岑西眼神跟随着他离开的背影，忽然开口问他："你不怕吗？"

"什么？"

"浴室里没灯。"岑西说。

周承诀这才想起自己方才说的鬼话，这会儿也不知道该怎么答她，索性不着调地问了句："那你要陪我一块儿？"

岑西一愣，头摇得跟拨浪鼓似的。

周承诀被她这反应弄得忍不住低低笑出声来："我知道房子里有人在就还好，所以我洗完出来之前，你可别先走了。"

"我不会走。"岑西想了想，又嘱咐道，"你要是还是觉得怕，可以不关门，叫我我就和你说话。"

周承诀眉梢微挑了挑，还没吭声，就听她又补了一句："你放心，我不会偷看。"

他放心，他能不放心吗，这姑娘就是太让人放心了。

周承诀倒真听了她的话，没将浴室门完全关上，不过也没真喊她。

"哗啦啦"的水声持续了十来分钟后停了，客厅内安静得针落可闻。

周承诀换了套衣服从浴室出来时，原本端端正正坐在沙发上的岑西，不知道什么时候已经睡了过去。

女孩侧身靠在柔软的抱枕上，小脑袋歪着，看起来睡得很沉，连他出来了都没有察觉。

周承诀下意识放轻脚步，走到她面前。

茶几上的水果她几乎没动过，昏黄的烛光映照在女孩周身，将黑暗隔绝。整个画面宁静又温馨。

她比同龄人要忙得多，完成课业的同时还要帮店里干活，还得想办法挤时间多谋些攒钱的路子。

小姑娘身上透着疲惫，周承诀不忍心打扰，只轻手轻脚替她稍微调整了一下姿势，让她的身体能更安稳舒适地窝在沙发上，随后又回卧室拿了条轻薄的毯子往她身上一盖，全程连大气都不敢喘一下。

弄完之后，他回卧室拿了书包过来，想了想，担心自己坐下时下陷的沙发会将她弄醒，索性往茶几前的地毯上一坐，随手从书包里掏出张还没写的数学卷子来，就着微弱的烛光，和她轻浅的呼吸声，认真地刷起题来。

一张卷子写完，周承诀看了眼手机上的时间，竟然才过去半小时。

之前这种两小时考试标准的卷子，他一般需要四十分钟左右能写完，今天的效率居然比往常还要高。

他回过头扫了眼身后沙发上的岑西，见她手臂不知什么时候悬空地垂着，又仔细地替她收回毯子下。

约莫过了一个多小时，周承诀又安静地刷了一会儿卷子后，沉睡的女孩终于有了点动静。

周承诀的注意力当即被吸引过去，视线落到岑西身上，就见她抱着毯子翻了个身，而后似是终于察觉到了什么，猛地从沙发上坐起来，还未清醒的睡眼茫然地往周围扫了一圈，在看到背靠沙发坐在地上的少年时，明显一愣。

"你怎么……"她初醒的话音比起平常要软上许多，一句话还没说完，便停下清了清嗓。

周承诀顺手将茶几上的橙汁递过去给她，岑西下意识接过，喝了两口后，声音总算是正常了些："不好意思，我睡着了。"

"嗯，没事。"

"可能是你家凉凉的又很安静，太舒服了，有点好睡。"女孩有些尴尬地挠挠头。

烤鱼店的小天台算是顶楼，上面没有隔热层，白天阳光暴晒一整天，晚上也闷热得不行，隔间里别说空调，连个小风扇都没有，再加上一个小屋子里塞了两个人，老太太打呼又严重，饶是心再静的人，也很难睡得安稳。

周承诀还没开口说什么，便又听她问："我睡了多久啊？"

他拿起手机扫了眼："快两个小时吧。"

女孩的眼睛明显大了一圈："那你怎么不叫我？"

周承诀视线落到面前几份刚写完的卷子上，拿起来冲她扬了扬："趁机卷你。"

岑西有些无语。

岑西察觉到身上还有条毯子："这毯子是你给我盖的吗？"

"嗯……"周承诀尾音拖得有些长，语调明显不太自在。

岑西也不再追问，想起他先前发来的消息："所以你找我来到底是有什么事？"

周承诀也终于想起正事来了，他站起身来，用手机尝试给他妈打了个视频电话。看样子这会儿应该是有信号了，江澜衣那边很快将视频接起来，少年冲他妈道："你等我会儿。"

江澜衣盯着视频里的画面问："你那边怎么那么黑？"

"停电了。"周承诀随口答。

而后他将视线转向岑西："跟我来卧室。"

岑西眨了眨眼，就听见周承诀手机里传来了江澜衣的问话："你和谁说话啊？佳佳、序序他们过来玩了？"

"不是，岑西。"周承诀十分坦然地提了她的名字。

倒是被点名的女孩忍不住心一紧。

下一秒，江澜衣亲切的嗓音传到岑西耳畔："西西啊，你吃晚饭了吗？"

周承诀忍不住吐槽："都几点了，您这话问的。"

"我又没问你，你把手机给她。"江澜衣见画面一转，出现了岑西的脸，

"那吃消夜了吗？要是没吃，让那小子带你去吃点，阿姨报销。"

虽知道江澜衣为人亲和，但岑西刚刚心里还是有些紧张，现在稍稍松了口气，却不知道该怎么回答，只冲镜头那边笑笑。

正发愁该说点什么，周承诀适时将手机抽回去，对着镜头举了件刚拿出来的校服晃了晃："真短了，不信你自己看。"

"早说了李佳舒不靠谱，给我报个一米七的尺寸，您让我怎么穿？"

"一米七穿不了吗？"江澜衣问。

周承诀快被他妈给气笑了："下边露腿，上边露肚脐。"

"真的假的？"江澜衣倒是好奇上了，"那你穿上我看看。"

"……您没事吧？"

一旁岑西想象了一下画面，也没忍住笑了下。

周承诀没应声，只将手里的校服递给岑西："帮帮忙，你换上，让她看看有多小，她非说让我将就就得了。"

周承诀又补了句："救急。"

岑西终于明白他突然喊自己来是为什么了，当即点点头。

一会儿的工夫，卧室内传出女孩的嗓音："我好了。"

周承诀将人领回客厅，在微弱的烛光下，举着手机给他妈拍："您自己看，给她穿正好，我怎么穿？"

"呀，转个圈我看看。"江澜衣说。

岑西乖巧照做。

"是挺合适哈，那不如你把你那两套给西西好了，你自己再订两套。"江澜衣话音顿了顿，又说，"她要是不愿意要，那你就将就穿吧。"

"……我这怎么将就？"镜头背后，周承诀冲岑西抱了个拳，用口型示意她把这两套校服收了。

岑西张了张嘴，还没吭声，周承诀又求了她一回，小姑娘只能小声道："好，好吧。"

"妈，她答应了。"周承诀连反悔的机会都没给她，动作利落地将两套洗好烘干的校服装进购物袋中，塞她手里，"马上把这两套带走，千万别还给我，谢谢你了祖宗。"

8

江澜衣那边视频刚一挂断，岑西便将手里那袋校服还给周承诀："你还是直接退了吧，退了能省好多钱。"

"洗过才发现的，退不了了。"周承诀打开袋子，从中拿出一件，"不信你闻闻。"

她刚刚试穿的时候就感觉到了，两套校服的味道和周承诀平时身上那股淡淡的橙子香如出一辙。

"行吧。"岑西熟练地将衣服叠得整整齐齐放回购物袋里，"那我——"

"别想着给我钱，你把它们带走，别让我妈再看见，我就谢天谢地了。"周承诀知道她的脾气，也知道她想说什么，没给她这个机会，"当我求你。"

"好的。"岑西当即打住，"那，没别的事的话，我就先回去了。"

周承诀随手按了两下壁灯开关，见周围仍旧一片漆黑："等会儿再回，等电来了再说。"

岑西忙说："没事，我不怕黑。"

"有电了电梯才能用。难不成你还想从楼梯下去？"

"可以的，我也能走楼梯。"

"可以什么可以，这儿三十六层楼，膝盖还想不想要了？"周承诀压根儿没想过自己刚才就是这么生生爬楼梯上来的，这会儿倒不许她这么干了。

岑西老老实实被他按到沙发上坐下，打消了摸黑回去的念头。

茶几上一盏红烛烧到三分之二，微弱的光芒摇曳在两个少年人之间，没人说话，气氛便有些奇奇怪怪的。

周承诀清了清嗓，随手翻翻卷子，看起来一副挺忙的样子。

岑西原本还在发着呆，此刻正好被他翻卷子的动作吸引过去，轻声道："这几份你都写完了？"

"嗯。"

"都是刚才写的吗？"

"嗯。"

女孩一下从沙发上起身，朝他凑近了些，也学着他那样子，直接背靠着沙发坐到茶几前的地毯上，眼神落在他已经写满的卷面上："那你写得也太快了吧，平均一份才花半小时左右。"

这种夸奖除了语文这科没听过，其余科目他从小到大听得都快麻木了，然而，此刻岑西的话让少年竟莫名有些不自在起来："平常一般四十来分钟做一套，今天，估计状态比较好吧。"

"反正比我快多了。"岑西是真心羡慕，"我做一份得一个小时出头。"

"那也很不错了，准确率高的话，这速度已经够用了。"周承诀难得夸人，也从不安慰人，方才这话要是让李佳舒听见，她又得大呼小叫。

少年话音刚落，脑子里忽然闪过摸底考时，岑西留有空白的卷面，眉心轻蹙了蹙，不应该的，她的水平他早就见识过了，那些题对她来说根本没什么难度。

"摸底考的卷子为什么故意剩一部分题不写答案？"周承诀冷不丁发问。

岑西没想到他竟然会知道，一愣："我不是故意的……"

"就是故意的。"他用词很笃定。

岑西微垂着头，心想反正也糊弄不过他，索性直白地说："我和班里好多人都还不太熟悉，考太高分，题都不好问了。"

"合着你那两天进进出出，老往前面跑，就是为了问错题？"这回答倒是和他想的差不多，周承诀眉梢扬了扬，"我还坐在你边上喘着气呢。"

"嗯？"岑西没懂。

"你至于舍近求远问别人？"他这话说得直白。

班里人成天排着队想要他给讲讲题，毛林浩成绩那么好的一个竞赛苗子，每天还都"诀哥诀哥"地把他挂在嘴边捧着，恨不得每个课间都缠着他问，他同桌倒好，放着近水楼台的资源还不知道好好利用。

岑西话音减弱："那我也不能只逮着你一个人问呀……"

"为什么不能？"周承诀脱口而出，"你还想逮着几个人问？"

"什么？"

"没什么。"

"其实也不只是因为这个。"也不知是不是因为烛光昏暗，气氛恰到好处，岑西难得聊起一些鲜和别人提的事，"我以前在嘉林的时候，有过不是特别好的经历。

"我家里不大愿意让我上学，所以读书就晚一些。最开始都是自己偷偷学，好在有义务教育嘛，还是有人管的，被发现的时候已经错过了一二年级，就直接按照年龄把我分进三年级。

"小学一开始一直跟不上，大家对我还挺关照的，后来初二那年，不小心考到了年级第一。"

"这么不小心？"周承诀嘴角微勾。

岑西淡淡笑了下，继续说："然后他们先是不给我讲题了，后来，就总有人趁我课间不在的时候，把我课本和作业扔了。"

少年刚起来的笑意当即消失。

"到后来，我就被排挤了，他们合起伙来，把我关起来，泼墨水什么的。"岑西抬眸瞥了眼面前的人，见他脸色不太好看，忙将话题打住，笑了笑，试图装作不在意的语气，"不过还好，反正我都是穿黑衣服，墨水洒上去也看不见。"

周承诀看着她小心翼翼的笑，面色更沉重了。

见状，岑西没再继续往下说。

这些事她自己都不太想回忆，今晚也不知是怎么了，莫名其妙便说了出来。

说完又后悔了，谁没事喜欢听这些晦气的事，人家的好心情估计都被她给搞没了。

"不过其实南高的同学真的挺好的，我试着问了好几回，大多数人也就是语文成绩刚出来那天有些不太乐意，后面几天又都挺热情了，这也很正常。"岑西小声嘀咕了句，"我也是为了保险起见嘛，初二之后一直到中考前，都没再填满过答题卡，有点习惯了。"

"没人帮你吗？"周承诀突然发问。

"这种事，怎么有人敢帮啊……"她家里条件差得尽人皆知，背后没人撑腰，谁愿意帮她？

"周康乐那小子被黄毛敲诈的时候，你都敢帮他。"

岑西张了张嘴，说不出反驳的话来。

"你让他们来南嘉看看。"少年语气有些发狠。

"嗯？"岑西一时没反应过来。

"你现在已经在南高了，谁动你一下试试。"周承诀脸上没什么表情，但听话音似是有些生气了，"你看我们周围一圈人，哪个会不帮你？"

岑西没吭声，只定定地看着他，原以为他是不愿意听人散发这些负能量，哪想到他竟然在想这些。

下一秒，少年掌心不自觉探到她后脑勺，轻拍了两下后，沉声道："下次放心大胆考，这里是南高，不是随便谁都能撒野的地方。"

伴随着好几声机械提示音响起，周围突然恢复一片光亮，周承诀动作极快，还没等岑西反应过来，温热的手掌已经挡在她眼前了。

"来电了。"岑西小声说。

"嗯。"少年等了片刻才若无其事地放下手。

"那我回家了。"岑西从地毯上站起身来。

周承诀又"嗯"了声，也同她一块儿站起来，而后伸手替她将落在沙发上的那袋校服拎上，下巴朝门的方向抬了抬："走吧，一块儿走。"

岑西偏头抬眸看向他："你不用送我。"

周承诀面不改色道："正好饿了，顺道去你家店里吃点。"

这个点，店里向来有小工帮忙，不用岑西分担，她便先行回了二楼小天台。

将周承诀给的两套校服仔仔细细放到床上后，女孩按照惯例，拎着书包回到围墙边准备开始写卷子。

围墙下面便是成排的餐桌，热热闹闹坐了不少客人，喝酒的、划拳的、聊天说笑的，什么声响都有。

这样嘈杂的环境其实不太适合学习，尤其她这会儿写的还是数学提高卷，更是需要集中精力。

好在岑西适应能力比较强，到哪儿基本都能做到心无旁骛，此刻时间才过去八分钟，她已经将二十道选择题认认真真勾完。

围墙下方适时响起熟悉的响指，比起那些嘈杂的噪声，这声响指微弱又短暂，可向来专注的人偏偏听见了，还下意识分神探出脑袋去瞧。

一瞬间，岑西有种时光倒流回军训时的感觉。

围墙下面站的是周承诀。

"能上去吗？"他问。

不知道他要做什么，岑西蒙蒙地冲他点点头。

于是就见那个子高大的少年，几步从那不太牢固的露天铁架楼梯跨上来，很快便到了她身旁。

"你这楼梯不太稳啊，走起来会晃动。"周承诀视线还停留在方才的台阶上，随口说。

岑西去过他的两处住所，当然知道这里的条件与之天差地别，不太好意思地笑笑："对，这上面是临时搭盖的，那楼梯也是，环境不是很好，你下回还是别上来了。"

周承诀"啧"了声，扬眉看她："脾气还挺大，说一句就不让来了。"

岑西眨眨眼："我不是这个意思。"

"这楼梯是铁艺的，焊一焊就稳了，改天我带个工具来替你弄弄，不然这摇摇晃晃的，每天走太危险了。"

"你还会焊接啊？"

周承诀正环顾周围的环境，闻言，扯嘴轻哼一声："除了语文，其他事基本不太难，不会的，学学就会了。"

"你上来是要找什么吗？"岑西看着他东瞧瞧西望望的背影，好奇地问。

"不找什么啊。"周承诀说着，已经开始动手掀那围墙角落的建筑废料了，"味儿是从这儿来的啊？"

"嗯？"

"之前军训的时候，你不是和李佳舒说你这天台味道大，不建议她来找你玩吗？"

岑西愣住，努力回想了下，好像是有这么回事。

那时候正好是中场休息时间，几个女孩一块儿躺在树荫下聊天，李佳舒提议军训回来之后一定要好好聚聚，每周末去一个同学家。

那会儿她们还不知道岑西就住在烤鱼店楼上，她原本就寄人篱下，也不太好把朋友带回来，加上这里条件着实差，把人带回来也没处待。天台上连张桌椅都没有，总不能让大家来了，顶着四十摄氏度的烈阳，席地而坐吧。

然而李佳舒和江乔那性格，虽是娇惯长大，却大大咧咧的，并不太在意她家的简陋环境。

岑西思来想去，只能提了嘴李佳舒最在意的缺点，说她这里天台味道大，大家来了也玩不好。

李佳舒别的没什么，就是长了个狗鼻子，小时候严序帮别的小女生偷摘一朵花，她都能立刻闻出来，对气味尤其敏感，稍微有些不适便待不下去。

和她相处那么多天，岑西自然也发现了这一点。

于是当即用这个借口来糊弄，其实也并非是借口，她这天台的味道确实是大，每天晒衣服的时候都得刻意往外探出去一些，担心染上味道穿到学校，会影响周围同学上课。

她当时就那么随口一说，没想到周承诀居然听到了，甚至还记到了现在。

见他不停地用手去翻，岑西忙上前阻止："你别用手碰，很脏的。"

"脏了能洗，我没那么娇气。"

他自顾自地将那堆东西又往下翻了翻，心里大概有了数。

楼下传来小姨的声音，是周承诀点的消夜好了。

少年闻声偏头冲岑西往楼梯的方向指了指，意思是他准备下楼吃东西去了。女孩点点头，看着他消失在楼梯尽头后，才收回视线。

随后瞄了眼时间，回屋拿上毛巾、水桶和换洗衣物就往洗澡间去了。

洗完头和澡，岑西还顺带把换下来的衣服裤子一并洗了。全数搞定后，她一手拎着水桶，一手用毛巾擦着还在往下滴水珠的长发，慢悠悠地从摇摇晃晃的铁艺楼梯走上来。

等走到小天台时，脚步忽地顿住。

她还以为自己披着头发没看清路走错地方了，忙将半湿的毛巾从头上拿下来，再仔细确认了一遍周围。

明明洗澡前还堆在围墙角落、持续散发着难闻气味的建筑废料，此刻已经全然不见踪影。

只留地上一处方形湿痕，见证着它曾经的存在，小天台的空气中没了那股刺鼻的怪味。

再看向围墙边，赫然摆着张宽大的长桌，五六张餐椅围了一圈，桌子上方吊了个明亮的喇叭灯，不远处还摆了台"呼呼"作响的大风扇，正对着那长桌。

长桌上摆了好几道飘香的菜肴，一看就是小姨的手艺。

而岑西离开前压在围墙上的课本、试卷，此刻也已被全数挪到了长桌上。

桌前坐了个少年，少年面前放了两双碗筷。

岑西愣愣地站在原地看傻了。

周承诀冲她又打了两下响指："来吗，吃点？"

岑西放下水桶，一边擦着头发，一边坐到他对面的椅子上。

凉风"呼啦啦"从一旁吹来，她从没想过恶臭又闷热的小天台，有天竟也有这么舒适的时候。

"那堆东西是你弄走的？我之前和小姨说了，她说小姨夫不同意动，留着可能还能派上用场。"

岑西又看了眼这多出来的桌椅、灯具、风扇，着实有点不敢相信自己的眼睛。

"我说下面人多又热又吵，想上来吃，讨个清静。"少年指尖点了点桌上的手写充值卡，"你小姨手艺不错，我现在是你们店里的包年 VIP。"

第五章
理想太遥远

/

1

周承诀享用一顿消夜的工夫，岑西安安静静在边上刷完了一份数学卷子，外加半份《英语周报》。

期间，周承诀时不时问她要不要一块儿吃点，岑西拒绝了多次。

哪有店家吃客人东西的道理。

周承诀也没多说什么，只三不五时用另一双干净的筷子往多出来的空碗里添菜。没一会儿，那空碗就堆成了小山。

临走时，他将满满一碗东西往岑西面前一推："写完作业填填肚子，江女士吩咐的。"说完便走了，走的时候，还顺手将桌上吃过用过的碗筷、盘子全数收好带下楼去，还她一张干干净净的桌面，没给她留什么打扫的机会。

"走了，明天见，在望江，别忘了，别又大老远跑陆景苑去。"

"好，知道了，路上注意安全。"

周承诀已经走到楼梯口了，一只手托着碗筷，另一只手举起来懒懒地摆了摆，也没回身，径直往楼下去了。

周承诀走后，岑西一个人在小天台上又写了将近半小时作业。

今晚有了桌椅，她不用再站在围墙边写，头顶的喇叭灯比起从路灯那儿借来的光要亮不少，看字都清晰多了。风扇"呼啦"作响的白噪音，抵挡了楼下不时传来的聊天笑闹，清凉的风一阵阵环绕在周身，整个写作业的环境一下好了不少，她写起题来效率都高了许多。

半小时完成的作业量，几乎是平常的两倍。

约莫十点出头，小姨从楼梯走上来，身上的围裙还没来得及摘，见岑西坐在餐桌边开着灯埋头写题，也没多说什么，只在她面前坐下："橙子，你那个补课是在明天吗？上回听你说是周六。"

岑西点点头："嗯。怎么了？"

"你看看能不能和你那个学生商量一下调个时间，换到周日怎么样？刚才店里接了好几个预订的单子，明天要送的地方有点多，怕人手太少忙不过来。"

女孩犹豫地紧了紧握着的笔，她知道和别人定好了时间再临时爽约不太好，但她在小姨这儿白吃白住，帮忙分担店里的活本来就是应该的，岑西实在没法说出拒绝的话。

她没考虑太久，很快便应下来。

小姨也没多停留，匆匆下楼继续忙碌。

岑西起身走回小隔间，轻手轻脚地从枕头下摸出手机，而后回到天台的餐桌前，打开微信，点到周承诀的聊天框。

印象中，有手机以来，她好像还从来没有主动给他发过消息。

事实上，平常周承诀不给她打电话、发微信的时候，她连这手机都很少碰。

在她认为，这手机是江澜衣借给她方便联系补课的工具，并不是送给她玩的，因此她也从没当这手机是自己的所有物，一般没什么事都不会用，更别说主动给别人发消息聊天。

正想着该怎么开口才好，屏幕右上角突然多出个消息提示。

她索性先点出去看。

是江乔发来的消息。

小乔要努力变强：西宝，刚刚我在外头吃饭，正好碰上年年了，聊了两句。她听说你有手机和微信了，嚷嚷着要加你呢。我已经把你推给她了，晚点要是有人加你，应该就是她。

岑西回了句"好的"后，下方很快出现个新好友添加的红点。

她点开一瞧，对方昵称叫"曲终人不散"，大概就是曲年年没跑了，岑西忙点了通过。

曲年年也没改那无敌外向的性格，岑西刚点了通过，她那头便直接一个视频弹了过来。

曲年年："啊啊啊，你有了微信也不想着加我一下，为什么抛弃我！我的眼泪足以融化冰川！"

岑西被逗得忍不住笑，还是认真地给她解释："这手机不是我的，那天加了佳舒之后，她把我拉进班级群里，就从群里加了几个人，之后也很少用。"

曲年年和岑西不是同班的，自然没在群里，听她这么说，倒是很快就被哄好了。毕竟她也只是浮夸地撒个娇，并非真的在讨要说法。

曲年年是个话痨，两人不在一个班，军训后便不太容易碰上面，这会儿好不容易拉着她聊会儿天，嘴里说个不停。

她那边或许是在聚餐，背景音挺嘈杂，没一会儿，镜头里多出一张女孩的脸，岑西对女孩稍微有些印象。

女孩叫林诗琪，也是艺术班的，和曲年年玩得还不错，之前军训的时候被分在隔壁宿舍，还照顾过岑西的洗衣服生意。

林诗琪才凑过来没一会儿，等看清楚手机屏幕上的脸后，有些兴奋地小声问曲年年："是岑西吗？"

曲年年点点头："嗯。你还记得她？"

林诗琪："当然，她人特好，一开始帮我洗军训服，都不收我钱，后来还得硬塞给她，最后还是少收了两次。"

岑西脸颊微微烧了烧，当面被夸，多少有些害臊。

林诗琪说完，像是突然想到什么，表情忽然染上一丝羞臊，整个人都有些不自在起来，随后偏头对曲年年说了声"手机借我一会儿，我有点事和她说"。镜头一转，曲年年便偏离画面，最后屏幕上只剩下林诗琪一个人。

女孩有意压低了嗓音，单手拢着嘴唇，往镜头前凑近了些，明明不是面对面说话，却愣是给她弄出了说悄悄话的架势："西西，我能不能拜托你一件事啊？"

"什么？"岑西眨眨眼。

从前很少有人愿意和她做朋友，因此她十分珍惜每一段友谊，只要有人想请她帮忙，她若是能做得到，基本都不会拒绝。

"之前军训的时候，我听江乔说过，她托你给周承诀送过信对吧？"

岑西张了张嘴，不知道该怎么回答，这是别人的私事，她不太想在背后议论："她自己和你说的吗？"

林诗琪点点头："对啊，她说周承诀连看都不愿意看。"

岑西稍稍松了口气，是江乔自己说的，那就还好，不过也没搭腔，算是默认。

林诗琪见状，忙把自己的请求脱口而出："我听说你是周承诀的同桌对吧？"

"暂时是吧……"

"什么叫暂时是？"

"就是，我是二点五组的嘛，他现在是第三组，正好坐我旁边，等下周回学校例行轮换的时候，他就换到第四组了，我的位置是不动的，到时候我们就不是同桌了。"

"噢噢，这不重要。"林诗琪对这个倒无所谓，继续道，"那个，不是快到国庆了嘛，我爸妈新开了个度假村，可以露营啊、烧烤啊、泡温泉之类的，噢，还有个人造滑雪场，一年四季都能滑的。我想问问你，能不能帮我约约他，问问他国庆的时候有没有空，要不要一块儿去玩啊？真挺好玩的。"

林诗琪一口气说完，见岑西没吭声，立刻补充道："我可以付费的，多少钱你随便提。"

"不是。"岑西忙摆摆手，"这种事情我、我不能随便乱答应的……"

当初她替江乔送了回信，他都气得好几天不搭理人。

"对不起啊，我和他也没有那么熟悉。"岑西抱歉道，"而且我最近手头没那么紧了，不是特别缺钱，所以……真的不好意思啊……"

那头林诗琪还没来得及开口继续说话，手机便被身旁的曲年年拿了回去，而后便传来她劝阻的话音："哎呀，这种事情很尴尬的，你别勉强她。"

林诗琪语气当即弱下去："我就是想着要是她愿意接，不是两全其美嘛，我能约到人，她又能再赚点钱。"

曲年年这会儿已经把镜头摆回两人中央了，看了看岑西，才又说："你又不是不知道周承诀难约，别为难她，周承诀那难搞的劲，别说同桌，就是亲妈我估计都不管用，我早就放弃了。"

曲年年一边说，一边开始冲岑西吐槽："你是不知道，军训回来之后，有几次在学校里正好碰见他了，我赶紧壮着胆上去搭讪。好几回我刚一开口，都还没来得及说话，他直接一句'抱歉'，然后跟见了鬼似的走得飞快，追都追不上。"

"后来有一回我学乖了，碰到他第一句就说，我是李佳舒朋友，本来想着好歹算亲戚的朋友，能套个近乎什么的，结果你们猜周承诀说了句什么？"曲年年卖起关子。

"什么什么？"林诗琪好奇地问。

岑西眨了下眼，莫名觉得能猜得到，不过她没说出口。

曲年年停顿了几秒，而后道："他说不认识李佳舒。"

林诗琪："噗，为斩桃花，六亲不认。"

岑西抿了抿唇，心想果然是这样。

"所以我直接放弃了，连句话都搭不上，我怀疑他语文不好，就是因为不爱说话。"曲年年连连摇头，看向林诗琪，"所以我劝你也趁早死了这条心吧，还是体育生适合我们。最近我认识了好几个，要不匀一个给你？"

林诗琪摆摆手婉拒，而后又看向岑西，摆出请求的姿态冲她合掌搓搓手："那个，我还是有点想约他，不撞南墙心不死。要是你什么时候缺钱了，可以再来找我。"

一场视频通话将近聊了二十分钟才挂断。

岑西看着陌生的微信界面，愣了半晌才想起来之前拿出手机是要干吗。

她重新点开周承诀的聊天框，手指在键盘上徘徊，莫名有些紧张。

思考良久，她才缓缓打下几个字点击发送：你周日有空吗？

周承诀大概是正好在看手机，消息刚发送过去不到两秒的时间，便有了回复。

zcj：有。

很快，他又来了条消息。

zcj：那天正好闲着没什么事。

zcj：干吗，有想法？

望江壹号顶楼客厅里，严序正抱着手机在峡谷里厮杀。

这两天，他爸妈正好来他平常上学时住的那房子里看他的情况，替他稍微添置添置点东西，再找人打扫打扫，准备陪他小住几天再走。

今晚初中同学约严序出去一块儿吃饭，几个人没在一个高中，好久才见一回，玩到了很晚，索性和周承诀打了声招呼，过来他这儿睡。

那会儿周承诀在烤鱼店还没回家，看到严序说要来自己家睡，也没多说什么，叫他自便，只让他第二天早点起来滚蛋就成，别耽误自己补课。

严序也没多想，一口答应下来便窝在沙发上打起游戏。

后来周承诀回到家，便也很快被他拉入战局。

有周承诀这个大腿在，严序一连上了好几分，越打越来劲。

一局结束，严序忙问："再开一把？"

周承诀没吭声，严序知道他这态度就是默许了，当即又兴奋地开了一局。

两人很快又进入游戏，周承诀手感一如既往，开局才不到五分钟，直接拿了个四杀。严序一边喊着"漂亮"，一边嚣张地将对面孤零零剩下的打野逼到周承诀跟前。而后想都没想，一股脑将技能全丢出去，眼看就要助周承诀拿下五杀，哪承想他忽然一动不动站在原地，任由对方打野疯狂消耗，最终被成功带走。

下一秒，严序的人头也被轻松拿下，界面直接黑了。

他也直接蒙了，随后便看到界面上方出现周承诀已退出游戏的字样。

严序："掉线了？不可能啊，你家网络不是比网吧还快还稳？"

他纳闷地偏过头，想看看周承诀到底怎么回事，结果就见这位哥已经切出了游戏，此刻那界面很明显是微信聊天框。

严序丢下手机，双手抱头："大哥你干吗啊？"

"回消息。"周承诀十分坦然。

"马上就要五杀了，你……切出去，回消息？"严序不可置信，"你最好是有什么人生大事要回复，不然我都没法原谅你这行为。"

周承诀没搭理他，兀自在手机上打着字。

严序感觉正在回消息的周承诀脸色越来越差了，也没再多问，只重新拿起手机，独自一人默默在峡谷里继续"发育"。

片刻后，就听周承诀突然开口说："周日的球赛你们去打吧，我就不去了。"

"干吗？不是都说好了一块儿去？好久没比了。"

"没空。"

"那天问你周六还是周日，你还说周日有空。"

"嗯，就突然没空了。"周承诀面无表情地切回游戏中，没几秒便轻松将方才没拿下的打野直接带走，"你们打吧，反正少了我，两个替补还有机会上场碰球，挺好的。"

接下来的整场游戏，周承诀也不管大局如何，只逮着对面打野一个人抓。

对方一连被抓死十三次后，终于忍不住发了一连串问号。

——对面打野是疯了吗？干吗非盯着我杀！求别针对啊！

严序也纳闷，随口问："这人都死几百回了，早废了，再抓也没几个钱啊？"

结果下一秒就看到，一向懒得开麦也懒得在消息栏里打字的周承诀，突然发了句：看你 ID 不爽。

随后又再次将对方弄死在塔下。

严序下意识地看了眼那倒霉打野的 ID"改日再约"。

"嗯?

"噢。

"啧。"

2

夜里十二点前,周承诀收起手机,动作利落地洗漱一番回卧室睡觉。

严序没他这种严苛的作息,尤其周末,更是没有早睡的习惯,独自一人留在客厅继续抱着手机厮杀。周承诀也懒得管他,由他自便。

第二天严序睡到日上三竿才醒,清醒过后猛地意识到自己貌似睡过头了,也不知道有没有打扰到那位哥补课,抓上手机正想悄悄开溜,就听见开放式厨房那边传来不小的动静。

他下意识循着声响往厨房那头走去,等快到跟前的时候,差点没被眼前的画面吓死。

料理台前,那位含着金汤匙出生、从小十指不沾阳春水、衣食住行样样有人伺候的大少爷,竟然一手握着锅柄,一手颠着勺,正有模有样地不知道在炒些什么。

少年身上随意套了件宽大的T恤,腰间还扎了个围裙,空气中飘着点还算能闻的鸡翅香,看起来倒挺像那么回事。

严序有些怀疑自己的眼睛,以为是昨晚熬夜熬猛了,没休息好,今早起来才能撞鬼看见这种场景,正打算回去继续睡,又忍不住掏出手机来,悄悄拍了个视频给李佳舒发过去。

李佳舒这会儿估计还没起床,换作平时看到这种珍贵影像,怕是当即就要发来几十条八卦的语音,此刻倒是风平浪静,连个标点符号都没见。

严序这会儿非常渴望找个人分享一下这一大早感受到的震撼,见李佳舒没搭理人,又将视频发给周承诀的亲妈江澜衣。

江女士那边很快有了回复:他该不会又在做可乐鸡翅吧?

严序猛吸了几口气,粗略做出判断:好像还真是。

江澜衣当即开始吐槽:受不了受不了!这小子也不知道发了什么疯,以前成天睡在望江,催都懒得回一趟家,上周一整周,每天晚上放学风雨无阻回来,追着刘阿姨教他做什么鸡翅。一连学了一周,天天做顿顿做,做完了还得让我和他爸尝。

江澜衣:吃一回就算了,连吃了五天,现在听到可乐鸡翅,我俩就想吐了。

严序挑了挑眉，敢情这人这几天撇下他，天天大老远往家里赶，就是为了学下厨？

他什么时候染上这个兴趣爱好的？

正想着，一盘鸡翅正好出锅，周承诀盛出来，单手端着盘子转身看到严序时，面上表情也没有什么变化，依旧是懒洋洋的状态，话很少，只将那盘东西随手往中岛台上一放，朝严序抬了抬下巴，一个字没多说。但严序从小与他一块儿长大，不用他说都知道什么意思。

严序没想到自己竟也能有此殊荣，他这辈子，居然还能尝到这位大少爷亲手做的菜！

他忙放下手机，十分主动地替自己找好了筷子，又拖过一旁的吧台凳坐下，动作相当利落地夹起一块鸡翅往嘴里送。

入口的一瞬间，严序当即老实了。

他就不该这么积极主动！

他早该预判到没好事！

要说天赋这东西，到底还是公平的，人哪能十全十美、什么都会，上天赐予了周承诀太多太多技能，那势必要从某些地方克扣回点。

这会儿周承诀仍旧面无表情地盯着严序的反应，显然是在等待他的评价。

严序硬着头皮也没能将那玩意吞下去，随手抽了两张纸巾吐了。

"兄弟，听我一句劝，是真哥们儿才和你说实话。"严序猛灌了一杯冰水，清了清嗓，"不是咱的赛道咱不要硬闯。"

周承诀没搭理他，自顾自地从冰箱里又拿了盘新鲜生鸡翅出来，正想给刘阿姨打个电话再请教请教，又记起她这周末请假回老家，不好随便打扰。

严序怕他逼自己把剩下的吃完，脑筋转得飞快，忙给他支招："你不是有个手艺特好的哥们儿？请教请教人家啊。"

周承诀洗鸡翅的动作顿了顿，虽没吭声，"哗啦啦"的水龙头却停了。

他甩了甩手上的水，连抽几张纸巾擦干，而后抓过随手放在桌上的手机拨了个电话。

最开始两通没人接，在第三通快要自动挂断的时候，电话那头响起个女孩轻柔的嗓音："你好，他还在睡觉，要叫他吗？"

周承诀微挑了挑眉梢，将手机从耳边拿下来，扫了眼时间，又放回去："叫一下吧，麻烦了。"

"至死不鱼"烤鱼店内，岑西正在打包区陪同小姨一块儿装盒扎袋。

"这几份都有点远，搭个公交车去，别走路，不然赶不及。"女人一边吩咐，一边将几盒滚烫的烤鱼交到岑西手中，"快去快回，今天的单子比较多，记得收款，有几家还没给钱，我都标在小票上了，你一会儿送的时候再仔细看一下。"

岑西点点头："好的。"

女人挥挥手便让她走了，没再多说什么。岑西做事向来踏实细心，还是让人非常放心的。

她没将手机带在身上，一路上，她只能盯着公交车前头的电子钟表粗略地计算着时间卡点。约莫一小时出头，她安安稳稳地将手上五六个大单全数配送完毕。

下降的电梯里，岑西抽空仔仔细细将方才收到的钱款再点了一遍，四百六十八块钱，确认无误之后，小心翼翼叠起来塞进小布袋里。

电梯门打开的一瞬间，外头忽地挤进来一个身材矮胖、皮肤黝黑的中年男人，一股刺鼻的汗味扑面而来。

他整个人挡在本就不宽敞的出口前，一把将岑西推砸在身后的金属轿厢上。女孩原本正低着头，一时根本没来得及防备，紧接着，男人结实的巴掌一下落在她脸颊，"啪"的一声巨响，连电梯都止不住了晃。岑西尝到了口腔里溢出的血腥味，挣扎着想要快速从电梯里爬出去。

然而那一巴掌着实打得她脑子瞬间空白，行动也变得迟缓，强撑了没几秒，眼睁睁看着电梯门在自己眼前缓缓合上。

"白眼狼！我可算是逮着你了。"男人嘴上一边咒骂着，一边蹲下去抢过她方才刚收好的小布袋，一把将里头的现金全掏出来，"你不是能跑吗？有本事你再跑啊！"

男人手上快速点着钞票，嘴里的污言秽语仍旧不间断："我以为你有多大能耐，就五百块不到，害得老子跑这么多路。"

"你给我等着，我最近手头紧，肯定还会再来找你。"男人将掏空的小布袋兜头直接砸回岑西的脑袋上，"看见你多别再跑，惹急了我就上你们学校闹去，我看你还上不上得了学。"

说完，男人手指相当没有耐心地在电梯的开门键上猛戳了好几下。电梯门缓缓打开时，他还暴躁地踹了一脚，而后骂骂咧咧走了出去。

那一巴掌实在太过用力，岑西被打得当即眼冒金星，缓了好久脑子还是晕的，脸颊也火辣辣地烧着。

期间恰好没有人使用这部电梯，她蜷缩在电梯最角落，安安静静地缓了足足五分钟，才堪堪能回过神站起来。

四百多块钱被全数抢空，女孩双手紧捏着，指尖几乎要扎进掌心。

普通人遇到这种情况后的呼喊、尖叫、求助、哭泣，在她脸上几乎都不复存在。

女孩只神情麻木地抬头，看向电梯轿厢斜后方右上角闪着微弱红光的监控，忍着痛将嘴里那抹血腥味咽下去，而后面无表情地缓缓走出小区。

快到烤鱼店时，岑西小心翼翼躲开小姨的视线，先行回到二楼天台小隔间。

她从床板与隔墙的缝隙里，翻出自己先前卖废品、打零工和做家教攒的那些零零碎碎的现金，仔仔细细点了几遍后，从中数出四百六十八块钱放进那个小布袋中，随后将剩余的十三块多重新塞回缝隙内。

她愣愣地发了一会儿呆，忍不住从枕头下摸出手机，冰冰凉凉的机身被握在手心，这大概是她今天最庆幸的事。

她没将手机带在身上，手机没有被她那个吃人不吐骨头的爹抢走。

岑西平静地带着布袋里的钱走下楼，从正门处回到烤鱼店内，像什么事都不曾发生过般走到小姨面前。

"怎么去了这么久？不认识路？"女人杀着鱼，头也没抬地问。

"没有。"岑西一开口，喉咙被那股黏糊劲糊得有些难受，声音微带着沙哑，"有两家人还没到家，在门口等了一会儿。"

闻言，女人也没多说什么。

岑西将那四百多块钱从布袋里拿出来，给小姨报了下数字。

"行，你先放收银台里，单独放在最边上那个抽屉，等空下来了我再点。"

岑西应了声"好"，直奔打包区，拎起其余几盒外卖，顶着烈阳又一次出了门。

她也不记得这一天，来来回回进进出出到底跑了多少趟，只记得当天送完所有外卖回到店里时，已经快傍晚了。

南嘉的傍晚，耀眼的日头仍旧不知疲惫地烤着大地。

岑西去后厨隔间用冷水扑了几把脸，拖着疲惫的身体回了天台。

她也不知为什么，平常自己很少主动碰手机，今天总时不时要拿出来在手心握一握。

哪怕什么消息都不看，就这么捏在手里，感受那机身冰凉的温度透过掌心，都觉得莫名能多一些安慰。

解锁屏幕的一瞬间，弹出了一大堆消息提示。

小群里，李佳舒、江乔她们聊得正起劲。

两人还给她转发了一大堆各平台上刷到的搞笑视频和段子。

最上头最新的消息是周承诀发来的。

zcj：在店里？

岑西安安静静地看着他的头像出了一会儿神，半晌才回他：没有，在外面送外卖。

周承诀那边几乎是秒回：行吧，本来打算去吃点，想想懒得出门了，反正也饿不死。

岑西将仍旧火辣辣刺痛的脸颊，贴在冰凉的铁艺高低床支架上，试图缓解一点不适：你想吃什么？我可以帮你跟小姨点一下，做好了给你送过去。

周承诀偏头看了下窗外滚烫的烈阳：不用了，想吃我自己会过去。

岑西没再回。

几秒后，手机又响了下。

zcj：你什么时候回店里？

岑西蹲在铁架床边，无神又无力地靠着：可能，还要一会儿吧。怎么了？

zcj：那你一会儿到店里了和我说一声，我过去吃点。

岑西想起他的胃似乎不太好，忙回他：你要是饿了，最好现在就来吃点。

zcj：那不行，你不在，天台上就我一个人，我这胆子你是知道的，一个人可能会害怕得难以下咽。

岑西：好。

周承诀不自觉拧了拧眉头，虽然岑西每句话都是用文字发送过来的，语气和平时也没什么太大差别，可他总觉得这姑娘的情绪似乎有些不太对劲。

周承诀想了想，又发了条消息：我今天试图写语文卷子，努力了三小时，除开作文不谈，比摸底考还少了五分。

zcj：岑老师，怎么办？

岑西忍不住弯了下唇，颓丧的情绪莫名消减了几分，稍稍活跃回来一些：你怎么还能有退步空间呀？

zcj: 可能还是缺乏岑老师震慑了。

岑西: ……

zcj: 我还差三份语文卷子没搞，搞不完娜姐估计要叫家长了。

zcj: 岑老师，晚上要不要过来望江救我一下。

zcj: 空调、水果、饮料、零食管够，沙发随你睡。

岑西: 明天不就到补课时间了。

zcj: 退步了五分，这足以看出问题的严重性，今晚不写卷子我都睡不着觉。

3

岑西最后还是回了他一句"好"。

其实若是放在平时，周承诀向她提出额外多抽点时间辅导他，她一定二话不说直接答应下来。

她并非像父亲口中所说的那样，是个养不熟的白眼狼。

恰恰相反，谁对她好，她心里像明镜似的，只要曾向她表露过一丁点善意，她都会牢牢记在心里，碰上自己力所能及可以帮到对方的时候，必会加倍报答回去。

周承诀和周妈妈对她的同情与关照太过明显，她长这么大，还不曾体会过这么多的温暖，别说是给他多辅导几回语文，哪怕是更多的请求，只要她做得到，一定愿意。

可偏偏恰好是今天。

她被父亲狠狠打了一巴掌，脸颊的浮肿从上午持续到现在，迟迟不见消散。

虽然不仔细盯着看并不一定能发现，可她仍旧担心。

她实在不想让更多的人知道她有一个不堪的父亲。

他们知道后，会像从前嘉林的那些同学朋友一样，将她视为可怕的异类，狠狠地远离她、嘲笑她、欺负她，把她从自己的圈子里踢出去永远抛弃吗？

岑西觉得他们不一样，但她根本不敢去赌。

进入南高之后的生活，美好到让她觉得像活在一个泡沫般的梦境中。

一不小心戳破，便会重新掉入黑不见底的深渊。

她有些贪心，渴望能在梦境中待得更久一些，因而每一步都必须小心翼翼。

然而此时此刻，她似乎比自己想象中的还要贪心一些。

她盯着手机里，和周承诀来来回回几句简短的、极为平常的对话，某种委屈和酸楚却控制不住地涌上心头。

她很想过去，哪怕只是一块儿看看卷子或背背课文，也能让她短暂忘记自己实际生活里，令人喘不过气的一地鸡毛。

纠结片刻，贪心还是胜过理智，岑西给周承诀回了个"好"，顺便问他自己能不能再带点作业过去写，那头很快回了她个"当然"。

随后还吊儿郎当开起玩笑，说只要她能监督他把三份语文卷子搞定，别说带点作业过去写，就是想直接搬过去住望江那儿，他都会亲自过来替她扛行李箱。

岑西浅淡地弯了下嘴角，没再回复。

其实她连行李箱都没有，只有几个破旧的塑料袋。

没过几秒钟，周承诀那边又发来消息：稍等一下，帮我跟你小姨点几个菜，我换个衣服出门，一会儿去你店里拿，到时候一块儿走。

岑西又回了个"好"。

她把手机重新塞回枕头底下，将今晚准备写的作业简单收拾完后，匆匆跑到楼下洗手间，再用冷水扑了扑脸颊，而后擦干水渍，将向来低低扎在后脑勺的皮筋扯掉，双手拨开松软的长发，发丝乖巧地垂落在脸颊两侧。岑西又稍微再调整了一下，尽可能努力地将肿胀的脸颊遮得严严实实。

周承诀到的时候，小姨已经将他点的几个菜全数做完装盒打包好了。

周承诀在"至死不鱼"充了钱，往后随时想吃随时点，充的钱不少，基本上算是店里的VIP客户了，因此小姨将东西打包好后，还特地叮嘱了岑西好几回，千万别弄洒了，一定要小心翼翼、安安稳稳地给人把东西完好送过去。

岑西乖巧点头应下，背着书包，提着几份外卖，在店门外不远处的老榕树下安静等待。

周承诀没让她等多久。

才一会儿的工夫，她便觉得手上重量轻了。

垂眸瞧了眼，有人伸手将她拎着的那几份菜接了过去，再抬眸，周承诀那张换谁遇上都忍不住要停下看两眼的脸，一下撞入眼帘。

岑西心跳不自觉漏了一拍，而后见他盯着自己瞧，冷不丁想起肿胀的脸颊，忙匆匆侧过身，别开眼神，低下头去。

女孩这会儿话音里带着点心虚："走、走吧。"

"嗯。"周承诀应了句，走出两步后，一手揽着她肩头，将人转了个方向。

"怎么了？"岑西不解地问。

"先去趟超市，我正好买点东西。"他说着，又空出一只手来，拎走她背着的书包，替她分担走这最后一点重量。

岑西没吭声，只听话地跟着他走。

两人安静地走了一小段路后，周承诀微沉的嗓音忽然在耳畔响起："第一次看你披着头发。"

印象中，她好像除了洗头擦头发时是散着头发的，其余时间向来是规规矩矩地扎着。

闻言，岑西又心虚地用手拢了拢发丝，还没应声，便又听他问："披着不热？"

岑西也不知道他今天怎么就非要关心这个，试图将自己的反常合理化，忙说："很多女生都披着啊。"

她当然也可以吧。

周承诀偏头垂眸睨了她一眼，也不知是回她话，还是自言自语，只淡淡说了句："没注意什么别的女生。"

想了想，他又继续说："不过也没事，反正家里空调一直开着。"

岑西稍稍松了口气。

到了超市，周承诀推了个车，领着岑西先往生活用品区走。

两人走到拖鞋货架前，周承诀微抬了抬下巴，对她说："自己挑一下。"

岑西没懂。

"我家那几双客拖都被严序他们穿过了，"周承诀一边说，一边已经伸手拿过鞋子开始看尺码了，"再给你买双新的。"

岑西忙摇摇头："不用了——"

她只是去给他补个课而已，去得又不多，不穿都行，哪里还需要额外添双新的。

"你穿三十六码的吧？"周承诀没管她的拒绝，垂眸瞥了眼她的脚，"三十六还是三十七？"

岑西张了张嘴，最后还是没再多说什么，小声回答："三十六……"

"要粉色还是黄色？"周承诀又问。

"粉的吧。"

少年闻言轻笑了声："小女生。"

他拿了双三十六码浅粉色的，又再拿了双四十六码浅蓝色的，两双一块儿丢进手推车里。

接下来，周承诀似是掌握了和她沟通的技巧，领着人不紧不慢走到零食区的时候，不论要买什么东西，都没再问过她"想不想要什么"或是"吃不吃什么"。

这样问，很难有个肯定的回答，岑西通常都是摇摇头说"不要、不用、不吃、别买了"。

周承诀索性直接抛给她两个选项，比如"要甜的还是酸的""要五香口味的还是香辣口味的""要葡萄味的还是橙子味的"。

如此一来，原本空荡荡的小推车渐渐被堆满。

岑西瞧了眼那车都快冒尖的零食，忍不住问他："你很喜欢吃零食吗？"

周承诀眉梢微挑了挑，面不改色地承认下来："嗯。"

"我还以为你们男生都不太喜欢吃这些甜甜的东西。"她随口说了句。

"别刻板印象啊。"周承诀单手将车推到收银台前，准备扫码付款。

岑西陪着他逛了一圈超市，这会儿心情放松了许多，聊起天来也没那么小心翼翼了，便顺口说："那你喜欢穿粉色的小裙子吗？"

周承诀心想：这姑娘的嘴是真不饶人。

"改天给你买一条穿穿。"周承诀说。

岑西心想：那倒也不必。

周承诀有时候觉得，岑西这张嘴不收敛的时候，和他妈那个最好的闺密挺像的，利索起来的时候，让人根本没法招架，被骂了都很难反驳，还忍不住夸她两句。

他那阿姨靠着那张嘴，在律政界混得风生水起，后来好几个电视台都抢破脑袋，争着要她上自家节目开名嘴专题。

想到这儿，周承诀用手肘抻了抻她的胳膊："喂。"

"嗯？"

"你以后打算做什么？"周承诀一边扫码付款，一边将两大袋东西全数拎到手上，没让她帮忙分担半点重量，随口扯着话题闲聊。

"什么做什么？"

"有没有什么理想？"周承诀给她举例，"想选择的专业，想从事的行业，想过什么样的生活，想过没有？"

岑西没吭声，视线睃着某处出神，安安静静的，像是突然陷入了某种沉思。

半晌，她开口："没想过。"

思考人生和畅想未来，好像都是吃饱喝足之后才有的精神世界。

而她如今连温饱都还是个问题，压根儿没有闲心去想别的。

抓紧时间挣钱和抓紧时间学习，这两件事似乎完完全全占据了她绝大部分的生活，连短暂的休息于她而言都显得十分奢侈。

她不知道自己以后该做什么、能做什么、会去做什么，她甚至连自己有什么兴趣爱好都不太清楚。

没人了解她，包括她自己。

"理想太遥远了，而且很虚无缥缈，感觉……基本很难实现吧？"那还有什么想的必要，不过是徒增失望，她又道，"我不知道自己未来会做什么。"

"其实很简单，"周承诀一只手拎着两大袋零食和几盒外卖，另一只手再拎了个岑西的书包，空不出手管她，但还是下意识绕到她另一侧，将她换到道路内侧，"如果想不到可以做什么，就想想自己有没有什么一直达不成的执念，没有理想总有遗憾。

"比如我爸，小时候叛逆只喜欢打网络游戏，我爷爷年轻的时候又是个比较严厉的老古板，觉得电子游戏玩物丧志碰不得，断了我爸的经济来源逼着他去国外读了金融，最后虽然硬着头皮回国继承了家业，但翅膀刚硬就开始拉着几个志同道合的兄弟，自己研发设计各类网络游戏。到如今，市面上的游戏，很多都出自他们的手，你看他现在要是再打游戏打到昏天暗地，我爷爷还管不管他。

"再说我妈，江女士。你别看她现在天天光鲜靓丽的，小的时候家里条件不好，也就两套衣服来回换。她是个爱漂亮爱打扮也不肯服输的性子，长大出了社会之后，摸爬滚打进了圈子里做了几年模特，从小有名气开始，终于有穿不完的衣服了，出名之后又拍起电影，也算是满足了她每天都能打扮得漂漂亮亮的愿望。再之后，遇到我爸有了家庭，也厌倦了荧幕前的生活，索性出国深造了几年，去读了服装设计，回国之后自己创办了服饰品牌，办展办秀，终于圆了小时候最初的梦想。

"还有我妈一个闺密，嘴皮子和你一样利索，从前在律所叱咤风云，各大电视电台节目频频争抢。后来孩子在很小的时候不幸走丢了，为了找到孩子，她就开始频繁地接各类寻亲节目的通告，试图通过自己的知名度，让这些平常收视率平平无奇的栏目尽可能收获更多的流量和关注，希望更多的父母能找到自己的孩子，更多走失的孩子能够找回自己的家。

"而她的丈夫，最开始是个眼科医生，在业内地位高、口碑好，不仅手术水平高超，医疗器械研发方面也手握无数专利，原本早就可以高枕无忧退休，可自从孩子丢了之后，他便开始没日没夜地研究起人类虹膜图像处理和计算机视觉技术，试图通过图片、影像等各种载体进行大数据匹配，尝试为失亲家庭寻找那一线希望。不过现在技术还不成熟，还在努力中，但是法医那边已经开始小范围使用，且有了很多较为不错的匹配结果反馈，研发前景相当乐观。

"这期间，叔叔阿姨两人还不断地资助着各类寻亲机构、失亲家庭，给各地留守儿童或上不起学的孩子捐了一笔又一笔款项。每年还会抽出将近半年时间，带领自己组建的团队，到全国各地贫困的学校进行陪伴和资金援助。

"十多年了，他们一直过着这样的生活。

"噢，对了，包括咱们南高的优秀贫困生学费全免政策，也是他们提供的资助。

"我记得他们当初是这么说的，如果他们的孩子还算幸运，还活在人世，更幸运一点，遇到了不错的家庭收留，那再好不过；若是运气差点，过着不太好的生活，那他们这么多年不断地在关照着这类群体，会不会有可能，恰好也能让他们的孩子稍稍有些喘息的空间，和活下去的希望。"

岑西微垂着头，鼻尖和眼眶都忍不住泛起酸楚。

有的父母为了找到自己的孩子，耗尽一生努力，无所不用其极；而有的父母，生下孩子却狠心抛弃，明明幸运地拥有着别人可望而不可求的、与孩子朝夕相伴共同生活和成长的机会，却从不珍惜。

"希望他们可以找到自己的宝贝。"岑西眉心微红。

好在天色渐晚，路灯昏黄，如此异样也不容易被人发现。

"会的。"

许久过后，像是终于平复了心情，女孩仰头看向身旁的少年，淡笑了下："如果我说，我其实没有什么太远大的理想，只想过长大之后，可以有个安定的小房间，不用太大，能容得下我，不用担心刮风下雨，不用担心随时会被赶走，不用看人脸色，任何时候都可以随心所欲自己做主，每天有足够吃饱的饭菜、充足的休息时间，以及一个温暖的被窝，你会不会……觉得挺瞧不起我的？"

"不会。"周承诀忽地停下脚步,垂眸对上她的视线,"而且我觉得,不用担心,你一定能实现。"

4

南嘉的天气挺疯癫的,上一秒晴空万里烈日高悬,下一秒就有可能狂风暴雨。

今天闷热了一整个白天,从超市出来没多久,天上便落起了豌豆大的雨点,"噼里啪啦"砸在地面上,溅起无数水花。

不远处的屋顶笼罩着鹅绒般的雨雾,本就接近夜晚,乌云又重重叠叠,能见度不高。超市出口处聚集了越来越多没带伞的人,拥挤作一团,几乎都快没法下脚。

周承诀站在岑西身后,下意识用自己高大的身子将她同边上拥挤的人潮隔绝开来,不让人碰到她。

这么大的雨,哪怕带了伞也不管用,可看这雨势,一时半会儿也不像是能停的样子。

岑西站在周承诀身前,脑袋只堪堪到他胸膛。少年微微再朝前走近了些,稍稍俯下身,凑到她耳边,又朝不远处打着伞来卖伞的小贩抬了抬下巴:"要在这儿等,还是直接回家?"

岑西抬头看了看越发迅猛的雨,考虑到他说的三份语文卷子,和那退无可退的语文分数,想了想还是说了句:"直接走吧,别等了,感觉这雨会越下越大。"

然而女孩的话音轻浅,混杂在这喧闹的人声和嘈杂的暴雨中,周承诀几乎听不见声。

少年只听到她说了句话,便又凑得更近些:"什么?"

"我说……"岑西侧过脸,见他微低下头,耳朵就在自己抬头不远处,也不知怎么的,动作像是不经大脑思考般,她踮起脚,伸手揪住他耳郭,努力扯着嗓,"回!家!"

周承诀先是一愣,而后控制不住低低地笑出声来。

岑西不晓得他在笑什么,只感觉到背后紧贴的少年结实的胸腔微微震动,片刻后,就听他淡声道:"好,直接回家。"

说完,他朝不远处的小贩招了下手。

对方在这儿徘徊有一会儿了,到目前为止,还一单生意都没做成过。

.154.

这种下雨天趁机拿着些劣质雨伞出来抬价卖的事，在南嘉屡见不鲜，大多数人还是不愿意买账的，宁愿再等等，也不愿做这冤大头，反正人手一部手机，玩着玩着，时间也就过去了。

那人见周承诀有购买意向，兴奋地踩着混浊的雨水，小跑到他跟前。听小贩报完单价后，岑西忍不住皱了下眉头。

眼看周承诀拿了两把伞就要扫码，小姑娘忙伸手扯住他衣角，小声道："一把就够了，我不用遮没关系，反正这里离望江也不远。"

周承诀没听她的劝阻，已经把钱给人转过去了。

为了多卖几把，挑来卖的伞不仅质量一般，尺寸还小，一把根本容不下两个人。

非要说起来，完整地遮好一个人都显得有些费劲。

两把小小的伞在这来势汹汹的暴雨中几乎起不了什么作用。

两人在雨中奔跑了七八分钟，回到望江时，还是被淋湿了大半。

好在不是冬天，淋雨相对来说影响也不大。

就是衣服湿漉漉地贴在身上，多少有些不太舒服。

周承诀开了门，先让岑西进去，将购物袋中两双崭新的粉蓝拖鞋往地上一丢，抬抬下巴示意她穿上，自己则穿了另外一双。

"先洗澡？"少年一边收伞，一边询问她的意见。

"啊？"岑西一下没反应过来。

周承诀随手将两把带着雨水的伞丢进筐里，重新拎起地上的零食和外卖往客厅走，将东西全数搁到茶几上后，转身走回到她跟前。

见岑西没回答他的问话，他的大手十分自然地伸向她圆润的后脑勺，骨节分明的手指探进她贴在脸颊的黑长发中揉了两下，淡声道："头发也全湿了，不吹干会感冒。"

"没事……"话才刚说出口，岑西就已经被他拉着往卧室的方向走了，"不用耽误时间了，你不是还要我替你看卷子嘛。"

"我平常洗头也都是放着让头发自己干的，不用吹……"她就没用过吹风机这种东西。

"等你老了就知道头疼了。"周承诀念了她一句，又说回自己，"反正我那退步空间也不大，不差这几分钟。"

岑西张了张嘴，没再吭声，明明不久前才说今晚不写卷子睡不着觉的人，也是他。

周承诀没给她拒绝的机会，将人带到自己卧室的卫生间，领到浴室里，仔仔细细给她说了一遍花洒和顶喷之类的冷热开关，又朝边上的层架指了指："洗发水和沐浴露都在这儿，毛巾、浴巾、牙刷、漱口杯那些，刚才顺手买了新的，一会儿给你拿进来。"

"嘶……"少年话音顿了顿，似是忽然想起什么，看向她，"你们女孩子洗头，是不是还要用护发素什么的？"

他又说了句："我平常过得糙，头发也不长，也就随便洗洗，刚才没想到这个。"

岑西忙摆摆手："没事，不用的，我也没用过。"

周承诀只说："下回我记得买。"

话音落下，他也没去看岑西的反应，径直走到圆形浴缸边，弯腰替她放热水："一会儿洗完头，过来泡个澡？"

"很舒服的，刚淋完雨，泡一泡不容易感冒。"似是怕岑西拒绝，周承诀动作利落得丝毫没有停顿，热水渐渐从底部往上升起，他从壁龛上拿下一篮子浴球、浴盐，走到岑西面前，"挑挑看，喜欢什么香味的？"

岑西茫然地抬头看向他，就听他介绍说："一会儿丢浴缸里会溶解，里面有什么精油啊、香氛之类的，能缓解疲劳。"

"别这么看着我，我平时也没用过，都是江女士买的。"周承诀无奈地扯了下嘴角，"我糙着呢，洗个澡也就五分钟。小女生金贵点，正好能用上。"

他又道："挑一个。"

岑西新奇地凑近闻了闻，最后挑了个和他身上差不多的味道出来。

周承诀替她将东西全数放进浴缸里，而后用手背探了探水温："温度应该正好，等会儿到水位了，出水会自动停下来，你不用管，洗完头过来直接往里躺就好。有什么事再叫我，我也去隔壁客房冲一下。"

岑西乖巧地点点头。

周承诀走到浴室门口，正打算出去替她将门带上，脚步突然停下，又转过身来："那个……我这儿没有女生的衣服，你身上的淋湿了，换下来洗完烘完也得要点时间，一会儿要不……先穿我的？"

少年微挑了下眉梢。

"好……行。"岑西脸颊不自觉烧了烧，很快转过身去，看起来很忙，也不知道在忙些什么，随手拿起洗漱台上的瓶瓶罐罐研究，一副还挺认真的样子。

周承诀觉得有些好笑，提醒道："你手上那瓶是，男士剃须水……你应该用不上。"

岑西有些尴尬。

周承诀也没再多说什么，转身出了浴室，几分钟之后又折返回来："衣服给你放门口的小沙发上了，我去隔壁。"

"好。"

正如周承诀所说，他过得挺糙的，加上又是夏天，洗澡也就是冲个凉，前前后后十来分钟便搞定了。

从客房的浴室出来时，岑西还没洗完。

他扫了眼手机上的时间，见还不算晚，便又走进厨房，给某位兄弟打了个电话，最后一顿忙活之后，弄了两碗热腾腾的红糖姜水出来。

本来一碗就够了，他对自己身体了解得很，从前在游泳队的时候就长期泡在凉水里，淋这点雨根本算不上什么事，不过想起早上严序吃鸡翅那表情，对自己手里做出来的东西不太自信了，索性弄了两碗，赶在岑西喝之前先试试毒。

好在红糖姜水这东西没什么技术含量，他学习能力和动手能力毕竟还是很强的，远程被指导了一下，弄出来的两碗东西也算有模有样。

至少味道上没什么异常，材料又是他亲自处理过的，干干净净，应该问题不大。

红糖姜水煮好没多久，岑西也从卧室那头出来了。

岑西的个头在南嘉这边的女孩中算不上矮，有一米六八，不过在周承诀这种一米九多的选手面前，还是显得很娇小。

周承诀给她拿的是一套自己的睡衣，本身他个头就要大她不少，加上睡衣比平常外出穿的衣服还要宽大些，套在岑西身上，颇有些滑稽。

上衣衣摆都快垂到膝盖了，完全能当裙子穿。

不过，岑西还是老实巴交地把那长到拖地的裤子也套上。

周承诀扫了一眼，忍不住轻笑出声。

"过来。"笑完，他冲她勾了勾手。

岑西听话地朝他这边走来。

"先把这个喝了，趁热。"周承诀将茶几上一碗红糖姜水递到她手里，自己则是拿起另一碗几口灌下去，而后又问她，"空调温度会太低吗？"

白瓷碗有岑西一张脸那么大，她端着喝，只堪堪露出一双圆溜溜的杏眼，含糊道："还好。"

还好就是有点低，但不敢说。

周承诀心领神会，摸出手机将温度往上调了两度，又把风力降到最小。

岑西做事也不磨叽，一碗红糖姜水很快喝完。

而后她几乎是习惯性地伸手拿过周承诀那个空碗，往自己手中那个上面一叠，作势要往厨房走。

"你干吗去？"周承诀没懂。

岑西理所当然道："洗碗啊。"

"放着，没让你去洗。"

周承诀这个人，在大多数事情上很尊重人，会询问意愿，会提供选择，但是在某些时候，好像又显得比较强势。

比如之前军训，岑西说想自己一个人缓一会儿，让周承诀先去食堂吃饭的时候，又比如方才她说自己可以一个人淋雨不用打伞的时候，再比如此刻，她要去洗碗，他就不同意，没给她商量的余地。

岑西只能将碗放回茶几上，想了想又说："那，我先去把换下来的衣服洗了，你换下来的放在哪儿了？我一块儿洗了。"

说完，她便要转身离开。

周承诀索性直接上手揪住她衣服后领，轻轻松松将人提溜回沙发上坐下："你能不能老实点？"

岑西不懂：自己哪里不老实了……

周承诀弯腰把零食袋敞开，一股脑将里头的东西全数往茶几上倒，随后又把打包回来的外卖挨个打开，拆了双筷子递给她："衣服我去处理。"

担心她会拒绝，少年又从地毯上捞起书包，将里头的几份语文试卷全数掏出来，往岑西怀里一塞："都在这儿了，顺便帮我看看，缺漏在哪儿。"

有正事要干，岑西也没再多说什么，视线当即落到手里几份卷子上，仅是几眼过后，开始陷入长久的沉默。

周承诀对她这个反应秒懂，轻哼一声："你是不是又有什么话不知当不当讲了？"

确实，而且可能还挺难听。

"讲吧。"他索性直接又坐回她身边，懒洋洋地往沙发后背一靠，一副洗耳恭听的模样。

"一眼望去，全是缺漏。"岑西还顺便给他打了个比方，"如果把缺漏比作海洋，你这茫茫大海上，我拿显微镜都找不到岛屿。"

周承诀再次被她怼笑了。

岑西从他书包里翻出支红笔来，认真地再看了遍他的卷面，一本正经道："不过基础好补，我先列几段要背的课文。"

"成。"周承诀吊儿郎当地点了个头，一副任凭她安排处置、毫无怨言的样子，随后懒洋洋地从沙发上站起身来去了浴室，将两人换下来的衣服收起来，全数塞进洗衣机后，才重新回到客厅。

岑西替他整理背诵文段的时候，周承诀便又在一旁刷起了物理卷子。

半张卷子写完，岑西那边也整理得差不多了："这几段，现在就背，晚点我抽查。"

"这么严格啊？"周承诀接过她递来的本子，扫了眼，又看了眼手机上的时间，"这我估计得背到半夜。"

"嗯，你背。"

周承诀微勾了下唇，而后轻咳了声："那背完了你还要抽查我？"

"我不抽查你，我估计你一周都背不完。"

"那你今晚走不了了。"周承诀扬了扬眉梢。

岑西这才意识到这一点，周承诀心领神会地冲她扬了扬手机上的时间，距离十二点，只剩下半个多小时。

"半个多小时我肯定背不完，"周承诀抬手轻拍了拍沙发，"不如你先睡会儿，我背完了叫你，你不是十二点就得准时睡觉？"

岑西眨眨眼："你怎么知道？"

周承诀不自在地摸了摸脖子："李佳舒跟我说的。"

第六章
庆幸之余又惶恐

/

1

"晚上不回去，你小姨会不会说你？"周承诀正坐在茶几前的地毯上，背靠着沙发，偏着头，身子微往后倾斜，抬眸看着沙发上盘腿坐成小小一团的岑西。

"不会。"女孩摇摇头，自嘲地淡笑了下，"没人管我回没回去，大晚上在外边瞎逛都行。"

她本来就是这个家多余的存在，收银台里丢两块钱都比丢了她更让人在意，除非在外卖很多、需要她送的时候，她在不在才显得比较重要。

"行什么行。"周承诀胳膊随意搭在沙发上，伸手扯了下她脸颊，"你这话别让我妈听见，别看她对你温温柔柔的，刚刚那话要是让她听了，准得板着脸训你一顿。"

岑西抿唇笑了下，神色难掩羡慕："有人训其实很幸福的。"

这倒是，周承诀并不否认。

他随手拿了袋零食拆开来，而后十分自然地塞进岑西手里，轻哼一声说："那下周回家我跟她告个状，你就等着吧。"

岑西有些无语。

"不过我人品还行，是个正经人。"周承诀话音略显不自在，也没盯着岑西看，只将视线收回来，垂眸随意睨着桌上的物理卷，边说边用笔填了个选择题，"你今晚在我这儿倒是没事。"

说完，他又回身看向她，冲人扬了扬眉梢，像是在征询她的同意。

岑西最后还是应下了，反正她本来就没有自己的家，其实在哪儿都一样。

加上现在时间确实已经很晚了，这个时候回去，估计还会把老太太吵醒，免不了又是一顿骂，到时候再在小姨夫面前添油加醋数落她几句，会让小姨更难做。

况且，比起在天台小隔间里，时不时要被老太太指桑骂槐、明里暗里嫌弃刁难，在周承诀这儿，倒更让她感到安心些。

岑西没犹豫太久，冲周承诀轻点了下头，算是应下了。

"你背吧，我一会儿看看你背的情况。"既然决定留下来，岑西也没再多扯什么别的，很快回到正题上，从沙发上下来，也学着周承诀的样子，坐到地毯上，离他更近些，指着方才替他写好的、要求背诵的文段说，"你不用死记硬背，我已经把重点片段摘出来了，每一段下面都写了通俗易懂的白话翻译，你先把它们当成小故事看，看完了再对应到原文，应该就比较容易记了。"

周承诀之所以是个半文盲，除了对语文并不感兴趣，其实还有个比较主要的原因就是，他打从出生起就在国外生活，一直到八岁左右才被带回国内。

接触中文体系较晚，当初刚回来的时候，连普通话都说不太清楚。

那会儿他和李佳舒、严序他们也还不熟悉，身边连个朋友都没有，不少同学还总拿他说中文的腔调来嘲笑他是个小洋鬼子，如此一来他就更沉默寡言、生人勿近了。

曲年年有句话说得倒也没错，周承诀语文差，估计就是话说少了。

学习英文讲究语感，学语文何尝不是。

他记忆力其实不差，甚至可以算得上非常好。

数理化写过的题型能自动在脑子里组成数据库，想要还可以随时调取，但在语文上，尤其文言文这方面，确实行不通。

别说理解背诵，读都很难读通顺。

还真不是因为态度不端正。

听岑西这么一说，周承诀的注意力重新回到桌上那份她的手写稿上。

这姑娘做事挺细心也挺负责任的，不仅每个片段都用自己的语言为他编了小故事，还特地在看起来比较生僻的字上单独标了注音和释义。并且那释义也和从前其他家教直接从现成的教材里复制粘贴出来的不太一样，全是岑西自己用最通俗易懂的语言写下的。

一目了然。

甚至字里行间还夹杂着她平常说话的一些小习惯，每一段文字读起来，几乎都能想象出她的语调。

周承诀少见地读进去了，十分钟不到，竟然还真给他背下了两段。

岑西盘腿坐在他边上，替他看完卷子后，也从书包里拿出自己带来的作业写。草稿纸上写满演算过程，笔尖与纸面不断摩擦着，发出轻微的"沙沙"声响。

夜晚静谧，两位少年人都在努力。

约莫过了二十来分钟，周承诀背完了四个小段，岑西也将昨天剩下没写完的半份卷子扫尾完成。

女孩放下笔，不自觉地伸了个懒腰。

似是方才写题太过投入，忘记此刻还在周承诀家，身边还坐着他。她伸懒腰的时候没注意幅度，等手臂打到周承诀肩膀的时候，才猛地反应过来。

"噢，不好意思。"岑西忙将手收回来，有点紧张，"没事吧？"

周承诀原本还仰头靠在沙发边上，面无表情地默背着，闻声，轻扯了下嘴角："有事，挺疼的。"

岑西有些无语。

她只是客气地问一下而已。

但周承诀没打算和她客气。

少年磁沉的嗓音在这静谧的夜晚中低低响起："感觉这只手都抬不起来了。"

岑西："我也没那么大劲吧……"

"那谁知道？"周承诀面不改色地继续道，"反正我这会儿想拿口吃的，都没法伸手。"

岑西盯着他看了两秒钟，最后还是将视线落回到茶几上那一堆零食中，问他："想吃哪个？"

周承诀勾了下嘴角。

替他拿完零食，正打算问他背好没有，结果不远处靠近卧室的那条长廊上突然传来"啪嗒啪嗒"的响声。

听起来像是脚步声。

不过不像人的，而是小动物的。

岑西的注意力当即被吸引过去，眼神直勾勾地盯着声音传来的方向瞧。

几秒钟后，一只雪白的小毛球探头探脑地缓缓朝两人坐着的方向靠近。

"啊，好可爱！"岑西忍不住脱口而出。

周承诀懒洋洋地偏了下脑袋，因着她那句感叹，也朝走廊的方向看去："你上回去陆景苑的时候，没见着它啊？"

"没啊。"岑西摇摇头。

"那可能那会儿它正好在睡觉，没出来疯。"

见岑西一副想靠近又担心那小玩意怕生不愿意、只能眼巴巴盯着的样子，周承诀冲走廊那头打了个响指，而后轻拍了两下身边的地毯，就见那小毛球一下撒了欢，兴冲冲地便朝两人的方向奔来，两条后腿一蹬，瞬间窝进周承诀怀里。

"这家伙一直养在陆景苑那边，不过这周末我家不是正好没人，我妈就让我把它给带来望江这儿。"周承诀随口说。

岑西"嗯"了一声，注意力全在那小毛球身上，见它在周承诀怀里打着滚，羡慕坏了："我能摸一下吗？"

"那你得问问它。"周承诀也没敢打包票，这家伙看着小小一只，但是挺有脾气的，严序和李佳舒来家里的时候，从来不让碰，一靠近就跑。要是没跑赢，不小心被摸了一把，它就会立刻号着要求洗澡。

"我要怎么问？"岑西仰头询问。

周承诀忍着笑："或者，你讨好讨好它，没准就成了。"

"怎么讨好啊？"岑西看着挺迫切。

"比如，不如你夸我，我跟它关系挺铁的，你夸我，它没准就会觉得你这人还不错。"

岑西听得无语。

然而这小东西的诱惑实在太大，岑西也没多犹豫，微俯下身，往周承诀怀里凑得更近些，直直对上小家伙的视线，想了想开始夸："你的主人好棒呀！

"非常爱学习。

"不写卷子睡不着觉。

"还特别爱背书。

"五个文言文短片段背了三十分钟还没背完，但仍旧没有放弃！"

周承诀："嗯？"

他感觉自己被骂了，但还还不了口，当即把手里那团软乎乎的东西一把塞她怀里："行了，别夸了。

"点到为止，咱们做人也不要那么高调。"

岑西如愿抱到那小东西，便也立刻闭了嘴。

周承诀懒懒地偏头睨着她，后者此刻的注意力已经全在那小家伙身上了。

就见她两手灵活地揉着那毛茸茸的一团，摸摸脑袋又挠挠下巴。

意外的是，这小东西不仅没像见到严序、李佳舒他们那般，嫌弃地拔腿就跑，还在岑西挠它下巴的时候，享受地抬起小脑袋来配合她的动作。

周承诀扬了扬眉梢，没吭声也没打扰。

"这是什么品种的呀？"岑西将那一团搂在怀中爱不释手，甚至已经开始熟练地将它脑门上的发圈拆下来，把那睡乱的毛毛捋顺后，又重新替它扎起了小辫子。

"马尔济斯。"

"多大了？"

"挺大了。"周承诀有问必答，"有个八九岁吧？我小学的时候养的，不过它体型也就这么小一点了，不会再长。"

岑西不了解这些，本来还想问的，正好周承诀直接说了，她便点了点头："那它叫什么名字？"

周承诀半晌没吭声。

岑西等了一会儿，疑惑地偏头看向他，眼神里带着询问的意味。

周承诀不自在地摸了摸脖子，又安静了片刻，随后看向别的地方，不咸不淡地吐出三个字："小橙子。"

岑西撸狗的手顿住。

"我爸妈起的。"周承诀说。

"它不是白色的吗？"

"那我哪知道。"周承诀又补充道，"李佳舒家那只白猫，叫'黑煤球'。"

岑西吐槽：一家子都挺叛逆的。

周承诀没再继续这话题，他得趁热打铁，把刚才差不多要背完的东西巩固一下，否则一会儿又忘了："你和它玩会儿吧，我继续背。"

岑西点点头，她的作业已经写得差不多了，这会儿也接近十二点，本来就没有继续再写题的打算。

约莫又过了十来分钟，身边一人一狗都没了动静。

周承诀合上正好背完的笔记本，偏头往岑西那边瞧过去。

就见小姑娘窝成一小团，安静地躺在地毯上，闭眼睡了过去，而向来喜欢在夜里发疯的"小橙子",此刻也自在地敞着肚皮,仰躺着贴在岑西身旁。

它脑袋上的毛已经被岑西重新捋顺过了,还多了几个花样复杂的小辫子,也是出自岑西之手。

周承诀扫了眼时间,此刻已经过了十二点,女孩呼吸平缓均匀,身上套着他的睡衣,怀里搂着他的狗。

周承诀的睡衣都是长袖的,给她穿的那套也不例外,整套穿在她身上,明显大得过分。

方才她写卷子时,便随手将长长的袖子挽到手肘处,此刻忘记拉回下来,那纤细白嫩的手臂就这么搭在小狗敞开的肚皮上。

周承诀探过身去,轻手轻脚地提起她手腕,试图替她将袖子拉回下来。

没承想岑西实在浅眠,只是这么细微的一点动静,便一下醒了过来。

"怎么了?"她睡得有些迷糊,眼睛半睁着,话音也不太清晰。

少年的喉结不自觉滑动了一下,随后不自在地别开眼神,瞎扯道:"没什么,我怕狗被你压死。"

小姑娘眯着眼睛,挠了挠头,想破脑袋也没反应过来他在说什么。

而后就听周承诀问:"你要不要去卧室睡?"

"啊?"

"卧室有床有被子。"

岑西迷迷糊糊地摇摇头:"不用了,地毯就很好了。"

软乎乎的,比她那铁架木板床不知道好上多少倍了。

"我还没背完。"周承诀突然说。

"嗯,没事,你继续背吧,背好了把我叫起来就行。"

周承诀又说:"你在这儿睡,我容易分心。"

岑西:"嗯?"

"看你睡,我也困了,这谁背得下去?"

之前说缺乏她震慑的也是他。

"那好吧。"岑西撑着沙发边缘,晃晃悠悠地从地毯上站起来,结果差点没站稳,好在周承诀眼疾手快,伸手一把将人接过。

岑西一个激灵,困意都消散了许多,脸颊烧了烧,话音也带点结巴:"那……你客卧在哪儿?"

周承诀将人往里边领,淡声道:"你睡我那间。"

"啊?"岑西咬了下唇。

"客卧严序刚睡过，被单还没洗。"周承诀补充道。

岑西紧了紧手心："没事，我不嫌弃。"

少年扬了扬眉梢，冷哼一声："你不嫌弃他，那你是……嫌弃我？"

2

"不是……"岑西莫名有些紧张，"你不介意吗……"

"我有什么可介意的？不都说了，我没那么讲究。"周承诀朝走廊的方向抬了抬下巴，示意她往里走。

岑西也不知自己是哪根筋搭错了，竟还忍不住低声问了句："她们来，也睡你卧室吗？"

"谁？"周承诀没懂。

"就，其他女同学之类的……"

岑西问完就后悔了，这太奇怪了，他的私事，她没事瞎打探什么。

她当即闭了嘴，不自在地低下头去卷那长到拖地的裤脚。

原以为他估计不会搭理这种冒犯的提问，又或者直接给她来一句"关你什么事"之类的话敷衍过去。

然而下一秒，就听到周承诀微沉的嗓音从头顶上方传来："没有别的女生来我这儿睡过。"

"连我妈和李佳舒都没有过，"他又十分认真地补了句，"就你一个。"

事实上，他从没邀请过任何女生来过望江这里。

除了李佳舒这个确实有血缘关系的姑姑，偶尔会跟着严序一块儿过来玩会儿，再有也就上回她发疯，自作主张把江乔带来过一回。

那次之后，李佳舒没敢再干过这种事。

更别提有什么女同学在他家留宿过夜。

岑西是第一个例外，也是唯一一个例外。

岑西朝前走的脚步一顿，下意识回头抬眸看向他。

周承诀似是也才反应过来，右手不自在地摸了摸脖子："我妈不是……让我把你当祖宗供着？"

岑西收回眼神，继续提起裤脚，轻声说："其实没关系的，我又不会和阿姨说，你不用做到这样。"

"平时写起题来挺聪明的，"周承诀跟在她身后，"我要是你，这个时候已经开始使唤人了。"

"我没使唤过人……"这倒是碰上岑西的盲区了。

"使唤人都不会？"周承诀不太正经地开始教她，"周承诀，去给我温一杯牛奶过来。"

岑西茫然地朝他眨了下眼，不知道他又在演哪出。

周承诀轻扯了下嘴角："跟我学。"

女孩愣了两秒，嗓音很轻，还带着些小心的试探："周承诀？"

"嗯。"

"去给我温一杯牛奶过来……"

"等着。"

少年将人领到卧室前，推开房门把人带进去："随意啊，早和你说了，我没那么讲究。"

待岑西终于敢坐到他床上了，他才懒洋洋地往外走，边走边说："给你温牛奶去。"

约莫五分钟过后，门外才有了声响。

先冲进来的是脚步声"啪嗒啪嗒"的"小橙子"，它方才见岑西睡了，自己便也陪着一块儿睡，结果没一会儿睁眼，身旁一个人都没有了，在外头着急地东奔西窜，终于见到从卧室出来去厨房的周承诀，跟了一路，此刻先他一步，朝岑西奔来。

小东西后边两条小短腿一蹬，"啪嗒"一下便窜进岑西怀里打滚。

一直到少年微沉下声，冲它说了声"过来"，它才老实地从岑西身上下来。

周承诀将温好的牛奶放到床头柜上，视线重新落到只敢规规矩矩坐在床尾一角的少女。

方才他离开去厨房的时候，她就是这么坐在那儿的，一动没动弹。

周承诀索性直截了当替她将被子掀开："躺进来，快点儿。"

岑西还有点犹豫。

周承诀便又继续说："我算是发现了。

"你其实挺会使唤人的。"

岑西："嗯？"

"该不是睡觉都要我哄？"周承诀问，"是不是还得讲个睡前故事？"

岑西听得无语。

周承诀为难道："我那点语文分数，如果你非要听个故事，那我俩今晚谁也别想睡了。"

岑西忍不住笑了出来。

尴尬的气氛一下被打破，她索性也不再紧张和纠结，动作利落地钻进被窝里躺好。

周承诀那边戏份还没结束，眉梢仍旧轻挑着，顺手替她调整了下盖在身上的被子："要听吗？"

"什么？"

"睡前故事。"

岑西仰躺着，看着居高临下微微冲她俯身的少年，赶忙摇摇头。

周承诀像是没听见似的，继续道："实在不行，我给你背段文言文？"

岑西双手攥着被角，抿唇又笑了下："不用了。"

周承诀见她终于躺好了，这才随手关了房里的顶灯，只留下床头微弱的暖黄，视线对上少女的眸光，安静了两秒后，淡声道："那晚安了。"

"嗯。"

"你说句'周承诀晚安'。"这都要他教。

岑西老实地跟着他学："周承诀。"

"嗯。"

"晚安。"

"行，走了，有事叫我。"

然而这句晚安，终究还是没安上。

岑西整个人埋在充满周承诀气息的被窝里，被子盖过半张脸，只露出一双圆溜溜的杏眼。

她难得过了十二点还没入睡，加上方才小小地眯了一会儿，此刻其实没太多困意。

女孩借着床头灯暖黄的光晕，小心翼翼地环顾着周围整个属于他的小世界。

约莫过了半个钟头，南嘉多变的天，忽地由繁星点点转为电闪雷鸣。

暴雨裹挟着闪电，一下下劈打在落地窗前。

岑西微微拧起眉心，双手攥着被子，往里藏得更深了些。

其实她胆子不小，从小一个人扛惯了，对很多本该惧怕的事，都早已麻木。

然而暴雨如注电闪雷鸣的记忆中，发生过太多可怕又痛苦的事。

原本她会选择性遗忘，可某些事情不久前才发生过一回，让她很难不回想起。

从前在嘉林，每次遇上这样的天气，父亲的心情就极差，又碍于天气出不了门，只能在家喝闷酒，喝醉了就拿她和母亲出气，力量悬殊，挨打的两人根本没有还手之力。

哀求和哭喊混杂着惊雷，地狱也不过如此吧。

雷声愈演愈烈，岑西的心跳也忍不住加快。

往常这种时候，她都是硬着头皮一个人咬牙扛过去，然而今晚她似乎不是一个人。

片刻后，她不自觉地从枕头下摸出手机，几乎是习惯性打开周承诀的微信聊天框。

在输入栏打下一个字的瞬间，岑西的手指迟疑地停下了。

冷静下来后，她迅速将那唯一一个字删除了。

此刻已经将近一点钟，他离开已有一段时间了，估计早就睡了，即便没睡，大半夜再打扰人家也不太好。

岑西没将手机关了，只紧紧攥住机身。

这是一种和白天一样奇怪的感觉，好像紧张和难熬的时候，紧紧握着这部手机，就像握住了什么希望和能量似的，能让她稍稍喘一口气。

约莫半分钟过后，掌心里的手机忽然振动，岑西一下睁开眼，是周承诀发来的消息。

zcj：睡不着？

橙 c：什么？

周承诀发来一张截图，是和她的聊天页面，看时间，应该是刚刚截的，他特地将上方"对方正在输入中"的字样标了个下画线。

岑西随意扯了句：你还没睡吗？

周承诀没发文字，而是发了段刚拍的视频过来。

视频里，"小橙子"正在发疯转着圈，自己跟自己玩，听见周承诀叫了声"过来"，便立刻朝镜头小跑过来。

"打招呼。"他又说。

"小橙子"闻声，搭在沙发边上，支起上身，可可爱爱地朝着镜头不停地做着恭喜的动作。

岑西忍不住弯了下唇，想了许久，才给他发了句：外面好像打雷了。

zcj：嗯，橙色雷暴预警，所以刚才不让你回去。

橙 c：我是想问问你，你不害怕吗？

周承诀将"这有什么好怕的"几个字流畅地在输入栏打下后，在点击发送的前一秒，又迅速删除。

两秒后。

zcj：你害怕？

岑西看到他这么问，估计他应该是不怎么怕的，只能又往被子深处钻了些许，才打字回他。

橙c：我是不怕的，我就是问问你，你之前在密室里，胆子好像还挺小的。

zcj：要是害怕怎么办，你要保护我？

岑西一看他这么问，感觉似乎又有了些希望。

橙c：你要是害怕，我可以陪陪你，你进来或者我出去都行。

zcj：怕。

zcj：怕死了。

zcj：都吓得睡不着觉。

难怪大半夜还能回消息，岑西松了口气：那你进来，还是我出去？

结果还没等到他回的消息，门外已经响起了熟悉的脚步声。

下一秒，房门开了，一人一狗十分默契地朝她的方向走来。

岑西紧绷了许久的神经陡然松懈下来，从被窝里钻出来，半坐起身靠在床头。

周承诀顺手从床尾的沙发凳上拿了个抱枕过来，塞到她腰与床头贴合的部位："垫个抱枕靠着更舒服。"

女孩点点头，确实。

"困吗？"周承诀问，"如果困就继续睡，我躺那边沙发上。"

岑西摇摇头，又问他："你困吗？要是困，你就睡吧，我陪着你，你别怕。"

"不太困。"

岑西点点头，一时不知道还能再说点什么。

周承诀便继续问："那看点东西？"

岑西问："看什么？"

"你想看什么？"周承诀边问，边捞过小桌子上的遥控器，按了个按钮，投影幕布缓缓从天花板上降下来，他回过头来问她，"有没有什么喜欢的题材？"

"没有，我很少看电视。"岑西想了想，"最熟悉的可能就是《天气预报》了。"

周承诀调到节目菜单栏，将遥控器递给岑西，将选择权和决定权都交给她。

岑西挑来挑去，周承诀便掀开被子一角，懒洋洋地坐到边上，耐着性子任由她选。

挑到最后，她挑了个鬼片。

周承诀扫了眼片名，哼笑一声："什么居心？"

岑西："嗯？"

周承诀："想占我便宜直说，拐弯抹角的。"

岑西更是不解。

"一边说担心我害怕，要保护我，一边挑个鬼片。"周承诀下了断定，"岑西，看不出来，你心思挺活络。"

女孩听他这么一说，注意力才重新回到自己方才挑选的片子上，扫了眼片名和题材，才意识到，这是个鬼片，这让她很难解释。

"我没注意，我就是看着图片选的，只看封面确实看不出来是鬼片。"

女孩语气里还带着点歉意，就是这一本正经的歉意，让周承诀听着莫名有些不太舒服。

然而让他更不舒服的一句，还在后面等着他。

岑西前一句刚解释完，为了让自己的理由显得更加充分和真实，又补了一句："真的，不信我调回去给你看封面。"

她一本正经地按下返回键，将封面大图点开来："你看，这封面上就是个很帅的高中生而已，我就是看他挺帅的，才选的这个，谁知道这是鬼片……"

周承诀微眯起眼，凉凉地扫了眼幕布上的海报。

岑西以为他要反驳，继续说："真的，你看他这么帅，哪里看得出来是鬼啊。"

半晌后，就听见少年冷哼一声，随后发出质疑："这个，帅？"

岑西："嗯？"

周承诀不屑地抬了下眉梢："我看也就很一般吧。"

岑西不是很认同。

周承诀："你确定这是男高中生？怎么感觉看起来少说也有四五十

岁了。"

岑西觉得他和自己看的不是同一张照片。

"遥控给我。"周承诀面无表情地朝她伸手。

岑西一脸茫然地将遥控器交到他手上，而后就见他开始不断切换页面："那个不行，长得太吓人了，看了晚上肯定别想睡了。"

"这个吧，这个挺帅的。"

岑西的注意力被拉回到投影上，就见那个看起来比毛林浩还多个一百斤的胖鬼，几乎将整个封面狠狠占据。

3

电影经典片头导入音很快在屋内响起，周承诀卧室的音效是立体环绕的，轻而易举将窗外的电闪雷鸣完美覆盖。

没了那恐怖的声响回荡在耳畔，岑西很快便从那些不太好的记忆中解脱出来，微微松了一口气。

周承诀趁电影还在播字幕的空当，起身去客厅将那堆零食、饮料拿进来。

回到卧室门口时，就听见床上那位橙子同学，正摊开双手，小声冲地毯上那位"小橙子"同学发出邀请："'小橙子'，你来这边。"

"小橙子"没搭理她，自顾自地在原地发疯转圈。

岑西挺纳闷的，它方才明明和自己相处得挺不错，热情又活泼，后来发现，好像怎么叫它，它反应都不大。

像是没听见。

周承诀似是看出了她的疑惑，将一大袋零食往她怀中一放，冲地上那小疯子叫了句："过来。"

岑西眼睁睁看着前一秒还在表演转圈的小家伙当即顿住，注意力一下被周承诀简短的两个字拉回来。

岑西语气中难得流露出一些吃味来："它刚刚和我还挺好的。"

怎么才一会儿的工夫，就不太理她了。

"不是。"周承诀勾了勾手指，那小东西便兴奋地朝两人冲了过来，"如果有人喊你'毛林浩'，你会回头搭理他吗？"

岑西心想：这是什么问题？

周承诀轻笑了下："这家伙不知道自己叫'小橙子'。"

"它刚来我家的时候，我爸妈和我说它叫这个名字。"周承诀大手一把捞起已经跑到脚边的小狗，轻轻放到岑西怀里给她抱，"估计他俩瞎起的，我没让继续用，所以家里基本没人这么叫它。"

岑西没去深究缘由，只问："那你又给它起了另外的名字？"

"也没怎么另外起。"

"那要怎么叫它？"

"过来。"周承诀淡声答。

"嗯？"岑西没懂。

周承诀说："我一般就叫它'过来'。"

小家伙一听见这两个字，原本还乖乖地窝在岑西怀里任由她摸着自己的小脑袋，此刻兴奋地仰起头，朝两人的方向看过来。

"难怪。"岑西笑了笑，"它好像以为自己叫'过来'。"

"嗯。"

听见岑西又叫了遍自己的"名字"，小"过来"当即大方地翻了个身，将自己圆鼓鼓的肚皮敞开给她揉。

女孩见状忍不住笑了下。

她笑起来很好看，鹿眼明亮，眼下卧蚕很明显，嘴角弯弯的，看一眼心情都好上几分。

周承诀定定地看了片刻，随后若无其事地坐回床边，大手探到小"过来"的肚皮上轻拍了下，淡声教育它："你能不能矜持点，这像什么样子？"

脸都被它给丢尽！

几分钟的电影片头结束后，很快进入到正片。

在这之前，岑西只在学校的组织下，看过那种集体投放的电影，其余的基本没接触过。此刻她也不管周承诀选的到底是个什么样的题材，两只眼睛饶有兴致地盯着投影，看起来相当认真。

而身旁的少年显然没有她这份专心，时不时拆包零食送她嘴边，时不时又把小"过来"从她怀里抢走，等她发现了，再给她还回去。

挺忙碌也挺讨嫌的。

好在岑西脾气好，不论他怎么打扰，她都只是笑笑，不太在意。

电影播到接近三分之二的地方时，岑西脸上笑容淡了几分。

这片子虽是周承诀随便选的，选片的目的也不是冲着内容好不好看去的，但恰好题材和剧情都挺不错，很吸引人，主题立意也高。

前期挺欢脱还带些喜感，不过喜剧的内核大多藏着悲，片过半程，揭开了主人公阳光外表下较为坎坷的成长线，基调稍显几分压抑。

岑西有些心疼，还有些感同身受。

播到后半段的时候，周承诀也没了一开始的折腾，安安静静地坐在边上陪着她耐心地看。

"你说，如果，我是说如果，现实生活中，遇到和他一样的情况，是不是也应该像他这样？"

"哪样？"周承诀问。

岑西见他这么问，以为他对这片子没兴趣，压根儿没看进去，便轻摇了摇头，淡笑了下："没什么。"

"如果你说像他一样，遇到施暴者，不一味忍耐，要懂得反抗，那没错。"周承诀偏头看向她，"但方法不对，以暴制暴不可取，没必要为了肮脏不堪的烂人，葬送自己无限可能的未来。"

他显然看进去了，还看得挺认真。

岑西的羽睫轻颤了下："那能怎么办，那人是他爸爸，不论怎么打骂，好像都没人会管。"

暴力一旦和家庭挂钩，似乎就都成了见怪不怪的家长里短。

家暴这种事，很难扯清楚。

就比如她所经历过的，好不容易攒的那点救命钱被父亲一抢而空，说出去也很难让人信服。

小小年纪自己哪来的钱？最终轻易就被倒打一耙，说成是小孩偷拿家里父母的钱，做家长的当然要合理进行教育。

根本无解。

"每一次的事情看起来都不算太大，分散开来次次都报警，确实可能只会得到个批评教育的下场，处罚不会太严重。"周承诀顿了顿，"但证据留存还是很关键的。"

"就像刚才那段。"周承诀平静道，"事发在公共场合，有监控那必然能留下痕迹，普通场所的监控一般留存三个月就会被覆盖，如果他能赶在这期间把视频拷出来，后续举证不会那么困难，也不需要被逼到那个地步了。"

岑西紧了紧手心："可是监控不可能随便给你。"

"原则上是不行的。"周承诀说。

少年偏头看向她："给你举个例子，你丢了钱包，找到物业保安要求看监控寻找，看可以给你看，但原则上，不能将视频拷贝给你。这时候外卖突

.174.

然来了电话，要求他去小区门口取，又或者，楼下突然有人聚众闹事打起群架来，作为保安，需不需要立刻去维持秩序？

　　"离开之前，他会和你说，原则上什么都不能给你，你也什么都不许碰。

　　"而因突发紧急情况，被迫一个人留在原地的你，为了自证清白，打开手机录下你在这个监控室里，全程老实巴交什么都没有碰的视频，可不可以？"

　　岑西眨了下眼。

　　周承诀点到为止。

　　最后这场电影终究还是没有看到结局。

　　距离影片播完还有二十来分钟的时候，周承诀感觉肩头一沉。

　　他微微侧过脸，就见岑西歪着脑袋，已经抑制不住困意睡了过去。

　　女孩均匀的呼吸一下下打在他唇畔，少年喉结滑动了下，稳着身子，一下没敢动弹，就这么安安静静坐着，任由她枕在自己肩头。

　　约莫半小时出头，小"过来"大概是饿了，抬着脑袋从岑西怀中蹦下来。

　　周承诀担心它将人闹醒，这才小心翼翼托着她，让她平稳地躺进被窝里。

　　第二天一早，岑西是被小"过来"拱醒的。

　　她难得熬过十二点才睡，也难得没被那雷打不动的生物钟叫醒。

　　醒来时，屋内没什么光亮，她想起周承诀之前说过，他睡觉的时候见不得光，因此遮光窗帘厚重又严实，里里外外起码三层。

　　岑西按开床头暖黄的夜灯，探头往床尾的小沙发上扫了眼。

　　沙发上留了条略显凌乱的毯子。

　　所以昨晚，周承诀是在那儿睡的吗？

　　岑西没在屋里看见他，眼神四下看了圈。小"过来"似是察觉到她的意图，迈着小短腿努力朝她奔过来，咬着她长到拖地的裤脚，一个劲扯着人，试图将人往屋外带。

　　岑西看出了它的意思，便也笑着跟着小家伙一块儿往屋外客厅走。

　　等被小"过来"领到离餐厅不远的地方时，隐约有股香气扑鼻而来。

　　望江这边的厨房是开放式的，岑西还没到跟前，便早早在不远处看到周承诀正背对着她，站在料理台前。

　　他换掉了昨晚洗完澡后穿的黑色睡衣，此刻简单宽大的白 T 恤、黑裤套在身上，腰间有模有样地扎了个围裙。

上午九点多钟的暖阳从窗外淡淡洒进屋内，照映在少年人身上，看起来闲散居家，又有着他独一份的蓬勃朝气。

岑西定定地看着，有些出神。

直到小"过来""汪汪"叫了几嗓子，一下将两人的注意力都拉了过来。

岑西垂眸看它，料理台前正拿着锅铲与锅里的鸡翅持续作斗争的少年也回过头来。

他先是循着声音传来的方向，看了眼小"过来"，而后抬眸，正对上岑西的视线。

周承诀动作一顿，不自在地清了清嗓："起了？"

"嗯。"岑西点点头，笑容里带着点抱歉，"不好意思啊，我难得熬夜，睡过头起晚了。"

"也不晚，还不到十点，多睡会儿长身体。"

岑西莫名觉得好笑。

"你还会下厨啊？"岑西有些好奇。她原本以为，像周承诀这种大少爷，估计这辈子都没碰过锅铲。她下意识往他的方向走了几步，打算上前看个究竟。

结果还没等她走到跟前，就听见周承诀淡声道："别过来。"

"啊？"岑西以为自己哪里冒犯到他了，当即停在原地，话音里带了点小心翼翼，"噢，好。"

周承诀一听她这语气，便忍不住解释一句："这边油太大，蹦出来溅到手能疼哭你，别靠太近。"

"噢……"原来是因为这个，岑西眨了下眼，"我从小在灶台前长大的，一个人能做十几个人的饭，一桌子菜做下来，都花不了一个小时，不怕这个。"

周承诀握着锅铲的手一顿："十多个人一桌子的菜，凭什么让你一个人做？"

"什么？"岑西没听清，又下意识朝他靠近了些，"我可以帮你。"

"没什么。"周承诀只说，"能闲着还非要帮忙，你傻不傻？"

明明也不是什么好听的话，可这话从来没别人同她说过。

岑西咬了下唇，心头莫名涌上一股不可言说的感觉。

"别过来凑热闹，桌上有早餐，你先吃。"

"噢，好。"女孩只能往回走了几步，回到餐桌前坐下。

桌上的餐品很丰富，色香味俱全，岑西有些诧异地朝周承诀的方向看了眼："这些都是你做的？"

周承诀那边正好一盘鸡翅出锅，他将东西盛出来，端着走到岑西面前，随手往桌上一放，才回她："你觉得可能吗？"

岑西瞥了眼那盘黑黢黢的鸡翅，忍着笑默默摇了摇头。

"我早上下楼买的。"少年伸手轻拍了下她脑袋，"笑什么笑？"

周承诀说完便也坐到餐桌前，朝她面前花样繁多的早餐抬了抬下巴："你吃买的。"

岑西抿着唇，眸光亮亮地看向他："我能尝尝那个吗？"

她指了指那盘鸡翅。

周承诀"啧"了声："你故意的是不是？"

"不是，我就尝尝看嘛，没准还行呢？"

"这是我做的，行不行，我自己能不知道？"

"又没关系……"

"把人吃坏了怎么办？"周承诀将那盘鸡翅推远了些，"好好吃你的。"

岑西收回跃跃欲试的手，接过他递过来的筷子后，顺手将长得稍微有些碍事的睡衣袖子挽到胳膊肘，露出白皙纤瘦的手臂。

周承诀推完鸡翅，面无表情地将身上的围裙摘下来。

岑西扫了眼他身上的 T 恤，又想起自己身上还穿着他的睡衣，随口问了句："对了，我昨晚换下来的衣服在哪儿呀？"

周承诀动作一顿，抬眸看她："干吗？"

"我一会儿换回来。"

"洗了。"周承诀面不改色地继续手上的动作，"还没干。"

岑西眨了眨眼："你家不是……用的烘干机吗？"

周承诀的喉结滑动了下："坏了。"

4

周承诀回了趟卧室衣帽间，给岑西取了套自己平常穿的常服短袖："你一会儿还是先换我的？反正要补课，一时半会儿也不出门。"

"短袖没那么大，比你身上的长袖睡衣稍微方便点。"他补充了句，表情和语气都十分自然。

岑西也没多想，点头乖巧地应了声"好"，结果恰好一个分神没注意手上的动作，被热腾腾的灌汤包烫了一下嘴角。

岑西皱起眉心，控制不住一个激灵，手肘不小心碰到几分钟前周承诀才刚刚从微波炉里拿过来的、温度热得正好的牛奶。

她还没来得及反应，玻璃杯便一下砸到地上，摔得稀碎。

岑西瞳孔瞬间放大，心快跳到嗓子眼。她几乎是想都没想便立刻从座位上下来，蹲在桌脚边，紧张地捡起玻璃碎片。

"你别动。"周承诀随意将手里的衣服往边上的凳子一放，几步走到她跟前，眉心微拧，刚想伸手凑近她，看看她方才被汤汁烫到的地方。

没承想，他的手才刚刚探到她面前，小姑娘几乎是条件反射般抬起小臂挡了一下。

那种防御的动作过于明显和熟练，像是早就形成了肌肉记忆。

周承诀动作一顿，而后就见岑西一边紧张地徒手收拾玻璃碴，一边连头都没敢抬，止不住地冲他道歉："对不起，我不是故意的，我不小心碰到了，真的对不起，我很快就会收拾好的，你别生气。"

周承诀微拧着眉，蹲到她跟前，当即伸手握住她纤细的手腕。

岑西呼吸一滞，下意识抬头看向他，眼神里满是恐惧与歉意："真的对不起，杯子的钱我会赔给你，我真的是不小心的，你别——"

"你别用手直接去碰那些玻璃碴。"周承诀没等她说完，适时开口打断了她的道歉，只将注意力放在她掌心上，"我看看你的手。"

少年握着她手腕，稍稍使了点力，让她没法再继续方才的动作，只能任由他将自己的掌心摊开仔细检查。

"手有没有割到？"他沉声问，没关心别的。

岑西心跳仍旧快，愣愣地摇摇头："没。"

周承诀瞥她一眼，不太放心地垂眸，亲自将那手来回翻着再检查了遍，才又看向她嘴角："嘴唇呢？"

"什么？"岑西一下没反应过来。

"刚刚不是被烫到了？"

"噢，没、没事……"岑西有些蒙，第一次碰到这样的情况。

犯错就要挨打受罚，这是她从小到大刻在骨子里的记忆。

"你起来，不要用手直接去碰，我一会儿收拾。"周承诀将人从地上拉起来，情绪十分稳定，语气也平和，"有什么可道歉的，不就是碰掉个杯子？"

设想中，本该出现的劈头盖脸的怒斥并没有上演，眼前人不以为意，甚至说出了"不就是碰掉个杯子"这样毫不在意的字眼。

岑西一时有些不习惯，也不知道该怎么反应，只小心翼翼地抬眼看了他一下，又小声道："但是，碎了。"

"碎了就碎了，又不是什么大事。"周承诀难得轻笑了声，"只是摔碎个杯子，这连错误都算不上。"

"就算是犯错，也很正常，谁能保证自己一辈子没出过错？"周承诀揉了下她的脑袋，"只要不违法，不违背道德底线，我们都有被允许犯错的权利，你在担心什么呢？"

没人这样耐心地和她讲过道理，也从没人告诉过她，她也拥有被允许犯错的权利。

岑西许久说不出话来，只能任由他将自己带回桌边坐定。

周承诀收回手，从她身后经过，走到餐边柜前，再拿了只杯子出来，替她去一旁冰箱那儿又接了杯果汁回来，最后还是忍不住操心说一句："吃灌汤包先拿筷子戳个小孔，等汤汁流完了，裹着面皮一块儿吃，不烫又入味。"

岑西舔了下嘴角："好。"

"李佳舒先前吃这个，就跟你刚才似的。"周承诀简单地将地上大块的玻璃碴捡完，便点了拖地机过来处理剩下的残局，自己则是很自然地坐回她对面，顺口还给她提起以前的事，"汤汁飞出来，喷了一米远，那次严序刚好坐她对面，两个人差点绝交。"

岑西想象了下那个画面，忍不住笑。

正说着，小"过来"嘴里叼了个小小的空水瓶，从客厅那头奔过来，跑到餐桌边站定，它仰头瞧了瞧，最后在岑西脚边不停地绕着蹭着。

岑西没懂它的意思，以为在撒娇，正想弯腰去抱它，身旁少年就先她一步，伸手接过小家伙嘴里的空瓶，往不远处的地毯上随手一丢，就见它兴奋地追着空瓶跑开了。

一来一回，反复多次，乐此不疲。

岑西觉得此刻的神经无比放松。

周承诀这儿于她而言，就像个从未到过的世外桃源。

一天下来没有挨饿的机会。

想写作业的时候，随时能安安静静、心无旁骛地投入到学习中。

想睡觉时，倒头就能睡。

夜里睡不着时，想消遣就可以随心所欲地浪费时间消遣。

睡过头起晚了不会挨骂。

睁眼没有一堆繁重琐碎的活等她去承担，甚至什么都不用做，就能直接享用丰盛的早餐。

也是在这里，她第一次知道，犯错是不需要挨骂挨打的。

她也拥有被允许犯错的权利。

小的时候，别的小朋友许愿，都是想要什么便放心大胆地开口要什么，反正是许愿，不要白不要，神仙估计也不会计较。

唯有岑西，连许愿都小心翼翼的，担心太过贪心会惹神仙不开心，许下每个小愿望的同时，还会做出一个承诺当成交换。

毕竟在她的认知里，神仙也不可能毫无所求、莫名其妙地帮助她。

不过这么多年，她许下的承诺每一个都努力完成了，可那些心愿还是一个都没能实现。

她知道自己运气向来是差的，久而久之也很少再许愿。

如今也不晓得是撞了什么大运，居然也能有机会体验一次这样的人生。

庆幸之余又忍不住惶恐。

她不知道自己能做什么来还他回报他。

当天，岑西留在望江，给周承诀补了一整天的课，从抽背到古诗词理解，再到阅读短文解题思路，以及他最棘手的作文，统统给他梳理了一遍。

原本三个小时的补课时间，硬生生延续了一个下午。

她没额外再收他钱，因为这是她少数能够用来和他交换的，他或许会需要的，一点点小事。

周一上学时，岑西穿上了新校服，时隔将近一个月，她终于不用再穿着黑色短袖突兀地混在一群蓝白色当中。

中午吃饭的时候，李佳舒嘴上不停地嚷嚷着"光阴似箭，朋友们好久不见"，拉上江乔来找岑西一块儿去食堂。

岑西好笑道："也就两天没见。"

一个周末的时间。

"你别管她，"江乔已经习以为常，"她口头禅就这个，你哪怕课间去上个厕所回来，她都要感叹一句'光阴似箭，好久不见'。"

三人一块儿去食堂的路上，还正巧碰上了曲年年和林诗琪，这几个女生军训的时候就经常玩在一块儿，这会儿索性直接拼了个长桌。

林诗琪悄悄摸到岑西身旁戳了戳她，红着脸冲她挤眉弄眼了一阵。

岑西最开始还没反应过来，片刻后总算想起她之前和自己提过的，帮忙约周承诀去度假村的事，抱歉地冲她摇摇头："我们班这周已经换座位了，他坐到边上那组去了，我和他也没什么机会再说上话了。"

林诗琪也只是小小失望了下，嘟了嘟嘴："好吧，那你什么时候愿意了再找我，我这儿长期有效！"说完，便又立刻笑嘻嘻地投入到李佳舒那边点菜的叽叽喳喳当中去了。

几个人端着餐盘坐到长桌上，江乔扫了眼桌上的菜色，拍了拍李佳舒的肩膀打趣她："哟，今天挺阔嘛，都点得起八个肉了？那天被严序、周承诀抛弃的时候，不都跟毛林浩抢馒头去了？"

"好汉不提当年勇，就在这周末，我家母上大人对我进行了解封操作，咱现在已经不是当年那个到处刷别人饭卡的选手了。"李佳舒随手将自己点的那些菜往岑西面前推近了些，"大家随便吃，都别跟我客气，今天我请客！"

说完，李佳舒还立下豪言壮语："再看严序、周承诀的脸色，我就是狗！"

"拉倒吧，你话别说太早太满了。"江乔按着她肩膀坐下，阻止她继续发疯，劝人赶紧吃饭。

这一人一句嘴里都提到了周承诀，一旁的林诗琪咬着筷子忍不住问："哎，周承诀……和严序他们怎么没和你们一块儿吃啊？"

李佳舒往岑西碗里夹了只卤鸡腿，头也没抬，满不在道："他们啊，他们不常来食堂吃，这两个大少爷嫌吵，一般比较喜欢去外面的小炒店开个包厢吃，图个清静。"

曲年年说："倒也是。我记得之前有两回看到他俩打完球，估计懒得再出去，就到食堂吃饭，结果才刚坐下没两分钟，周边围了一圈女生，各个年级的都有，一个个眼巴巴地盯着周承诀看，把他盯得都吃不下饭，笑死。"

"不瞒大家，我也盯过。"江乔笑着看向李佳舒，"不过，他们主要还是嫌你吵吧？"

李佳舒被戳穿，当即将筷子伸向江乔的碗："你别吃了，鸡腿还回来。"

"拿去拿去，我正好减肥。"江乔又说，"给西宝，把她喂胖，就显得我们瘦了。"

"你好心机啊，但说得也没错。"李佳舒看向岑西，"来，西宝，你吃。"

岑西忍俊不禁："你们能不能背着我说，别这么光明正大？"

江乔："噗！"

几人边聊边吃着，一旁林诗琪忽然伸手抓住曲年年的肩头晃了晃："哎哎哎，你们看门口那儿，是不是周承诀他们来了？"

"我近视眼，看脸看不清。"江乔眯起眼，"不过看个头，估计没跑了，他和严序两人差不多高旁边那男生一个头了。"

还没等李佳舒抬头看，周围已经起了一阵不小的骚动，不少女生迅速放下筷子，无视会被老姚抓的风险，掏出偷偷带进学校的手机，朝着食堂门口不紧不慢走进来的两个高个少年一顿猛拍。

几秒钟不到的工夫，照片已经飞满整个学校的表白墙。

明明都快过饭点了，食堂里的人居然还肉眼可见地不断在增加。

"啊啊啊！"林诗琪显然有些兴奋，忙看向李佳舒，"要不要叫他俩坐过来一块儿吃？"

学生时代就是这样的，明知和校园风云人物没什么可能性，可哪怕只是通过亲戚朋友，能稍稍和这样的人扯上点关系，即便只是坐在同一张桌子上，在众目睽睽下一块儿吃个饭，甚至连一句话都不用说上，某种奇妙的虚荣心都能被极大程度满足。

不过，李佳舒在这点上还是比较拎得清的。

严序倒还好，脾气性格比较像个正常高中生，对交朋友什么的并不太抗拒，平常玩的圈子也广些，男生女生都能聊上几句话，是相对来说好相处的个性。

相比之下，周承诀就难搞很多。

就像之前曲年年提过的那样，被人缠烦了，什么姑姑、婆婆的，换谁也不管用。

六亲不认这个词在周承诀这儿，一点都不夸张。

李佳舒打小就知道，欺负严序可以，但周承诀不能瞎惹，她当即摆摆手："不叫。"

"为什么啊？"林诗琪不解。

"哎呀，周承诀不太喜欢和不熟的女生一块儿吃饭。"李佳舒边吃边解释道，"就学校贴吧、校园墙那些上面讨论的，说他高冷啊、不爱说话啊、生人勿近啊什么的，都是真的。大家传播的一点没错，全是实锤，不存在造谣成分。"

"就连我这个有血缘关系的，他都嫌弃得很，经常让我滚。"李佳舒又说，"而且本来大家坐一块儿吃，互相都能吃对方的菜，我和严序就经常混着吃，但是周承诀洁癖很严重，我们仨一块儿出去吃饭都要用公筷。"

"不用公筷的话，要是夹他一筷子菜，他就会把那份菜直接全给我们，自己只吃没人夹过的，我们的菜他更是碰都懒得碰一下。"李佳舒撇撇嘴，忍不住吐槽一句，"真不知道他以后找女朋友，是不是也要和人家分那么清楚？"

"好吧。"林诗琪遗憾地叹了口气，不过目光就没从不远处的周承诀身上移开过。

须臾，林诗琪再次激动地拍了拍曲年年的肩头。

曲年年一口汤还没咽下去，含糊道："我迟早被你拍散架。"

"周承诀好像朝我们这边走过来了！"林诗琪语气里是压抑不住的兴奋。

几个埋头吃饭的姑娘登时齐齐抬眸，而后就见那一进食堂便吸引了绝大多数人注意力的两位少年，一前一后站到了长桌前。

周承诀随手将餐盘放到岑西对面，朝李佳舒抬了抬下巴："你坐过去点，腾两个位置出来，没空座了。"

李佳舒下意识地朝周围扫了一圈，这不是还有不少空座吗……

不过她没多嘴，动作利落地朝里边挪了两个位置。

严序往她身边一坐，周承诀顺理成章便坐在了岑西对面。

岑西握着勺子的手不自觉紧了紧，抬眸看了下眼前人，又垂下头去默默吃饭。

片刻后，就听见对面响起少年熟悉的低嗓："你这个菜好吃吗？"

周承诀点了点岑西餐盘里的炒豆芽。

"还可以，要不你……"岑西下意识想说"你可以夹两筷子尝尝看"，可一想到方才李佳舒说的话，又自觉地收了声，他好像不喜欢吃别人吃过的菜。

周承诀见她又不说话了，索性自己问："我尝尝？"

岑西有些惊讶地抬眸看了他一眼，随后愣愣地点了点头。

"是不错。"周承诀夹了一筷子尝完，眉梢微抬了抬，评价了句，随后又点了点自己面前的餐盘，"可乐鸡翅吃吗？"

"嗯？"

"你不是喜欢？今天食堂做的味道也不错，比我做的强。"他自嘲地扯了下嘴角。

"我……"

岑西还没来得及说什么，就见他又朝那盘可乐鸡翅抬了抬下巴："也不能光我占你便宜吧？礼尚往来，吃吧。"

女孩索性也不矫情，意思性地夹了个鸡翅。

见状，周承诀动作自然地往她碗里又添了两个。

一旁几个女生互相交换了下眼神，觉得李佳舒说的好像也不全对，他看起来貌似也不是不能接受一块儿互相吃菜的样子。

林诗琪跃跃欲试："那个，我想吃个西蓝花，行吗？"

小姑娘瞄了眼周承诀餐盘里的西蓝花炒肉，一旁的曲年年很想提醒她，这个菜你自己盘子里也有呀，妹妹！

不过，她到底没说出口。

周承诀闻声，吃饭的动作一顿，倒也没当众下谁的面子，只面无表情地将盘子挪到长桌中央，让她自便。不过，他再也没朝那西蓝花伸过筷子，只默不作声地抢了岑西的半份豆芽，再勾着嘴角将其余几个鸡翅一并换给她。

第七章
如果日子可以一直宁静

/

1

周承诀和严序虽然来得晚一些，但都是不讲究的年纪，吃起东西来比几个女生快上不少。

才几分钟不到，严序就已经放下筷子，掏出手机开始打游戏了。

周承诀虽在岑西那儿搞了点小动作，多费了些时间，不过很快也吃得差不多了。

林诗琪见周承诀终于得了空，免不得想趁这个机会，和他聊上几句。

只不过周承诀兴致缺缺，只礼貌性地回答一两个字。待她再次开口时，他已经没什么表情地从座位上站了起来。

少年动作利落地收拾好自己面前的几个餐盘，端起来，一副作势要走的样子。

林诗琪当即把到嘴边的话又咽了回去。

岑西的饭量本身就不小，加上吃饭期间，一桌子人不停地投喂，她盘子里的饭菜堆得都快冒尖了，这会儿还没消灭完，仍旧埋头安静地一口接一口吃着。

周承诀单手端着餐盘站定，看了她几秒钟，随后偏头看向严序："我先去买个水，你们喝什么？"

李佳舒闻言，还没等严序开口答，自己已经先点上了："我要瓶苹果醋，冰的。"

"可乐，冰的。"严序说完，嫌弃地瞥了她一眼，"人家问你没有？"

"我是他姑姑，你是他的谁？"李佳舒不以为意地回了他一个白眼，又顺便看向江乔她们，"你们要喝什么？周承诀请。"

饭后喝点水，周少爷买单，这几乎已经成为他们三人从小到大的惯例了，早就习以为常。

既然李佳舒这么问了，江乔便也不客气道："冰的矿泉水就行，我减肥不能喝甜的，嘿嘿，多谢了班长。"

周承诀不在意地轻点了下头，最后目光又落到岑西头上。

她正专心吃饭，并没有意识到自己也可以参与这种被人免费请客的点单环节。

片刻后，就听见周承诀微沉的嗓音从上方传来："你呢？"

见她没什么动静，少年弯起食指在她餐盘边轻叩了两下。

"啊？"岑西这才抬起头来，反应了两秒，"噢"了声，"我不——"

"大家都有。"还没等她把用字说出口，就听见周承诀继续问，"椰汁还是橙汁？"

他仍旧没有给她拒绝的选项。

"橙汁吧……"岑西也没再多说别的。

周承诀"嗯"了声。没一会儿，他拎了一袋子饮料过来放桌上，让他们自己挨个拿，只从中将橙汁抽出来，随手放到岑西面前。

一行人吃完饭便准备回教室，周承诀拎着剩下几瓶顺手给毛林浩他们带的饮料，不紧不慢地跟在岑西身后走。

一直等到其他人先行从前门拥入教室之后，少年才抬手碰了碰岑西的胳膊。

女孩回过头看向他："怎么了？"

就见他随手将剩下的饮料递给她："你拿去分给你新同桌。"

见她愣在原地没伸手，周承诀又懒洋洋地冲二点五组旁边的方向抬了抬下巴："稍微搞好一下关系懂不懂？至少还要同桌两周。"

岑西眨了下眼，忽然明白过来他的意思。

这周班里例行轮换座位，周承诀和严序他们被换到了边组，毛林浩和同桌换到了他俩原本的位置上，而原先毛林浩的位置，则是换来了之前坐在边组的同学。

好死不死的，换过来挨着岑西坐的新同桌，正好是先前她去前排问过题、却不愿意教她的那个男生。

那男生个头不高，身形也瘦小，原本是坐在班里第一排的，前些天也不知道是什么原因，和他同桌闹了矛盾，周一回学校便找到班主任要求更换座位。而岑西边上那个同学恰好是个近视眼，早就想往前排靠靠，叶娜娜便顺理成章给两人调了位置。

新同桌名叫朱捷平，脾气挺古怪的，平常就没见他怎么和别人说话，只一个劲埋头学习。

要光是这么看，和岑西倒也挺像的，只不过他不光是自己默不作声地学，还不许周围人有半点打扰到他的动静。

不许问他题、不许主动找他说话也就算了，苛刻的时候，连打草稿速度太快而发出的写字声响，都会被他皱眉嫌弃两句。

确实不太好相处。

岑西先前和朱捷平接触得少，不如其他从附中直接升上来的同学了解他。

加上自开学到现在，一边坐着周承诀，一边坐着老好人毛林浩，岑西放松惯了，也没太注意，写题的时候手肘不小心往朱捷平那边稍稍超过了些，后者"啧啧"两声，当即便用手臂把她顶了回来。

动静还不算小，周围好几个人都侧头瞧了眼。

这事说大不大，不过是同学间的一点小摩擦，岑西自己也没放在心上，没想到周承诀居然能注意到这个。

她点点头，忙将饮料接了过来，按他说的照做。

下午上课，岑西和朱捷平之间的气氛倒是确实好了些许。

相安无事地度过两节课后，劳动委员走到讲台上，按照新换好的组别，对打扫卫生的分组重新做了安排。

今天傍晚正好轮到岑西这排五个人值日，其余三个人分到校内卫生区，而岑西和朱捷平两人则是负责教室内卫生。

最后一节课下课铃响完，同学们将手头上的题扫尾后，便收拾好书包陆陆续续离开教室放学回家。

片刻后，教室里的人几乎都走光了，岑西抬眸扫了眼，觉得差不多可以开始打扫卫生了，忙将手头的作业放下，动作利落地收回包里后，小跑到卫生角拿了两份扫扫工具回到座位前。

她给自己留了把更破旧的，贴心地将较为崭新趁手的那把递给仍旧埋头在刷卷子的朱捷平，轻声道："那个，一会儿我扫一二两组和中间，黑板也我来擦吧，你就只要负责三四两组，可以吗？嗯……阳台也我来就好，不过垃圾桶太大了，一个人肯定拎不了，等打扫完了，我们俩一起去倒吧？"

她自认为安排得还算妥当，她一个人包揽了将近四分之三的任务，只给他留了很少的一部分。

哪承想，朱捷平连头都没抬一下，自顾自地继续写着手头上的试卷，就当没听见她方才说的那些话。

岑西微皱了皱眉头，以为是自己音量小了，便稍稍大声了些，再将刚才安排的事重新给他说了一遍。

下一秒，那人终于愿意抬头了。

朱捷平放下手中的笔，脸上表情明显不太好看，语气也十分不客气："你能不能别影响我学习？"

"你不想学别人还想学。"朱捷平嫌弃地打量岑西一眼，"我进南高是来读书的，不是来干活的，我有更重要的事情要做，反正你成绩也就那样，不愿意学正好有的是时间把活全干了。"

"要扫你扫，反正我不扫。"朱捷平撂下几句话后，又自顾自地埋头刷起题来。

岑西握着扫把站在原地。从前她在嘉林上学时，比这更恶劣的人和事都遇到过，所以她见怪不怪了，甚至连气都不太生得起来，只觉得有些好笑。

她下意识探头扫了眼那人不停写着的卷面，是下午第一节课上课前，物理老师派课代表发下来的练习卷。

那份卷子岑西在第一节下课前便已经写得差不多了，期间，她还偷偷往边组周承诀那边瞄了眼，这位哥比她速度还快，不到半节课的工夫就已经把卷子写满，随手丢在课桌的右上角了。

而印象中，这个新同桌从第一节课拿到卷子便开始专心写，一直写到了现在。

将近三个小时的时间，居然还停留在第三面徘徊。

岑西愣愣地站在原地，目光中不自觉流露出些许同情。

下一秒，她后脑勺被人轻拍了下。

女孩回过头，抬起眸，就见方才还在和严序一块儿打游戏的周承诀，此刻已经站至自己身后。

少年面无表情地伸手将她的打扫工具接过，眼神凉凉地往朱捷平的方向扫了下，而后淡声冲岑西道："我跟你一组，明天我和劳动委员说一声。"

"你去阳台上把娜姐养的几盆花给浇了，浇仔细点，那些都是她的心肝宝贝。"周承诀理所当然道，"其他的我来，你别动。快去。"

岑西眨了下眼："噢。"

周承诀下厨水平一般，但毕竟有洁癖，打扫起卫生来，动作还是很利落的。

岑西从阳台上浇完花回来时，黑板已经被他擦干净了，班级地板也来回扫了三遍。

周承诀将扫到一处的垃圾全数收拾进垃圾桶后，岑西忙小跑到他跟前，准备给他搭把手。

然而少年先她一步，单手便轻松地将那一米多高的大桶拎了起来："你别碰，跟上就行。"

力气他来出，她主打一个陪伴就好。

一路上，周承诀都没给岑西帮忙的机会，那垃圾桶大得看起来能把朱捷平那种小个子压死，可被周承诀这样个头的人拎在手里，就显得有些轻飘飘了。

因而岑西也没多事，只听话地跟在他身旁，一块儿往楼下走。

回教室的路上，周承诀终于忍不住提了句："要让娜姐换座吗？"

"啊？"倒也没这么严重。

"浪费时间和这种人处好关系，实属没什么必要。"周承诀懊悔中午竟然还考虑让岑西和那傻子搞好关系，"忍不了就换座，谁惯他。"

和给不同的人讲题，有不一样的讲题方式一样，在处理矛盾这方面，周承诀遇上不同的人，也有不同的处理态度。

比如之前在校外遇上的技校黄毛，对待那种人，简单粗暴，用实力征服。

而对待这种幼稚鬼，用不上这套。

没准一个眼神过去，对方都能直接哭出来，还顺手写个八百字告状信。

遇到傻子，远离傻子，才是正确的做法。

岑西摇摇头表示自己不在意，更厉害的她都见多了，朱捷平这种，不算什么。

周承诀偏头看向她，忍不住扬了下眉梢。

而后便听见岑西轻描淡写道："我下次月考考得比他高，就能把他气死了。"

少年嘴角忍不住勾了勾，大手探到她后脑勺揉了下："聪明。"

岑西脚步顿了顿："你倒垃圾的手，洗过了吗？"

周承诀瞥了她一眼："没洗不能碰？"

2

见岑西没吭声，周承诀又不着调地来了句："要不你摸回来？咱俩扯平。"

岑西有时候觉得，周承诀这个人其实好像也有幼稚的一面。

少年轻笑了声："行，那先欠着。"

岑西没再和他继续这个幼稚的话题，只绕到他右边，试图伸手给他搭把手。

周承诀像是早知道她准备干什么，左右手交替了下，很自然便将硕大的垃圾桶换到了另一边，没给她碰的机会。

下一秒，他停下脚步看向岑西，不紧不慢地冲她朝自己的校裤口袋示意了下："帮我把手机拿出来。"

岑西闻声看过来，那口袋的位置……似乎有些尴尬。

周承诀补充了句："你的手干净。"

"好。"岑西稍显不自在地将手伸进他校裤口袋中，掏出手机的速度飞快。

周承诀扬了下眉梢，忍不住低低笑出声来："你怎么跟做贼似的，动作还挺快。"

岑西无语。

这毕竟是学校，她确实有点怕被人看见，引起一些流言蜚语。

她没应声，只将手机递到周承诀面前，不过后者没接，很自然地朝不远处那饮料贩卖机，抬了抬下巴："我有点渴了，麻烦帮我买两瓶水回来。"

岑西下意识朝他示意的方向瞧了眼，又听到他继续说："随便给我拿瓶冰的矿泉水就成，你想喝什么自己看着挑。"

"我不渴。"岑西说。

周承诀已经习惯自动忽略她话里的拒绝，只径直又报了串数字后说："密码，这是解锁密码，支付密码，也是这个。"

见岑西还愣在原地，他又道："会用吧？和你那手机同一个款的。"

岑西索性点点头，忙朝不远处的贩卖机跑去。

周承诀不紧不慢地拎着半个人高的垃圾桶跟在她身后，见她只选了一瓶就想付款，连忙开口："再挑一瓶，带回去喝。"

岑西扫完码，弯腰伸手将两瓶饮料拿出来，起身回过头，眼神对上等在身后的少年，自然而然将手里的东西递出去。

周承诀没接，拎着垃圾桶径直往教学楼走："替我拿着。"

"那手机……"岑西跟上他的脚步。

"也替我拿着。"

岑西一只手拎着两瓶饮料，另一只手小心翼翼地握着他的手机，双手都没闲着，也没法再去替他分担垃圾桶的重量，只能老老实实跟在他边上走。

待两人走到教学楼底时，周承诀的手机忽然振动起来。

岑西连屏幕都没看，忙再次将手机递给他："你电话。"

闻言，周承诀连脚步都没停下，根本不担心有什么隐私会暴露在她面前，无所谓道："我手脏，腾不开，你替我接了。"

岑西有些犹豫。

少年不紧不慢地停下脚步，仍旧没伸手接，只偏头扫了眼来电显示："是严序，接吧。"

岑西只好将电话接起来，这会儿还在学校，周围来来往往仍旧有不少同学经过，岑西便也没直接开免提。

电话接通的一瞬间，严序的声音立刻从手机里传了出来："你上哪儿去了？等你老半天，还回不回家了？我一眨眼你人就没了，发你微信也没见回，被什么妖精勾着了魂了？"

严序一连串话蹦出来，密得很，岑西连个回话的机会都没有。

他声音还不小，没开免提，周承诀都能听见。

空气安静了一瞬，"妖精本精"岑西犹豫许久，才弱弱地开了口："那个……"

"你是谁啊？"严序一听是个女声，惊得立刻将手机从耳边拿下来，嘀咕了句，"我打错了？是这个号啊……手机丢了吗……"

他自言自语完，又将手机放回耳边："请问您哪位？"

岑西老实交代："他快回去了，已经到楼梯口了。"

岑西一句话，把严序直接弄蒙了。

这听起来可不像是丢了手机，可周承诀这哥他可是最了解的，别说让女生替他接电话，他那手机就连他亲妈都没动过。

严序沉默了三秒钟，突然冷不丁地来了句："岑西吗？"

女孩没多想，只轻轻"嗯"了声。

那没事了，严序轻笑一声，也没打算问怎么周承诀的手机会到她手上，连语气都变了个调："那你帮我问候一下他，还要不要等他？不用我就先回家了。”

严序估计这问了也是白问，根本不用问。

岑西闻言抬眸看向周承诀，眼里是询问的意味，后者满不在意地摇了下头，女孩便又礼貌地给电话那头传话："你先走吧。"

"我就知道。"严序原本想直接挂了电话，顿了顿，又突然欠欠地说，"那你再问问他，今晚是不是还得回陆景苑学做可乐鸡翅？"

岑西刚想开口，下一秒，手机就被周承诀抽了回去。少年只淡淡回了句"没空"，很快便将电话挂断。

两人回到教室时，班里已经没人了。周承诀将垃圾桶放回原处，去阳台上的洗手池洗了两遍手，才回到座位上收拾东西。

岑西背上书包，正准备走，周承诀便将人叫住，随手将黑色包挎身上，不紧不慢地走到她身旁："一块儿去吃饭？"

"不了。"岑西摇摇头，"我还得回店里帮忙。"

周承诀点了下头，也没多说什么。

两人一块儿下了楼，往校门口走，周承诀又问："晚上忙完来望江吗？"

他话音顿了顿，不自在地补了句："今天娜姐不是又布置了篇作文……"

岑西抬眸看他："你晚上不是没空吗？"

周承诀扬了扬眉梢："我什么时候说晚上没空？"

"就刚刚啊……"岑西指了指正好经过的楼梯口，"刚刚严序打电话来，你和他说没空。"

"噢……那估计刚才我记错了。"

"来吗？"他问。

岑西犹豫了两秒，摇了摇头，没看他，话音很轻："你写完了拍个图发给我吧，我给你改。"

周承诀定定地垂眸看了她几秒钟，半晌才开口："也行。"

女孩垂着头，安安静静地跟在他身旁，没再吭声。

其实她倒不是不愿意额外抽出时间来替周承诀补课，只是每回去他那儿，待遇都太好了，好到有些不太真实。

她担心次数多了，自己会越来越习惯这种从前想都不敢想的生活，变得越发坦然越发贪心，没法接受再回到真正属于她的现实世界。

因而哪怕诱惑极大，她仍旧没选择答应。

一回到店里，岑西连书包都顾不得放下，便动作利落地投入到忙碌中去，连口晚饭都来不及吃上。

今晚店里的生意有点火热，往常这个点，有小时工们帮忙，人手就已经够用了，今晚愣是加摆了好几张圆桌，整个店上上下下都忙得团团转。

加上附近写字楼应该是有几家公司在做团建，都不约而同点了店里的单，岑西送外卖的脚步便一刻都没停下过。

夏夜晚风卷着还未散去的燥意一阵阵拂面而来，风中还夹杂着白日里阳光暴晒水泥地面散发出来的味道。

夜里将近十点多钟，岑西送完手上最后一单烤鱼，顶着昏黄的路灯安静地走在回店的路上。

似乎是有点累了，她没了几个小时前的活力，只沿着白墙边慢慢走，也算是忙里偷了个闲，总算能踏踏实实地喘口气。

她走了一会儿，觉得有些渴了，目光投向正好经过的饮料贩卖机，随意扫了眼标签上的价格后，当即打消了买瓶水解解渴的念头。

小姑娘睒着贩卖机瞧了一会儿，冷不丁想起自己背包里好像还有喝的。

是傍晚放学的时候替周承诀买的，那会儿他让她帮忙买了两瓶。

原本说是一瓶他喝，一瓶让岑西留着，结果后来严序一通电话打过来，周承诀只拿回了自己的手机，到班里洗完手之后，便将那两瓶饮料全数塞进岑西包里，让她全带回家。

女孩随意找了个马路牙子坐下，脱下书包，从里头掏出一瓶橙子汽水来。

傍晚汽水刚从贩卖机里拿出来的时候，还是冰镇的，这会儿瓶身已经满是水汽，不过仍旧带着一丝丝冰凉。

她稍稍使了点劲，将瓶盖拧开，气泡一下从瓶口冲出来，空气中顿时满是好闻的橙子香。

岑西仰头喝了好几口，冰冰凉凉的液体流经热得冒气的喉咙，积攒了几个小时的疲惫似乎都在这一瞬间全数消散。

她拧紧瓶盖，十分舍不得地将半瓶饮料重新装回书包里，平静地在原地继续坐了一会儿，半晌，舔了舔嘴角沾上的橙汁，才慢悠悠地起身，继续往回店里的方向走。

这会儿最忙的那阵已经熬过去了，小姨见她送完东西回来，也没再招呼她继续帮忙。

岑西打了声招呼，便背着书包准备往二楼小天台走。

一只脚踏上露天铁架楼梯的一瞬间，女孩脚步顿了顿。

下一秒，她几乎是下意识地又抬脚跺了跺楼梯，原本随便一踩便会"吱呀"作响、摇摇晃晃的铁架楼梯，此刻竟然稳稳当当地焊在墙边，任由她怎么使劲，都没再出现晃动的迹象。

岑西几步跑上去，又跑回下来。

反复多趟后确认，这楼梯好像真的不会晃了。

她重新走回二楼小天台，正打算将书包放回隔间，去楼下洗漱一番，视线却被围墙边不远处，那张原本用来提供给周承诀吃消夜的桌子吸引。

桌上摆了半个冰镇好的西瓜，西瓜上插了把干净的铁勺。

西瓜旁还放了一瓶洗发水。

那洗发水的瓶子十分眼熟，似乎在哪里见过。

不仅见过，她好像还用过。

岑西上前拿起洗发水，掀开瓶盖闻了一下，熟悉的气味一下蹿到鼻尖。

她想起来了，那晚在望江，她淋过雨后，在周承诀家浴室里洗头洗澡时，用的就是这个牌子的洗发水。

她忙掏出手机来，冲桌上的东西拍了张照片给周承诀发过去。

那头很快回了消息。

zcj：终于回店里了？

橙c：是你拿过来的吗？

zcj：赔你的，头发不是被我摸脏了？

3

岑西哪想到，她那会儿只是随口一说，他居然直接送了瓶洗发水过来。

橙c：你怎么还专门赔了一整瓶洗发水？

周承诀的脑回路显然和岑西不同，他很快回了消息。

zcj：不赔一整瓶，那要怎么赔？带过去往你桌上挤一泵？

岑西被他这问话逗得忍不住笑了下，这人有毛病啊？

zcj：还是说，你要直接来望江洗一趟？

zcj：喊你来，你又不来。

岑西咬了下唇。

橙c：又不是什么大事，我没有让你赔的意思。

zcj：你可能对我这个人还不太了解。

橙c：？

他话题转变得太快，她一时都没明白他突然又整的哪出。

zcj：我这个人呢，在道德品行方面，对自我的约束相当之高。

zcj：干了坏事，该补偿就得补偿，这洗发水我今晚要是没赔出去，良心就会受到强烈的谴责，这个觉就别想睡了。

zcj：必定是，废寝忘食，食不下咽，辗转反侧，彻夜难眠。

zcj：别让我这么折磨，行吗？

岑西安静了三秒钟。

zcj：人呢？

姑娘给他发了个中老年人专用的鼓掌表情包。

zcj：？

橙c：你居然一口气用了四个成语。

zcj：……

橙c：比你开学那会儿的优秀学生代表发言，还多一个。

望江壹号顶楼，严序正安静地刷着物理卷子，结果耳边忽然响起一阵少年的低笑。

他一脸不可置信地抬头，朝坐在自己不远处、原本同样在刷题的周承诀看过去。

周承诀脸上短暂的笑意已收，只是嘴角仍旧还保持着微微上扬的弧度。

严序觉得真是见鬼了。

他和周承诀从小一块儿长大，鲜见对方表情这么丰富过。

永远是一副懒洋洋的样子，喜或是怒，都很少直接明显地表露出来。

就连打游戏这种最容易让人情绪上头的事，周承诀都能做到自始至终面无表情，永远古井无波。

这种抱着手机莫名其妙轻笑出声的情况，更是从来没有过。

严序伸着脖子眯起眼瞄了下他那手机屏幕，见又是某软件眼熟的聊天框配色，微挑了挑眉梢，试探地问："在聊天？"

周承诀没吭声，注意力压根儿没因为他的出声，而从手机上移开。

严序拿起卷子，又故意凑近了些："这题，教一下。"

"先放着，我现在没空。"周承诀几乎是想都没想便开口推了，而这期间，仍旧连头都懒得抬一下。

这简直比他参加竞赛考试都专心致志。

要知道周承诀这人，以前别说微信聊天，就是真有事找他，都不一定有耐心你一句我一句地发消息。

一般直接一个电话，简单明了地把事说完就挂了。

压根儿没这样的闲工夫伺候。

周承诀那头闷声轻笑完，不咸不淡地又给岑西回了条消息。

zcj：……这种事情你倒是记得清楚。

橙c：我记性其实挺好的。

zcj：西瓜吃了没？

橙c：还没。你怎么还带了西瓜过来？

zcj：路上正好看见就买了，坐你天台上吃了半个，另外半个实在吃不下了，家里又没别人，带回来也没用，留你那儿，你回来了正好还能帮忙解决，挺甜的，还是冰的，夏天吃点还挺舒服。

大排扇"呼呼"作响地运转着，岑西抱着手机在桌前坐下，伸手拔出勺子舀了一口西瓜送进嘴里。

冰凉清甜的西瓜汁一下充满整个口腔，混杂着迎面吹来的舒适凉风，清爽又快意。

岑西第一次觉得，夏天似乎也没有那么难熬。

橙c：真的好甜，还冰冰凉凉的。

zcj：那都吃了，别留过夜，过夜不新鲜，听见没？

橙c：好。

橙c：你作文写完了吗？写完可以拍照发我，我帮你看看。

zcj：还差点，一会儿发你。

望江壹号顶楼，严序默默刷完一套卷子，抬头见周承诀一边写着作文，一边还没将手机放下，适时讨了句嫌："写作文呢？"

周承诀没吭声。

"写完我给你看看？你要是写得太离谱，娜姐估计又得让你上讲台朗诵去。"严序吊儿郎当地往椅背一靠，"哥们儿是真不忍心看你再丢一次人。"

周承诀不以为意，抬眸扫他一眼："就你那点分，帮我看？"

"我语文好歹也一百二。"

严序其他科目成绩虽然没有周承诀那么逆天拔尖，但胜在一点都不偏科，科科平均，全部拿得出手。

"一百二？"周承诀语气仍旧懒洋洋的，但不论怎么听，都觉得有些狂，"你歇着吧，我看不上。"

严序"啧"了声，饶有兴致地问："那请问多少分能替你看啊？周少爷。"

周承诀又继续低头捏造起他的作文，一边写，一边不咸不淡地回他一句："怎么也得一百四以上。"

他就知道。

严序瞥了眼他那时不时还在手机上点几下的左手，想了想，突然拿起手机点开他们那个小群，随意往里头发了张近期即将上映的电影片单：最近有新电影上，有人感兴趣吗？周末约一下啊，一块儿去。@全体成员

严序这话发出去没多久，便很快有人积极响应。

李佳舒、江乔两人几乎是秒回，毛林浩紧随其后。

三人都挺感兴趣，回应完之后，已经开始讨论起时间、地点和场次了。

李佳舒顺便再艾特了岑西几遍，小姑娘终于在群里冒了个泡。

橙c：我应该去不了，周末要帮我小姨送外卖。

岑西的家境和情况，几个玩得好的早已熟知，她对小群里的这几个同学没有什么秘密，说起这些来也毫无保留，十分坦然。

大家也纷纷表示理解。

整个群只剩周承诀没吭声，严序饶有兴致地抬头扫了眼此刻正坐在自己面前的少年，而后故意在群里又艾特了他好几遍：你呢？去不去？去不去都吱一声。@zcj@zcj@zcj

李佳舒他们很快排起了队形，每人都艾特了他好几遍。

岑西这会儿还没从群里的聊天框退出来，看着几个人不停在问着那个前一秒还给自己发了条消息的人，她索性切换回和周承诀的聊天页面。

橙c：你没看群吗？

zcj：什么群？

橙c：佳舒那个小群呀。

zcj：早屏蔽了，太吵，李佳舒天天往里面转发些连我奶奶都不会信的谣言链接。

zcj：等我们以后老了，就把保健品全卖给她。

岑西忍不住笑出声。

zcj：怎么了？

橙c：他们在群里问大家周末要不要一起看电影。

zcj: 你回的什么？

橙 c: 我要送外卖呀，去不了。

zcj: 那帮我回个没空，懒得找群了。

岑西也没多想，听话地重新点开小群替他说了句：周承诀说他周末没空。

李佳舒先是回了句"我就知道"，随后突然发了串问号出来。

紧接着所有人都开始发起了问号。

岑西被这一连串问号给弄蒙了，便也学着发了个问号出去。

大家这是怎么了？

很快，李佳舒便代替大家发问了：大晚上的，你们两个在一块儿？

岑西握着手机的力道紧了紧，突然反应过来点什么，心跳当即止不住加速，明明没做什么坏事，却莫名有种奇怪的心虚：不是，没有。

她连忙否认。

简直不敢相信我这么美：那你怎么知道他说没空，还替他说？（坏笑坏笑）

群里其余人立刻跟了一排坏笑表情。

岑西没来由地开始紧张，赶忙一本正经解释起来：我正好给他看一下作文。

原以为是八卦，没想到冷不丁被这两人卷了一下，李佳舒当即没了兴趣：我以为发现了什么惊天大秘密。

小乔要努力变强：+1。

唯有毛林浩看到岑西这么说，更来劲了：这么好，一会儿能不能帮我也看看？你上回的满分作文我看了好多遍，简直叹为观止，太牛了！@橙 c

岑西稍稍松了口气，正想回他一句"没问题"，让他直接把作文发给她就行，然而输入框里的字才打到一半，就看见几分钟前，那个才和她说把群屏蔽了懒得找的少年，赫然出现在了聊天框中。

zcj: 她没空，你找别人看。

zcj: 严序说帮你看，他语文挺好的，考了一百二，你找他就行。

正抱着手机美美吃瓜的严序，看了眼群里的两条消息，再抬头看向这个明明坐在自己面前，却自始至终没和自己说上一句话的人。

他什么时候说了帮别人看……

这人刚刚不还瞧不上他的一百二？

岑西没再管群里后续又发生了什么，小心翼翼地把手机放回一旁后，安安静静地吹着电扇，一口接一口将西瓜吃完。

这个盛夏最最普通的夜晚，电扇规律地发出响动，阵阵清凉晚风拂面，爽甜的瓜香萦绕在鼻息，半瓶橙子汽水已经不再冒泡，桌上的手机却仍旧时不时在"嗡嗡"响动，热闹非凡，静谧的小天台上哪怕只有她一个人，似乎也不再觉得孤单。

自那天在小区电梯里被父亲朱邱建抢走四百多块钱之后，岑西已经好多天没再遇上过他。

或许是知道她身上压根儿存不了多少钱，又或许是那四百多块钱还没全数挥霍完。

朱邱建并没有如他那天离开时所说的那样，第二天再重新回来找她要钱。

岑西提心吊胆了好多天，终于在时光的流逝下稍稍平复。

她每天上学放学、干活学习，白天在学校里，有三五好友相伴，晚上回小天台，周承诀又会三不五时地带点卷子过来，一边吃消夜，一边和她卷刷题速度。

相安无事的一周里，最大的烦恼也不过就是那个脾气不怎么样的新同桌，偶尔发点幼稚到不堪一击的难。

于岑西而言，都只算得上寻常生活里的小插曲，根本没必要放在眼里。

原以为日子会像这样一天接一天平凡地度过。

然而许多天后父亲的出现，却又再一次将她从这美妙的幻影中生生剥离出来，冰冷地扯回现实。

周六这天傍晚，岑西刚刚去望江替周承诀补习完语文回到店里。

近期店里生意一天比一天红火，小姨还没来得及多雇几个人，人手不够的问题日渐显著。

岑西本就在周承诀那儿待了一天，一整天没给店里帮上忙，晚上回来说什么也不敢偷懒。

前些天，小姨给店里添了台"小电驴"，岑西抽空也学着骑了几回，如今基本已经掌握技巧。

她动作娴熟地将外卖打包区堆积的几份烤鱼，稳稳当当地放进"小电驴"后座的保温箱里。

保温箱容量不小，她一次能带出去的外卖比往常多上不少。

满满装了一箱子后，岑西戴上头盔跨坐到车上，拧了拧把手，当即像阵风似的穿梭在南嘉枝繁叶茂的榕林之下。

有了小电动车，送外卖的效率都高了不少。

一整个晚上，岑西往返在南嘉的小路上不知道多少趟，然而她乐此不疲。能够过这样安稳奋斗着的日子，于她而言已经难能可贵。

一路上，她边骑着车，边还不自觉哼起白天在周承诀家听到的小曲。

如果日子能一直这样宁静地过下去，其实也就很不错了。

可大概是最近日子过得实属有些好，让她不小心忘记了，自己从小到大的运气好像一直就不太好。

夜里十点多钟，"小电驴"打着暖黄的灯光，从池后巷一路沿着小坡往下溜。

经过天桥底下的时候，路灯被遮挡了大半，光线昏暗，行人稀少。

岑西胆子不小，并不怕黑，她没选择绕更远点的光明大道走，只想快点回到店里交差洗漱再刷一会儿卷子。

车子差不多快滑入坡底时，黑暗中突然冲出来一个人影。

那人明显是冲她来的，岑西一时不知是该紧急刹车，还是加速狠狠往下继续冲。

时间太过短暂，她根本来不及做出正确的选择。

下一秒，轮胎与地面摩擦发出刺耳的声响，"小屯驴"闪着微弱的光，飞出两米多远，岑西重重摔在地上。

她眼睁睁看着朱邱建矮胖的身影出现在天桥下，走到自己面前。

一口袋刚刚收回来的款项，再一次全数被眼前的中年男人洗劫一空。

朱邱建往手上啐了口唾沫，粗略地点了点刚刚抢到手的现金，而后呸了一口，气急败坏地嫌弃道："他奶奶的，你干什么吃的？就六百多块，够干什么！"

说罢，男人将一把零散的现金全数塞进自己口袋里，随后揪起岑西，质问道："身上还有没有别的钱？"

岑西被他掐着脖颈，疼得脸颊涨血，压根儿吐不出半个字来。

似是察觉到这一点，朱邱建恶狠狠地将她摔回地上："说，其他钱藏哪儿了！"

"没钱。"岑西咽了下口水，那种恶心的血腥味再次充斥着整个口腔。

"好啊，会藏钱了是吧？"朱邱建皱着一张恐怖的脸，再次掐上岑西纤细的脖颈，"你在城里这么久，能搞不到钱？搞不到钱你怎么上的学？"

"你小姨一家生意搞得那么好，能没有钱？"朱邱建再次呸了口口水，"那一家子人，都没良心！老子就管他们借了那么两回钱，一个两个的，躲我跟躲豺狼虎豹似的！"

"说，钱都在哪儿！"朱邱建再次将她往身后的石墙上摔。

岑西只能庆幸今天出门戴了头盔，否则此刻脑袋不知道要被摔成什么样子。她喉咙疼得发不出太大的声响，嗓音十分微弱："没有钱。"

朱邱建也没了继续和她纠缠的耐心，掐着她脖子威胁道："这个月底前，给我弄到三千块钱，老子要和朋友出国做生意去。你能弄得到，我买了机票出去，你就能好好把书念完。"

男人手上加重了几分力道，岑西紧紧咬着牙强忍。

"你要是弄不到，坏了我的事，那你就等着老子每天闹到你小姨店里去，闹到你们学校去。我看看哪里还敢留着你这种白眼狼、丧门星，你看看你还有没有机会把学上下去！"

朱邱建卸了手上的力道，岑西一下跌坐在地上。

"月底前，凑齐三千，给老子记住了！"男人放完话，头也不回地离开了天桥。

岑西在地上麻木地坐了足足有二十分钟，才稍稍找回点力气，强撑着石墙站起来。

她紧了紧手心，双眼空洞，指尖却几乎要掐进掌心肉里。

女孩步伐十分缓慢地挪回"小电驴"旁，一下又一下，尝试了多次，才重新将车子启动。

她不记得自己是怎么回到店里的，只记得一路上，晚风不停从脸颊呼啸而过，明明该带着舒爽的凉意，却止不住地让人泛起疼痛。

三千，她上哪里去找三千？

女孩将"小电驴"停回原处，没有按照往常那般带着钱款回店里交差，而是拖着疲惫的身子悄悄回了小天台。

她麻木地走回隔间里的铁架床边，面无表情地从枕头下摸出冰凉的手机。

开机的一瞬间，数不尽的消息蹦出来。

说什么的都有，然而此刻她没有半点查看的心思。

岑西握着手机，安安静静地滑坐在墙角，双手环抱着屈起的腿，脑子里只剩下那遥不可及的三千块钱。

也不知坐了多久，小姑娘的注意力重新回到手机上。

她不太流畅地将锁屏再次解开，略过不停冒出来的消息，一直到点开网页搜索，她手上的动作才停顿了几秒。

片刻后，像是下了什么决心，岑西忽然在输入框中笨拙地敲下几行字。

——今日说法

——刀、绳子、麻、醉、剂

——如何让一头成年野猪瞬间毙命

每敲下一个字，都带着少女最后一丝绝望。

下一秒，搜索网页被忽然弹出的视频通话邀请界面遮挡。

"zcj邀请你视频通话"的字样赫然出现在手机屏幕上。

小姑娘眼眶一瞬间泛起酸意，眼泪止不住一颗一颗地砸在周承诀的微信号上。

视频那头，少年似乎耐心十足，一个通话未接挂断后，很快又再拨了一个过来。

反复多次之后，岑西终于按下了接通键。

周承诀熟悉的嗓音当即通过手机传了过来："在哪儿？乌漆麻黑，都看不见人。"

岑西深吸了一口气，半晌才调整好嗓音："在……写卷子。"

周承诀那边沉默了两秒钟后，冷不丁问了句："哭了？"

"没有。"岑西尽量让自己语气平静道。

"不开心？"周承诀又问。

岑西索性答："嗯，有一点。"

"为什么？"他追问。

"题、题有点难。"女孩蹲在墙边，垂眸没敢看向手机屏幕。

"多大点事，哭什么？"周承诀话音顿了顿，"算了，哭吧，哭一会儿，哭完我教你写。"

4

岑西没了动静，视频那头，周承诀也默契地保持着沉默。

两个少年人轻浅的呼吸，透过小小的手机，低声回荡在狭小灰暗的墙角。

约莫过了五分钟，岑西这头终于有了点窸窸窣窣的声响。

周承诀耐心地等待了五分钟，也终于在看到漆黑屏幕里出现一点光亮后，开了口："你这是什么造型？"

他注意到了岑西回来之后还未来得及摘下的头盔。

岑西愣了一下，反应过来他问什么后，才随口答："头盔忘摘了，晚上是骑电动车去送的外卖。"

"我看看。"周承诀让她将镜头摆正些。

岑西多少有些不自在。

她还是第一次和人通视频，更何况视频对面的人还是个异性，再加上今晚又碰巧遇上这个处境，小姑娘怎么都有些难为情。

犹豫片刻，她还是稍稍将手机举远了点，尽量让画面完整些。

周承诀倒是没想那么多，只是简单打量了下，便说："大了。"

"什么？"

"我说头盔。"屏幕里，少年懒懒地抬了抬下巴，"你这头盔谁的？给你戴太大了。"

"我小姨夫的，店里就这一个。"她如实说。

"难怪。"

大抵是知晓岑西会不自在，周承诀没再直勾勾地盯着她瞧，只将自己这边的镜头一转，不紧不慢地往卧室走。

岑西看着视频画面里的场景跟随着少年的脚步不断切换。

岑西去过望江几次，也进过周承诀的卧室。

周承诀家的各个角落，对她完全是毫无保留地开放，因而几乎每一处她都见过，每一处都还算熟悉。

片刻后，就见周承诀的脚步终于停下，岑西扫了眼，很快便认出画面里的场景是他卧室里的衣帽间。

她下意识脱口而出："你，是要换衣服吗？"

周承诀伸手开柜门的动作一顿，低低地轻笑一声："我是变态吗？"

"专门打个视频给你，让你看我换衣服？"

岑西原本心情还低落着，这会儿也忍不住觉得好笑："我不是这个意思。"

"等着。"周承诀磁沉的嗓音从视频那头传过来，就见他将柜门打开，从最高处的层架上取了个头盔下来，托着放到了画面正中央，"你脸小头小的，给你戴男款头盔肯定不合适，尺寸不匹配就不安全。这个喜欢吗？"

"你戴上大小应该刚好。"他补充了句。

"你怎么会有女款？"岑西眨了下眼。

"儿童款。"周承诀马上反应过来，"我九岁那年参加自行车比赛获奖的奖品。"

"全新的，谁都没戴过。"少年补充道，"那年李佳舒来我家哭了三天求我，我都没给她。"

他问："要不要？"

岑西咬了下唇："为什么不给她？"

明明他平常对大家都阔绰得要命。

周承诀掀了掀眼皮，冷不丁来了句："你不是说你记性挺好的吗？"

"什么？"岑西没懂。

"没什么。"周承诀敛起神色，只随口解释了句，"李佳舒头太大了，塞不进去，拿去也没用。"

"正好还是粉色的，你不是喜欢粉色？"周承诀想了想，觉得再问也没什么必要，干脆直截了当地单方面替她做了决定，"你下回来我家的时候带走。"

岑西也没再多说什么，见他又不紧不慢地从卧室出来，回到客厅，这才开口问："你打视频过来找我，有什么事吗？"

平常他虽然也会找她，但是一般都是微信上发个消息，偶尔会打通电话，直接打视频过来还是头一回。

周承诀沉默了两秒。

其实他也说不上来。

刚才他正在刷卷子，总觉得怎么都提不起劲，心里没来由地烦躁。

突然就很想找岑西说说话，哪怕说上一两句也行。

他翻出微信给她发了两条消息，没回。

他便下意识地扫了眼时间。

周承诀知道，平常这个点，她要是没回消息，那肯定就是在外面送外卖。

放到往常，岑西没回消息，周承诀也就作罢，等个十来分钟或半小时再找，估计就有回音了。

不过偏偏今晚也不知是哪儿来的执着，想着他只要不停地打，那么等到她能接通的时候，就可以第一时间联系上了。

周承诀不知道该怎么解释，走到沙发边闲散地往下一坐，眼神正好瞥见茶几上，他刚才随手一放的笔记本。

那笔记本是岑西专门给他整理的语文必背提纲。

里头的内容全是岑西一个字一个字抄写下来的。

和上回在望江替他整理的五个片段一样，笔记本里的每一段要背诵的内容，她都写好了翻译和适合他的记忆方法。

周承诀盯着那本子看了两秒钟，伸手拿起来，在镜头前晃了晃，随口扯："这不是打算背课文吗？"

岑西瞧了眼，说："那你自己背就好了。"

"那不行，"周承诀理所当然地说，"要你监督。"

岑西仍旧有些不太习惯这种单独面对面的视频通话，于是提议："那换语音也可以，你背，我听。"

能听得见就行，也没必要盯着看吧……

"那背不了。"周承诀不着调地摇摇头，"你不盯着看，起不到监督的作用，我要是偷看课本，你能听得出来？"

岑西忍不住笑，要背的是他，要偷看的也是他："你就不能自觉点？"

"我要能自觉，我语文不得一百五？"

说得好像也有点道理。

岑西没辙了，回小隔间拎起书包，坐到天台上的餐桌前，一边拿出一会儿准备写的卷子，一边对他说："那好吧，你背，我写物理卷子。"

周承诀"嗯"了声，想了想又说："有不会的就直接问我。"

"嗯？"岑西的笔尖顿了下。

周承诀看了她一眼："不会写就大胆问，别一个人躲着偷偷哭。"

岑西这下反应过来了，他还记着她方才随口扯的谎，脸颊微微有些烧，说话都带了点结巴："好、好。"

说完，岑西将桌上的餐巾纸盒拖过来，抽了张纸巾压在盒子下方增加摩擦力，而后将手机稳稳当当地斜靠在纸巾盒前。

两人很快进入到学习模式，各自干起各自该干的事。

岑西专心致志埋头写题，周承诀也有一句没一句地背起文言文。

时间飞快在流逝，半个多小时眨眼便过去了。

周承诀背完一段，掀起眼皮扫了视频里的女孩一眼。

画面中，小姑娘低着头，柔软的八字刘海垂在巴掌大的脸颊边，心无旁骛，手上的笔就没停下过。

看起来写得很流畅，丝毫没有卡顿，这半个多小时，她也并没有开口问过他任何一题。

少年扬了扬眉梢，眼神回到自己手中的笔记本上，随后状似无意地清了清嗓，继续字正腔圆地背起新的一段。

两句之后，安静了半个多小时的手机那头，终于响起了女孩轻浅的嗓音："这句错了。"

岑西说完，十分平静地将正确的句子脱口而出，熟练到像是不用过脑。

周承诀微不可察地扯了下嘴角："你有在听？"

"当然在听，你不是让我监督你吗？"岑西一本正经地回他。

"行。"周承诀没多说什么别的，只将她方才指出的错句重新读了好几遍。

接下来的时间里，周承诀仍旧不厌其烦地背着他从前看都不愿意看一眼的古诗词，不过似乎不想再让岑西分神，他背得很慢，却没再出过差错。

不到一个小时，他竟然磕磕绊绊也将一页纸背得差不多了。

他随手拿起茶几上的矿泉水仰头灌了几口，而后视线便又自然而然地落在手机屏幕上。

少年安安静静地眯着看了许久，没出声打扰。

几分钟之后，岑西演算的笔终于停下了。

女孩动作稍大地在卷子上画了两道线，看样子，应该是将写错的过程画去。

随后就见她侧过身去，从书包里翻出了一张废纸，一连在废纸上写了好几种过程，又继续画掉之后，她终于放下了手中的笔。

下一秒，她抬眸，视线终于和已经盯着自己看了许久的周承诀撞上了。

"不会就问。"周承诀直截了当道。

"还是说，"少年勾了下嘴角，"你要先哭个鼻子再问？"

岑西瞪了他一眼，后者当即收敛起吊儿郎当，只问："哪题不会？这份卷子我写完了。"

岑西低头瞥了眼题号，给他报了个数字："最后一问。"

"就最后一问？"

"嗯。"

"那已经很可以了。"周承诀一边伸手拿过一张空白的草稿纸，一边将镜头反转，把手机举高些，以便一会儿能让岑西看到完整的解题过程，"刚才毛林浩发微信来问，是从第一小题开始问的。"

"他都没哭，"周承诀说，"也就郁闷地啃了两个包子。"

岑西关注的重点一下跑偏："他现在改吃包子了？"

记得之前他一般吃的是馒头。

周承诀听得好笑。

他将镜头的角度摆好后，问了句："能看清吗？"

"可以。"

他先看了眼岑西发过来的，她方才尝试的几个行不通的解题过程。

粗略扫完之后，他便大致了然她理解的误区出在什么地方了。

周承诀利落地在草稿纸上写下两个公式，而后将题干上岑西没有注意到的一个不太起眼，但十分关键的隐藏条件圈了起来。

随后便停下笔，留给她自己思考的时间和空间。

他没再说话，岑西也没吭声。

空气约莫安静了几秒钟之后，女孩恍然大悟。

"懂了？"

"懂了。"

周承诀抬了下眉梢："聪明。"

岑西快速地在纸上写下完整的解题过程后，摆到镜头前，也没和他客气道："帮我看看。"

周承诀自然不会拒绝。

两人再次陷入安静中，周承诀正认真地替她查看解题步骤，而岑西则是百无聊赖地盯着手机乖巧等待。

画面中，周承诀拿着笔在草稿纸上有一下没一下地写点东西，而方才只顾着注意解题过程的少女，这会儿注意力全被他露出的手臂上的几处伤痕吸引。

印象中，这几处被油点烫伤的痕迹，上一周便有了，这一周看起来似乎又添了些新的。

岑西忽然回想起今天白天去望江的时候，周承诀做的那道可乐鸡翅。

今天她尝了，味道已经比较能接受了，不算惊艳，但绝对不差。

比起上周那盘黑乎乎的东西，今天做的绝对进步了得。

所以这两周的时间，他都一直在练这个吗？

岑西下意识地问了句："你手臂上那些伤，是被油烫到的吗？"

少年的笔尖在写下一串公式后，又点了个黑点，而后才不紧不慢地开口："嗯。"

岑西咬了下唇，问："疼不疼啊？"

周承诀垂眸瞥了眼自己那几乎已经没什么感觉的手臂，又看向画面中的女孩，片刻后，沉声道："疼。"

周承诀又补了句："有时候疼起来，做事都不太方便。"

"这么严重？"岑西信以为真，微拧起眉心，"你把镜头对准些，我再看看。"

周承诀作文写得不行，应对岑西这些问话，倒是得心应手："昨天我想给自己上个药，结果疼得下不去手，估计得别人帮忙才行，家里又没别人。"

见岑西没吭声，他又状似不经意地轻叹了一口气："不过我没什么关系，疼就疼吧，也就是忍几天的事，也不知道上不上药能不能好。"

岑西很小就踩着板凳在灶台前讨生活了，小时候被烫也是常有的事，她尝过无数次那种疼痛，因而对周承诀所说的，完全没有怀疑。

她想了想，忍不住问："要不我明天帮你看看？"

周承诀微勾了下嘴角，语气听起来倒没什么起伏："也行吧。"

"你怎么突然喜欢下厨了呢？"女孩一边盯着屏幕仔细查看他手臂上的烫伤程度，一边小声说，"你们家也不需要你做这些呀……"

"以后会需要的。"周承诀淡淡道。

岑西没多想，只建议他："那你以后可以穿着长袖做，这样不容易被烫到。"

周承诀："好。"

一会儿的工夫，周承诀替她把刚才写的物理大题的解题过程看完了，自然地夸了一句："没什么问题，一点累赘的步骤都没有，简洁漂亮，你反应非常快。"

她其实不常被表扬，哪怕各方面能力都不弱，可从前在嘉林，没人在乎她好不好，甚至太好还会招来不必要的麻烦，理所当然的指责、谩骂和阴阳怪气，几乎充斥着她整个短暂的人生。

而来到南嘉之后，她最大的感受便是，周围的许多人，都丝毫不吝啬对他人的赞美。

周承诀尤甚。

岑西不止一次在他这里听到各种各样的夸奖。

女孩微抿了下唇，忍不住弯了弯眉眼。

第八章

这条人生的路

/

1

这晚两人视频了将近一个半小时，一直到手机都有些微微发烫，岑西才冲画面那头的人轻声道："很晚了，你不打算睡觉吗？"

周承诀知道她平时作息很规律，也不准备再耽误她的时间："嗯，要睡了，你先挂吧。"

视频结束的一瞬间，手机界面重新回到那个冰冷的网页。

岑西垂眸眄着一个多小时前，自己带着绝望在搜索栏里打下的那几行字，几秒钟之后，她果断地按下了删除键。

看着那些关键词一个接一个消失在自己眼前，小姑娘忽然松了一口气，随后想都没想又在搜索栏里输入几个新的关键词。

——"被热油烫伤后应该如何处理？"

其实岑西有自己的野方子。

她没钱看病买药，从小到大，遇到各种大大小小的伤口、病痛，都只能靠自己解决。

更小一些的时候，生病了受伤了就咬牙扛一扛，稍微大一些，能识字了，就从捡来的那些医学生扔的书里，一点点自学一些药理常识，再加上常在山上跑，时间久了，能辨别不少常见的中草药。

经验多了之后，她处理起自己的一些小病小痛已经十分得心应手。

对于被热油烫伤这方面，岑西其实也有自己的解决办法，然而那毕竟只是她的经验所得，只在自己身上用过的小偏方，她过得向来不讲究，用用没事，可用在周承诀这种矜贵的大少爷身上，多少还是有些不太放心。

因而她还是用手机上网查了查。

好在查出来的结果和自己的经验有些相似之处，第二天岑西便去了趟南高附近。

南高地处半山腰，附近还有个开放的森林公园，想找些常见的草药并不是很难，岑西先前在上学路上也曾留意过，如今正好能派上用场。

周日晚上，岑西生生熬过十二点，想等到小姨他们收工回房睡觉，自己再悄悄去后厨把白天弄来的草药煮了。

结果没想到从小天台楼梯口绕到后门时，店里的灯仍旧亮着。

小姨和小姨夫都还没离开，透过虚掩着的门，隐约还能听见两人的交谈声。

岑西原本没有要偷听的打算，准备先回楼上再等待一会儿，哪料想正打算转身离开时，却听到小姨夫突然提到了自己的名字。

"电话又是岑西那个妈打来的？"小姨夫语气里尽是鄙夷，"每次打来就是借钱，她一个女儿扔咱们这儿白吃白喝白住的，怎么还有脸打电话来借钱？"

小姨在这个家里的地位显然不高，说话并不是很硬气："怎么能说橙子是白吃白住呢？她给店里干了不少活，要不是有她帮忙，我们每个月少说也得再花个几千块请人来干，她吃得又不多，住也就和你妈凑合一个屋……"

"什么你妈你妈，我妈不是你妈？"

小姨没答他这句，只说："我知道不能随便乱借钱，之前几回，我姐向我借的时候，我也没借过一次，但是这次情况不同……"

"有什么不同？你姐那个赌鬼老公有多能败钱，你能不知道？"小姨夫语气坚决，"多少钱到他手上都留不住，你爸妈借她的五六万，多少年了，她还过吗？就是肉包子打狗，有去无回，无底洞！"

"你话能不能别说得那么难听？"小姨脾气难得也有些上来了，"那么大声做什么？想把女儿吵醒吗？"

下一秒，小姨的语气又弱了下来，话里带着商量的意味："这一次真的不一样，他们借的钱也不多，就借三千，说是准备和朋友出国做点生意，有人带着，能干实事，就凑个机票钱。"

"听他放屁。"

"真的，我问过我姐了，这次确实是准备出去了，就差机票钱。"小姨说，"你说让他留在国内，三不五时就来我们店里骚扰一下，生意都要被他搅黄了，还不如借个三千，让他走得远远的，省得天天来，影响了生意，损失都不止三千。"

"不借，说什么也不行。"男人的态度压根儿没得商量，"他家缺三千，怎么不把他女儿弄回去嫁人，反正也不是亲生的，嫁了还怕没钱拿？省得留在我们这儿白吃白喝。"

"你说什么呢！橙子才多大啊！"

"关我什么事？"男人不打算继续这话题了，"反正我把话放这儿了，你要是让我知道你借了，你看我打不打你。"

岑西悄无声息地回了小天台，一直熬到天光微微泛白，才从楼上偷偷下来摸进后厨。

对于熬煮草药这件事，她还是非常娴熟的，架炉添水，将早早称量好的东西按顺序全数放进去后，要做的便是耐心等待。

无所事事的安静总是让人忍不住去想很多事情。

岑西搬了把小凳子坐下，一下想起那晚遇到父亲的事，随后又想到刚才小姨和小姨夫的谈话。

她反复思考了很久，最后还是掏出了手机，找到了林诗琪的聊天框。

岑西扫了眼时间，此刻还不到四点，担心太早给人发消息，会打扰人家休息，于是只能等待时间一分一秒地流逝。

生生等到五点出头后，岑西给林诗琪发了条微信。

橙c：诗琪，打扰了，我想问问你，你上回找我说的那件事情，现在还需要做吗？

消息发过去后，岑西稍稍等了几分钟，见对面没有回复，索性直接锁屏，将手机收回口袋里。

炉子上的草药也熬煮得差不多了，岑西将火熄灭，把药水倒到海碗中放凉，而后小心翼翼地装入从楼上带下来的瓷瓶中。

全数做完后，她没再回小天台，直接背着书包去了学校。

这个点，天光还未大亮，岑西安静地走在去往南高的榕林小道上，心情说不出来的复杂。

她不知道她的选择是不是对的，这条人生的路，没人教过她到底该怎么走，她向来是自己一个人摸着石头过河，不知深浅不知对错。

又或者，她其实根本没有选择。

到教室的时候，班里空无一人。

岑西来到自己的位置上，少见地没有拿出习题来做，只小心翼翼地握着手中的瓷瓶，趴在桌上昏睡了过去。

期间不知怎么的，只觉得周围越来越冷，耳边似乎有人在争吵。

听声音，像是毛林浩和朱捷平。

毛林浩是班里出了名的老好人，成绩好人还幽默，几乎和谁都能处成朋友。

然而今天居然少见地碰上他发脾气。

事情是由朱捷平而起的。

这人一到教室便径直冲后面的立式空调走去，大清早就把空调开到十六摄氏度不说，还偏偏将风口调整到正对准自己的方向。

这么一来，他是舒服了，周围一圈人全遭了殃。

虽都是年轻气盛的少年人，可冷气这么直直对着吹，换谁也受不了。

最让人气愤的是，朱捷平不许身边人调整风向，自己倒是懂得带一件秋冬的外套来裹。

一连好几个人试图去按空调，都被朱捷平那古怪的脾气给逼了回去。

火箭班里大多数同学平常都以和谐相处为主，没几个人爱惹事，再加上听说这位小兄弟家里的来头似乎还不算小，便更没人敢当出头鸟，往他枪口上撞。

一来二去，大家有怨言也只能憋着。

饶是毛林浩这种脾气顶好的老好人被冻了十来分钟，也实在忍不了了。

争吵一触即发，周围几个同学也都上前帮腔。

可偏偏大家平时友好相处惯了，碰上这种被家里宠坏的人，愣是一点办法也没有。

争吵声就在耳畔，岑西睡得迷迷糊糊，却仍旧醒不过来。

明明方才还觉得冷得彻骨，这会儿身上却已经隐隐有了发烫的迹象。

没一会儿，严序和周承诀两人前后脚进了教室。

周承诀一进门，眼神就习惯性往岑西座位的方向扫，见一群人围着，不自觉拧了拧眉。

他很快朝那边走过去，将毛林浩单独叫到一边问了句："什么事？"

毛林浩很快把事情原委简单地同他复述了一遍。

少年脸色微微沉了沉，回到自己座位上，从书包里拿出一件黑色外套来，走到岑西座位旁，随手将外套往她身上一盖后，直接面无表情地拿过朱捷平手中的空调遥控器。

"嘀嘀"几声提示音响起之后，空调风向当即被调整到最顶端，风力也减小了两成，温度也抬高到大家都能接受的度数。

朱捷平气急败坏地猛地一转身，"你"字才刚脱口而出，在看清楚面前人是周承诀的时候，生生将后面的话咽了回去。

"你什么？"周承诀沉着脸，语气森冷。

平常在学校里，周承诀一向是带着点懒散但不失礼貌，有些吊儿郎当不着调，不过大多数时候看起来，都是正常的没有太多脾气的学霸样。

像此刻这样冷脸的模样，其实并不常见，谁看了都不敢多吭一声。

朱捷平不自觉咽了下口水，却仍旧有些拉不下面子："把、把遥控器还回来。"

周承诀不屑地低头扫了他一眼，而后当着他的面，直接一个完美的抛物线，将手中的遥控器准准扔到不远处，自己的课桌上："不好意思了，只要我在这个班一天，空调遥控器你别想碰了。"

朱捷平脸色一黑，却没胆子像方才怼其他同学那样硬气地开口了，只努力倔强地仰头瞪着他。

"歇一会儿吧，我都怕你把头仰断了。"周承诀的身高压制，强势得太过明显，周围围观的同学都忍不住小声笑了出来。

"不服？"他淡声开口，而后少见地、痞里痞气地扯了下嘴角，语气里满是轻蔑，"不服叫你爸妈来，我当着他们的面，让你服。"

2

朱捷平家里虽有点小势力，可到周承诀家面前就不够看了，人外有人，天外有天。

朱捷平吃了个哑巴亏，黑着脸将厚外套的连帽往自己头上一戴，拉链直拉到顶，几乎裹住了半张脸，而后一声不吭地坐回了座位上，埋头继续刷起他那张从昨天傍晚写到今天白天，仍旧还没写完的数学卷子。

看这样子，是不服气又没别的办法，认尿了又觉得丢人，于是索性把脸全埋进外套里不见人。

时间对于火箭班里的学生们向来宝贵，这事情差不多结束后，周围围着的同学很快便也散得差不多了，各自都回到自己的座位上，为接下来要上的课做准备。

唯有岑西仍旧趴在桌上没起。

她平时能睡觉的时间不多，这么多年也练出来了，少眠几乎成为习惯，在学校里从没出现过这种临近上课还打着瞌睡不愿起来的情况。

周承诀站在岑西身后还未离开，垂眸盯着看了一会儿，眉心微拧了拧，随后也不管周围有没有同学的注意力还停留在自己这边，一言不发地将手往他方才给她披上的外套里探。

岑西是趴着睡的，额头压在两只交叠的手臂上，周承诀暂时不想惊扰她，便也没打算往她额头上探。

少年将微凉的指节贴上她脖颈，仅是一秒不到的瞬间，那滚烫的温度便一下传入他掌心。

周承诀的眉头不自觉皱得更紧了。

上课预备铃适时响起，叶娜娜踩着高跟鞋快步从教室前门走向讲台。

"大清早的，谁把空调温度开这么低啊？"叶娜娜一边忙着从随身携带的背包里翻出教案，一边忍不住吐槽，"那个谁，把空调温度往上打高一点儿，这么凉谁受得了？"

叶娜娜就近随手指了个学生，毛林浩忙开口说："已经调好了，诀哥刚调的。"

"那行。"叶娜娜点点头，也没再多说什么，只看向后排几个还没来得及回到座位上的同学，"都干吗呢？马上上课了，赶紧各就各位，今天这都是怎么了，平常一个个都懒得要命，大课间都没见你们愿意起来走两步。"

"哎，怎么还有睡觉的，一大早就犯困呀？"叶娜娜抬眼再仔细瞧了下，有些意外，睡觉的居然是岑西，"怎么回事？帮忙叫一下，周承诀。"

少年才刚从岑西那儿收回手，闻言，并没有将人叫醒的打算，只看向讲台上的班主任，说话的音量还下意识降低了几分，似是生怕打扰到身前的少女："老师，她好像发烧了。"

叶娜娜当即停下手中的动作，从讲台上快速走下来："发烧了？"

她走到岑西座位周围，周承诀适时往后退了一步，给她腾出点空间来，不过仍旧站在不远处，并没有打算回到自己位置上。

叶娜娜直接伸手摸到岑西额头上探了探温度："是发烧了，还不低啊。"

"岑西？"她轻拍了拍女孩的肩膀，试图将人叫醒。

周承诀下意识上前，礼貌地拦了下叶娜娜的手："老师，她应该不太舒服，最好不要直接把人叫起来。"

叶娜娜也是关心则乱，闻言当即收回手，说话的音量也放低了不少："这样，来两个同学，把人送到医务室去，有没有谁自告奋勇来帮帮忙的？"

她往周围扫了一圈，恰好忘了站在自己身后的周承诀，只就近点了两个在自己眼皮子底下的男生："毛林浩、赵一渠，你俩一块儿帮个忙，带岑西去趟医务室。"

被点到名的两人自然是愿意的，先后从位置上站起身，正准备往岑西这边过来时，一直没回自己座位的周承诀已经先他们一步，往前凑近了些，大手直接探到小姑娘的手臂下，轻而易举将人从椅子上抱了起来，嗓音沉沉的："我来吧。"

这个举动一出，周围当即起了一阵小小的议论声。

江乔原本还在李佳舒座位边向她借《英语周报》对个答案，见状，下意识地掏出手机对着两人一顿狂拍。

李佳舒瞥了江乔一眼，有些诧异又有些好笑，一边同她一块儿盯着正录像的手机屏幕瞧，一边压低嗓音在她耳边嘀咕："你不是给周承诀写过信吗？怎么拍得这么积极？"

"这不是，突然没忍住。"江乔"啧啧"两声，"你不觉得这个画面很美好吗？"

李佳舒扬扬眉梢："确实。"

江乔满脸欣赏："平时感觉西宝个子挺高的，比我俩都高点吧？结果被周承诀这么一抱，怎么看起来就那么一点啊？这体型差也太好嗑了……"

李佳舒也十分赞同地点点头："确实，等会儿发我一份，我用来当我的漫画练习素材。"

"没问题。"

叶娜娜抬眸看向周承诀，见他已经上手了，也没拦他，当即点头嘱咐了句："你小心点，抱稳了，个子那么高，摔了够呛，要不要再找个人搭把手？"

她说着便看向停在半道上的赵一渠："副班长，来，你过来和班长一起把——"

"不用了。"

叶娜娜话都还没来得及说完，周承诀便直接开口打断。

少年只扫了赵一渠一眼，而后便将注意力重新放回岑西身上："我一个人送她过去就行了，别耽误别的同学上课。"

"也行，那注意安全，快去快回。"叶娜娜想了想，又说，"要不你留在那边先陪她检查，有什么情况及时来告诉我。"

周承诀"嗯"了声，头也不回地抱着人出了教室。

路上，似是走廊上光线太亮的缘故，烧得迷迷糊糊的小姑娘忍不住皱了皱眉头，不自觉地将头转向周承诀的胸膛，几乎是不受控制地往他怀里钻，试图减少些直射到眼皮上的光亮。

周承诀见状紧了紧手臂上的力道，脚下步伐生风。

五分钟之后，岑西被周承诀稳稳当当地送到了医务室的床上。

校医拿着听诊器走到床边，正想替他搭把手，却被周承诀十分自然地避开来。

少年小心翼翼地让怀中的女孩躺进被窝里，仔细替她掖好被角后，才终于支起身来看向跟前站在一旁等待许久的校医。

"好了同学，你可以回去上课了。"校医适时开口。

然而周承诀就跟没听见似的，站在病床边，半点没有要走的意思："她烧得厉害，麻烦尽快帮她看看，谢谢了。"

"行，这里交给我吧，你回去上课，别把学习耽误了。"

少年仍旧没挪步子，甚至直接抽过一旁的椅子，就这么直接在岑西的病床旁坐下了。

校医见状，也没再多说什么。

"三十九度七。"几分钟过后，校医看了眼刚刚从岑西那儿取出来的体温计，"她烧得太高了，要挂水了。"

"嗯。"

"最好通知一下她爸妈过来照顾。"

"不用，我照顾。"周承诀话语间不容拒绝，"您给她把药开了，医药费我这边刷，挂水我陪着。"

校医点点头："行行行。"

几分钟之后，校医配好药，拿着东西走到病床边，往岑西的手腕上扎了两圈橡胶带。

原本是用来阻止血流，让手背上的血管更明显些的，然而女孩的手腕实在太纤瘦，没什么肉，绑带的效果并不是很明显。

正准备扎针的时候，周承诀适时握住岑西手腕，还稍稍加重了几分力道，女孩手背上的血管一下清晰了不少。

校医笑了下："你还懂不少，这样确实更好扎，也更不疼。"

周承诀"嗯"了声，而后态度礼貌诚恳道："麻烦您小心点替她扎，别让她太疼。"

"放心吧。"

待针顺利扎好后，周承诀稍稍松了口气。

校医见状又笑了笑，忍不住调侃了句："这么紧张同学啊？"

周承诀扯了下嘴角，抬眸盯着点滴看了一会儿："那个速度能调慢一些吗？听说流快了也会疼。"

"是，药水流快了会更疼点，我这不是怕挂久了，耽误你们回去上课。"

"没事，不耽误，给她调慢点吧，我们不赶时间。"

周承诀说罢，一只手已经握上了输液管。

药水流经他温热的掌心之后，再输到岑西体内就没那么冰凉了。

"你还挺有经验的，心挺细啊小同学。"校医的眼神在两人身上来回打量，"不过她这个挂水的时间估计有点久，起码得两个小时，你如果要握着，就得握上两个小时啊。"

"没事。"他能陪着。

校医一副很懂的表情，闲着没事便随口问了句："你们俩什么关系啊？"

周承诀语气淡淡的，音量很低："同桌。"

"就光同桌啊？"

"嗯。"周承诀连眼都没抬，"我是她班长。"

3

岑西迷迷糊糊地醒来时，已经是两个多小时之后的事了。

她只觉得脑子昏昏沉沉，浑身提不起劲，那晚从电动车上摔下来之后受伤的地方，疼得更厉害了些。

岑西缓缓睁开眼，入目的一切都让她感到十分陌生。

周围充斥着消毒水的气味，岑西努力张了张嘴，想要发出点声音，喉咙却像是被什么东西糊住似的，又疼又黏糊，半晌说不出一句话。

"醒了？"身旁忽地传来声磁性的低嗓。

岑西没能发出声。

下一秒，周承诀那熟悉的身形一下出现在眼前。

岑西又张了张嘴，仍旧没说出半个字来。

"说不出话先不说。"少年的大手探到她光洁的额头上，掌心紧贴着感受了几秒她此刻的体温，"烧差不多退了，喉咙疼？"

岑西没力气应答，也没力气点头，只缓慢地眨了下眼。

好在周承诀能懂她，伸手轻缓地将人扶着靠坐在床头，而后拿过一早就准备在旁边的温水："喝水，试试温度，现在应该正好。"

岑西双手还在被窝里包着，没什么力气接，周承诀也没让她动，直接就着自己的手，将水喂到她嘴边："张嘴。"

岑西听话照做。

他只先让她小小喝了一口："不会太烫吧？"

岑西又眨了眨眼。

周承诀这才放心地将剩下半杯水一并喂给她。

几口温水润了喉之后，嗓子里那股黏糊糊的感觉终于消散不少，岑西偏头咳了两下，终于找回了声音："这是哪儿啊？"

"校医室。"周承诀见她一脸茫然，还顺便替她回忆了下，"不记得了？你早上发烧了。"

岑西无力地摇了摇头。

"你早上趴桌上睡觉，你旁边那小子把空调对着你们那儿吹，估计你就是那会儿中招了。"周承诀将水杯往旁边小桌上一放，重新坐回她床边的椅子上，"你这个药还得再吊一节课。"

"好，那你……"

"娜姐让我送你过来的。"周承诀知道她想说什么。

岑西又轻眨了下眼："谢谢，麻烦你了，那你先回去上课吧。"

周承诀往椅背一靠，完全没有要走的意思："娜姐不让我回去，她说语文课上看见我碍眼，让我干脆在你这儿待着。"

她才不信。

岑西这会儿脑子里还很乱，也没精力去思考太多，只茫然地又环顾了一遍周围。

她靠在周承诀替她塞在后腰的柔软枕头上，微抬着头，盯着那点滴瓶看了一会儿，像是终于想起什么："那个，打点滴的费用，要去哪里付？"

她心里有些紧张，生怕费用太高负担不起。

毕竟若是放在平时，只不过是发烧而已，她肯定自己咬牙扛扛就熬过去了。

"噢，我先替你垫付了。"周承诀说着，便从校裤口袋里掏出手机，动作利落地在屏幕上点了两下，而后将收款二维码摆到岑西面前，"一块八，你扫给我就行。"

"一块八？"岑西音调都不自觉高了些，有些不敢相信，这年头发个烧挂了几个小时的药水，居然只要一块八？

"嗯。"周承诀面不改色道，"南高本校学生看病，用学生卡刷能报销百分之九十六，你不知道？"

岑西愣愣地摇摇头。

她从来不会主动花钱去看病，因而也没了解过。

"不信你晚点回班里的时候问别人。反正就是一块八，手机掏出来，扫给我，别赖账。"周承诀又将那收款码在她面前扬了扬，"快点。"

"噢。"岑西从口袋里摸出手机，将钱扫过去后，稍稍松了口气。

还好校医室有报销，还好只要一块八。

扫完钱，手机从付款成功的界面退了出来，一下回到微信聊天列表。

岑西原本打算将手机收起来，再稍微躺会儿缓一缓，结果眼神不经意往列表最上方扫了眼，就见林诗琪的聊天框后面多了个红点提示，看数字，发来的消息还不少。

岑西先是一愣，反应过来之后，握着手机的力道不自觉收紧了几分。

她心虚地抬眸看了眼坐在自己身旁的少年，内心挣扎了许久，最终还是咬着唇点开了林诗琪回过来的消息。

047：啊啊啊啊啊！想想想！我都说了，长期有效的！

047：终于等到你！还好我没放弃！

047：你开个价吧宝贝，五位数以内我都OK的！姐最近有点小钱，你放心大胆要。

047：期待！啊啊啊！不行了，我要出去跑两圈冷静冷静。

岑西没直接提钱的事，而是先给她打了个预防针：你先别抱太大希望……我不能保证一定能成功……

林诗琪那边很快有了回复：没事没事，试试嘛，总比一点希望都没有强。你要多少？

岑西认真地在脑子里估算了一下，那天被抢完六百多块之后，她攒下的钱已经赔得差不多了，按照时间来算，到月底的时候，她还能给周承诀补一次课。

补课费加上她手头剩下的一点钱，再算上这期间，她替人打杂、跑腿等赚的钱，几笔钱满打满算加到一块儿，距离父亲索要的三千块钱，大约还差个两千一。

岑西点开计算器，再仔细算了算，而后给林诗琪报了个数字：两千零三十五块，行吗？

她问得有些心虚，毕竟四位数的金额，于她而言已经算得上是天文数字。

两千多块，够养活她大半年了。

岑西不贪心，没有狮子大开口，哪怕对方给出了五位数的上限；她也只报了自己最需要的数字，有零有整的，一分钱都没想多拿，只想把那急需的三千块凑足就好。

那些日常生活所需的钱，她自己还能一点点慢慢再挣。

大不了就是得挨几天饿，她又不是没饿过。

047：完全没问题！

林诗琪回完消息，立刻给岑西先转了一千块钱：这个是定金！你先收着吧，呜呜，爱死你了！

岑西的拇指停在那笔转账上，久久没有落下。

她鼻尖控制不住泛起酸涩，小心翼翼地又偷看了周承诀一眼，煎熬了许久，最后还是不得不点了收款。

似是察觉到她一而再再而三悄悄扫过来的目光，周承诀偏头直接对上她的视线，饶有兴致地微抬了抬眉梢："有事？"

岑西的心脏重重跳了下，做贼心虚地忙将手机塞到身后枕头下方，动作看起来有些慌乱。

周承诀轻拧了下眉心："别乱动，一会儿滚针了，有你疼的。"

岑西心里顿时难受起来。

她在计划着利用他，而他什么都不知道，话里话外还在关心她。

岑西越想眼眶便越酸胀。

周承诀察觉到她的异样，试图凑近一些查看情况："怎么回事，难受？又烧起来了？"

他说着，便站起身准备再次伸手探向她额头。

岑西微微别开脸，嗓音带着些哑："我没事……"

大抵是说话时牵扯到喉咙，小姑娘话音未落，便捂着嘴猛地咳嗽起来。

周承诀忙在她后背轻拍了好几下，才好不容易将她的气捋顺："我再给你去倒点热水。"

说完，他拿起杯子转身朝校医办公桌那头走去。

周承诀走到办公桌前，正打算找找方才用过的热水壶，扫了一圈没看见，正好听到身后传来校医的声音："找水壶吗？刚刚喝完了，我这不是出去打了壶冷水回来，正打算烧。"

"呀，醒了啊小同学。"校医朝岑西瞧了眼，又问周承诀，"要给她弄热水是吧？"

周承诀轻点了下头。

校医朝隔壁指了指："去你们老姚的办公室倒点，他那边刚烧好。"

"谢谢。"

周承诀正打算离开，又不放心地回头看了眼岑西。

校医见状，轻轻拍了拍他的肩膀："去吧，你这小同桌，我替你盯一会儿，我可是专业的。"

"谢谢。"周承诀又道了句谢，动作很快地去了隔壁。

校医将水壶放到底座插上电后，端起桌上的茶杯，不紧不慢地朝岑西那边走去。

"你这同桌，对你挺照顾啊。"校医笑着打趣了句，"一步三回头的，就去隔壁打个热水都这么不放心。"

岑西咬了下唇。

"他今天一个人坐在这儿陪了你好几节课。"校医指了指床边的空座，"就安安静静地坐在那儿，用手替你温着输液管，从头到尾没撒开过手，连手机都没玩。"

"高中生，有这耐心，挺不容易的。"校医又说，"还别说，他对挂瓶、扎针这些，懂得还挺多，我一边替你弄，一边听他在边上一个劲叮嘱，生怕你疼。看着那么大一个高个儿，心挺细的。"

岑西紧了紧手心，半晌才说了句："他……他家里好像有长辈也是当医生的……"

他妈妈闺密家的，也算半个他家的吧……

"这样。"校医似笑非笑地点点头，"哦，对了，他还替你把医药费付了。"

岑西"嗯"了声，提到医药费，她顺口便问了句："医生，医药费南高学生刷学生卡能报销对吗？"

"对。"校医点点头，"嘶"了声，像是在思考，"好像是百分之九十六吧？咱们南高福利还是不错的。"

是真的，岑西稍稍松了口气。

校医说完，又继续道："不过你这个没得报销。"

岑西抬眸看向他。

"普通的药品是有报销的，但给你开的是特效药，也更贵点，它不在报销药品行列里。"校医又朝周承诀方才离开的方向指了指，"要不我怎么说你那个小同桌懂挺多呢。

"刚刚我给你配药的时候，他就在一边盯着，一般给学生配药，首选都是能报销的品类，结果他一看就看明白了，让我给你换成另一种。那个起效更快，副作用小，唯一缺点就是贵。

"不过，现在的小孩儿都金贵，也正常。"

正说着，周承诀端着一杯冒着热气的水，从隔壁回来了："医生，还有干净的空杯吗？"

"有，我给你拿。"

校医闻声忙替他再拿了个杯子过来。

而后就见少年坐在岑西边上的座椅上，耐心地将热水在左右手两个杯子间来回倒："刚烧好的，有点烫，那边又没凉水，只能给你晾一晾了。"

岑西双手不自觉攥紧了些，眼眶热热的，心头涌上一股难以言说的闷。

然而仅是这么点小动作，周承诀都留意到了。

少年手上替她弄凉水的动作没停顿，只偏头瞧了她那扎着针的手背一眼，淡声道："别攥着手，扎着针还使力，不疼啊？"

岑西听话地松了点力道，可表情仍旧没法自然。

"有事？"周承诀抬了抬眉梢，"干吗老那样盯着我？"

岑西咬了咬嘴角，半晌后，似是下定了决心，把心一横，轻声开口："你，国庆的时候，有空吗？"

"有。"周承诀想都没想便答她，"想干吗？"

岑西安静了两秒钟，才继续说："想去度假村玩吗？我知道有个度假村还不错，能烧烤、泡温泉，好、好像还有人工滑雪场之类的……"

周承诀心情看起来挺不错的样子，偏头往她那儿瞧了下："你要约我啊？"

岑西没点头，只轻眨了下眼。

"行啊。"少年扯了扯嘴角，"反正在家也没什么事。"

话音刚落，他似是反应过来什么，才勾起的嘴角弧度当即沉了下去。

那种地方，不像是她平时想去就去的地方。

周承诀脸色不太好看地睨着岑西："你替谁约的？"

岑西抿着唇，半晌没吭声。

"江乔？"他开始猜。

"不是……"岑西低下头，索性直接说了，"林诗琪……"

"谁？"周承诀对这名字压根儿没有印象。

"就之前，一起在食堂吃过饭，哦，她说喜欢吃西蓝花的那个……"岑西又补充了句，"艺术班的。"

周承诀连回忆都懒得回忆："没什么印象。"

"收钱没有？"周承诀又继续问。

岑西犹豫了两秒，老实地点点头："这次收了。"

"收了多少？"

"两千零三十五……"

还有零有整的，周承诀差点没被她气笑了。

少年黑着脸，将差不多已经晾到合适温度的水递到她面前，语气不是太好："拿着，自己喝。"

岑西乖巧地将水杯接过，喝了两口。

而后便听到周承诀冷哼了声，凉凉地叫了声她的名字："岑西。"

女孩带着点心虚："嗯……"

"你语文成绩那么好，就不知道……放长线钓大鱼？"

4

"两千零三十五……"周承诀实在是不知道她是怎么想的，气不打一处来，语气凉凉的，"下回不如在我座位边上立个牌子，然后你坐在旁边背个包收费。"

岑西眨了下眼。

周承诀见不得她这种表情："什么意思？还觉得挺可行是吧？"

岑西忙老实巴交地摇摇头，态度十分端正。

周承诀眼神冷冷地睨着她，半晌没挪开。

岑西被盯得越发心虚，只能低下头去一口接一口地喝热水。

周承诀本想再嘲讽她两句，可见她这副可怜巴巴的样子，因为发烧和疲惫而微微凹陷的眼窝，以及那比往常还要明显得多的双眼皮褶子，方才被她气得够呛的那股劲，又莫名其妙自己消下去大半了。

周承诀忽然觉得自己比她更可笑。

岑西仍在心虚地不停喝着水，周承诀看了一会儿，看不下去了，脸上维持着还没消气的表情，语气也还是冷冰冰的，就是手已经忍不住伸过去，替她把杯子拿开了："不想喝就别喝了。"

岑西舔了下唇，任由他把杯子拿走，她确实不想再喝了。

可想到几分钟之前，她已经把林诗琪的一千块定金收下了，再加上父亲给的那个月底的期限，小姑娘还是硬着头皮再问了一次："那你……去吗？"

周承诀坐在一旁，正低着头取纸袋里的东西，那沁着点油的牛皮纸袋，是方才和那杯热水一块儿被他带回来的。听到岑西的话，少年手上动作一顿，再抬头时，脸色又黑了几分。

"我去个鬼。"拒绝得十分干脆，没有半点犹豫。

岑西还是想努力一下："只是去玩玩嘛，那地方听起来好像真的挺不错的，山上还能露营，听说可以扎帐篷，还能在帐篷外支个烧烤架，想吃什么都能提供，不限制的。"

"如果不想在野外扎帐篷的话，晚上玩累了还能回度假村的酒店泡温泉。"岑西小心翼翼地瞥周承诀一眼，见他倒是没有特别生气的样子，胆子又稍稍大起来，说起话来比方才更放松了些，"我听佳舒说，泡温泉非常舒服，比在浴缸里泡澡还舒服。我上次在你家泡过一回澡，那种感觉已经特别放松了，那度假村那边的温泉肯定会让你更享受的……"

岑西并不知道，这些对于周承诀这种含着金汤匙出生的大少爷来说，半点诱惑都没有，他玩过的、体验过的、见识过的，要远远超出她的全部认知。

可她也不过是在认知范围内，努力地试图勾起他的兴趣。

"你想去？"周承诀见她越说越来劲，冷不丁来了一句，"这么想去，那一块儿去？"

这话一下将岑西的滔滔不绝给堵了回去。

林诗琪没有邀请她，她要是一块儿去，肯定负担不起这种活动的费用。

但要是说不想去，估计周承诀便会顺理成章地接一句："你都不想去，那还推荐我去？"

这话让人很难回答。

岑西当即闭了嘴，医务室里恢复一片宁静。

周承诀也不知道在纸袋里掏什么，片刻后，冷着张脸，将东西递到岑西面前，语气还是冷硬的："早上有没有吃早餐？"

岑西没吭声。

那就是没有。

周承诀将手中的两盒东西打开，一副满不在意的样子："凑合吃吧，刚刚从老姚那边顺来的。"说完，似是觉得自己气还没消，态度不能这么好，又补充了句，"爱吃不吃，不吃饿死算了。"

岑西听得无语。

"姚主任那边怎么有这些？"

"好像是从毛林浩那儿没收来的。"周承诀将一次性筷子拆开，用手仔细处理了下筷子上的毛刺，弄干净后才塞到岑西手里。

岑西有点想笑："没收？"

"主要是他太猖狂了点，平常带点馒头在课上啃也就算了，今天带了一盒蒸饺和一盒生煎。

"听说还有盒肠粉，已经赶在被老姚没收之前，被他一口气吃完了。"

岑西接过他沾好蘸料递过来的蒸饺，夹了一个，又随口问："毛林浩最近怎么不吃馒头了？"

"喜新厌旧，"周承诀"啧"了声，"不专一，只闻蒸饺笑，不闻馒头哭。"

岑西忍不住笑出声来，一时口快："你作文要是有这个水平……"

周承诀懒懒地掀了下眼皮，眼风凉凉地往她那儿扫过去。

"这不是，我的作文老师一心只想搞外快，心思都没往我身上放吗？"少年不咸不淡地又讽刺她一句，"噢，放是放了，但不是什么正规勾当。"

岑西又心虚地低下头去，忙塞了两个蒸饺进嘴里，腮帮子被塞得鼓鼓的，装作自己什么都没说过的样子，看起来吃得很认真。

"没人和你抢。"周承诀撂下一句，起身再去替她倒了一杯热水过来，"吃完等会儿把药吃了。"

岑西非常配合地点点头，眼神在那袋药上停留了一会儿，还是忍不住问："那个，校医说，我的药是不能报销的那种……"

周承诀拆袋子的动作停顿了一瞬，而后很快恢复如常："报没报，我能不知道？"

"就扣了一块八，真多扣了我为什么不找你要？"周承诀把问题抛给她，

"来，你自己说说看，什么理由？"

她哪知道，正想着，周承诀又从校裤口袋里掏出一个瓷瓶来："这是什么？你早上一直抓在手里，后来要给你扎针，才从你手心里抠出来的。"

岑西伸手将瓷瓶接过来，探头看了眼他手臂，犹豫片刻后才说："这个是我自己弄的药水，被热油烫伤之后抹的，我觉得效果还是不错的……"

女孩说完，往校医办公桌那边看了眼，补充道："不过是我自己配的，没那么专业，要不你还是让校医给你看看？"

周承诀原本还是站着的，闻言，当即重新坐回病床边的椅子上："你配都配了，凑合着抹吧，该省省该花花，用你这个就行了。"

少年说完，自然而然地将一只手臂朝她伸了过去："你来，我下不去手。"

岑西看了眼压在被子上的手臂，小心翼翼地握上，翻转着再仔细瞧了眼那几乎已经看不见的烫伤痕迹："你这个……现在还会疼？"

周承诀想都没想便答："疼。"

岑西有些怀疑自己的眼睛，不过也没再多问，他说疼就疼吧。

"这个药水是我自己熬的，肯定没有买的好……"她还是再提醒了句。

"快点，不然要疼死了。"周承诀压根儿不担心这个问题，只催她赶紧。

岑西也没再犹豫，打开瓷瓶盖子后，动作停顿了下："要找校医拿支棉签吗？不然只能用手了。"

周承诀瞥了眼她那纤长白皙的手指，和那因为发烧而微微泛着点粉的指尖，嗓音莫名温柔了几分："不用了，直接用手吧，我没那么讲究。"

岑西点了点头，将药水倒在指尖，再小心翼翼地点在周承诀的手臂上。

刚点上去的时候，还没见他有什么反应，片刻后，周承诀忽然"嘶"了声，状似不经意地收了下手。

岑西替他上药的动作当即停下，抬眼关切地问："是疼吗？"

"嗯。"少年另一只手不自在地摸了下脖子，"你轻点，有点耐心，慢慢来，着什么急。"

"我的动作已经很轻了……"岑西也纳闷，她还是第一次见这种，都已经几乎看不见痕迹了，还能疼成这样的。

"这样行吗？"岑西几乎没用什么劲了，轻轻点了一下，又抬眸看向他的表情，询问意见。

周承诀思考了两秒钟，又"嘶"了声，这回还微不可察地拧了拧眉心。

"还是疼？"岑西睁了睁眼，觉得有些不可置信。

不应该啊，她这个药水涂上去冰冰凉凉的，还不刺激，按理说刚烫伤就抹上去，都能起到一点镇痛的效果，这种好多天的旧伤用起来应该更舒服才对。

她有些怀疑是不是自己配错药水了，索性倒了点在掌心上，随手往自己手臂上抹了抹。

熟悉的冰凉感从手臂上传来，小姑娘疑惑地抬眸再次看向周承诀的表情。

"真的疼？"

"对啊。"周承诀扬了扬眉梢，"不信我？"

"可以，岑西。"周承诀摆出一副相当受伤的姿态，"我陪了你一早上，一醒来就把我明码标价，都没说你什么，现在连我喊个疼，你都要怀疑？"

"好，那就一点都不疼吧。"周承诀作势要将手臂收回来，"我自己来吧，把药给我。顶多就是疼一阵，忍忍就过去了，也没什么关系。"

岑西咬了咬唇："别，还是我帮你吧。"

"不用了，别勉强。"周承诀面不改色道。

岑西不让他将手抽回去，立刻端正自己的态度："不勉强。"

周承诀仍旧坚持要自己来，手臂往回撤了好几次，都被少女温热的掌心紧紧握着拉了回去。

"真别勉强，一会儿要是疼了，我也不敢和你说啊，你又不信我。"

"我信。"岑西没了法子，试探着开口道，"那我这回上药的时候替你吹一吹，到时候肯定不会像刚刚那么疼了……"

少年终于松了要将手臂收回去的力道，微抬了抬眉梢，语气听起来还挺勉为其难的："那行吧。"

第九章

拼命，赚钱

1

李佳舒、严序他们趁着大课间溜过来看岑西时，看到的便是这样一番场景。

原本应该躺在病床上好好休养的少女，这会儿正小心翼翼地替身旁座椅上陪床的那位哥们儿抹着药水。

严序这辈子还没见过他兄弟这么矫情的一面，光明正大地将手臂搭在岑西的双腿上，由着小姑娘仔仔细细抹药。

期间还时不时"嘶"两声，见岑西紧张地停下动作看向他，再微拧拧眉心，而后漫不经心地来一句"你轻点，着什么急""再吹两下，挺疼的"。

那一刻，严序脑海中只剩下一个词——

恶心。

几个人默契地隔着校医室的窗玻璃，在屋外悄悄围观了片刻，才轻手轻脚地往里面走。

严序率先清了清嗓，咳嗽了两声。

岑西被这突如其来的声响吓到，一下缩了手。

周承诀微拧着眉，懒洋洋地抬眸看向声音传来的方向，见是严序他们，连招呼都懒得打。

"哟，干吗呢这是？"严序饶有兴致地在两人身上来回打量了几眼，故意招惹周承诀一句，"撒娇呢，诀？"

周承诀掀了掀眼皮，清冷的下三白淡淡地扫他一眼，没打算搭理他。

少年收回手，顺便将岑西手里的药瓶子也一并拿走，放进了自己口袋里。

李佳舒和江乔两人去食堂的小超市买了堆零食，这会儿一股脑地往岑西病床上倒。

"光阴似箭，我可怜的西，两节课不见，你又瘦了一圈，赶紧补补。"李佳舒一边戏多地嚷嚷着，一边拆开零食包装袋便往岑西手里塞，"这个好吃，我刚刚在路上已经解决了一袋。"

周承诀还坐在病床旁的位置上没走，原本正懒散地靠在椅背上，给几个小姐妹留足空间，结果被李佳舒说话的音量惹得蹙了蹙眉头，当即开口："你小点声。"

"她要休息。"周承诀朝岑西的方向抬了抬下巴。

"噢噢。"李佳舒这会儿没和他怼，懂事地将音量收了几分，随后又从袋子里掏出两包零食推荐给岑西。

结果还没等岑西接过，周承诀已经从一旁伸过手，直接将零食袋半途拦截。

他拿过那几包零食，垂眸瞧了眼，而后将病床上剩下那堆零食全数收回袋子里："先没收了，现在她不能吃。"

周承诀边说边把散乱的东西收拾好，重新还给岑西一张干净整洁的病床。

李佳舒扬起眉："你干吗啊？生病已经够可怜了，还不许人家吃点好的啊？"

"你这些东西也叫吃点好的？"周承诀将一大袋零食随手往身后的小桌子上一放，"她刚才喉咙难受得都说不出话，喝了几杯热水才稍微好点，药也还没吃，这么多上火的零食吃下去，不舒服了你们伺候？"

岑西听到最后那个词，下意识地仰头看向他。

周承诀接收到她这眼神，语气也不太温柔："看我也没用，说没收就是没收，好了才能吃，现在只有吃药的份。"

她又不是这个意思。

没了零食，李佳舒也只能趴在岑西病床边，和她聊聊天。李佳舒尽量压低音量，不过空间就这么大，几个人都在周围，说得再小声，大家也都能听见："凶死了，委屈你了宝，发着烧还要忍受周承诀的脾气。要是让副班长来陪你就好了，至少他脾气好，总是笑笑的，你说是吧？"

周承诀冷哼一声，凉凉的眼风当即扫了过来，不过看向的不是李佳舒，而是岑西："我凶你没有？"

岑西老实地摇摇头。

"想让赵一渠陪你？"周承诀冷着张脸，继续问。

岑西觉得这问题问得着实奇怪，想了想，瞥了眼点滴瓶，忙轻声冲他说："那个，药水快没了……"

周承诀的注意力轻松被转移，偏头看了眼吊瓶，而后往校医办公桌那边走去。

几瓶药吊了将近一个上午才结束，好在药效不错，岑西的烧退得差不多了，整个人的精神状态比上午好了不少，身上也没那么疼了，体力也在逐渐恢复。

到了午餐时间，周承诀原本让她待在校医室里再休息一会儿，他出去替她打包点吃的回来就行。

岑西一想到他点菜的标准，默默计算了下价格，没同意，还是决定和李佳舒她们一块儿去食堂解决就好。

周承诀见她恢复得还行，也没拦着，跟着一块儿去了食堂。

到了食堂，吃饭天团很快壮大起来，曲年年和林诗琪已经打好饭菜等在一旁了，后者见到岑西时，当即兴奋地挤眉弄眼起来，一边冲她眨眼，一边又朝她身边的周承诀偷瞄了几眼。

岑西原本是和周承诀一块儿从校医室来的，两人并肩走在一块儿，也没觉得有什么不对。

此刻她突然接收到林诗琪的眼神，当即想起早上刚和林诗琪沟通完的事，心跳控制不住又加快了几分，那股紧张又心虚的感觉促使她不自觉地往边上挪了几步，十分刻意地与周承诀拉开了好大一段距离。

"喂。"周承诀当即察觉到了岑西的不对劲，两步走回她身边，"你什么意思？"

"啊？"岑西紧张地咬了咬嘴唇，没敢抬眸看向他，心跳如擂鼓，"没、没啊，没什么意思。"

说完，她又下意识地和他拉开距离。

周承诀脸色沉了几分，一只手拿着餐盘，另一只手拎起她肩头的校服衣料，稍稍使了点力，便将人直接拎回自己跟前："没什么意思，离这么远干什么？"

"打菜啊……"岑西双手攥着餐盘，不知道该怎么回他才好，"快点吧，等会儿没东西吃了。"

没等周承诀吭声，岑西再次从他身边逃开，头也不回地挤入乌泱泱的人潮中。

林诗琪和曲年年两人提前打好菜，替大家占了个空的长桌，见李佳舒他们端着盘子出来了，忙朝几人招招手："这里！这里！"

岑西这会儿心里有点乱，加上平时和她们坐一块儿吃饭时，几个人总喜欢把自己的菜分享给她，一来二去的，她总觉得占了大家太多便宜，心里难安，便不太想过去了。

原本打算自己随便找个空座吃完就走，然而才刚刚将餐盘往就近的空桌上一放，周承诀便紧随其后将自己那份东西放到了她对面。

岑西不自觉地抬眸，对上他没什么表情的脸，又看了眼周围，除了他俩，没人再往这边坐。

连一直跟着周承诀前后脚走的严序，此刻都已经朝李佳舒、林诗琪那桌走去。

岑西握着餐盘的手没松开，想了想，重新将盘子端起来。

"上哪儿去？"少年清冷的嗓音在身后响起。

岑西紧张地脚步一顿，而后还是没回头，只随口应他："我去那边和大家一块儿吃，不打扰你了。"

反正他好像本身就不喜欢和太多人凑到一块儿吃。

也不知是什么缘由，在看到他将餐盘单独放到自己面前时，她大脑一片空白，此刻离开的脚步有些着急。

这会儿正值饭点，食堂里正是人最多的时候。

岑西心里也不知在想什么，乱糟糟的，脚下步伐又急促，加上上午刚发过烧，这会儿整个人的反应速度和行动力都变得比往常迟缓不少，还没走出去两步，迎面便冲出来一个刚打完菜、正着急要从人堆里撤离的男生。

眼看就要和对方正面撞上了，岑西惊得睁圆了眼，却根本反应不过来要怎么躲闪。

下一秒，她只觉得手臂被人往后轻扯了下。

原本被她落在身后的周承诀不知什么时候，已经出现在她身边。

原以为怎么也躲不开的相撞意外地错开了，对方那满满当当的餐盘也没有倒在自己身上。

岑西愣了一瞬，再回过神来时，就见方才冲向自己的男生，正一个劲地在冲周承诀道歉。

"真不好意思啊，我不是故意的。"

周承诀没吭声，连看都懒得看那人一眼。

岑西在原地停留了几秒，反应过来之后，忙转身看向周承诀。

少年干净的校服此刻已经被打翻的饭菜沾染浸湿。

岑西下意识地伸手想替他稍微处理一下，没想到还没来得及碰到他衣摆，手腕便一把被人握住，而后又卸了力道，挡了回来。

"我帮你处理一下。"岑西有些着急。

"不用了，同学，"周承诀清冷的嗓音无波无澜地响起，"我们好像也不是太熟。

"还是尽量保持点距离吧。"

2

岑西伸出的手僵硬地停在两人之间，停留两秒后，讪讪地收回。

方才那动静挺大的，周承诀在南高又本就是个关注度极高的存在，一时间，周围好些学生回过头，好奇的目光在两人身上来回打量。

岑西尴尬地往后退了两步，双手端着餐盘，进退两难。

周承诀微微偏了下头，似是往她那儿又扫了眼，而后状似不经意地又往她身前的方向走了两步，高大的身形当即挡住了周围绝大多数探究的目光。

岑西垂眸被他挡在身后，鼻尖和眼眶都莫名泛起一股难以言说的酸意。

那头李佳舒他们似乎也注意到了这边的情况，见岑西一动不动地站在原地，忙开口喊她："西，过来啊，给你留了座。"

岑西闻声转头瞧过去，李佳舒和江乔都在冲她招手，她便也没犹豫，只抬眸再扫了眼周承诀挡在身前的背影，终究还是没敢和他说半个字，转身朝着长桌那边去了。

岑西走到桌前，随意扫了眼，几人的位置还是和之前差不多。

李佳舒和严序挨着坐，江乔坐在李佳舒的另一边，而曲年年和林诗琪则是坐在两人对面。

严序对面正好空了个座位，岑西便自然地将餐盘放到那个空位上，正打算挨着曲年年坐下，面前的光线忽然被姗姗来迟的周承诀挡去大半。

岑西下意识抬眸，就见方才冷冰冰地对自己说"不是太熟，要保持一定距离"的少年，赫然出现在自己眼前。

他站在严序身边，面无表情地将餐盘放下。一旁的严序见状，也不嫌麻烦，十分上道地用手肘捅了捅李佳舒的胳膊，压低嗓音提了句："往旁边挪个位置。"

李佳舒一开始还没明白，正想问干吗，偏头看着严序冲自己使了好几个眼神，再小心翼翼地将视线扫到两位还没入座的人身上，登时觉得气氛有些微妙，忙听话地转身碰了碰江乔，让她也往边上挪一挪。

岑西面前那个原本坐着严序的位置很快被空了出来。

周承诀想都没想，将餐盘往那边推了下，十分自然地挨着严序坐到了他方才那个座位上。

全程一言不发，没看岑西，也没同她说上一句话，可他就坐在她对面，她很难不看向他。

小姑娘还呆呆地站在原地，迟迟没有入座。

她不知道自己是不是该另外找张桌子坐。

毕竟不久前，是他要求自己和他保持距离，而此刻，她若是直接坐下，两人便又成了面对面。

可这张桌上，一个是和他穿一条裤子长大的发小，另一个是与他有血缘关系的姑姑，其余三个也都是对他有那么点意思的姑娘，个个眼巴巴地等着和他同桌吃饭。

这么算起来，让他走明显不合适，该走的很显然是自己。

岑西重新将手伸向自己的餐盘，将东西端起来。

周承诀夹菜的动作一顿，终于掀了掀眼皮。

这个角度，少年上眼皮微微遮瞳，冷着脸没有笑容的样子，看起来确实挺凶的。

岑西不小心对上他的眼神，没来由地心慌，很快便将视线挪开。

正准备端着餐盘另找地方，一旁的林诗琪动作很快地拿起自己吃到一半的饭菜，几步从曲年年身后绕过，小跑到岑西身边，微红着脸凑到她耳边，压低了嗓音小声说："西，我和你换个位置吧？"

她边说，还边朝周承诀那儿抬了抬下巴，暗示岑西。

岑西愣怔一瞬，而后想起自己早上刚刚收下的那一千块钱，紧了紧手心又松开，没敢再去看周承诀的脸色，只冲林诗琪轻点了下头，便朝她刚才的座位走去。

一会儿的工夫，林诗琪如愿坐到了周承诀正对面。

然而很快她便发现，周承诀的脸色变得极其难看。

和往常那种平淡却较为礼貌的疏离不同，此刻虽也是面无表情，但周身都透着股寒意。

林诗琪咬着筷子，一时也没敢像之前那样贸然搭讪。

思索片刻，她想到刚才发生的那场小闹剧，探着脑袋瞧了眼他胸前校服上还残存的污渍，壮着胆子小声朝他开口："你别生气啦，一会儿我回我们班上找男同学借一套干净的校服给你。我们艺术班的嘛，很多男生都不怎么喜欢穿校服，肯定能借得到。"

周承诀这会儿本来就没什么胃口，原本打了好几个菜，坐下几分钟，却一口都没动过。

这会儿冷不丁听到个不熟悉的女声在自己面前响起，他拿着筷子的手顿了顿，深吸一口气后，随手将筷子撂到餐盘上，直接从座位上站了起来。

换作平时，遇上这类情况，哪怕他心里不愿意和她们接触靠近，不愿意接受她们的热情与好意，教养使然，还是会礼貌地道谢再拒绝。

然而今天没有。

少年只是面无表情地站起身，撤开餐椅便作势要离开。

严序和李佳舒毕竟从小和周承诀一块儿长大，对他的脾气、秉性还是有所了解的，知道他这会儿心情应该很差，也没敢开口将人叫住。

只能眼睁睁看着他走出两步后，脚步又在原地停下。

周承诀偏过头，视线若无其事地往缩在最边上的岑西那儿扫了眼，最后轻叹一口气，走回严序身边，动作自然地将自己餐盘里那一动没动过、干净又丰盛的四五个菜，一碗接一碗地留在严序边上。

严序也没敢出声，就这么任由他摆。

待几碗菜全数摆回桌上后，严序才开口问他："不吃了？"

"没胃口，回去换个衣服。"周承诀语气平淡，"走了。"

李佳舒看向坐在对面一脸茫然的林诗琪，打着哈哈替周承诀圆："哎，你别管他，他有洁癖，衣服脏了心情肯定不好。"

林诗琪觉得很有道理，略显窘迫的表情很快消失，小鸡啄米似的点点头，也没再多想，马上又开心地和曲年年她们聊起了这两天班里发生的八卦。

严序盯着周承诀留下的那几碗荤素搭配得相当均衡的菜，想了一会儿，一言不发地将碗一个接一个地轻轻推到李佳舒面前。

李佳舒似是与他有着莫名其妙的默契，见严序将菜推过来，也学着他的样子，继续将推到自己面前的菜往江乔那边推。

江乔也是个上道的，眼睁睁地将几个人的举动收入眼底之后，默不作声地将菜又往对面的岑西推过去。

一会儿的工夫，周承诀留下的几碗菜稳稳当当地全数摆到了岑西面前。

女孩正低头想着心事，没注意面前几人的动静，等回过神来时，差点被餐盘前的盛况吓了一跳。

她抬眸看向对面三人，却没一个人开口。

周承诀的位置已经空了，而面前几碗菜的菜色，很明显和他方才打的一样。

岑西握着筷子半晌不知所措，片刻后，校裤口袋里的手机振动。

她拿出来，看到是周承诀发来的微信，心跳又控制不住加快了几分。

她忙点开来看。

zcj：你中午还有药要吃。

岑西想了想，才记起确实有这么回事。

zcj：就你打的那点饭菜，和没吃也没什么区别，空腹吃药什么后果不用我提醒你吧？

岑西没回，那边很快又来了消息。

zcj：别到时候胃疼了又要我伺候。

岑西没再回复，老老实实地把那几碗菜全配着米饭吃了。

一行人吃完饭，三五成群一块儿回到教室时，周承诀已经换了身干净的衣服，仍旧用的是他一贯的仰靠睡姿，脸上盖着本翻开的书遮挡光线，悠闲地靠坐在自己位置上补觉。

严序很快回到自己的座位上，见他这副样子，也没打扰，只拧开冰镇矿泉水猛灌了两口。

而后就见周承诀一手拿下盖在脸上的课本，随意丢回桌上，然后微俯下身，从黑色书包里掏出个从没见他用过的保温杯，拧开盖子，倒了半杯热水出来。

那热水的温度其实不烫，正好适口，不过在空调间里，热气就显得更明显些。

倒完热水，少年又垂眸从桌肚里掏出一个医用封口袋。

严序扫了眼，那封口袋里很明显是七八颗药片。

下一秒，就见他一手拿着药片，一手端着保温杯，面无表情地起身，走到岑西的座位后面。

在女孩身后站了几秒钟，见她仍旧没回头后，他才冷冰冰地将两只手的东西全数放到她桌上。

放下的动作不轻，带着些少爷的脾气。

随后，他一言不发地走回自己位置，头都没回。

这天傍晚放学仍旧还是岑西和朱捷平值日。

李佳舒和江乔两人嚷嚷着让岑西先走，她俩来负责卫生，岑西觉得自己已经恢复得差不多了，没答应，好说歹说才把两人送走。

朱捷平还是保持着他一贯的作风，不愿意参与值日。

不过大抵是白天在班里被周承诀当众下了面子，这会儿他没脸再像往常一样继续留在教室里刷题，溜得飞快，班里很快就变得空空荡荡。

岑西以为只剩下自己一个人了，索性将上午落下的那几节课要写的作业先写完，而后收拾好书包，才从座位上起身，不紧不慢地朝讲台走去。

小姑娘从讲台桌上翻找出黑板擦，踮着脚尖伸手，正打算将这密密麻麻写满一整面黑板的板书擦干净，下一秒，手上的黑板擦却被人从身后轻松拿走。

那人高她一个头，她只到他胸口。

她需要踮起脚尖才能够到的地方，他轻而易举便能擦到，甚至连手臂都不用伸直。

"让开，别在这儿凑热闹。"周承诀淡声开口，将身前的人往后边轻扯了下。

岑西张了张嘴，话到嘴边又没说出口，索性离开讲台，准备去找扫把扫地。

然而，在她打算开始扫时，扫把又被他从身后伸手给拿走了。

周承诀的表情仍旧冷冰冰的，语气也没有带任何温度，还是那句"让开，别在这儿凑热闹"，便将岑西打发到别处。

岑西原本干起活来手脚也很利索，但早上刚发过高烧，速度便没那么快。

接下来也是一样，她刚找到点能做的事，便会被周承诀迅速取代。

期间，他没同她多说一个字，只一言不发地继续手上的动作。

最后到了该倒垃圾的时候，岑西见他拎着半个人高的垃圾桶独自出了教室，忙几步小跑跟了上去。

正想要冲他伸手帮一把，就听见周承诀冷冰冰地道："该保持的距离，还是请你尽量保持一下，同学。"

岑西咬了咬唇，忍不住叫了下他的名字："周承诀。"

少年脚步微滞一瞬，很快又恢复如常。

岑西正试图再和他说点什么，便见他停下脚步，回过头。等到她几步追到他身旁后，他才面无表情地开口："别和我聊天，在和你冷战呢，没看出来？"

3

之后，从回到教室，收拾书包，再到离开教学楼，一路上，周承诀没再开口和她说过一句话。

岑西有意无意往他身边凑，少年只是没什么情绪地偏头扫她一眼，而后不咸不淡地来一句："冷战呢，别跟着我。"

岑西当即放慢脚步。她没遇到过这种情况，一时也不知道该怎么应对。

她过去不曾有过什么好朋友，遇到的人要么瞧不起她家境差，要么嫉妒她成绩好，几乎没人愿意和她交朋友。

那种恶意她倒是见多了，要么无视，要么忍受，大多数时候影响不到她的心态。

她的时间几乎毫无保留地被干不完的活全数占据，如何坚持下去，才是她面临的最大难题。她压根儿分不出多余的精力去思考除了生存的其他事情，亲情和友情对她来说都陌生又奢侈。

可来到南高之后，某些事情已经在潜移默化中发生了巨大变化。

她几乎不需要挨饿了，还交到了不少真心实意的好朋友。

小姨虽然对她不亲，但只要她勤快些，干活的时候不出岔子，也很少对她有什么抱怨，更不会打骂她。

这样的生活，已经是从前在嘉林的她，想都不敢想的。

她竟然也有机会为朋友之间的关系而苦恼。

她很珍惜在南高里交到的每一个好朋友，可她确实不知道该怎么办才好。

若是月底前还凑不到那三千块钱，她不知道自己还能不能继续在南高上学，还能不能和这群好朋友继续玩，她的人生，还有没有坚持下去的希望。

女孩睨着不远处少年的背影，虽然难受，但还是想不出任何解决办法。

她太缺钱了，要是她的家庭情况能稍微正常一些，不用多有钱，哪怕只是能让她安安稳稳上个学，她都不用硬着头皮牺牲掉友谊。

她也只是想拥有普通到不能再普通的正常生活而已。

岑西双手攥紧洗得发白的书包背带，和周承诀拉开十多米的距离，静静跟在他身后，没敢再跟上前。

两人一前一后出了校门，转弯是那个熟悉的旧教堂，再走几步便又到了池后巷。

岑西低着头，目光盯着脚尖，走得很慢。

等再抬头时，原本离她有好长一段距离的少年，不知什么时候又停下了脚步。

一直到她温吞地重新走到他跟前时，周承诀才面无表情地淡声开口："平时没见我说什么你都听。"

两人重新并肩走在路上，周承诀没再开口，岑西也不说话。

离"至死不鱼"约莫只有百来米路程的时候，岑西口袋里的手机振动。

掏出来一看，是林诗琪发来的微信，她下意识地偏头扫了眼周承诀，而后才悄悄将消息点开。

047：怎么样？他同意了吗？

橙c：可能没办法了，他好像不太愿意，我先把一千块钱退给你吧，对不起啊，诗琪。

047：哎呀，这有什么可对不起的，又不是你的错，我也说了早就知道希望不大的。不过钱你还是先别退嘛，离国庆假期不是还有一段时间，要不再试试？没准哪天碰上他心情好了，就同意了，也说不准啊？

岑西苦着张脸，内心十分矛盾，想了想还是先将对方给的一千块钱转了回去。

不过林诗琪迟迟没收，仍旧撒娇卖萌央求着她继续试试。

到了烤鱼店门口，周承诀招呼也没打一声，拐了个弯便扬长而去。

岑西冲到二楼小天台，随意将书包放下，接了两个电话之后，很快又从铁架楼梯上奔下来。

她脚步有些急促，没注意底下居然还站了一个人，险些撞上他。

"去哪儿？"周承诀熟悉的嗓音在头顶响起。

岑西惊讶地抬眸看向他："你不是走了吗？"

周承诀没答她，只又问了句："要去哪儿？你今天刚发了一早上烧，你不记得了？"

"没事，我已经没什么感觉了。"岑西摇摇头，也不想同他细说，只简单道，"正好有两个单子，先不和你说了，我时间要来不及了。"说完便从他身前走开，头也不回地往后门的小巷跑去。

林诗琪那边的两千来块怕是很难有结果了，她不能将希望全部寄托在这上面，只能另谋出路。

她接了两个上门打扫卫生的单，对方给的报酬都还挺可观。

整套房子一百平方米出头，打扫三室一厅，加上房东的儿子额外还有几双运动鞋要洗，整个单子做下来，约莫三四个小时，总共能赚五百。

这样的大单不常有，岑西在网上等了好几天好不容易才接到两个。

岑西的动作已经尽可能麻利，可等到全数忙完结束回到烤鱼店楼下时，时间还是逼近了夜里十一点。

小姑娘的双手被清洁水泡得肿胀发白，拖着疲惫的身子往楼梯上走，每一步都迈得相当沉重。

不过令她没想到的是，夜里十一点的小天台上并不是空无一人，迎接她的也并不是寂静和一片漆黑。

喇叭灯明晃晃地悬着，大排扇"呼呼"转着，长桌前，周承诀单手托着下巴，另一只手拿着一支笔，漫不经心地转着，眼神在卷子上随意扫两下，而后几乎不用思考地勾下选项。

岑西的脚步在楼梯口停顿了一瞬，不知该不该上前。

犹豫半晌，她还是从隔间里拿出书包，慢吞吞地走到周承诀对面坐下。

周承诀显然从她刚踏上楼梯那一刻，便知道她回来了。

然而一直到她坐到自己面前，他也没抬眸，就当作听不见看不见似的，只是笔尖落在选项后的纸面上便没再移动，墨水生生洇出个黑点。

岑西也没敢出声同他说话，只安静地从书包里掏出份卷子来做。

两人默不作声地写了小半份卷子之后，周承诀终于还是开了口，语气仍旧冷硬："你挺有能耐的。"

岑西茫然地抬眸。

"回来得这么早。"周承诀面无表情地点了下随意丢在一旁的手机，扫了眼时间，"十一点半。"

岑西咬了下唇，没吭声。

"吃饭没有？"周承诀又冷不丁问了句。

岑西轻轻摇了下头，动作幅度并不是很大。

"饿死你算了。"周承诀又讽刺了一句。

岑西多少也有些委屈，不想再理他，收回视线拿起笔，继续在卷子上圈圈画画。

下一秒，周承诀从身边的座椅上拎了一大盒东西放到长桌上，往她的方向一推，头也不抬，视线仍旧停留在自己的卷面上，语气依旧是冷冰冰的，说出来的话也不太好听："爱吃不吃，"说完，又从书包里掏出装着药丸的医用封口袋往她面前一丢，"真懒得管你。"

岑西这会儿确实饿了，一口气打扫两套房屋所消耗的体力实在太大，她方才为了省钱，连公交车都没舍得搭，一路是走着回来的，此刻空空的胃里反酸水，甚至隐隐约约还有些疼。

她难得没和周承诀客气，乖巧地伸手拆了包装袋，按顺序将东西一份份拿出来，整齐地摆在长桌上。

她不清楚周承诀是什么时候买的这份晚饭，只知道此刻餐盒还微微透着股热气。

岑西夹了一口菜送进嘴里，温度正好。

也不知怎么的，一口温热的菜下肚，她眼眶却不自觉染上股酸意。

虽然岑西有记忆以来便很少哭了，但她也知道，此刻这种异样的感觉，是要哭的前兆。

说来也奇怪，自打来南高之后，她好像不止一次有过这种控制不住的感觉。

而且似乎每一次，都是在周承诀面前。

小姑娘握着筷子的手顿了顿，微微发怔，出神片刻后，被面前少年弯起食指在桌上轻叩的声响拉回了思绪。

岑西一下回过神来，匆忙将那股说不清道不明的情绪压下去，而后手上动作像是来不及过脑子般，冷不丁夹了块排骨朝周承诀递过去，话音很轻，听起来藏着股小心翼翼："你，要吃点吗？"

这下倒是换周承诀愣住了，他几乎是下意识往前倾了下身，在快接触到她喂过来的那块排骨时，动作忽然一滞，反应过来之后，一下又靠回椅背上，整个人的神情都开始不自在起来。

少年的大手下意识地探到自己后颈捏了两下，清了清嗓之后，才一本正经道："你记性真挺差的，我们在冷战，你吃你的吧。"

说完，他眼神不自觉又扫了眼岑西夹着的那块还未收回的排骨，随后很快收回注意力，伸手从一旁的书包里随意拿出一本习题集，动作很快地翻开一页，扫了两眼，拿起笔在题干上画了两条横线。

岑西放下筷子，定定地瞧了他几秒。

片刻后，周承诀只觉得一双柔软的小手探向了自己的额头。

那种触感陌生又莫名让人着迷，少年脊背当即僵硬了一瞬。

一直到岑西将手收了回去，周承诀才勉强找回自己的嗓音，就是明显带了点哑："你干吗？"

"也不烫啊。"岑西眨了下眼，自言自语地低声说，"我以为你也被传染得发烧了。"

周承诀没懂她的脑回路。

岑西又看了眼他的耳郭，用手指点了点自己的耳朵，解释道："你耳朵好红呀……我以为你也发烫了。"

周承诀的喉结不自觉滑动了下，下意识否认："什么耳朵红、脖子红的，没有的事。"

"噢。"岑西点了点头，"那可能是我看错了。"

"肯定是你看错了，我数学题写得好好的，"周承诀打死不承认这回事，"看见题目害臊？"

岑西咬了下唇，指了指他手里那本练习册，小声提醒道："但是，你拿的是我的册子，而且是物理练习册，还有……拿反了……"

她也不知道他刚刚在那儿画什么横线……以为他和自己一样发起烧来反应慢。

"吃你的饭。"周承诀当即将习题册合上，"还有，别忘了我们正冷战，别总找些有的没的话题。"

岑西忙塞了口肉，眨眨眼："好的。"

今晚因为接了活耽搁了很多时间，岑西还差两份卷子没写完，她下意识加快速度把晚饭解决，把药吃了之后，动作利落地将桌上东西收拾干净，很快便和周承诀一样，全神贯注投入到写作业当中。

大抵是发烧的后遗症还未褪去，又或者是今晚真的有些累了，岑西脑子一时转得没平时快，写起题来也没往常那么流畅。

周承诀写完自己的卷子，时不时会往她那儿扫两眼，见她卡壳了，便默不作声地在手边的草稿纸上写下解题提示，而后将纸往她面前推过去，全程仍旧保持一言不发。

偶尔她会追问两句，周承诀还是秉持着冷战该有的态度，不同她说话，只将想说的话写在纸上，再推给她。

一连好几天，两人都是这样的相处模式。

每天晚上，周承诀几乎都会悄无声息地出现在小天台上，不是吃消夜就是写作业，明明和她面对面坐着，隔不开多少距离，还偏偏一口一句提醒她同自己保持距离，不说话，光写小字条。

小字条还没少写，有时候一个晚上能用掉大半本。

岑西有时候都觉得，这冷战，更像是他对自己的惩罚。

4

周三这天下午两节课结束之后，体育委员拿着个笔记本走上讲台，招呼大家坐下，听他说点事。

"这不是国庆之后就是校运会嘛，娜姐让我先把参加比赛的人数定一下，报了名，你们这几天就可以开始练习了。"体育委员冲大家扬了扬手中的项目表，"有没有自告奋勇的？我按顺序读一下项目名称啊，大家有意向的可以叫停，我记个名字，就算作你们报名了。"

火箭班的学生虽然平时也活跃，不过大多数人还是比较愿意将有限的精力集中在学习上，自愿参加比赛的同学并不多。

体育委员一股脑将项目念完，扫了眼报名表，只有寥寥几个名字。

"这不行啊，大家积极踊跃点，咱们总不能剃光头，一个奖都拿不到吧？"说着，人便从讲台上下来了，态度诚恳又卑微地从第一组开始，挨桌开始做思想动员工作，"哎，林增，我记得你跳高行吧？上回老杨的裤衩从楼上掉到二米高的树梢上，不就是你一下蹦上去捡的？"

被点名的老杨气急败坏地试图挽回自己的清白："都说了多少次，不是裤衩不是裤衩，是袜子！"

林增摆摆手，忙急着撇清关系："不是不是，不是我蹦上去捡的，是树杈上正好有只猫，应该是嫌老杨的袜子臭，一脚踹下来的。那树梢两米高，我哪能蹦得上去？你另外找其他人吧。"

老杨脸都气红了："林增，我和你拼了。"

体育委员讪笑两声，很快又往后排一个接一个晓之以情地抓壮丁。

"毛毛哥，你不是跑得挺快的吗？我记得前两天上面有领导下来检查学校情况，你正好带了五六个馒头，从校门口招摇进来，老姚追着你跑了半个学校，最后不也没逮着你吗？"体育委员鼓了两下掌，开始吹捧他，"那你太适合参加长跑了。"

"什么呀，我没跑两步就躲男厕所里全吃了，老姚好像没发现，在外边一个劲追空气呢。"毛林浩难得不积极参与活动，"我两百多斤，跑什么长跑。"

体育委员做了个想吐的动作："行，不安排你跑，你也别继续说了。"

岑西握着笔的手停顿了下，而后偏头看向毛林浩，轻声问他："你那天没被老姚没收早餐吗？"

"哪能啊，六个馒头，我全吃了个干净。"毛林浩还挺自豪的。

岑西回忆了下，又同他确认："馒头吗？你不是被老姚没收了一份蒸饺和一份生煎吗？"

"不可能！"毛林浩一本正经地否认道，"我对馒头的爱至死不渝，这辈子都不可能买蒸饺和生煎。"

岑西若有所思。

正说着，体育委员已经拿着小本本走到岑西和李佳舒几个人面前了。

这个活还真不好干啊，他笑嘻嘻地朝几个女生展露出十分油腻的笑容："小姐姐们，有没有兴趣参加啊？我看看有什么项目适合你们。"

体育委员扫了眼表格，当即开口说："女子一百米游泳，怎么样？大夏天的，多清爽啊，自习课还能直接去咱们学校的游泳池免费练习。"

体育委员似是想到了什么，忙抬眸看向李佳舒："你正合适啊！我差点忘了，你不是诀哥的姑姑？诀哥那游泳水平，国赛金牌都拿了不少吧？你们家基因在这儿，你肯定也不赖。"

话是没错，李佳舒游泳确实也还不错，然而校运会那几天，她早已另有安排，忙摇头拒绝："不行不行，那两天我估计得请假，没空参加。"

江乔闻言看向她："你去哪儿啊？该不会是——"

李佳舒当即捂住她的嘴："你小点声，等会儿让严序他们听见，到时候告我妈那儿。"

江乔忙将音量压到最低，两人几乎是在用气音沟通着："你胆子怎么这么大啊？还敢偷偷去看演唱会？"

"你上回偷偷跑国外去看男团演唱会，结果碰上踩踏事件，从半米高的台子直接飞出去，把脑袋都磕破了，在病床上躺了半个月，还不长记性啊？我以为你都有心理阴影了。"江乔"啧啧"两声，"暑假那会儿你爸妈就是因为这个事，才把你的生活费断了的吧？你居然还想着去。"

"那没办法。"李佳舒理所当然地摊摊手，"谁让路泽舟好不容易才来南嘉开一次演唱会，那票我还是专门找人高价收的呢，花了我好多钱，不去不可能。”

江乔差点又喊出声来，被李佳舒一把捂了回去：“那你这个月还吃得上饭？”

李佳舒吐了吐舌头：“就剩一百块了，反正不够吃就蹭严序和周承诀的饭卡。”

“上回说再看他俩脸色吃饭就是狗的，是谁？”江乔提醒她。

两人这么你一句我一句的，体育委员听了个大概便知道，劝李佳舒基本是劝不动了。他忙偏了下头，将目光投向正在写题的岑西身上，笑容立刻又油腻起来：“语文课代表，赏个脸，参加一项呗？也耽误不了多少时间的，而且要是能得前三，还有点奖金。”

岑西一听到奖金，当即停下手中的笔，抬眸看向他：“多少呀？”

体育委员回忆了下，说：“第三名到第一名，好像依次是二十、三十、五十，长跑那种好像多点，毕竟时间久，也更累得多，貌似有个七八十。”

朱捷平在边上听见了，冷笑一声，吐槽了句：“南高还真抠，打发叫花子。”

体育委员尴尬地打着哈哈：“哎呀，奖励嘛，意思意思就差不多了，图个好彩头而已，难不成还真打算靠这个挣钱啊。”

岑西的羽睫轻扇了下，抬头冲体育委员伸手要报名表：“我想多报儿项，行吗？”

体育委员被拒绝了一圈，听到岑西这话，跟见到救世主似的，眼睛瞬间都有了光：“当然，求之不得，你想报几项都行。”

岑西接过表格，在几个田径项目后面一个接一个打下钩。

李佳舒瞥了眼，微皱了皱眉头：“报一个两个得了，报那么多干吗啊？”她又用《英语周报》拍了下体育委员：“你别找不到人就欺负她。”

“我没有……”体育委员也挺委屈，劝岑西，“你确实报得有点多了，尤其三千米、五千米的长跑，参加一个就差不多了，不然真的太累了，你这有点玩命了，几个项目挨得挺近的……”

“没事，我能跑。”跑步算得上她的强项，她从前被追着打的时候早就练出来了。

再说了，她什么时候不在拼命呢？拼命好歹能挣钱，她的命又不值钱。

然而，这事其他人并不太了解，体育委员想了想，又试图劝她换个选项：“不如换女子游泳接力吧？这个轻松点，每个人游不到二十米。”

"不用了。"岑西下意识地皱起眉，摇了摇头，"就跑步吧，我不会游泳，我怕水……"

"啊？你不会游泳啊？"江乔说，"那之后还有游泳考试哎，我记得咱们省好像高考都得考游泳吧？十分还是多少？"

李佳舒点点头："嗯，十分。"

江乔神色略显担忧地看向岑西，并不知道岑西入学摸底考自己悄悄控了分，觉得以她那个成绩，这十分还是丢不得的，忍不住替她操心。

"这多简单啊。"一旁的毛林浩啃了口馒头，"让诀诀教啊，诀诀那技术亲自带，我估计不要两天就能学会了。"

李佳舒闻言当即变了变脸色，下意识朝周承诀那儿看了眼，见他正盖着课本补觉，这才稍稍放下心来，压低了嗓音对毛林浩说："你别在周承诀面前再提游泳啊，他不会再下水的。"

毛林浩被李佳舒这少见的一本正经的表情吓住了，小声问："怎么了吗？我记得他以前游泳特绝啊……"

"别问，别提就是了。"

岑西下意识地偏头朝周承诀那儿看了眼，紧了紧手心，很快又收回眼神。

当天晚上八点多，岑西才在小天台上写了半份卷子，周承诀便和往常一样，如约而至。

两人最近虽然还处在冷战状态，可周承诀来的次数倒是不少。

问就是又在老姚跟前犯了事，被要求写几千字检讨，要她这个作文老师替他把关。

她替他改检讨，他替她检查和指导写完的卷子。

冷战中又透着股不必多言的默契。

夜里十一点出头，岑西替周承诀修改好了检讨书。

周承诀也替她将几份试卷全数过目了一遍。

岑西将检讨递给他，又将卷子收回来，习惯性垂眸扫了眼，他在空白处给自己写了一些更为简便的解题过程，研究了一遍后，正打算收回书包里，视线却忽然落到数学卷子最后一道大题的答题处。

那题她写满了，不仅写满了，还全对了，并且估计解题方法已经是最简便的那种，周承诀没有在她的答案边上多添几行简便解法，而是随手写了个"6"。

岑西盯着那个眼熟的"6"愣了半晌，回过神来之后，她动作迅速地将几张卷子翻了翻，重新再看了遍少年在自己卷面上写下的字迹后，冷不丁想起初来南嘉那段时间，那个每天都会悄悄出现在小天台，悄悄给她带来试卷，再悄悄替她检查和提示的人。

他也有这样的习惯。

他也是这样的字迹。

记忆像是忽然回转到入学的那一天。

第一节是数学老师"吉吉"替娜姐代的早读课。

早读课上，"吉吉"将改好的数学试卷分发到学生手上，记得那时候他提过，那张卷子的最后一道大题，全班只有周承诀一个人做出来了。

而当初在小天台上，她写完那份试卷，第二天一早便看到卷子最后一面，最后一道大题的答题处，多出来满满一面完整的解题过程。

所以当初那个人，是周承诀吗？

为什么呢？

那天在球场的时候，他不是和严序说不认识自己吗？

岑西不敢置信地抬眸看向周承诀。

他似是感受到了她的目光，漫不经心地掀了掀眼皮，见她这么盯着自己，不自在地摸了把脖子，清清嗓后，一本正经地问："干吗？冷战啊，你注意点眼神。"

"没事。"岑西努力将不对劲的情绪压了下去，动作利落地将几张卷子收回书包里。

她把书包收拾完，周承诀那边也差不多准备走了。

少年随手将黑色书包往身上斜斜挎上，懒洋洋地从椅子上站起身来，离开长桌前经过她身旁时，短暂性地忘记了冷战，忍不住伸手轻轻摸了下她晚上刚刚洗过吹过、和他有着一样的洗发水味道的柔软发丝："走了。"

"好。"

周承诀几步下了小天台，岑西伸手关掉电扇，抱着书包回了隔间。

她动作利落地爬到上铺躺下，约莫才过了不到两分钟，屋外响起了阵阵闷雷。

闪电的光亮从隔间缝隙透进来，照亮半张床铺，紧接着便是兜头而下的瓢泼大雨。

岑西这会儿还没有入睡，听到几声剧烈的惊雷，一个激灵从床上坐了起来。

下床时，老太太翻了个身，"啧啧"两下发出不耐烦的斥责。

岑西动作一下僵住。

这个点，离周承诀离开还没有多久，饶是他走得再快，估计都还没来得及过桥，十有八九被大雨困在了路上。

她听着不断充斥在耳畔的闷雷和大雨声，纠结片刻，还是轻手轻脚地一点点往下床挪。

女孩猫着身子，偷偷摸摸出了隔间，想都没想便冒着大雨，动作很快地溜进楼下烤鱼店里。

岑西没敢开灯，摸黑从收银台后面的小柜子里掏出两把雨伞，强忍着对雷雨的恐惧，脚步极快地朝去往望江壹号的那条路小跑出去。

路上，无数泥泞打在她小腿上。

岑西不以为意，只将视线放在周围的一片模糊雨幕之中，希望能够尽快找到周承诀。

然而明明他才刚离开不久，一路上，岑西的目光却始终无法触及他的身影。

直到她走到了望江壹号小区门口，都没有遇上回家的周承诀。

正常情况下，找不到人，应该就是已经到家了，岑西下意识摸了摸口袋，准备给他打个电话问问，然而将手机掏出来之后才发现，大雨早已将屏幕打湿。此刻无论她怎么滑动，都没法顺利将手机解锁，更别说打电话。

按理说，她该原路返回直接回家便好，然而小姑娘站在望江壹号小区门口不断往里观望了几次之后，心跳莫名加速了起来。

一种不安感占据全身。

岑西总觉得周承诀并不像想象中的那般，已经安全到家了。

她下意识换了条路往回走，一路上，目光仔仔细细地在方才遗漏的地方不断寻找。

一直到经过那座笔直的长桥附近时，才隐约听到从桥墩下传来的声音。

闷雷暴雨不断击打在岑西耳畔，她实在难以听得太过真切，只能粗略判断出是个中年女人的哭喊声，尖叫嘶吼中又带着歇斯底里的谩骂。

岑西忍不住皱起眉心，担忧战胜了恐惧，小姑娘举着把摇摇欲坠的小伞，顶着狂风骤雨，脚下却像生风般，急速地向桥墩下奔去。

下去的路铺设了水泥台阶，岑西三步并作两步往下蹦，差不多要接近泥泞江边的时候，终于看清了不远处桥墩边站着的少年。

是周承诀没错。

然而，他面前还站着个中年女人，女人发了狂地哭喊着，双手止不住地推搡着他，嘴里不停嘶吼着："偿命！偿命！你还我儿子！我儿子是被你给害的，他现在连话都不会说，连我都不认识了！就差一点！你为什么不救他？你还我儿子！"

女人不过一米五出头，然而周承诀那样高大的身形在她的推搡之下，却只是不断地往后退，任由对方将自己推往那泥泞潮湿的江岸，一步步踏入江流。

"不要！"岑西几乎是想都没想，撇下手中的两把伞，一头扎进暴雨中，直直朝周承诀的方向冲了过去。

下一秒，那个娇小柔软的身躯结结实实挡在周承诀面前，小姑娘张开双臂死死将少年搂住，使出浑身所有的劲，要将他从污浊的江水中拉出来。

接近癫狂的女人仍旧没有停止不断推搡的动作，粗粝的手掌狠狠推在岑西后背上的一瞬间，周承诀麻木的神色终于有了变化。

理智一下被拉了回来，少年下意识地将挡在自己身前的女孩紧紧纳入怀中，一改几秒钟之前还任人推搡的颓废模样，结实有力的手臂一下将对方继续推过来的掌心挡了回去，话音里第一次带着狠厉的警告："你再推她一下试试！"

女人仍旧不死心地朝两人冲过来，岑西被周承诀严严实实地护在怀中，旁人碰不到，她也看不见周遭的情况。

只能根据声音分辨出江岸的位置，仍旧努力使着劲，不断将周承诀往岸上一点一点地带。

"你别往江水里走，危险。"岑西嗓音带着些许颤抖，"你别让她把你推下去，水，很恐怖的，能把人吞了。"

周承诀紧咬着牙关，听着她轻声在自己胸膛上不停地念，下一秒，大手攥上小姑娘纤弱的手腕，面无表情地扯着人，一路往台阶上奔。

"谁让你大晚上跑出来的？"周承诀问出的话里带着点生气的意味，一边奔跑在雨中，一边下意识地扯下自己的书包，高举着挡在岑西头顶，"打雷下雨不知道？"

"知道，但是……你没带伞……"岑西被他拽着跑，嗓音轻浅。

中年女人的哭喊声仍旧不断从身后传来，周承诀握着岑西手腕的力道不自觉收紧了几分。几步之后，他索性直接将书包递到她手中："自己挡着。"

随后他走到她面前，微弯下身，不容拒绝地一下将人背到自己身上，不顾那女人的歇斯底里，头也不回地朝望江的方向奔去。

路上，岑西双手举着黑色书包，努力往少年头上遮挡。周承诀有意颠了她一下，而后冷冰冰道："顾好你自己。"

岑西犹豫良久，才忍不住凑在他耳边开口："她是谁？你们……怎么了吗？"

周承诀这会儿是真有点生气："你刚刚是不要命了吗？"

"那你呢？"岑西反问，"你才不要命了，任由她一个劲把你往江里推。"

少年冷嗤了一声："你刚刚没听见吗？她叫我偿命，说不定我是真的活该偿命呢？"

"不可能。"岑西也不知道自己为什么这么坚定，"你很好，一定是她搞错了。"

周承诀的脚步停滞了一瞬，而后深吸了一口气，一路上没再说话。

这个点，两人都被大雨打湿，岑西即便回到烤鱼店也没法重新洗漱，周承诀便直接将人带回了望江。

进了房内，少年也没顾上自己，率先替岑西放好一浴缸的热水，将人塞进去泡着才算完事。

岑西洗完头发，在温热的池子里蒸了一会儿，把汗逼出来之后，才出来套上周承诀给她放在洗手台边的小沙发上的他的睡衣。

出来的时候，岑西双手提着过长的睡裤，趿着拖鞋，几步小跑到客厅找人。

周承诀只随意冲了个澡后便回到沙发上躺着了。

岑西出来的时候，就见他面无表情地躺着，一只手臂习惯性地压在双眼上。

岑西来到他身旁，意外地没见他起身同她说点什么。

原以为他是想起来还在和自己冷战中，像往常一样不说话，岑西只能乖巧地往边上一坐。片刻后，见他仍旧没有半点动静，她才察觉到不太对劲，起身往他跟前凑近了些。

往常这种时候，周承诀要么不着调地提醒她要保持距离，要么就是严肃地问她什么事，总归不会直接将她晾在一旁不闻不问，完全不理会。

岑西轻皱了下眉头，似是意识到什么，伸手摸了摸他的额头。

这种熟悉的滚烫一下让她收回了手。

"周承诀，"岑西轻摇了摇他的手臂，试图将人叫醒过来，"周承诀，你家的医药箱在哪儿？"

然而少年只气息沉重地翻了个身，温热的掌心无意识地将她探过来的手握住。

滚烫的温度不断从他掌心传来，岑西前不久才刚发过一次烧，对这种感觉十分了解，他应该比自己那天烧得还要高些。

岑西内心开始着急起来。

烧得太高了，不立刻降温可能会出事。

岑西强迫自己迅速冷静下来，思考了一下后，她跑到厨房，从冰箱冷冻层里拖出一抽屉冰块全数倒入水盆中，而后从浴室里拿了一条毛巾出来，浸湿又拧干后，严严实实地将冰块包裹起来，小跑回周承诀身旁，将冰毛巾叠到他额头上。

随后她开始在偌大的家里翻找起医药箱，然而也不知是不是周承诀平时压根儿用不上这些，又或是房子实在太大，她根本找不到。

岑西没了办法，只能拿上手机，硬着头皮下楼往小区附近的二十四小时药店跑去。

到了店里，店员听她说明了情况后，一股脑地拿出了好几盒药。

"这些药都不错，吃下去退了烧头不会晕。"店员将几盒药往岑西面前一推，"这两种搭配吃，效果更佳。"

"噢，对了，这个你最好带一盒回去。"店员很快又转过身去，从货架上取了盒东西下来，"退烧贴，往额头、脖颈、手腕、耳后之类的地方贴，退得更快些。"

店员说完就将几盒药全数装进袋子里了："你是付现金还是扫码？"

岑西紧了紧握在掌心的手机："我……请问一共多少钱？"

"噢，四盒一共一百八十七块，扫码的话扫这里。"

岑西咬了下唇，问："请问能拆开卖吗？就是，不要整盒买，退烧药之类的，先买几颗可以吗？"

她平常挣的钱，大多以现金交付，手机里并没有多少钱。

店员闻言笑了下："不好意思啊小姑娘，医院能单独开，咱们这是药店，都得整盒出售的。"

"不过去医院你估计还得挂号，这大半夜的，急诊挂号费加起来估计也不下这个数了。"

　　这药肯定是要买的，可她手机里的钱真不够，想了想，她只能点开手机找到李佳舒的微信，扫了眼已经接近两点的时间，硬着头皮给李佳舒拨了个电话过去。

　　约莫过了两分多钟，李佳舒才终于接起了电话，女孩迷糊的嗓音从手机里传来时，很明显带着浓重的困意："唔，怎么啦，西？"

　　岑西张了张嘴，突然有些说不出口。她长这么大，虽然很缺钱，但从没开口向人借过钱。可一想到周承诀，她那点犹豫便又立刻消失："抱歉佳舒，能不能借我点钱呀？我很快还你。"

　　"好啊，你要多少？啊不对，我现在好像只剩八十不到了，要不都给你吧？"她这个月的钱全买了演唱会门票，此刻囊中羞涩，也借不出多少钱来，李佳舒没等岑西开口，便把剩下的所有钱全给她发了过去。

　　然而还差不少。

　　岑西纠结了下，继续问："可能还不够，你能不能帮我向严序再借一百？我很快会还给你们的。"

　　李佳舒迷迷糊糊中答应下来，而后很快挂了电话骚扰严序去了。

　　约莫过了五分钟，严序那边直接将钱转给了岑西后，还顺便问了句："这么晚了有什么急事需要帮忙吗？或者我帮你联系一下阿诀？"

　　"不用了，谢谢你。"岑西这会儿觉得和他们解释起来太麻烦，只赶紧付了钱往望江顶楼奔去。

　　电梯"叮"的一声停在三十六楼后，岑西走到紧闭的房门前，一下傻了眼。

　　她方才走的时候太着急，忘记给自己留个门了。

　　岑西没了办法，只得按了好几下门铃。

　　周承诀估计是烧得正厉害，压根儿听不见也不会起来给她开门。

　　岑西拧着眉心，着急地睨着紧闭的房门。

　　下一秒，她忽然记起周承诀曾经告诉过她房门密码，让她要是先到了就先进去。

　　可一般这种情况，给的都是临时密码，一次性的，用过便作废了。

　　不过还是得试试才知道，要不然也没有别的办法了。

　　"密码正确，欢迎主人回家"的机械音响起的一瞬间，门却一下从里面打开了。

岑西推了个空，就见周承诀高大的身形出现在自己面前，单手搭在门把手上，整个人透着股病态的倦懒，少年嗓音磁沉微哑："上哪儿去了？睁眼就不见你人。"

岑西忙欠身进屋，将门关上后，牵着他的手臂："你怎么起来了？

"我买药去了，你好点了吗？刚才你烧得都醒不过来，吓死我了……"

周承诀原本还稳稳当当地走在她身旁，仅是步伐略显沉重，闻言大手一下搭在她肩头，整个人像是站不稳般，往她身上靠了靠，话音都没方才清晰了："……还没好，烧着呢，头有点晕，你过来，让我搭把手……"

第十章
每个人都有秘密

/

1

岑西的个头只到周承诀的胸口，听见他这么说，她刚朝他的方向仰头，周承诀高大的身子已经大半边靠在她身上了。

小姑娘没防备，稍微往后跟跄了一步，结果前一秒还将大半重量往她这边倾斜的少年，后一秒手臂便反应迅速地扣住她腰间，给足了力将人稳在原地，没再往后跌去。

岑西感受到那股让人踏实的力道，神色带着诧异："你怎么……"

怎么刚刚还虚弱得要人扶，眨眼的工夫，力气就这么足了？

周承诀没等她说完，手上力道又立刻松懈下来，蹙了下眉心，嗓音沙哑："你，扶着我点，晃得我头疼。"

岑西张了张嘴，双手还是握上了他垂在自己身边的手臂，小心翼翼地扶着他往屋里走。

少年微勾了下嘴角。

"回房间吗？别在沙发上躺了。"岑西询问他的意见。

周承诀"嗯"了声，两人一块儿往卧室走。

不过，他也就只悄悄欺负了她这进门的一小段路，毕竟这会儿已经很晚了，岑西也得好好休息，他没再折腾人，到了房间，往床上一躺，扯过一旁的被子往自己身上随便一盖，一改方才的不正经对她说："你也去睡，别管我，我差不多好了。"

而后强撑起的最后一丝精神，终于还是被高烧战胜，他很快又闭眼睡了过去。

岑西没听他的话，仔细替他将被子拉正些后，去水吧台那边，将刚才下楼买来的冲剂泡好回到卧室。

周承诀刚才作了一下，又没吃药，这会儿体温似是又有了点升高的迹象，睡梦中眉头也不自觉紧拧着，看起来应该是很不舒服的样子。

岑西伸手再探了探他额头，意识到温度太高，忙把方才店员推荐的退热贴拆出来，按照说明书上的指示给他仔仔细细贴上。

贴好后，岑西指尖不自觉地隔着退热贴，按向他皱紧的眉心轻轻抚平，结果还没来得及收手，手腕一下被少年攥住。周承诀话音模模糊糊的，不知是醒了，还是仍旧在梦里，连眼睛都没睁："说了别照顾我，去睡。"

岑西："嗯？"

那你倒是松手啊。

岑西将手从他掌心挣脱，周承诀刚刚被抚平的眉心又拧了拧，不自觉地半睁开眼，倦意朦胧。

见状，岑西索性动作利落地把准备好的药递过去："你把药吃了再睡。"

周承诀这会儿虽是睁着眼的，但毕竟发着高烧，又是刚从昏睡中睁眼，思绪并不清晰，整个人懒洋洋的，只确认了一下面前这人是岑西，其他的就一概不管了。

岑西将温热的马克杯递到他手里，又将退烧药直接往他嘴里塞。周承诀反应慢了半拍，那药片就已经在他嘴里迅速泛起苦意。

少年忍不住嫌弃："苦的。"

"良药苦口。"

岑西催他就着冲剂吞下去，结果那冲剂比药片还苦，直接把周承诀苦得快清醒了："这个更苦，喝不了，差不多就行了，我睡一觉就成，没多大事。"

说完，他作势便要将杯子放回床头柜。

然而没想到的是，平时性子一贯温软的女孩，少见地露出点强势的意味，伸手将马克杯接过，直接又送回他嘴边，语气不容拒绝："喝了。"

周承诀被小姑娘这严肃的态度弄得愣怔一瞬，半晌反应过来后，扯起嘴角懒洋洋地轻笑了声："这么凶？"

岑西没应声，周承诀又抬手掐了下她柔软的脸颊，微微抬了抬眉梢，语气里带着没什么力度的威胁："你再凶一个试试？"

"快喝！"岑西很听话，他说让凶，她就真给他再凶了一次。

少年忍不住低低笑出声来，老老实实地把她递过来的马克杯接住："喝就喝。"

周承诀这一觉昏昏沉沉睡到凌晨四点多，迷迷糊糊间只觉得有个小姑娘时不时地用冰凉的毛巾替他擦擦手臂，擦擦掌心，试图减轻发热给他身体带来的不适感。

大约凌晨五点时，他起了个夜。

少年从床上支起身来，入目便是岑西拖了把毛绒凳坐在他床边，侧着脸枕着交叠的双臂，趴在他床边熟睡。女孩脚边放着一盆零星漂着点冰块的凉水，微湿的毛巾还攥在她手里。

周承诀身体素质向来不错，这会儿已经退烧了，体力也基本恢复。见状，他先将她手里的毛巾抽走，随手丢进水盆里，而后下床俯身将岑西直接打横抱起，轻手轻脚地往床上一放，替她将被子盖好，默不作声地出了卧室。

第二天一早，岑西是按照往常雷打不动的生物钟自然醒的，醒来时只有她一个人缩在被窝里，没见周承诀，最后还是在客厅的沙发上找到他的。

岑西跑回房间，抱了床被子出来，将他身上的薄毯换掉。见他还没醒，又动作利落地跑去厨房煮粥、炒菜，待几盘小菜全数温在餐桌上后，她匆匆摘掉围裙，将身上周承诀的睡衣换掉，穿回了昨晚那套自己的衣服。

换好衣服从卧室重新回到客厅时，周承诀也闻声从沙发上坐了起来，见她一副要走的样子，哑着嗓音开口："去哪儿？"

"我要回店里拿书包，一会儿还得去上课呀。"

周承诀还没从睡意中完全清醒过来，听她这么说，没什么表情地站起身："你再休息一会儿，我去拿。"

岑西此刻已经走到门口了，没听他的："不用了，你吃完早餐把药吃了。"

"那你还回来吗？"周承诀知道劝不动她，便问。

岑西想了想，摇摇头："拿完直接去学校。"说完便开门离开了。

周承诀站在沙发边，看着她将门反手关上后，醒了几秒的神，去卫生间洗漱完，才不紧不慢地往餐厅走。

餐桌上，她留下的清粥、小菜还热腾腾地冒着气，周承诀扬了扬眉梢，他家附近没有卖这种菜色的早餐，看模样，应该是她亲手做的。

少年不动声色地从茶几那头摸出手机，点开相机对着一桌子饭菜拍了张照片，才坐下动筷。

饶是此刻他刚病过，又是大清早才起来，其实并没有多少胃口，可最后还是将她做的东西吃了个干净。

吃完早餐，周承诀懒洋洋地靠回沙发，眼神定定地睨着茶几上的几盒退烧药。思索了片刻，他硬着头皮拿过来再吃了一次，又躺了回去。

昨晚病了一场，这会儿吃完早餐又吃了药，药效很快便让他再次泛起困意。

周承诀索性直接请假了，回到卧室躺进岑西方才刚刚离开的被窝，准备再休息一上午。

一整个上午，周承诀的位置都是空的，岑西偏头瞧了好几次，都没见他来。

想到昨晚在桥边发生的事，她多少有些担心。

哪怕后来两人一块儿回到望江后，他除了生病发烧，情绪和平常也没什么太大差别，可岑西仍旧心有余悸。

本想给周承诀打个电话问问情况，可早上从望江离开时，手机应该是落在他床上忘了拿，这会儿根本没法联系他。

严序见岑西一个劲往自己这边看，索性趁课间走到她边上，往毛林浩座位上一坐，说：“他今天没来，我也不知道是因为什么，要不帮你打个电话问问？”

岑西忙点点头。

只是没想到，几个电话拨过去，周承诀一通都没接。

“不接。”严序扫了眼手机屏幕，自言自语道，“不知道他在忙什么。联系不上啊，你找他有急事？”

“没事，他估计在休息，昨晚……”岑西话音忽地顿住，本想说周承诀昨晚生病了，可一想到那桥下发生的事，又担心严序会追问，这是周承诀的隐私，哪怕严序是他兄弟，她也不好没经过他同意，随意将那些事拿出来说。

“没什么急事。”岑西没再继续这个话题，垂眸继续写手头上的卷子，打算等到午休时间跑回望江去看看。

严序瞧了眼她的反应，觉得有些不对劲，又想起她刚才说到一半的话，脑海里突然闪过一个自己都不太敢相信的念头。

他回到座位上，点开和岑西的微信聊天框，手指悬在视频通话按键处，久久没敢按下去。

他也不知道自己到底犹豫了多长时间，最后还是把心一横，朝岑西的微信账号拨了个视频电话过去。

这回不像刚刚那几通打给周承诀的电话那般，一直到自动挂断都无人接通无人应答。

熟悉的视频背景音仅仅响了三秒，手机屏幕上赫然出现了周承诀闭着眼睛、微蹙起眉心的脸。

"干吗？"少年嗓音微哑。

严序不可置信地盯着屏幕，咽了下口水："阿诀？"

"嗯……"周承诀虽还没怎么清醒，但一听便能听出来是严序的声音，就更懒得睁眼看他了，"有事说事，困。"

"不是……这个不是、不是岑西的手机？"严序说完便捂了下嘴，而后立刻将话音压到最低，"怎么到你床上了？"

周承诀这会儿还没反应过来，只皱着眉头不耐烦地答他："什么乱七八糟的，你没事就挂了。"

"等等，别挂！"严序捂着手机屏幕，跟做贼似的去了教室外边的走廊，"你给哥们儿老实交代，岑西的手机怎么到你那儿的？"

"嘶！"严序想了想又说，"她昨晚该不会在你家过的夜吧？"

"我说她昨晚怎么大半夜突然找我和李佳舒借钱呢！"严序这会儿正义感爆棚，"你还是不是人？"

周承诀的手指在山根处拧了拧，仍旧没懂，嗓音还是哑的："她找你借什么钱？"

"你嗓子都哑成这样了？"严序立刻捕捉到细节，"你疯了？你该不是大晚上把人欺负了，害得她到处借钱买药吃吧？"

周承诀："嗯？"

2

周承诀脑子还未完全清醒，反应了很久。

说起来，周承诀这个人虽然颜值、身材、家世、成绩样样顶配，一副看起来就很有资格玩得花的样子，但其实生活习惯干净得要命，几乎没什么不良嗜好，他长这么大，和女生说的话加起来都屈指可数。

青春期少男少女喜欢看点脸红心跳不得了的东西，他对那些也没有半点兴趣。

因而一时半会儿压根儿没法往什么不正经的方向想。

许久，周承诀突然明白过来严序那几句话的意思，脸色沉了几分，话里带了点严肃："你有病吧？能不能别瞎说？"

严序当即闭了嘴，他也是一时口不择言脱口而出，现在也觉得确实冒犯了，连忙道歉。

可回想起周承诀方才的话，他又忍不住贱兮兮地再多嘴问了句："那个，昨晚你们到底咋了……"

周承诀没答他，给了个冷冰冰的眼神后，直接将视频挂断。

拜这通视频电话所赐，周承诀也没多少睡意，将头埋进怀中的被子里，深吸一口气后，从床上起身，趿上拖鞋懒洋洋又出了卧室。

他也没管自己刚发过烧，走到冰箱前从里面拿了一瓶冰镇矿泉水，拧开盖子，仰头猛灌了几口。

精致的喉结上下滑动，偶尔有水珠流经脖颈滑落。

半瓶冰水下去，喉咙里那股黏黏糊糊的痒意总算褪去。

周承诀放下水瓶，偏头不经意瞥了眼早上吃了个精光但还没来得及收拾的桌面，想到吃之前拍的那张照片，不紧不慢地走到沙发前，从茶几上找到自己的手机，解锁点开相册，又将那张照片翻出来盯着看了老半天。

明明照片上只是一顿平平无奇的早餐，清粥小菜鲜白淡绿，可偏偏让他看了又想看，吃了又想吃。

就这么看了一阵后，他觉得只有自己一个人看好像还不太过瘾，索性点开几乎长了草、八辈子没发过动态的朋友圈，不太熟练地将这张照片发了出去。

就这么孤零零一张早餐图，文案里一个字都没写，但莫名就让人嗅到某种不寻常的意思。

中午放学，岑西没和大家一块儿去食堂，而是直接去了周承诀家。

她有过一次成功打开门锁的经验，这个点，不知道周承诀是不是又午睡了，不想打扰他休息，但又挂心他的状况，索性也没按门铃，直接自行输了密码将门打开。

周承诀原本还悠闲地躺在沙发上，一声"欢迎主人回家"的机械音过后，他闻声稍稍抬了点头，满不在意地朝玄关处瞥去。

岑西从镂空隔断那儿探了个脑袋出来。

少年有点意外地扬了扬眉梢，从沙发上坐了起来，见她熟练地从鞋柜里翻出自己的粉色拖鞋，微不可察地扯了下嘴角。

"你吃中饭了吗？"岑西背着书包，拎了袋东西走进来，随口问。

好嘛，居然连"中午怎么会过来"都没有像之前那样见外地解释一句了。

周承诀饶有兴致地盯着她走向厨房，也站起身来跟过去："还没吃，我点外卖吧。"

他其实没什么胃口，原本是没打算吃中饭的。

岑西冲他摆摆手："别点啦，我做吧，很快的。"

说罢，她便将刚刚在路上顺手买的食材一点一点地从塑料袋里掏出来，放进水池里。

小姑娘熟练地打开水龙头，正打算把东西全处理一遍，下一秒，水声停了。

周承诀伸手将水给关了，还顺手将她两只纤细的手腕一并握在一只掌心里，轻甩了甩水珠，从水池里牵出来："不用做，我点。"

少年不容拒绝地将她双手禁锢在自己掌中，从一旁抽了几张纸巾过来，替她将手擦干，动作仔细，头也没抬淡声道："别天天这么积极地给别人干这个干那个。"

周承诀替她把手擦完，朝不远处的沙发抬了抬下巴，示意她过去坐着等就行，自己则掏出手机来，动作很快地点了两份常吃的外卖。

点完，见岑西老实巴交、安安静静地坐在沙发上，想起她手机还在他床上，他随口提醒了句："你手机一会儿记得带走。"

"噢，对，我早上走得急，忘记了。"岑西想了想又问，"在哪儿啊？"

"我床上。"

"好。"女孩点点头，十分自然地起身朝他卧室走去。

出来的时候，周承诀正拿着手机不知道在看什么，岑西坐到他边上，也难得掏出手机来看了两眼。

小群里，李佳舒又在水群：@zcj 你朋友圈那饭菜谁做的啊？感觉不太像你家阿姨的手艺，也不像外卖啊，不过看起来好像味道不错。

周承诀压根儿懒得看群，没搭理她。

岑西扫了眼，下意识切出去点开了朋友圈。

她平时不常刷朋友圈，一段时间打开一次，几乎都是江乔和李佳舒在刷屏，偶尔有严序、毛林浩发的一些游戏战绩截图，但印象中从没刷到周承诀发过什么东西。

岑西微信里加的好友不多，朋友圈打开的一瞬间，周承诀前不久刚发的照片显示在最上方。

是她清晨离开前替他做的那顿早餐。

明明只是发了张照片，一个字也没写，但不知怎么的，女孩的耳郭控制不住烫了烫。

李佳舒是第一个评论的。

简直不敢相信我这么美：这谁做的啊？

周承诀没回她这句，估计也是因为他没回，所以她才在小群里又问了他一遍。

往下是严序的评论。

简直不敢相信我这么帅：我吃不到，那就一律当作难吃处理。

周承诀仍旧没回。

再下去又是李佳舒的评论：但是看起来真的感觉很好吃哎，想吃！

周承诀破天荒地回了她一句：没了，我的。

岑西不自觉地舔了下唇，默默收回了正准备点赞的手。

外卖很快到了，周承诀将几份东西往餐桌上一摆，领着岑西面对面坐下一块儿吃。

两人安静地吃了一会儿，少年清冷的嗓音忽然在她耳畔响起："昨晚的事，你不好奇？"

岑西喝汤的动作一顿，迅速回想了一下昨晚发生过的所有场景，最后确认他说的应该是桥墩下那件事，犹豫地抬眸看了他一眼，把汤咽下后，轻声道："其实挺好奇的。"

周承诀没吭声，就听岑西又淡淡地问："但是，你想说吗？"

闻言，少年扯唇不咸不淡地轻笑了下："如果我说暂时不太想呢？"

"那就不说。"岑西理所当然道，"你不想说就不说。"

这回答倒让周承诀放下了手中的筷子："敷衍我是不是？你其实压根儿不关心吧。"

岑西一本正经地摇摇头："不是，每个人都有自己的秘密。"

周承诀眼神睨着她，没吭声。

岑西想了想，还是忍不住郑重其事地对他说："但是……希望下回遇到这种情况的时候，你能稍微把自己当回事。"

她把当初军训时，他对她说的话，原封不动地还给了他。

周承诀微怔了一瞬，语气故意不着调起来："今天说话这么好听？是不是还惦记着把我骗去度假村？"

岑西咬了下唇，像个做错事带着心虚和愧疚的小孩般，垂下头去，筷子不自觉地戳着碗里的饭粒，小声说："我已经把定金给她退回去了。"

周承诀轻哼一声："干吗退回去？"

"你不愿意，我也没有办法。"岑西尴尬地笑了下，又继续埋头吃饭。

"你没什么办法？"周承诀又不咸不淡地嘀咕了句，"我看你在我这儿办法挺多。"

吃过饭，岑西没打算久留，催他把药吃了便打算走。

周承诀随口问："那么早走干吗？还没到上课时间。"

岑西也没瞒他："正好出来了，就顺便再接了点活。"

周承诀微拧了下眉心："你最近很缺钱？"

按理说，他妈给她的补课费挺高的，维持一个高中生的日常开销其实已经没有多大问题了，加上岑西从小到大又节俭惯了，根本花不完，完全不用再像从前那么拼命地攒钱。

女孩摇摇头，没答他，只说赶时间，先走了。

周承诀也没再耽误她，懒洋洋地起身，将人送到电梯口，看着电梯门合上，才转身回去躺到沙发上。

岑西一走，家里冷清了不少，哪怕她在的时候也不太爱说话，可人不在就是觉得少了点什么。

周承诀躺在沙发上，思绪乱飞，冷不丁想起严序那通电话里和自己提到的，岑西向他借钱的事。

她没事向严序借什么钱？怎么不向他借？

想到这儿，周承诀掏出手机点开严序的微信聊天框，直接切入主题问了句：她向你借了多少？

严序反应了一会儿才想起来，这个"她"指的是谁。

严序没多想，报了个数字。

周承诀随手给他转了钱：你别找她要了。

小帅：嗐，就这么点钱你还跟我转来转去的，有意思吗？我是没打算向她要的，不过她早上一来教室就带了现金把钱还了。我和李佳舒说不要，她还说一码归一码，借钱必须还，我们也没好再说什么。

小帅：不过她昨晚大半夜突然借钱到底干吗啊？以前没见她借过钱。

周承诀目光不自觉地看向茶几上那几盒苦到不行的退烧药，伸手从塑料袋里翻出了小票。

金额和严序说的数字对上了。

所以是给他买药了。

她提都没和他提过。

周承诀这会儿心里特别不是滋味。

这姑娘自己缺钱都缺成什么样了，给他买药，一百多块说买就买了，连提都不在他面前提。

她再缺钱都没向人借过钱，但是为了给他买药，小姑娘第一次向别人开口了。

周承诀紧了紧手心，动作很快地点开岑西的微信：你最近为什么这么缺钱？

岑西那边过了很久才回了一句：能……不说吗？

她不久前才和他说过，每个人都有自己的秘密。

周承诀当即把问话又憋了回去，索性干脆利落地给她转了两千零三十五块过去。

岑西没收，直接给他退了回来。

zcj：收了。

橙 c：你干吗呀？

zcj：退烧药，你昨晚照顾我，早上还给我做早餐。

橙 c：那你就给个退烧药的钱吧，后面两样，我没说要收费。

手机这头的少年脸色沉沉的，就没见过这么倔的姑娘。

zcj：收了。

他坚持。

岑西那边半晌才回了条消息过来：周承诀，你别太同情我了。

她确实缺钱，但还是奢望能和他是平等的，虽然有些不自量力。

少年拧着眉心，打字速度飞快。

zcj：我同情的人多了。

心疼的就一个。

岑西垂下眼，眸光微微黯淡。

下一秒，周承诀又发来消息。

zcj：但对你不是。

3

不论出于什么原因，岑西仍旧没敢收那笔大额转账，还是坚持自己的态度，只愿意收退烧药的钱。

周承诀那边很快又回了条消息过来。

zcj：那就当这是退烧药的钱。

橙c：太多了，没花这么多钱。

zcj：我没零钱。

橙c：？

这不是线上转账吗……

橙c：那算了，我本来也没向你要。

反正她差的也不是这一两百块钱，有和没有没什么差别。

zcj：你不都把我明码标价了？我这条命都是你昨晚捞回来的，两千零三十五，这不正好？

岑西没收款，也没再回复。

周承诀对她的脾气也有所了解，平常看着温温柔柔、不争不抢的，其实骨子里倔得很，性子比他还硬，十分有自己的原则和底线。

正是因为这个原因，苦头吃得也多些。

周承诀深知拗不过她，最后还是再给她单独转了笔退烧药的钱。

几分钟之后，岑西那边收了款，只收了这笔百来块的款。

周承诀心里挺不痛快的，她最缺的东西，是他最不缺的东西。

可他没办法帮到她。

此刻他是怎么也躺不下去了，起来换上校服，去浴室再洗了把冷水脸，拿上书包回了学校。

岑西中午去了趟周承诀家，离开后又去打杂挣了点零钱，耽误的时间有些长，最后几乎是踩着上课预备铃才进了教室。

进教室时，她的视线不自觉往第一组最后排扫了眼，见周承诀已经穿着校服出现在座位上，垂眸平静地看着桌前的试卷，右手握着支水性笔，有一下没一下转着，时不时在卷子上写下答案，状态和平常几乎没有任何差别，看不出刚刚经历过四十度高烧的样子，岑西这才稍稍放下心来。

她走到自己座位上，将书包放下后，拉开拉链，从书包里拎出个干净的小塑料袋打开，里面是几个洗好的新鲜白梨。

是中午挣外快的那个房东阿姨给的，阿姨也有个和她一般大的女儿，在附中上初三。小丫头最大的愿望就是考上南高，闲聊的时候得知岑西是南高火箭班的，羡慕又崇拜。

阿姨见她这个年纪，成绩那么好，却并不能像同龄人一样，在学校安安心心、踏踏实实地上学，还得在那么繁重的课业中抽出时间来挣钱补贴家用，怎么看都难免心疼。

加上岑西干起活来手脚麻利，性格又好，很讨人喜欢，临走前，阿姨给她加了点工钱，还顺便给她装了一袋子洗过的梨，让她下午带学校里去吃。

岑西原本没好意思收，那阿姨直接替她拉开书包拉链，不容拒绝地把一袋梨放进去，不许她再还回来。

岑西笑着道了谢，也没再推辞。

回学校的路上，炽热的太阳高悬，她没舍得坐公交车，忍着热一路小跑回南高。

期间有一阵口挺渴的，她想起书包里的梨子，却也没舍得掏出来吃，就这么全数带回了班级。

她将几个梨子拿出来，给平时玩得好的几人一人分了一个。

李佳舒、江乔自然少不了，毛林浩这会儿估计是去办公室抱数学练习册了，座位空着，岑西拿了张纸巾垫在他桌上，给他也放了一个。

袋子里还剩下两个，她一手一个拿起来就往严序、周承诀座位的方向走去。

方才她在那边分的时候，李佳舒夸张的动静早就吸引了严序的注意，他盯着有一会儿了，这会儿见岑西过来，非常自觉地伸出手去，摊开手心，等待投喂。

岑西笑了下，也非常配合地往他手上放了个白梨。

往常都是大家照顾她，有什么好吃的都同她分享，如今她也有机会给她们带点东西，挺开心的。

最后，岑西站在周承诀边上，低下头，视线终于落到了他身上。

她没直接给他，而是压低了音量关心了句："你烧退了吗？现在感觉还好吧？"

要是在望江，她估计就直接上手试试温度了，不过这是在学校，怕同学们太过关注，也怕别人会误会，便没有这么随意。

周承诀"嗯"了声："差不多了。"

"喉咙难受吗？高烧过后一般都会咳嗽一段时间。"岑西一边说，一边将最后一个白梨递给他，"吃个梨子吧，好像听说梨子对喉咙挺好的。"

周承诀睨着那梨子瞧，没伸手接："哪儿来的？"

她不像是会主动花钱买水果改善生活品质的人。

"中午我去做事的那家阿姨给我的。"岑西以为他嫌弃，特地补充了句，"洗过的，是干净的，而且很新鲜。"

"我说什么了吗？"周承诀掀起眼皮看了看她，放下手中的笔，将梨接过，又问了句，"你吃了没有？"

"还没，一会儿吃。"其实已经没了，不过无所谓，反正她本身也很少吃水果，没尝过就不容易惦记，也挺好的。

周承诀不经意地往椅背一靠，侧了下头，懒洋洋地往她桌面上那个已经空了的塑料袋扫一眼，回过头来再抬眸看向她，懒得戳穿了，直接将手里的梨握紧掰了一下。

清脆的响声过后，梨子被他轻松地一分为二。

少年没什么表情地将一半梨子塞回她手里，不咸不淡地说了她一句："多惦记惦记自己。"

别的他也再没多说，咬了一口梨，让她回去上课。

临近月底没剩几天了，下午最后一节自习课的时候，岑西难得没抓紧时间写作业，而是掏出草稿纸来，把这段时间四处打杂攒的钱，一笔一笔列出来，所有数字加起来，再扣除其他的开销，计算出的结果距离朱邸建要求的三千块，还差个一千来块。

打杂的活并不是那么容易找，岑西年纪太小，原本找上门的活还挺多的，但对方一听到她还没成年，便犹犹豫豫不敢用，临时退单换人的情况不在少数。

她看了一下之后几天预约的单子，都是些碎活小单，给的钱不多，算了下，每单都顺利干完，不被克扣工钱的情况下，满打满算也还差五六百。

突如其来的无力感遍布全身，挣钱真难，她尽力了，但总是差那么一点点。

周承诀自打开学初那会儿，为了不让黄毛放学路上堵人，放弃了和严序一块儿骑自行车回家后，就很少再骑了，几乎每晚放学都是挨着岑西前后脚走。

傍晚放学，岑西动作利落地收拾好书包，背上就走，没有片刻逗留。

周承诀正在写数学卷子最后一道大题，就差几行步骤，听见下课铃声响，也没受干扰。

等几行过程写完后，他再抬头看向岑西的座位，那个往常都会留下来多写半小时作业的姑娘，这会儿已经不见人影了。

周承诀面无表情地盖上笔帽，情绪有些不佳。

他知道岑西这样赶时间离开，估计又接了什么活干，越想便越不舒服。

身旁的严序正好结束一把游戏，见周承诀放下笔了，也下意识往岑西位置那边看了眼，见没人了，才问他："回家吗？"

那位都走了，他不至于还有什么别的事吧？

周承诀弯腰捞起桌下的篮球，偏头看向严序："打会儿球吗？"

"你不是才刚病过？"

"发泄一下。"

严序看了眼他表情，秒懂，估计心情不太好，也没多问："走。"

天色渐暗，两人打了一个多小时球才出了南高。

回家的路上，周承诀没有半点铺垫，冷不丁就那么问了一句："李佳舒缺钱的时候，你一般都怎么合理地把钱给她？"

严序无语地将头转向他："你第一天认识我们？"

周承诀白了他一眼。

严序冷笑两声："她哪次不是明抢？还需要我合理地把钱给她？我该想的是，怎么合理地把守住最后一点吃饭的钱。"

周承诀听得无语。

"她每次缺钱，我的饭卡就跟成了她的似的，刷起来根本不眨眼。"严序越说越夸张，"我把它塞裤裆里，她都能当街伸手进去掏。"

周承诀无语地偏头瞥他一眼，语气没什么波澜地评价："你俩挺肉麻的。"

"嘻，一块儿长大，什么蠢事没一起干过？"严序一边百无聊赖地拍着篮球，一边随口说，"小时候连厕所都是手牵手一起上的。"

肉麻归肉麻，但是其实还挺让人羡慕的。

至少相互陪伴着，人生的每分每秒都有彼此你来我往的照应。

两人就这么有一句没一句不咸不淡地聊着，路过一个安置小区的时候，严序冷不丁用手肘撞了撞周承诀的手臂："喂。"

"嗯。"

"那不是岑西吗？"严序朝不远处的小区门口抬了抬下巴。

周承诀的视线当即顺着他示意的方向看过去，在确认过对方确实就是岑西后，脚步已经不受控制地往那边走了过去。

"她干吗呢？"严序随口嘀咕了句，"送外卖？也没见她手上拿东西啊。"

"不知道。"她每天忙得要命，他问，她也不愿意说太多。

小区监控室内，岑西找到了值班保安，请求对方给自己找了那天被朱邱建殴打抢钱时，电梯里的监控录像。

按理说，这种回放不是随便能给人看的，但好在值班保安人不错，家里又有个和岑西一般大的女儿，听她说完就忍不住共情来气，替她找的时候也义愤填膺的。

回放很快找了出来，两人凑在显示屏前看了两遍，不说岑西，就连素不相识的保安都忍不住皱起眉头。

岑西从校裤口袋里摸出手机来，小声询问保安叔叔："请问这个视频能给我保存一份吗？"

保安大叔自然知道她的用意，然而同情归同情，气愤归气愤，自己本职工作上的基本原则还是不太能随便违背的。

保安抱歉地冲她笑了笑："不好意思小姑娘，原则上是不可以的。"

这话岑西熟悉得很。

那晚在望江和周承诀一块儿看电影的时候，她曾借电影的由头问过他类似的情况，周承诀替她分析的时候，就说过一模一样的话。

岑西不自觉握紧掌心中的手机，正想按照当初周承诀教她的方法，尝试性地实践一下。

结果她还没来得及开口，就听监控室外的走廊传来两道熟悉的男声。

一个穿着南高校服的男生抱着篮球从监控室窗外狼狈地跑过，明明是一副逃窜的样子，可在经过监控室窗前时，肉眼可见地放慢了脚步，边跑边喊："别打我，再追，老子找人弄你。"

岑西眉梢惊诧地扬起。

跑过去的那个人是严序，她一眼就认出来了。

严序平常在学校虽然总是嘻嘻哈哈不着调的，看起来脾气很好的样子，可到底是和周承诀、李佳舒他们一个圈子的，这几个人家里背景条件就没有差的，人人都知道惹不起，她还是第一次见严序这个样子。

正想着，身后很快又追上来一个蓝衣校服少年。

"别被我抓到，我弄不死你。"

这道声音比方才严序的声音还让岑西感到熟悉。

她仅扫了一眼便知道是周承诀。

周承诀打架序？

小姑娘愣神了一秒，而后很快反应过来，轻推了推保安大叔的肩膀："叔叔，你快去看看吧！那人好像被打得挺严重的！"

"这帮小兔崽子，敢在我眼皮子底下打架。"保安大叔闻言，几乎是想都没想，迅速起身，"你在这儿帮我看着点，别让别人进来。"

岑西忙点点头："没问题。"

监控室内很快只剩下岑西一人，小姑娘握着手机的手都紧张得发抖。

下一秒，身边响起周承诀熟悉的低嗓："哪一段？我帮你录。"

岑西愣怔一瞬，而后迅速握上他动鼠标的手背："我自己录，你别看，行吗？"

4

然而这种事情本身就需要抓紧时间，周承诀调整进度条的动作极快，几乎是在岑西开口阻止的下一秒，显示屏上就已经出现了那天她被朱邱建殴打抢钱的画面。

片段并不是恰好从头开始播放，从周承诀眼前闪过的那一瞬间，岑西已经被推倒，朱邱建正数着从她那儿抢来的一沓现金。

少年握着鼠标的力道一紧，正想往前调，一双柔软温暖的小手忽然覆盖上他双眼。

令人心疼发怒的画面当即从眼前消失，只剩下一片漆黑，和她掌心的温度。

"周承诀，我不想让你看……"女孩的话音中带着些许恳求。

她有她的骄傲，她觉得这样很难堪。

周承诀强行压下火气，努力让自己的情绪不要太过失控，当务之急是把视频录到手。

"好。"他嗓音带着点哑，能听得出来克制之下仍旧藏着怒意。

说完，他松掉鼠标，背过身去，走向监控室门口，替岑西把着风，咬着牙关尽量平静地指导她："键盘上找到画着上下左右的标志，按那个左键，多按几下视频就会往回倒。"

以岑西家里的条件，她大抵连电脑这东西都没接触过，好在她聪明，周承诀又指挥得很细，原本一头雾水的女孩很快从那难堪的心境中挣脱出来，按照他的指示，快速投入到该干的正事中去。

　　周承诀背对着她和监控显示屏，全程信守承诺，哪怕内心再煎熬，也没有半点转身窥探的念头，给足了她信任和安全感。

　　期间没听见她的动静，担心扰乱她进度，也不催她，只时不时给她播报一下严序"逃亡"的轨迹，再平静地来几句"不着急，安心录，把东西录全了"，来定定她心神。

　　岑西动作也快，约莫不到两分钟的时间，完整的监控录像就这么安安稳稳地躺进了她的手机里。

　　严序这小子也是个人精，拖时间的本事一绝。

　　担心跑太慢被保安抓了，又担心跑太快，见不着人影，对方就不打算管了，直接打道回监控室。

　　因而全程将两人间的距离控制在十米左右，让保安看得见，又捉不着，就这么钓了好一会儿。

　　片刻后，裤兜里的手机"嗡嗡"传来两声响，他边跑边掏出来扫了眼，是周承诀发来的消息，事已成，让他可以撤了。

　　严序脚下一溜烟，瞬间出了小区，跑没影了。

　　岑西也没打算真在监控室里逗留，和周承诀两人前后脚出去后，轻轻替保安大叔将门虚掩上，便也出了小区。

　　路上，她一言不发，心跳得很快。

　　似是当心对上周承诀的视线，他就会向自己发问，因而连头都没敢抬。

　　她不说话，周承诀也没吭声。

　　两人就这么一路寂静无声地走了十来分钟，眼看她低着头，就要迎面撞上不远处榕树的粗壮树干，周承诀才冷着张脸，伸手一下握上她纤细的手腕，将人扯到自己身旁。

　　"看路。"他语气不是太好，带着点生硬，不过已经是努力调整过的了。

　　半晌，他还是忍不住道了句歉："对不起。"

　　岑西此刻思绪也并不是很清晰，闻言，茫然地偏头抬眸看了他一眼。

　　"我语气不好，"少年也没对上她的视线，自顾自地解释了句，"我不是要冲你发脾气。"

　　岑西忽地一怔，眼眶控制不住泛起酸涩。

　　她长这么大，几乎已经被人骂习惯了，人人都觉得理所当然，没人想过和她道歉。

这辈子还是第一次接收到因为语气不太好而表达的歉意，哪怕她压根儿没觉得他语气不好。

说来还挺奇怪的，从前被打骂也只是咬着牙扛，除了麻木和幻想以后长大靠自己的能力逃离，其实没有太多情绪。

而今天，周承诀明明是在向她道歉，某种说不清道不明的委屈却控制不住涌上心头。

这种少见的小情绪，她印象中只有过两次，两次都在周承诀面前出现。

"那王八蛋一直这样吗？"少年终究还是没忍住，咬牙切齿地问了句。

岑西沉默了许久，才勉强挤出了一声"嗯"。

"缺钱也是因为这个？"周承诀心里揪着难受，可还是不得不冷静。

岑西没答他，只一个劲地盯着脚尖往前走，小声道："你别管了，反正他很快就要走了。"

朱邱建是个烂人，这世界上所有肮脏的词汇用来形容他都不为过。

她不想让周承诀同他有一星半点的接触，哪怕是为了帮她。

不远处20路公交车鸣着长笛缓缓在公交站牌前停下，似是不想让他在身边继续追问，小姑娘拔腿就往公交车上冲。

周承诀没防备，就这么眼睁睁地看她上了车，将自己甩在原地。

他这辈子还没被人这么气过。

偏偏对她又生不起气。

片刻后，手机上收到了她发来的消息。

橙c：不好意思啊，还有个单子要做，去晚了要来不及了，我就不和你一块儿走了。

周承诀望着逐渐消失在视野尽头的公交车车尾，脑子里却不断回放着那仅仅在他眼前闪过一瞬的画面。

他不是个蠢人，前前后后稍微想想便将事情的来龙去脉理清了个大概。

包括她最近过于反常地拼命赚钱。

周承诀这会儿忍不住开始讨厌起了自己。

明明知道岑西是个非常容易满足的姑娘，对于钱财这种东西，从来没有过多的欲望，最大的梦想就是吃饱饭、睡好觉，有机会安安心心地上学便好，突然这么着急赚钱，一定有她的原因。

他当初就应该答应她去那个什么度假村的。

只是去个度假村而已，又不是要他的命，他怎么就这么平白地又让她本来就不容易的人生，难上加难。

周承诀随手拦了辆的士，从网上查了 20 路公交车的路线，让司机按着那路线开。

轿车速度比公交车快，没一会儿，那辆扬长而去的公交车再次出现在他的视线范围内。

公交车上，岑西漫无目的地眍着车窗外不断往后倒退的街景。

她其实还没有好好看过这座城市。

但在南嘉的这段时间，是她到现在为止的人生中，最幸福的一段时光。

有热情仗义的同学朋友，有温柔护短的老师主任，小姨嘴硬心软，对她其实也挺不错的，有地方吃饭有地方睡觉，可以踏踏实实地、安安稳稳地上学。

这已经是她幻想中，最美好的生活了。

她也体验了这么长时间，算起来也足够幸运了。

她知道自己运气向来不好，体验过便知足了。

就是想到或许就快要离开了，多少还是有些舍不得。

那就再多看几眼吧，带给她最好回忆的南嘉。

一路上，手机响个不停，是周承诀发来的消息，岑西没敢点进去看。

公交车摇摇晃晃驶入终点站时，她才漫无目的地从座位上站起来。

这地方她没来过，可她一点都不恐惧，反正是在南嘉，哪里都比嘉林好。

女孩低着头，闻着傍晚时分的烟火气，沿着街边小店慢悠悠地往前走。

一直到被理发店门前的广告立牌挡了去路，她才不得已停下脚步。

岑西不经意抬眸扫了眼立牌上的广告词，无神的双眸忽然有了几抹光彩。

她第一次知道原来连头发都这么值钱。

按照她扎在颈后的头发长度来算，她这头长发差不多能卖个八百有余。

小姑娘几乎没有半点犹豫地朝店内走去。

同店员沟通完来意，她顺利地坐到了偌大的镜子前。

理发小哥拿着围布过来替她仔细系上，一只手拿着剪刀，另一只手捏到她颈后马尾的最顶端，在下剪子前，还是问了句："想清楚了吗，小同学？"

其实还是舍不得的，但走到这个地步，这是唯一的办法，岑西紧了紧手心，确定地点了点头。

剪刀即将要落下的一瞬间，店门口响起周承诀的低嗓："别剪，我不同意。"

少年进门的步伐很急促，呼吸还带着点喘，很明显是一路跑着过来的。

方才岑西下车的地方不允许轿车停靠，他生生坐在车上绕了点路，眼睁睁看着岑西不知去向。

后来下了车，猛地往这边跑，沿路挨个店找过去，在看到这家理发店门口那立牌的一瞬间，他的心脏一下子全揪在一块儿。

女孩和理发小哥闻声，齐齐回过头来。

就见周承诀沉着张脸，半点没有要和她商量的意思，直接伸手替她将系在脖颈上的围布解开了。

而后他紧紧攥起她的手腕，将人从靠背椅上带下来，偏头抱歉地冲理发小哥打了声招呼："不好意思，耽误你了，我们不剪了。"

说罢，他难得霸道地将岑西的话当作耳旁风，直接将人从理发店里带了出来，走到路边，随手拦了辆出租车，一把将人塞进去，而后自己也跟着入座。

"落锁，师傅。"周承诀仍旧禁锢着女孩的手腕，不许她从自己身边离开。

"好嘞，去哪儿？"师傅十分配合地"咔嗒"一声落了锁，而后打着方向盘开始掉头。

周承诀面无表情地说了句"望江"，而后将视线重新落到身旁少女身上。

他先是将大手探到她后脑勺上，确认她那一头长发毫发未损后，脸色才稍稍缓和下来。

"你把我气死得了。"周承诀仍旧不舍得将她的手放开，"能不能别这么倔？"

简单两句，他又停止了唠叨，只冲她伸手，语气听不出什么情绪："你手机，拿出来。"

岑西的睫毛微扇了下，本想拒绝，可想到这手机本来就是他借给自己的，只能从校裤口袋中掏出来，交到他手上。

"解个锁。"

"没密码。"

周承诀沉着张脸，面无表情地点开页面上的微信，将聊天列表稍微往下一划，很快便找到林诗琪的对话框。

岑西偏头睨着他的动作，见状，忍不住伸手去阻止："喂。"

"别动。"周承诀瞥她一眼，为了让她安心，又补了句，"我不会看你们聊什么。"

随后，少年单手快速地在输入框里打起字。

橙c：在吗？你之前说的度假村的事，还作数吗？

那头很快有了回音。

047：有有有！我都说了，长期有效！

橙c：好，我问过周承诀了，他同意了，就定国庆假期去。

047：啊啊啊啊啊啊啊！我就说嘛！总有机会的！我真是太激动了！西西你简直是我的女神！

一旁的岑西看着这聊天记录，脸一阵红一阵白的。

周承诀倒是比她淡定得多，像是压根儿和自己无关般，继续面无表情地同对面对话。

橙c：不过他说了，让你多约点人一块儿去，人多壮胆，人少了他害怕。

047：啊？他有什么好害怕的啊？我家那个度假村就是普通聚会的地方呀。

047：没事没事，我正好也有约其他人的打算，大家一块儿去也热闹点。

047：那你去吗，西西？我请客，来嘛来嘛，一块儿玩呀。

橙c：好，我去。

第十一章
你来，密码没变

/

1

20 路公交车终点站离望江壹号有将近四十分钟的车程。

周承诀替岑西给林诗琪发完微信后，也没将手机还给她，动作利落地锁屏后，直接塞到自己校裤口袋里，没给她半点和对方说清楚的机会。

一系列动作做完后，少年才沉着脸偏头扫她一眼，语气冷硬，但又并非是冲她发脾气："你怎么想的？"

岑西心跳得有些厉害，她也知道方才的选择太过冲动，可那也是她唯一能想到的办法。

女孩没吭声，周承诀也知道她身不由己，哪怕自己心里憋着股气，也并不想对她撒，生生忍下去，最后只丢出一句："下回补课回陆景苑，我让我妈训你两句。"

岑西抿着唇，心情十分复杂，百感交集。

周承诀那话明明也没怎么样，却又让她忍不住再一次委屈。

没什么人像他这样真心替她着急为她生气过。

小姑娘偏头定定地盯着车窗外入夜后已经开始闪烁的城市霓虹和川流不息的车水马龙，明明和半小时之前在公交车上看到的样子没有什么不同，可此刻的心境已经彻彻底底是另一番光景。

周承诀答应了林诗琪的邀请，这也就意味着，她会收到林诗琪两千多块的报酬。

加上她之前一笔笔攒下的小钱，凑齐朱邱建需要的三千块钱已经不是问题了。

换句话说，她或许可以在南嘉继续安稳地读书生活下去了。

岑西收回视线，重新低下头，耷拉着脑袋，有些恍惚。

原本还坐在离她一个拳头之外的少年，忽然往她这边稍稍挪了点距离。

两人垂在身侧的手臂当即相撞到一起，下一秒，周承诀整个人懒洋洋地往后一靠，随后就这么肆无忌惮地将头倒在了岑西的肩膀上。

女孩被惊得一下僵住脊背，整个人坐得直挺挺的，动都不敢动弹一下。

周承诀那磁沉的低嗓当即在她耳畔响起："你放轻松点，太僵硬我靠得不舒服。"

岑西张了张嘴，此刻心跳得厉害，连说话都忍不住开始结巴："你，干吗呀……"

"别吵，我睡会儿，刚刚和严序打了一个多小时球，后来下车之后又跑着逮你，铁打的身体也要休息。"

逮她……

周承诀一边闭目养神，一边又补充了一句："靠着窗框震得太厉害，睡不着。"

岑西闭了嘴，只能软下肩膀，尽量让他躺得更舒适一些。

四十分钟的车程，周承诀就这么靠了一路。期间，岑西也抵挡不住摇摇晃晃的车身带来的困意，不自觉侧着头贴在少年黑色的发顶上，就着呼吸间那股淡淡的熟悉味道，也安安稳稳地睡了过去。

许久之后，的士按照周承诀先前说的地址，驶入了望江壹号地下临时停车场。

周承诀先岑西一步醒来，闲散地掀了掀眼皮，见她还睡着，安静地看了几秒钟，再把打车费扫了，最后才伸手轻扯了扯她脸颊："到了。"

岑西迷迷糊糊地半睁开眼，微皱着眉，一边揉眼睛一边打哈欠，看起来困得要命，压根儿没睡够的样子。

周承诀不自觉勾了勾唇，将人连扶带牵地，拽着一块儿上了楼。

电梯快到三十六楼的时候，岑西终于清醒了。

眼见电梯门开了，她没准备跟着他一块儿踏出去："我还是直接回店里吧。"

周承诀脚步一顿，不容拒绝地攥着她手腕，将人从电梯里带出来，没打算和她商量的意思："外卖已经点好了，马上就到，吃完再走。"

临近国庆假期前夕，南高老教堂的银杏树已经有了泛黄的迹象，闷热酷暑逐渐褪去，秋风卷来丝丝凉意。

学校里还没发放冬季校服，不少同学已经在短袖外面自行加了外套。

岑西没有多余的衣服，仍旧一身夏季校服傍身。

假期前的最后一节自习课，饶是火箭班大神们也基本都兴奋得坐不住了。

班主任叶娜娜理所当然地把课占了，在讲台上一边安排周围同学分发假期安全须知单，一边看向从教师办公室里抱着东西满载而归的毛林浩等人，指了指讲台边上的一块空地："往那边放，谁有剪刀，借一下，包装拆了，一人一份给大家发下去。"

李佳舒好奇地探头探脑："娜姐，你要给我们送什么大礼啊？"

严序被李佳舒这反应蠢笑了，坐在最后一排，单手握拳抵在唇边，低低地笑了几声。

而后就见叶娜娜似笑非笑地冲李佳舒眨了眨眼："确实是有大礼要送给你们。

"来，几个课代表一起，一人负责一组，把咱们姚主任给你们特别定制的、南高独一份的国庆大礼包挨个送到大家手上。"

李佳舒被叶娜娜这笑给弄得心里有些发毛，茫然地转身朝岑西嘀咕一句："老姚什么时候变这么好了？"

岑西忍俊不禁，有些心疼她的单纯，只淡定地预测："你一会儿就要骂他了。"

下一秒，毛林浩正好将那所谓的大礼发到了李佳舒的位置。

她原本还一脸期待，眨眼的工夫就如岑西所说，开始话不重样地诅咒老姚了。

"把这脏东西从我眼前拿走！啊啊啊！"李佳舒抱头崩溃。

国庆总共就七天，一科一本《开心国庆》，老姚是不是疯了！他怎么还不退休！

"谁能帮我联系一下初中那会儿偷我竞赛题的选手，问问他能不能再来偷一次，全偷走，我一点也不怪他。"

严序笑得肩膀都在抖，忍不住发消息嘲讽她：你蠢不蠢，老姚能给你送什么好东西？

李佳舒打起字来的力道都重了几分：不知道你怎么能笑得这么开心呢？

简直不敢相信我这么帅：？

李佳舒很快给他发来一张两秒钟之前现拍的照片。

简直不敢相信我这么美：这几本我不打算做，你负责帮我做完。

简直不敢相信我这么帅：我欠你的？

李佳舒没再回复他，脸上终于重新染上几分笑意，"我欠你的"这四个字，在严序嘴里于她而言，基本等同于"我答应了"。

假期前的最后一个晚上，也是朱邱建给岑西筹钱的最后一天期限。

小姑娘捏着厚厚一沓现金，紧张地在小天台上漫无目的地来回走动。

岑西并不想再见到他，可既担心他来找自己，又担心他不来找自己。

时间渐渐来到夜里七点，岑西在天台的矮围墙四周都观望了好几遍，仍旧没有看到朱邱建出现。

她焦虑得坐立难安，索性直接下了楼。

烤鱼店内，收银台上的小姨似乎又在和母亲打视频，女人恳求的嗓音隐隐从那头传来，岑西听得不太真切，但多少还是能听见些。

说来说去，话里话外，还是替朱邱建借钱的事。

要说她之前还有些怀疑这三千块钱朱邱建拿走之后，到底是不是真的要买机票出国，今晚听母亲在视频里这么一说，倒觉得朱邱建应该是真想走了。

不然一般要是缺钱，就从她这儿抢一些走，不会真的执着于三千块这个数字，甚至估计觉得她筹不到这么多，还不停地让母亲朝别的亲戚朋友低声下气去借。

小姨仍旧在推辞，她其实也想借，总觉得能把那渣滓送出去，别成天回来惹事最好，可偏偏钱基本都在小姨夫那儿管着，她想借也掏不出那么多。

岑西捏着手中一沓钞票想了很久很久，最后待小姨将视频挂断之后，轻手轻脚地凑到了她跟前。

她将钱一把塞进小姨手中，对方当即蹙起眉头，语气里带着些质问的意味："你哪儿来的这么多钱？"

岑西紧张地舔了下唇，没回答小姨这话，只将自己的打算简洁快速地对她说了一遍。

小姨捏着钱，垂眸半晌没开口说话，片刻后，才叹了一口气，抬头看她："你想好了？三千可不少。"

岑西点点头，她没有别的选择，这或许是最后的机会。

"好吧，我一会儿给你妈再打个电话，让她过来，你……"女人话音顿了顿，"要不去同学家玩会儿？别和他俩碰上了。"

岑西眼眶微微泛酸，嗓音也控制不住有些哑："好。"

岑西转身要走之际，小姨又忍不住开口将她叫住。

她回过头，就见小姨拧眉忧虑地看向她："我不是你父母，所以我也没什么资格管教你，但是……还是要问你一句，你这钱到底是做什么来的？"

三千不是小数目，小姨不认为一个年纪轻轻的小女孩，有能力在这么短的时间内筹齐。

岑西紧了紧手心，难得扯谎："卖、卖笔记，我上回考得挺好的，学校里很多人找我买。"

小姨稍稍松了口气："行，别为了钱不管不顾的就行，你走吧。"

女孩点点头，几步小跑回了天台。

岑西在小天台的长桌前坐下，夜里秋风瑟瑟，吹得她裸在外面的两只手臂都有些发凉。

小姑娘双手交叉环抱在胸前，捂着手臂上下来回摩擦着，一时也想不起能去哪儿。

李佳舒、江乔她们都住在别墅区，离烤鱼店比较远，想来想去，她脑海里只剩下一个一闪而过的念头。

岑西握着手机，十分纠结，半响没有动静。

直到楼下传来小姨打电话的声响："噢，你们快到了是吧？我在店里……他不在，他开车送货去了，你们俩直接过来就行。"

想到如果再不离开，或许就要被迫和那对夫妻迎面撞上了，岑西心跳控制不住剧烈起来，最后还是硬着头皮点开了周承诀的微信。

望江壹号顶楼，周承诀正在洗澡，玻璃隔断氤氲着水汽，少年随手丢在不远处洗手台上的手机振动两下。

他对所有人都设置了免打扰，除了岑西。

因此也只有岑西发消息过来，屏幕会直接亮起。

见屏幕发着光，他当即关了花洒，擦干净手跨出去。

橙c：你现在在家吗？

周承诀几乎是秒回：在。

橙c：在干吗啊？有空吗？

zcj：正洗澡呢，怎么了，有题要问啊？你发过来我看看。

橙c：不是，我就是想问问，现在过去你家一趟，会不会打扰你啊？

周承诀想都没想，打字的速度飞快：你来，密码没变。

2

收到周承诀准许的回复，岑西稍稍松了口气，动作利落地小跑回隔间，拿了本下午刚发下来的国庆假期大礼包练习册塞书包里，背上就马不停蹄往楼下走。

去望江的路她几乎已经刻在脑子里了，连小区大门的保安都对她十分眼熟，大晚上的见是她来了，没盘问也没拦人，甚至也没打电话询问一下所谓的业主，直接替她开了门禁，将人放进去了。

岑西小跑进电梯的脚步十分轻快，等到了三十六楼，在周承诀房门前站定，想到她从店里过来也不过就五六分钟的路程，不知道周承诀这会儿洗好澡了没有，索性连门铃都没打算按，直接熟练地按了密码将门锁解开。

女孩自如地从鞋柜里翻出自己那双粉色拖鞋，弯下腰正准备换时，周承诀不紧不慢地从浴室那头走了出来。

岑西闻声不自觉抬眸朝他的方向看去，整个人仍旧保持着弯腰，单只脚弯着拆鞋带的姿势。

周承诀应该是刚洗完澡，黑色短发还带着点水汽，偶尔有一小颗水珠从耳后流经到脖颈。

明知道她要来，也没特意换成外衣，随意穿了套宽大的黑色睡衣，脖子上挂着条白色毛巾，单手时不时用毛巾擦拭那刚刚洗过的头发。

少年一出来，视线就下意识在屋内寻找岑西的身影，看了一圈，很快发现小姑娘还在玄关这边，便径直朝她的方向走来。他一句话都还没说，先俯身伸手将她身后靠墙放置的迷你沙发一把拖了过来，直接拖到岑西身后，语气平淡道："坐着换。有换鞋凳不坐，晃晃悠悠的。"

岑西当即往后一靠，全身重量全卸在小沙发上，半蹲着的姿势给双腿带来的酸痛感瞬间消失。她低着头，继续手上拆鞋带的动作，嘴角忍不住无声地弯了弯。

周承诀随手将毛巾松开，任由它挂在自己肩头，弯腰去够她随意放在脚边的书包，打算先替她拎进去。

结果拿到手上一掂量，轻飘飘的，几乎没有什么重量，估摸着里面就只带了一本练习册过来。

"你东西没收拾好一块儿带过来啊？"周承诀冷不丁发问。

岑西换好拖鞋，茫然地抬眸看向他："什么东西？我带了一本数学练习册来写……"

应该够了吧，那本还有点厚度，一个晚上估计也写不完。

周承诀眉梢微抬了抬："明天不是要一块儿去那个什么度假村？过好几天夜啊，换洗衣服都不要带？"

岑西"噢"了声，她差点忘了这回事。

小姑娘从入户门厅的沙发上起身，边跟着他往客厅走边说："没事，反正我东西不多，只有两件衣服，等晚上回去了再塞包里就好。"

"你还回去？"周承诀脚步停下，偏头看她，语气带着点疑问。

岑西眨了下眼，没懂他什么意思："怎、怎么了？"

"你晚上不住这儿？"周承诀随手将她的书包往客厅的沙发上一放，闲散地朝冰箱那边走，拿了两盘切好的水果出来，往她面前的茶几上摆。

"住这儿？"岑西被他问蒙了。

"嗯。"少年单手不自在地捏了捏后颈，"你还打算回去啊？我以为你晚上直接在我这儿睡了，明天正好一块儿走。"

"不是……"岑西摇了摇头，有些尴尬地嘀咕了句，"哪能没事动不动就来你家睡……"

话音虽小，可周承诀还是听见了，少年理所当然道："有什么不能的？"

岑西诧异地抬眸看了他一眼，而后很快又将视线收回，莫名心虚地别开眼神，小声道："我就是，不想和我爸妈碰上，他俩要过来拿钱，我让我小姨出面给他们……"

"今晚？"周承诀和她随意聊着，又不紧不慢地走到水吧台那边给她弄了杯喝的过来，递到她手上后，直接在她身旁的沙发上坐下。

岑西点了点头，但表情仍旧带着些许担忧。

估计是担心那两人拿了钱又只是随意挥霍，并不是真的打算离开，因而哪怕凑齐了钱，心情却没有想象中的放松。

周承诀定定地看了她几秒钟，而后大手不自觉地探到她脑后，力道轻缓柔和地揉了揉她细软的长发："放心吧，如果是借口，不打算真走，不会这么认真地找人到处借钱。况且我想了想你那天和我说的情况，你爸……"他话音一顿，迅速换了个称呼，"朱邱建那人贪心得很，有人说要带他出去挣大钱，这诱惑对他那种赌徒来说太大了，他不可能放弃的，别担心了。"

话音落下，周承诀顺手点了下手机屏幕看看时间："现在不到八点，过了十点，你给你小姨打电话问问看。"

岑西这会儿思绪还因为紧张而不太清晰，脑子里乱乱的，听他这么说，倒是稍稍松了口气，总觉得某种莫名其妙的安全感油然而生，乖巧地点点头，也不再多想。

脑子里的杂念暂时消散，岑西很快便从书包里掏出练习册来，拿起笔开始认真地在题干上打起草稿。

这进入状态的速度也太快了，都还没好好聊两句，周承诀忍不住无奈地扯了下嘴角。

少年懒洋洋地倚靠在沙发上，偏头看着她一连写完三道选择题，最后还是冷不丁开口问了句："你今晚真的不在这儿睡？大晚上的来来回回折腾什么？"

岑西打草稿的笔尖一顿，犹豫了三秒钟，写下一个 C 选项后，才慢悠悠地开口问他："你是，又害怕了？"

周承诀抬手用毛巾擦头发的动作也停了三秒钟，而后面不改色理所当然地道："对啊，我不就这胆子吗？你来都来了，别走了呗。"

"反正你东西不多，明天一早再去拿也是一样的吧？"周承诀见她没吭声，又用手肘抻了抻她手臂，"喂，说句话啊。"

"好吧……"岑西点了点头。

周承诀心情大好，拿起桌前的叉子插了块水果递到她手边："吃，别光顾着写。"

见她接了，他也没有再打扰她写题的意思，从自己书包里掏了份一样的题出来，坐在边上安安静静地一块儿写。

约莫过了半个多小时，周承诀的手机响了起来。

他满不在意地扫了眼，见来电显示是严序，随手接起来："干吗？"

"你没看小群啊？"严序问。

周承诀理所当然地反问："我是会看小群的人？"

严序忍不住腹诽，岑西在群里发个句号，你都要出来"嗯"一声，也没见你看得少了。

那小群里全是平时关系极好的几个人，又都是同班的，学习成绩也大差不离，大家平时除了聊天水群，聊些没有营养的话题，很多时候也会在里头互相讨论当天碰到的难题，抑或是课外自己找来的什么卷子。

毛林浩最喜欢在里头发问，遇到什么写不出来的题，随手一拍就往群里发，再艾特全体成员。

其实大多数时候，他是想要周承诀回他的，毕竟理科方面，基本没有周承诀不会的题，加上他的思路比普通学生更加清晰，哪怕是大家都能想出来的题，他用的方法也是最简洁的。

然而周承诀这小子本身就嫌李佳舒太吵，懒得看群，除非单独私聊他，不然等他回消息几乎就是等一个轮回。

不过后来，大家也都慢慢地发现了个潜规则。

岑西出来问问题的时候，周承诀没多久便会发张手写过程的照片给她。

像是对她的消息做了什么特殊提醒般，有问必答。

毛林浩好歹也是个数学课代表，虽然平时憨里憨气，可脑袋到底是竞赛脑，怎么说也还是挺灵活好使的，发现了这个潜规则后，他每回在群里问完题，艾特完全体成员后，都会试图再单独艾特岑西一条。

岑西偶尔会直接给出答案，她的解题思路和过程其实并不比周承诀差，甚至两人的风格十分类似。

偶尔要是碰上她也不会的题，她就会发个可可爱爱的表情包，说自己也不会。

那么基本上几分钟之后，周承诀的手写答案就会出现在群里。

严序也没管周承诀的反问，直接简单明了地切入主题："群里发了明天去度假村的具体行程安排，你和岑西怎么回事，我们都讨论半天了，你俩愣是一个字不吭，出来讨论，我再找找她。"

周承诀眉头微拧了拧："你找她干吗？"

严序理所当然道："让她看群消息，发表点意见啊，总不能光考虑我们的喜好吧？大家都得出来看看有没有问题。"

周承诀一口回绝他："不用你找了，我和她说。"

严序那边忽然沉默了三秒钟，而后语气变得有些贱兮兮的："她该不会在你家吧？你俩现在在一块儿？"

周承诀下意识瞥了眼身旁的少女，心想她估计也不愿意私底下的事被人拿出来议论，随口敷衍对面："没有。"

严序当然不信："那正好，林诗琪不是说明天还有她别的学校的朋友一块儿去，大家住得四离五散的，也不好都在南高集中，最后把集合地点选在相对比较中心点的古巷爱心树那边，那块搭地铁什么的也方便。

"所以我刚刚和李佳舒商量了一下，我俩今晚就准备去你那儿住一晚，明天咱们一块儿出发，怎么样？"

"不怎么样，别来。"周承诀想都没想便立刻开口拒绝，"我不在家。"

岑西闻声偏头瞄了他一眼，就见他又一本正经地回："你俩自己来也不行，我家密码早换了，别想进来。"

严序笑得肩膀都在颤："行，我刚刚又问了李佳舒，她说决定明天一早，五点左右吧，就上你家集合去。你俩，噢不，你一个人，单独，等着接我们俩大驾吧。"

周承诀听得无语。

3

挂断电话之前，周承诀又下意识看了眼岑西，见小姑娘正盘腿靠在沙发上，抱着练习册有一搭没一搭地专心写着大题，闲散地起身往卧室方向走去，期间只让严序等他一会儿，有点事和他说。

到了卧室，周承诀将房门虚掩上，而后走到阳台上，这才重新开口对严序吩咐道："你让李佳舒出门买几套女款秋装，还有，帮忙多准备一套女孩滑雪的装备。明天你俩过来的时候，一块儿带过来，找我报销。"

严序当即领会他的用意，自然是不会拒绝，一口答应下来，答应完了，又不想放过他，继续明知故问贱兮兮道："行啊，那这个……尺码呢？你不说尺码，我们不好买呀。"

周承诀轻扯了下嘴角："你是不是欠打？"

严序听到他这语气都觉得好笑："那我就和李佳舒说，按照那谁的尺码买了啊？"

"嗯。"

"就语文一百四以上那个哈，我最后再确认一下。"

周承诀无语地冲严序挑明了讲："和李佳舒说按岑西的尺码买，懒得和你废话，挂了。"说完，他直接按下挂断键，踢着拖鞋出了卧室。

客厅里，小"过来"估计刚刚睡醒，从自己的狗屋里出来后，看到岑西坐在沙发那边，立刻兴奋地冲过去摇尾巴转圈。

这小家伙自从上回被送到望江这边住了几天，正好遇上岑西过来，见小姑娘还挺喜欢的，周承诀便索性将它直接留在自己身边养，没再送回陆景苑那边。

女孩笑着将它从地毯上捞起来，抱到自己怀里。

小崽子前一秒还跟发了疯似的，又是转圈又是恭喜恭喜地不停表演着，下一秒被岑西抱起来，立刻变得乖巧起来，就这么老老实实缩成一团窝在她腿上，任由她将练习册轻轻搭在自己身上，一边写，一边顺手撸一撸它干净纯白的毛发，半点不反抗，享受得不得了。

一人一狗就这么和谐共处了一会儿，周承诀正好打完电话从卧室回来。

小家伙听见不远处传来它主人熟悉的脚步声，连身子都没有动弹，只转着两颗圆溜溜的葡萄眼看向他，眼神里似乎还带着些许炫耀的意味。

周承诀：挑衅自己？

少年轻哼一声，莫名其妙幼稚地朝岑西发问："你写题就写题，专心点，抱它干吗？"

岑西正在写一道大题的解题过程，这会儿思路十分清晰，闻言，连头都没抬，手上写过程的动作也半点没有停顿，压根儿没抽出时间来搭理他。

一直到整个过程完完整整写完，小姑娘才抬眸看向他："什么？"

她刚刚写得太专心，都没注意他到底说了什么。

周承诀自嘲地冷哼一声，说她不专心，她还挺专心的，狗是要抱的，他说的话是分不出心思听的。

少年也不自讨没趣地把方才的话重新说一遍，而是直接走到她身侧，挨着她坐回沙发上。

而后他朝小"过来"伸出手，直接将那嘚瑟的小玩意从她怀中抱离。

岑西难得不打算配合他，语气里带着些自己都没察觉到的娇嗔意味："喂，你干吗呀……"

周承诀还挺受用地抬了抬眉梢，嘴角抑制不住地往上扬了些许，又装作不经意地压下："你专心写你的，这崽子我来抱。"

结果他愿意抱，小"过来"却不同意，刚被他伸手弄过去，就屁颠屁颠从他怀中挣脱，踏着柔软的沙发，几步又跑回岑西的腿上。

女孩笑了下，揉揉它的小脑袋。

周承诀"啧"了声，又伸手将狗提溜回去，不咸不淡地讽它："那是你待的地方吗？"

小"过来"今晚似乎铁了心要和他对抗到底，才刚被逮回去，又头也不回地朝岑西奔去。

周承诀都快被它给气笑了："谁给你吃？谁给你穿？谁起早贪黑带你下楼遛？"

他说着，便伸手在它脑袋上不太温柔地胡乱揉搓几下。

岑西难得大胆地一把将他的手拍开，批评道："你把它的辫子都弄乱了，我刚刚才给它扎好的，又要重新扎。"

周承诀手还没来得及收回，就这么悬在她身侧："孤立我是不是？"

岑西："嗯？"

"好，可以。"周承诀随手抓起个抱枕往后一靠，"你们人多，我惹不起。"

少年酸溜溜地说完，又瞪了眼那小东西："这么能耐，你不如喊她妈得了。"

哪料想小家伙还真抬起下巴，"汪汪"叫了两声。

这一叫，动静便有些大，岑西一边替它重新扎小辫子，一边轻轻"嘘"了声，教育道："太晚啦，不能叫了哦。"

周承诀微挑着眉梢，盯着那小家伙的反应，就见岑西话音刚落，它当即乖巧闭嘴，又老老实实地趴回她腿上。

周承诀："嗯？"

行，他算是白养了，他说了半天，都上手了，半点用没有，岑西随便一句话它都愿听。

周承诀正瞪它，结果下一秒，被岑西拍了下手臂："你也别和它吵啦。"

周承诀心想：自己冤枉啊！

夜里过了十点，岑西写完了练习册里两套完整的测试卷，全程没有磕磕绊绊，写得十分流畅。

结束后，她满意地盖上笔帽，不经意瞥了眼时间，方才松懈下去的紧张感又不自觉涌上心头。

也不知道小姨那边的情况到底怎么样了。

周承诀这会儿也正好写完最后一道大题，下意识朝她那头扫了眼，见她整个人的状态重新紧绷起来，和刚刚完全不同，心下了然，直截了当地说："给你小姨打个电话问问吧，你在这儿胡思乱想没用。"

岑西不自觉抱着小"过来"缩成一团，这姿势带点防御和逃避的感觉。周承诀知道再这么下去，只会让她更影响心情，焦虑得更久，不如早点问清楚。

"有时候，未知往往才是最可怕的，你所担心的事情，很大概率根本不会发生，不面对，平白多担心焦虑那么长时间，多不划算。"周承诀平静地劝她。

"可是……我也没有我小姨的电话啊……"她虽然有了手机，但没让家里其他人知道，也没用那手机和小姨通过电话。

周承诀闻言，熟练地从茶几的抽屉里掏出一张"至死不鱼"的外卖小卡片，往她手里一塞："这上面有号码。"

这下她彻底没了逃避的借口，小姑娘索性把心一横，硬着头皮拿起手机，对着那个号码将电话拨了过去。

这个点，店里其实挺忙的，不过有几个固定的小时工帮忙，客人如果不是多得过分的情况下，小姨一般都在收银台负责记账算钱。

电话很快被接起来，那头女人一听是岑西的声音，立刻知晓她要问什么，语气也显得十分轻快，听起来心情很不错："你放心吧，我和你妈一块儿陪着去了机场，眼睁睁看着你爸和他那个什么朋友上了飞机才回来的。"

小姨长舒一口气："这下是真把这瘟神送走了，你能好好上学，我也能好好开店，估计没个三五年，他不会再回来了。挣钱了，他舍不得回来；挣不到钱，他连回来的机票钱都凑不齐。你就安心吧。"

岑西这事早和周承诀说开了，对他也不再有秘密，这通电话从一开始就开了免提，这会儿听小姨这么说，她开心得眼眶都忍不住红了红。

她下意识看向周承诀，后者嘴角同样勾着笑，伸手轻扯了扯她脸颊，轻声说："放心了吧？说了没你想的那么糟糕。"

岑西鼻尖泛着酸，乖巧地点点头，正想和小姨打个招呼把电话挂了，结果就听电话那头传来女人的嗓音："谁在说话啊？你旁边有男的吗？"

突如其来的心虚涌上岑西的心头，小姑娘几乎是条件反射般捂住手机："没、没啊。"

"那我怎么听见刚刚有个声音，说'什么放心吧'。"小姨疑惑地猜着，"你现在在哪儿啊？"

"同学家，呃，女同学。"岑西咬着唇，脸颊涨红，开始鬼扯，"就，上次来店里聚餐，坐我边上那个女同学。"

"佳舒啊？"

小姨居然还记得佳舒的名字，这倒是让岑西挺意外的。

岑西连忙应声："对。"

其实她也不过是来周承诀这儿写了一会儿作业，就连她自己都没想明白，为什么要对小姨扯谎。

"那就好。"小姨也没再问，只说，"那你没事就早点回来吧，很晚了。"

"好的。"

"你紧张什么？"周承诀突然看向她，似笑非笑地问，"你不就来我家写个卷子、摸了条蠢狗？"

岑西脸颊控制不住一阵臊，几乎是想都没想就伸手往他手臂上拧了一下。

周承诀差点没被她气笑了，"嘶"了声，一边吃痛一边低低笑出声："你再拧？说了拧出问题要负责的，你故意的是不是？就想上赶着负责吧。"

岑西当即收回手，抱着狗往边上挪了几步，没再同他继续这奇奇怪怪的话题。

她想起方才小姨电话里说的话，想了想，冲周承诀说："我晚上还是回店里吧……"

"回什么回，都多晚了。"周承诀瞥了眼她怀中的狗崽子，朝它抬了抬下巴说，"你晚上抱了它这么久，它认人了，突然走了，它找不到你肯定到处撒泼。"

岑西垂眸看了眼怀中的白团子："它还会撒泼？"

周承诀冷哼一声："它也就是在你面前装乖。"

岑西也没再坚持，倒是周承诀起身进卧室换了件外衣出来，走回沙发边，捞起丢在茶几上的手机，冲她说："走，陪你回去拿趟东西倒是可以。"

他又补充了句："这样明天就不用起太早，你能多睡会儿。"

说完，周承诀已经不紧不慢地朝玄关走去了。岑西忙应了声"好"，将小"过来"放到一旁的沙发上，揉了把它的小脑袋后，也很快跟上少年的步伐。

4

入秋的南嘉气温一天天往下降，两人一块儿出了电梯间，夜里微凉的秋风迎面吹拂而来。

岑西仍旧穿着短袖校服，不自觉缩了下脖子，双手交叉环抱着双臂，温暾地跟在周承诀身旁。

然而还没等她适应户外骤降的气温，女孩只觉得肩头微微一沉，带着些许暖意的黑色薄款冲锋衣已经稳稳当当地披到了她的身上。

那冲锋衣明显是身旁少年的尺码，衣摆垂至膝盖之上，宽宽大大的，毫不费力地将她整个人包裹在其中。

岑西双手揪了揪衣领，仰头看向他："谢谢。"

周承诀没吭声，只将大手探到她头顶，随意揉了两下。

两人回到小天台的时候，老太太已经睡了，岑西担心将她吵醒，进隔间时跟做贼似的，蹑手蹑脚，半点声都没敢发出，整个人的状态比起在望江周承诀那儿，紧绷了不少，不敢有半点放松，拿起任何一件东西都得小心翼翼。

　　周承诀倒是非常习惯地往他平常来这儿吃消夜、写卷子的地方一坐，懒洋洋地靠在椅背上，耐心地等她收拾。

　　片刻后，小姑娘猫着身子拎着自己的书包出来了。

　　周承诀见状站起身来，不紧不慢地走上前去，十分自然地伸手接过她的书包，单手替她拎着。

　　少年随手掂量了下，轻笑："衣服就带个两套，习题带了好几本？"

　　岑西点点头："我全带上了。"

　　"你等着被唾弃吧，好不容易出去玩一趟，还卷大家。"他边说，边朝楼梯方向抬了抬下巴，示意她下楼回望江，"那度假村还可以的，我刚才查了一下，能玩的东西确实不少，你还能有工夫写作业？"

　　"你们玩嘛。"岑西抿着唇，垂眸盯着两人时不时重叠在一块儿的影子。

　　反正这趟行程，本来就是为别人准备的，她只不过是用来充数的，从没想过也有机会一块儿尽兴。

　　"我不都说了，人少了我害怕？"周承诀用没拎包的那只手轻扯了下她脸颊，"这几天跟紧我，听见没有？"

　　这晚仍旧是岑西睡周承诀的卧室，周承诀则懒得去次卧，随便躺在沙发上凑合。

　　也不知从什么时候起，两人对这样的安排都习以为常。

　　第二天周承诀起得比岑西早。

　　其实他俩的作息时间差不多，往常上学时的生物钟也大差不离，可或许是望江这边的条件比小天台那边好上太多了，又安静又避光，床还软，被褥干净整洁，室内还长期恒定在最舒适的温度，岑西每回在望江过夜，总是容易睡过头，没法醒得太准时。

　　加上周承诀没急事就基本不会把她叫起来，回回都是等她自己醒了出来找人，因而总是起得比他晚。

　　这天依旧如此，岑西抱着被子坐起来的时候，整个人还不太清醒，长发睡得乱糟糟的，眼睛都还没能完全睁开。

　　女孩磨磨蹭蹭地下床，迷迷糊糊地眯着眼，按照惯性记忆顺利地出了卧室。

经过客厅发现沙发上没人，正想往别的地方找找看，就听见门铃突然响了起来。

以为是周承诀出门锻炼或者买早餐回来，岑西也没多想，趿着拖鞋"啪嗒啪嗒"便往玄关处走。

入户门开启的一瞬间，李佳舒清脆的声音当即在耳畔响起："快快快，你让我买的东西，沉死了，拿走拿走。严序这个狗，只愿意帮忙拎一半——"

李佳舒话还没来得及说完，抬眸看清来开门的人，惊得瞪圆了双眼。

不只是因为开门的是岑西，她此刻的一身打扮，也十分耐人寻味。

岑西的手足僵在门把上久久没有动弹，女孩睡得乱糟糟的黑色长发少见地没有扎起来，就这么随意披在肩后，身上那宽宽大大直接垂落拖地的睡衣，很显然是男款。

照尺寸和颜色来看，肯定是周承诀的。

而且她这个样子，一看就是刚从床上爬起来，才睡醒的样子。

李佳舒不自觉地咽了下口水，还没来得及盘问，就听见身后电梯"叮"一声，周承诀拎了满满两手热腾腾的早餐，不紧不慢地从里头走了出来。

少年一出电梯，就见那三个人一动不动地站在门口。

周承诀的表情倒是没什么太大变化，只偏头略过挡在岑西面前的李佳舒，看向傻傻杵在原地的岑西，轻抬了抬眉梢，又扫了眼严序，几步走上前挡去后者的视线，语气平淡地冲岑西说："先去把睡衣换了。"

"噢。"岑西闻言，这才回过神来，也不管脸颊烧得有多厉害，立刻转身逃也似的跑回卧室。

她，进了，周承诀的，卧室！

李佳舒眼睛又睁圆了几分，被岑西这熟练又习惯的样子震撼到了。

要知道周承诀那卧室，连她和严序都不能轻易踏入。

岑西换好自己的衣服出来时，其他三人已经坐在餐桌边了。

李佳舒一脸八卦的样子，期间还忍不住将手伸向周承诀刚刚买回来的早餐。结果被他一手臂直接挡回来，语气不咸不淡道："不知道等人齐了再动？"

李佳舒讪讪地收回手，老实挨批。

岑西顶着三人齐齐扫来的目光，尴尬地朝餐厅走来。

等她差不多到跟前时，周承诀顺手替她将她平时惯常坐的位置拉出来，理所当然地让她坐到自己身边。

李佳舒眉梢挑得飞起，见岑西终于落座了，眼疾手快地夹了个灌汤包放到自己碗里。

被她的灌汤包误伤过的严序见状，立刻远离了她几分，而后就听李佳舒盘问道："说说吧，什么情况？"

岑西莫名心虚地偏头扫了眼周承诀，后者竟然完全没有要替她开口的意思，只微勾着嘴角饶有兴致地睨着她瞧，似是要看看她到底怎么回答。

岑西紧了紧手心，思索片刻，冷不丁换了副表情："事到如今，我也不瞒你们了。"

她也不知什么时候将昨晚写的练习册带在了身边，随手从身后掏出来，"啪嗒"一声，两本一下拍到餐桌上，拍到李佳舒的面前。

李佳舒被她这气势震慑了一下，身子微微往后仰了仰，而后视线才落到两本练习册上："什、什么意思……"

"对不起，我和周承诀背着你们，悄悄写了一晚上题。"岑西这会儿也顾不上身旁的少年会不会拆自己的台，一个劲瞎扯，"本来我也不想的，都是他逼的。"

周承诀："嗯？"

岑西两句话脱口而出之后，似乎已经拿捏了那个情绪，演得越发投入："我都说了，大家都不提前写，那我也不能做这种背叛组织的事情，我当时还问他了，非要这样吗？"

"我们这样做，对得起佳舒，对得起毛毛，对得起严序，对得起乔乔吗？"岑西垂下头，"但是很遗憾，我还是没能劝动他，最后不得不被他逼着同流合污，写了一晚上练习册……"

周承诀语气里带着质疑："同流合污？"

岑西心虚地抬眸扫他一眼："这个词汇比较深奥，你不理解也正常。"

周承诀十分无语。

李佳舒附和地点点头："这倒是，你语文四十三分，这个词对你来说超纲了。"

周承诀瞪她一眼。

李佳舒说完，重新回过神来，指着桌上的两本练习册，嗓音拔高："所以你俩一晚上卷完了两本？两本啊！你们还是不是人！"

岑西咬着唇，不好意思地从身后又掏出一本来："其实写了三本……"

严序："嗯？"

周承诀眉梢微抬："你怎么还背着我多写一本？"

岑西："洗完澡之后暂时没什么睡意就……不小心，写了。"

周承诀轻哼一声："可以。"

岑西三言两语，直接将李佳舒八卦的心思全数转移，后者此刻正晃着严序的肩膀发疯："你晚上！务必帮我抄完三本！我不能落后！"

严序无语地白了眼面前这傻子，一把将她的双手从自己身上扯开，将人按回到位置上："吃你的灌汤包吧。"

几个人吃完早餐，稍微收拾收拾便打算出发去集合地。

出门前，周承诀挎了个他往日上学时常背的黑色书包，一只手还拎着一大箱行李装备，空出来的另一只手十分自然地将岑西手里的东西接过。

一时间，浑身上下满满当当。

李佳舒这会儿又和严序打起来了，因为严序只愿意替她拎一半的行李，她便气急败坏地叫他看看周承诀是怎么做的。

严序也挺无语的："人家岑西带几件东西，你带几箱？能一样？"

不过，这两人从小吵到大，严序就没在李佳舒这儿赢过，最后还是任劳任怨扛下所有行李。

岑西想起李佳舒刚刚的话，下意识往周承诀那头瞥了眼，没来由地有些吃味地鼓了下脸颊。

这人之前一副不愿意去、死都不答应、不感兴趣的样子，结果真要去了，又是查攻略，又是满手行李的，看起来倒是很期待的样子。

集合地定在坊间古巷的爱心树下，周承诀叫了一辆车，一行人直达目的地。

到达的时候，人还没来齐，大家便放下东西，准备四处逛逛。

林诗琪好不容易逮住能和周承诀一块儿出游的机会，当然要把握好每一分每一秒。

她兴奋地伴装自拍了几张，而后抱着相机奔到周承诀面前，指了指身后不远处高大翠绿的爱心树，带着少女的羞赧与娇笑："那个，我们合个影吧？"

周承诀下意识往后退了两步，不经意地与她拉开了一段距离，本想委婉拒绝，可想到毕竟借由她之手，给了岑西一笔急需的钱，犹豫片刻后，他稍稍侧头看向正打算拉着岑西去附近工艺品店买东西的李佳舒，淡声开口将人叫住："李佳舒。"

李佳舒闻声回过头："啊？怎么了？"

周承诀朝面前的林诗琪抬了抬下巴："你朋友说要一起拍张大合照。"

林诗琪愣了两秒，脸颊微微发烫，害臊地转身看向李佳舒："啊，对，我们一起拍个合影吧，难得这么多人一起出来玩。"

"好啊。"李佳舒丝毫没多想，当即挽着岑西的胳膊，将人一块儿带了回来，"在哪儿拍？"

林诗琪指了指爱心树："那个当背景吧，我记得好多外地游客都喜欢来南嘉打卡。"

"行。"

一行人闻声，纷纷凑到一处，叽叽喳喳地安排起队形。

同行人里有好几个都知晓林诗琪的心意，很快便互相使眼色，将她和周承诀推到正中央。

周承诀微拧了拧眉心，下意识偏头看向安安静静地站在人群最边上等待的岑西。

"好了好了，这样就差不多了。哎，我找个路人帮忙拍。"林诗琪安排完，正打算拿着相机出列，然而还没来得及，手中沉甸甸的单反被身旁少年一把接过。

周承诀磁沉的嗓音微微响起："我帮大家拍。"

说完，他拿着相机几步离开队列，朝不远处走去："看镜头，大家。"

几个人愣了一瞬，而后很快又收拾好表情，往中间挪了挪，将空出来的位置重新站满后，纷纷朝周承诀手中的镜头绽放笑容。

少年托着镜头，耐心地调整着焦距，一连拍了好几张之后，转身礼貌地叫住正好经过身边的游客，请求对方替大家拍几张合照。

中年大叔本就是个摄影迷，闻言欣然应下。

周承诀忙将相机交出去，而后在众目睽睽之下，几步小跑回队列的最右边，理所当然地站到了岑西身侧。

女孩下意识偏头抬眸看向他，周承诀嘴角微勾，悄悄地将手臂从她身后绕过，在大叔按下快门的一瞬间，轻轻扯上小姑娘的脸颊。

第十二章
我的运气分你点

/

1

几番合影过后，李佳舒比林诗琪还激动，率先一步跑到中年大叔跟前，道了几声谢后，替她将相机拿回来，边走边垂眸凝视相机屏幕中的自己，逐张审判。

一边审判自己，一边批判严序。

"这张不行，我脸上的光都被你的手全挡没了，显得我像块黑炭，严序，我恨你。"李佳舒挑剔起自己来也不含糊，"这张也不行，这太阳也太大了，直接从头顶往下打，这年头谁扛得住顶光啊，显得我面部都不那么平整了，严序你也不替我挡着点。"

一旁无所事事站着听她抱怨的严序觉得非常无语，忍不住回了句嘴："替你挡了不满意，不挡也不行，你自己听听，是人说的话吗？"

李佳舒理直气壮地"哼哼"两声，丝毫没觉得自己有什么问题："你就应该有策略地进行遮挡，挡掉顶光的同时，又要最大程度让其他角度的光照在我脸上。"

严序很想掐死她："我只想比个耶。"

李佳舒总结陈词："那你很土。"

严序被气得没话说，双手环上她脖子，做了个虚掐的动作，虽然也没敢使劲，但好歹出了出气，掐完懒得再听她大放厥词，回头找周承诀去了。

这哥们儿这会儿正凑在岑西边上，一只手有意无意举着不知道谁给的景区纪念扇，挡在岑西头顶，另一只手时不时在女孩握着的手机屏幕上划拉两下，低着头，不知道在说着什么。

凑近了一听，是在教岑西怎么用手机取景拍照。

"明白没？"周承诀平静地问。

"懂了懂了。"岑西点点头。她手机用得少，更不常拿出来拍照，不过理解能力很强，很快掌握要领。

"那试试？"周承诀说。

岑西应了声"好"，才刚将手机举起，就见严序出现在了取景框中。

周承诀："嗯？"

"李佳舒孤立我，正好，你们拿我练练手。"严序冲镜头摆了个"耶"。

岑西轻笑了下，又回了他一句"好"，按照周承诀方才教她的拍照要领，调整了一下角度和曝光度，谨慎地按下快门。

"好了吗？"严序喊了声。

"好了好了。"岑西冲他招了招手，"你来看看。"

严序闻声几步小跑过来，差不多跑到两人跟前时，就见岑西将手机里刚刚拍的那张照片递到周承诀面前，一副期待表扬的模样，弯着眉眼问他："怎么样，拍得好不好看？我学得还挺快的吧。"

在岑西的认知里，周承诀平常是个不吝啬夸奖的人，平常她随便做一件事，都能从他口中听到"可以""厉害""聪明"等各种赞美的词汇。

刚才这张照片，她自认为拍得还不错，不论是角度还是光线，都按照他先前教的照做了。

原以为同样能像之前那样，听到他的鼓励，哪料想，下一秒，少年微沉的嗓音慢悠悠地在耳畔响起："普普通通。"

说完，他再补了句："非常一般。"

岑西有些意外，收回仰头看向他的视线，垂眸重新看向手机里的照片。

他在摄影方面的要求这么高吗？

"我怎么觉得挺好的呀……是整个画面的构图不好吗？"岑西自顾自地嘀咕了句。

周承诀不带任何感情色彩地指点道："其他不错，人物不行。"

严序很不服气，拿过照片一看，为自己辩驳："这还不行啊？你要不说是岑西拍的，我都以为是街边哪个大牌的宣传广告！要脸有脸，要身材有身材的！"

周承诀面无表情地扫了他一眼，没搭理。

严序索性看向岑西，一通夸："拍得非常好，你这摄影技术，可以去参赛了，就拿我这张照片去投稿！"

严序说话的声音有些大，一下吸引了周围几个正在拍照的男生。

一帮人都是林诗琪约来的，虽说是艺术班和体育班那边的，和火箭班的几个人还不怎么熟悉，但大家都是南高的，这趟又是一块儿出来玩，听严序夸得天花乱坠，低头看了眼几个哥们儿刚刚拍出来的辣眼睛的杰作，忙拿着手机追到岑西面前。

"同学你好啊，请问现在有空吗？"打头的男生亲和有礼貌，"能帮我们几个也拍两张吗？"

"对啊，都是一起出来玩的，正好认识一下。"另一个男生笑着说，"我叫林哲，他叫王烁。你呢？"

"好啊。"对于别人合理的请求，岑西几乎很少拒绝，"我叫——"

正想上前将对方的手机接过，女孩只觉得手腕上冷不丁多了股力道，一下将她往身后扯了两小步，打断了她的自我介绍。

而后就见原本还站在她后面的周承诀，眨眼间已经挡在了几个男生面前："她没空，我帮你们拍，来，手机拿来。"

几分钟之后，林诗琪约的人全部到齐了。她不知从哪儿掏出来一面小旗子，冲众人挥了挥："都到了吧，那走吧。我让我爸妈派了游览车，车比较大，开不进巷子，咱们走到巷口去坐吧！"

林诗琪嗓音大，曲年年她们几个女生也帮忙一块儿喊了人，一堆人马很快井然有序地凑成几排。

男生们拎行李，女生们手挽手，爱心树在众人身后慢慢变得模糊时，古巷坊间的准点定时广播恰好响起。

一阵悠扬舒缓的钢琴曲过后，来自景区工作人员的语音播报缓缓在耳畔回荡。

——"此去经年，往后山高路远，南嘉市坊间古巷祝愿大家，前程似锦，一路繁花，日月永安，年年岁岁常相见。"

李佳舒抱着岑西的手臂："啊啊啊，以前常来，总听这广播，也没觉得有什么，今天听起来莫名好想哭啊！"

一旁严序两手提了六个箱子，嘴上仍旧没闲着，"哼哼"两声开始讨打："你还是多读点书吧，不然以后再听到这种句子，还是只知道说'啊啊啊，好想哭啊'。"

李佳舒也不顾严序手上提了那么多东西，朝他脑袋上"咣咣"就是两下。

岑西忍不住低声笑了笑，而后下意识转过头，抬眸看向身旁同样两手拎满东西的周承诀。

少年似是察觉到了她的目光，垂眸睨她："怎么了？"

岑西眨了下眼："你有什么感触吗？"

周承诀眉梢微微抬起，以为她要和自己聊点什么特别的，结果下一秒就听见身旁小姑娘一本正经道："可以写个八百字的作文交给我，我帮你改。"

周承诀听得无语。

林诗琪家派过来的游览车是景区专用的那种，只有个遮阳的顶，四周都不密封，便于随时下车，也能最大程度观赏到四周的美景。

女孩子们没拿行李，林诗琪便安排她们率先上车挑座位。

李佳舒本来是想和岑西坐的，结果被严序一脸看傻子的表情直接扯走，坐到了他边上。

这趟出来一块儿玩的人都挺热情友好的，岑西倒是无所谓和谁坐。

随意在前排找了个空座坐下后，很快有个男生走到了她面前。

"你好，我能坐你边上吗？正好可以认识一下。"男生笑容温和。

岑西闻声抬眸看向他，认出来是刚才叫自己帮忙拍照，却被周承诀中途截胡的那位，欣然点了点头："好呀，你是叫，林哲？"

他刚刚自我介绍过。

"对对对，你记性真好，这都能记得住。"男生笑容越发灿烂，"你呢？"

"我叫岑——"

女孩清甜的嗓音刚刚响起，仍旧还没来得及把自我介绍说完，就见周承诀从车前门上来，理所当然地走到了两人跟前，眉头微拧："没给我留个座？"

他在问岑西。

女孩有些意外地张了张嘴："啊，那个，后面还有很多座位。"

她说完，忙朝林诗琪的方向指了指，也不知是为什么，心跳没来由地加速。

周承诀沉着张脸，朝她示意的方向看去，就见林诗琪坐在游览车靠后的位置，正热情地冲他招着手，而后指了指自己身边的位置："这里，还有座位，快来。"

周承诀深吸一口气，敛起不悦的神色，微俯下身冲岑西边上的男生礼貌地请求道："哥们儿，不好意思，我有点晕车，能和你换个座吗？我想坐靠前一点。"

正扒拉着手机屏幕给岑西看自己刚刚拍的照片的林哲闻言，手上动作忽地一顿，下意识地探头看了眼前排，心想前面不是还有几个空位吗？

不过眼前这位哥都发话了，表情看起来还有点不太好惹的样子，男生也没犹豫，笑着点点头后，很快从岑西身边起身，将位置让给了他。

后排林诗琪招手的动作悬停在空中，林哲扫了眼，索性朝那方向走，最后坐到了她身旁："老妹儿，哥来陪你吧。"

两人是堂兄妹，从小到大凑在一块儿也没少嫌弃对方，林诗琪幼稚地朝他哼了两下，低声问："你怎么过来了？"

林哲两手一摊："你周哥说晕车，我有啥办法？"

林诗琪诧异地往四周全透风的游览车扫了眼："这种车还能晕啊……"

"算了，那我过去。"林诗琪说，"你自己在这儿待着吧。"

说完，她起身快速往前排走，到了周承诀跟前时，忙冲岑西眨了几下眼睛。岑西接收到她的小动作，心下了然。

她没忘记这趟出游本就是沾了光，顺带的，更没忘记林诗琪的初衷。

小姑娘抿着唇，动作利落地从座位上站起来，也没管周承诀问她干吗，脚下生风头也不回地去了后排。

几番折腾，林诗琪还是如愿坐到了周承诀身边。

女孩脸上洋溢着兴奋又羞涩的笑，正准备找个话题和周承诀聊上几句时，没想到身旁少年竟然先她一步开了口。

"正好，本来我还想找个机会单独和你说的。"周承诀从裤兜里掏出手机，没什么表情道，"你的收款码给我一下。"

林诗琪一时没反应过来："啊？"

"收款码。"周承诀重复一句。

"噢，好。"林诗琪不知道他想干什么，但是心动对象的要求，她很难拒绝，当即听话照做。

而后就听见"嘀"的一声，林诗琪那边显示到账了一笔款项。

她点开一看，被高昂的金额吓了一跳："你、你干吗呀？"

"我很抱歉。"周承诀礼貌地同她解释，"那天岑西给你回的消息，是我发的，我抢了她的手机。"

"什么意思啊？"林诗琪这会儿很蒙。

"因为一些不太好对外说的原因，她急需用钱，但是又不愿意找我们借，觉得我们是同情她，所以我只能借这个方法，把钱给她。"周承诀道歉的态度十分诚恳，"对不起啊同学，这个确实是我的问题，这趟度假村的钱肯定不能让你家来出，我请客赔罪，包括你给岑西的那两千多块钱，我也先替她还给你。还请你帮帮忙，不要和她提。"

林诗琪愣怔了半晌，花了几分钟将思路捋顺。

林诗琪也是个聪明人，在捋清来龙去脉之后，很快懂了周承诀的意思。

她难得这么喜欢一个人，说不失落肯定是骗人的，不过仔细回想一下这么长时间，大家的相处细节，很快又觉得这个结果似乎才是最合理的。

林诗琪沉默了片刻，再看向周承诀时，眼神已经和方才不太一样了："所以，你对她有好感吧？"

周承诀没有否认："总之她并不知情，拜托你别把这事怪在她身上，要怪就怪我头上。"

"哎呀，什么怪来怪去的，她是我朋友，本身我让她帮这个忙，就挺为难她的，也是趁着她缺钱的机会，这个是我的问题。"林诗琪摆摆手，她先前也是被美色蒙蔽了感知能力，这会儿清醒了再回想起来，周承诀对岑西的偏心确实很明显。

"那两千块钱就当是我借她救急的吧，我给你转回去，她是我朋友，我借给她也没什么的。"林诗琪说着，便要把那部分钱给周承诀转回去。

少年当即开口："不用了，她欠我的就行，不用欠别人的。"

不得了。

林诗琪眉梢抬了抬，有些意外居然能从周承诀嘴里听见这种话。

小姑娘当即忍着笑，故意打趣他一句："你放心吧，我不会怪她的，我现在对她的兴趣比对你的兴趣大得多。"

周承诀也不再和她多聊："走了，谢谢。"

把事情解释清楚，把钱给完之后，他起身径直朝岑西的方向走去。

穿过游览车中间狭窄的过道，周承诀再次在车厢后排，岑西身旁的林哲面前停下脚步，语气同样如先前一般礼貌客气："哥们儿，跟你商量个事，能再换个位置吗？"

林哲傻眼了："诀哥，你刚刚不是说怕晕车吗？"

周承诀脸不红心不跳一本正经道："噢，是，不过我刚刚突然想起来，我这个人体质比较特殊，坐前排容易晕车，所以还是换到后排比较好。"

林哲和岑西都听得无语。

周承诀："麻烦了，谢谢兄弟。"

2

周承诀态度诚恳，语气又礼貌，让人实在难以拒绝，都是一块儿出来玩的，大家开开心心最重要。

林哲作为这次旅行发起者的堂哥，也算是半个东道主，自然得主动照顾其他人的情绪，听周承诀这么说，虽然觉得匪夷所思，但还是爽快同意了他的换座请求，动作麻利地从座位上站了起来。

离开前，他像是突然想起什么，点开自己的微信二维码递到岑西面前，笑着说："那个，刚刚照片还没给你看完呢，咱俩加个微信吧，我一会儿发给你。"

岑西闻言忙乖巧地点了点头，正准备掏出手机时，一旁的周承诀直接先她一步，用手机扫了男生的二维码。

"她手机没电了，"少年嗓音微沉，仍旧听不出太多情绪，淡定地给林哲发送了好友申请后，才又继续道，"你加我的吧，照片发我这儿，一会儿我给她看。"

林哲举着手机，愣了好一会儿，回过神来后，讪笑着收回手："也行，也行，那我发你。"

说罢，他也没再多逗留，转身走向前排。

周承诀将人打发走，瞥了眼正在查看自己手机电量的岑西，黑着脸在她身旁的位置坐下。

耳边很快响起女孩轻浅的嗓音："我手机电量挺多的呀……还有百分之八十。"

周承诀冷哼一声："谁能有你的电多？"

"看着多，等会儿游览车越往山上开，海拔越高气温越低，电耗得就越厉害了，随时都有可能自动关机。"周承诀又补了一句，"百分之八十，根本不够用，省着点玩，尤其加微信这种事，太费电了，所以别到处和不认识的人加微信。"

"这样啊。"岑西点点头，她用手机的时间不长，了解不多，对周承诀的话没有半点怀疑。

说话间，周承诀的手机连着振动了好几下。

岑西见他反扣着手机，没半点反应，忍不住用手肘碰了碰他胳膊。

周承诀正沉着脸闭目养神，手臂被她戳了几下，知道她是想看照片，可就是不愿意给："别动我，晕车。"

岑西老实地收回手，周承诀的手机仍旧在振个不停。

片刻后，他轻叹一口气，睁眼将手机锁屏解开，直接将其丢进岑西怀里。

女孩接过手机，没再打扰他，点开他的微信，安安静静地看起了林哲发来的照片。

周承诀在边上又睡了三秒钟，终于还是坐不住了，支起身来，有意无意朝岑西那边瞥过去，不咸不淡地问一句："什么照片没见过啊，值得你们这样传来传去地看？"

岑西这会儿看得正专心，没仔细听他问了什么，也没反应。

少年"啧"了声，偏头凑过去："这是什么？"

"噢。"岑西随手点开一张大图给他看，"林哲说他家里也养了两只狗，很可爱，拍了很多照片。"

周承诀冷哼一声："小'过来'还不够你看？"

岑西没答话。

"至于在这儿看别人家的狗？"周承诀又说。

岑西有些莫名。

"你对得起小'过来'吗？"周承诀继续问。

岑西继续沉默。

"回去我就把这事跟它说。"周承诀瞥了她一眼，"你就等着吧。"

岑西莫名觉得还真有些心虚起来，剩下的几张照片也没什么心思再仔细看了，手指快速地划拉几下屏幕，大致将后续那些小图扫了一遍后，按下锁屏，将手机小心翼翼地塞回周承诀的口袋里。

这会儿他已经靠回自己的椅背上，重新闭上眼了，然而岑西的小动作还是难逃他的注意力。

少年微沉的低嗓很快在她耳边响起，仍旧没睁眼，只维持着闭目养神的姿势随口问："不看了？"

"不看了。"岑西老实巴交地回。

"怕小'过来'知道你在外面看别的狗了是吧？"

岑西点点头："嗯……"

"还算你有点良心。"周承诀一本正经道，"那这事我暂时替你兜着，回去就不和小'过来'说了。"

"谢谢你。"

“小事。”

小群里，严序、李佳舒两人正在招呼大家组队打游戏。

严序、毛林浩几个对段位还挺在意的，觉得要打就得拉上周承诀才保险，便疯狂在群里艾特他。

见没回复，严序又私聊了他几条。

等了几秒钟，还是没等到周承诀的消息，严序坐不住了，直接从前排探出半个脑袋来，朝周承诀喊了声：“诀，看群，打游戏吗？”

周承诀被喊烦了，手指拧了拧眉心，开口敷衍了句：“不打，卸载了。”

“度假村在山顶，上山的路还挺长的，照游览车这速度，估计得开个一两个小时。”周承诀回完严序，又重新坐起身来看向身旁无所事事，却又害怕没电不敢掏出手机的岑西，“无聊吗？”

女孩眨眨眼：“还行，稍微有一点，不过可以看看风景。”

“上山的这段路没怎么开发，周围全是树，也没别的可看。”周承诀掏出手机问她，“打游戏吗？之前我教你玩的那个。”

岑西刚想点头，又想起来他刚刚的话：“你不是说卸载了吗？”

“又下回来了。”周承诀回答得脸不红心不跳，“玩吗？”

岑西仍旧有些犹豫：“会不会没电啊？打游戏好像很费电的，你手机电量好像只剩百分之三十了。”

他昨晚忘了充电，今早出门才发现，不过也没在意。

周承诀一本正经地同她说：“早上出门的时候刚充满的，刚刚加了个微信好友耗了百分之六十，所以我说让你省着点用，别随便瞎加人好友。”

“不过玩游戏不怎么费电，随便玩，能撑到酒店。”周承诀又问了一回，“玩吗？”

“玩。”岑西放心了，又随口问了句，“那要拉上严序他们吗？他们刚刚好像叫你一起打。”

“不用了，我这个人有点社恐，”周承诀说，“人多了我害怕。”

南嘉的秋日，气温降得厉害，几乎一天一个样。

祈留山庄又坐落在南嘉最高的山顶，最顶上甚至已经积了点小雪，如周承诀方才所说的那般，游览车越往山上开，气温便越低，车子才开到半山腰的时候，车上不少人已经开始打起冷战，又碍于行李箱在上车前统一放在了车子下方的厢内，一时半会儿没法去取，只能忍忍。

岑西和周承诀打了一路游戏，注意力全在游戏上，再加上她平时也冻惯了，倒没觉得太难挨，只无意识地吸了吸鼻子。

结果就见游戏里原本还跟在她身边替她一块儿打红 Buff 的辅助，突然一动不动站在原地。

下一秒，身边响起少年窸窸窣窣脱外套的动静，片刻后，那件还带着他体温的外套就这么堂而皇之出现在了岑西身上。

"喂，你不冷吗？"岑西反应过来，也赶忙放下手机，打算把外套还给他，"你自己穿吧，我比较抗冻。"

周承诀没顾得上她的拒绝，低着头正仔细地给她扣拉链，一言不发地将拉链拉至顶端后，又顺手替她把帽子扣上。

小姑娘半张脸都被包裹在宽大的帽檐下，浑身当即暖和了不少。

"你——"

"打游戏专心点。"

岑西刚想说话，却被周承诀一句话又堵了回去。

等一局游戏结束，车子也正好到达祈留山庄门口了。

车上一众人打着哆嗦下车，唯有岑西被周承诀裹得严严实实，半点没察觉到冷，甚至因为车停了，没有了流动的风，还微微觉得有些热，随手将拉链拉到了胸口的位置。

周承诀穿着个短袖便下车和严序他们一块儿搬行李箱去了。

岑西见状也忙跟下车，凑到他身旁打算一块儿帮忙扛点东西。

"那两箱给我吧，我拿进去。"她说着便要上手。

周承诀听到熟悉的嗓音，手上动作一顿，偏头朝声音的方向看去。

见是岑西，他注意力很快被她衣服上的拉链吸引，眉心微拧了拧，而后随意放下手里的两箱东西，朝她伸出手去，捏住那拉链，又替她一把将拉链拉回顶端，随后才沉声开口："你先进去，别来凑热闹，外面冷。"

"你都没穿外套。"

"先进去，别耽误时间，我们很快。"周承诀没有要跟她商量的意思。

岑西张了张嘴，没说什么，临走前还是随手帮忙扛了两箱东西。

待她进入到山庄大堂时，李佳舒她们已经分发好房卡。

两人一间，早在几天前，群里就已经商量好了人员搭配。

见岑西进来，李佳舒忙朝她招了招手："西，这儿，快来，我和你睡一间。"

"好。"岑西自然没有异议，微笑着朝她们小跑过去。

几人搭乘电梯，很快上到相应的楼层，找到各自的房间。

女孩子们一个比一个兴奋，饶是平时和父母出门旅游都去腻了，这回难得在没有父母的带领下，和同学一块儿出来，便觉得无比新鲜。

李佳舒推开房门，好奇心十足地把房间逛了一圈："哇！从房间看出去就能看到那个滑雪场哎！"

林诗琪闻声从隔壁跑过来，介绍道："对啊，夏天气温高的时候就是人工造雪，不过这阵子已经开始降温了，是自然雪，山顶气温比较低嘛。明后天我们都可以过去玩！而且滑雪场旁边还能扎帐篷露营烧烤。"

"别说了，我现在立刻就想直接飞过去。"江乔嚷嚷着，几个小姑娘一块儿扒在阳台上叽叽喳喳。

拎行李的男生们陆续也上来了。

说到行李，就数李佳舒一个人带得最多，足足有六箱，全靠严序一个人替她管。

这会儿几个女生已经边聊天，边吃起了山庄送上来的水果盘，结果没一会儿，就见严序拖着两个大箱子进了屋。

"李佳舒，老子迟早掐死你。"他骂归骂，但也只能任劳任怨。

来来回回拖了三趟，才将李佳舒的行李箱全数替她弄到房间门口。

岑西见状上前将那六个行李箱拉进房间，整整齐齐摆放归位。

才刚忙活完，丢在床上的手机振动。

她走到床边，将手机拿起来看了眼，是周承诀发来的消息。

zcj：2406，房号，过来一趟。

橙 c：现在吗？

zcj：嗯，正好严序不在。

3

岑西看完周承诀发来的最后一条消息，莫名有种心虚的感觉。

她忙将手机锁屏塞回口袋里，悄悄朝屋内打量了眼。

这会儿女生们几乎全部聚集在这个房间里聊天、吃东西，严序刚刚上上下下、来来回回替李佳舒扛了六箱行李过来，此刻也没有立刻回去，光明正大地直接仰躺在李佳舒那张床上休息。

他一边无所事事地刷着手机，一边听着女生们叽叽喳喳，偶尔还会插两句嘴，再被李佳舒毫不留情、劈头盖脸地骂几句。

看样子，一时半会儿确实不会回自己房间。

岑西拿出手机，给周承诀回了句"好"，也没出声打扰他们，悄无声息地出了房间，按照周承诀发来的房号找了过去。

房门是虚掩着的，透过门缝，隐约还能听见周承诀在里面趿着拖鞋，随意走来走去的熟悉的脚步声。

虽然知道应该只有他一个人在里面，但岑西还是礼貌地敲了两下房门。

周承诀听见敲门声，很快走过来，随手将门开了，见来人是岑西，十分自然地侧过身，给她让出个进门的过道，淡声道："进来。"

"你找我有什么事吗？"岑西几步走进房间，而后便听到身后传来关门的声响。

她下意识回过头看向周承诀，就见他不仅落了锁，还顺带把防盗链都给挂上了。

"你，干吗啊……"岑西不自觉紧了紧手心。

少年回过身，对上她不自然的表情，莫名觉得好笑，并且没怎么忍，低低地轻笑了声："你紧张什么？"

周承诀不紧不慢地朝她的方向走过去，经过女孩身边时，随手探到她后脑勺上揉了两下，整个动作熟练得不得了："过来。"

岑西听话地跟在他身后，两人一块儿走到衣柜前。

周承诀打开柜门，从里头将自己那个不久前才刚刚放进去的行李箱重新拖出来，随意倒放到地上打开。

岑西对这个行李箱是有印象的。

早上出门前，她见周承诀大包小包地带东西，心里还莫名有那么些不是滋味。

此刻见他将箱子整个打开敞在她面前，不经意扫了眼里头装的东西，微微诧异不明所以地抬眸看向他。

"我查过了，这家度假村比较出名的项目就是他们那个滑雪场，这几天山顶的气温又正好不需要人工降雪，这个项目肯定是大家必定会去的了。"周承诀朝行李箱里的滑雪装备抬了抬下巴，示意岑西，"给你带了套滑雪服，你试一下看看合不合适？我已经上锁了，没别人能进来。"

"我……"岑西刚吐出一个字，周承诀就知道她大概率想说什么。

对于这姑娘的拒绝和客气，他现在几乎已经可以做到熟练无视，并且飞速打断。

没等她把话说完，少年便已经先她一步俯下身去，替她将那浅粉搭配着墨色的滑雪服从行李箱中拿了出来。

周承诀将手中的套装抖了两下，让衣服显得更加整洁些，而后朝洗手间的方向，又抬了抬下巴，将衣服递到岑西手上："去，去试。"

"别在我这儿一口一句不要的。"周承诀已经上手直接将人往洗手间拎了，"女孩说不要就是要。"

岑西腹诽：语文四十三分，阅读理解能力还挺强。

周承诀的语气平静无波，却难掩坚决的态度，强势中还带着一点点霸道，让岑西压根儿没敢再开口拒绝。

她只能听话地进了洗手间，动作利落地将滑雪服换好走出来。

除了军训服和校服，她印象中还从没穿过什么新衣服，更别说是这种一眼看上去便知道肯定不便宜的漂亮衣服。

岑西出来时，没来由地有些害臊，双手不自觉地紧攥衣摆，小脑袋耷拉着，没好意思抬头看他，更不敢开口询问他的意见。

周承诀原本还懒洋洋地靠坐在沙发上，见她出来，站起身来，走上前去，将她紧攥着衣摆的手松开，十分自然地替她从领口到衣角再到裤腿，一一调整到最好的状态，随后才往后退了两步，目光在她全身上下打量了几眼，开口评价道："好看。"

周承诀这人的词汇量本就匮乏得要命，更别提这辈子还没怎么夸过女生，想了半天也就只能挤出这么个平平无奇的词来。

不过，虽然夸人的话相当没水平，但想夸她的心是真真切切的。

他想了想，又憋出几个字来："真的好看！"

岑西忍了几秒钟，终于还是被他最后四个字惹得破了功，忍不住弯着眉眼笑出声来。

"会太大吗？"周承诀绕着她前前后后转了圈，"不过大点应该没事，到时候雪场气温肯定比这儿还低，去之前必须得再多穿两件衣服在里面，肯定不能像你现在这样，就穿这么点。"

岑西点点头："尺寸刚刚好。"

"抬抬手，腿也动一动，"周承诀仔细地替她检查着细节，"看看动作会不会受影响？"

岑西听话照做，摇摇头反馈："不会，都很好。"

周承诀"嗯"了声，又不放心地再问了句："有没有什么不舒服的地方？"

"没有，已经很好了。"

周承诀满意地点点头，又回到行李箱前继续往外掏东西。

岑西被他安排着穿穿脱脱，试了将近半小时的衣服鞋袜，才终于将那一箱子东西差不多试完。

也就是这个时候她才意识到，周承诀那大包小包里装的东西，好像几乎都是替她准备的，他自己都没带多少。

"行了，应该都试完了，有哪件觉得穿得不太舒服吗？"周承诀一边将她换下来的衣服整齐叠好收回行李箱中，一边说，"有不舒服的要说，我让酒店的人帮忙改。"

"没有。"每一件都恰好特别合适。

"那行。"周承诀动作利落地将东西全数收回行李箱中，把那几件属于他自己的挑出来之后，拉上拉链，将箱子从地上立起来，把拉杆交到岑西手上，"那直接拉走吧，这里面的都是你的了，我的已经拿出来了。"

岑西张了张嘴，还没开口说话，便又听周承诀说："都是女款，你不要我也穿不了。"

"拿走，听话。"周承诀懒洋洋地掀了掀眼皮，"还是说，你不舍得走，要在这儿多待一会儿？"

这招对岑西屡试不爽，周承诀这话一出，小姑娘当即抓住拉杆，火速转身逃离房间。

少年拳头抵住嘴角，轻笑了两声，这才不紧不慢地将挑出来的几件自己的衣服，一件件挂到衣柜里。

岑西回到房间时，李佳舒他们正激烈地讨论着烧烤、露营的时候，大家要怎么分工合作。

度假村里虽然食材、设备都充足，但是为了让游客们有更多的参与感和体验感，会将各种各样的东西分散放置在半个山头，需要大家自行前往寻找。

不过毕竟是在山上，为了安全起见，最好要两人一组，路上互相能有个照应。

曲年年原本提议说，直接按照房间安排，同房的一组就好了。

结果男生那边纷纷表示好不容易出来玩一趟，两个大男人睡一屋也就算了，连组队都得男女分开，这还有什么意思，不如回家刷题。

李佳舒、江乔她们也都表示认可，最终几个女生将这趟一块儿出来玩的人全数召集到桌游室去，提议分组情况按照抽签决定。

这提议一出，大家纷纷表示认可。

周承诀姗姗来迟，进门后便直接坐到岑西边上，随手拿起桌上的橘子有一搭没一搭地开始剥皮，剥完掰下一半，一声不吭地塞到岑西手里。

同张桌子的严序见状，贱兮兮地朝周承诀撒娇："哥们儿，我也想吃。"

周承诀面不改色地将手里的橘子皮往他面前丢了过去："自己没手？"

严序"啧"了声，注意力很快被不远处正讨论着该怎么弄抽签桶的李佳舒吸引过去。

周承诀闲着没事，又拿了个橘子开始剥，边剥边状似不经意地问了岑西一句："一会儿想抽到谁？"

"都行吧。"岑西没去想这个。

周承诀冷哼一声："就没有那种，特别想组队的人？"

"我不想抽。"岑西摇摇头，"我运气总是不好，抽签抽到的永远是最差的签，抽奖就永远是谢谢惠顾。"

她从出生开始就拿了一手最烂的牌，对这类活动，早就没有任何期待。

"剩下是谁就是谁吧，只要对方不嫌弃我。"岑西浅淡地扯了下嘴角。

说话间，周承诀正好剥完一个橘子，他随手将整个剥完的橘子再次塞进岑西手里，而后站起身，不紧不慢地朝李佳舒走去。

"弄个抽签桶都要弄半天？"周承诀走到李佳舒身侧，随口吐槽。

李佳舒这会儿正忙着写每个人的名字，周承诀难得勤快地在她边上，替她将写好的人名一张张折好丢进抽签桶里。

几分钟之后，李佳舒抱着弄好的抽签桶，按照就近原则挨个让大家抽取。

有人欢喜有人忧。

前一秒刚有体育班那边一个暗恋曲年年的男生，在抽到曲年年的名字后狂喜乱叫，下一秒便有男生抽到同班男生，委屈地号着凭什么出来露个营还得和臭男人搭伙，互相吐槽嫌弃。

一圈人已经抽得差不多了，岑西迟迟没被叫到名字。

小姑娘脸上的笑容浅淡，似乎对这样的结果毫不意外。

她从来都是被剩下的那个。

周承诀瞥了眼她的表情，似是知道她心中所想，冷不丁冒出一句与他文采毫不相符的句子来："别瞎想，很多时候，留到最后的，才是最好的。"

李佳舒终于抱着抽签桶走到严序面前。

严序满不在意地将手往桶里探，原本还没什么表情，等捞了一大圈后，下意识看向周承诀，冲他挑了挑眉梢。

少年接收到他异样的眼神，面不改色地替岑西又剥了个葡萄。

那桶里只剩最后一张纸了。

严序佯装挑选，捞了老半天，最后在李佳舒的暴躁催促下，才慢悠悠地将纸抽出来："你，不用看了。"

李佳舒不信："你快点看。"

严序"啧"了声，随手将纸摊开来到她面前："看清楚了吧？"

这下李佳舒信了，她看向岑西："西，只剩你和周承诀还没抽了，那肯定是你俩组队了，就不用再抽了吧。"

岑西点点头，偏头看向身旁一脸淡定的周承诀，就见他摊了摊手，微勾了下嘴角："看吧，天意。"

4

正如周承诀所说，这样的抽签结果于岑西而言，无疑是最好的。

这么多人当中，她和周承诀的接触和相处是最多的，两人之间在很多事情上都曾默契配合过。

岑西懂的东西很多，会干的活也多，过去的大多数时候，她和其他人在一块儿，往往都是以她照顾人为主，能解决的事，能帮的忙，只要她有能力做到，她都乐此不疲地包揽。

而只有和周承诀在一起的时候，她才常常是被照顾的那一个。

周承诀这个人，虽也是个含着金汤匙出生的大少爷，可照顾起人来从不含糊，心思很细，耐心也足，对每件事考虑得都较为周全。

有他在的时候，似乎所有事情都不必她去操心和忧虑，他总能早早替她想到，再提前帮她做好。

然而大概是成长经历所养成的性格使然，岑西从小便是个配得感很低的人。

她可以毫无保留地对其他人提供力所能及的帮助，施以最大的善意，不擅长拒绝别人的请求，却最习惯于拒绝旁人对自己的好，哪怕只有一丁点，她都觉得自己好像不配得到。

没有安全感，容易患得患失，那不如一开始就一点都不要。

这样的习惯，在周承诀面前曾破过好几次功。

最开始的几回，岑西拒绝得倒还挺干脆熟练，后来大概是次数多了，周承诀也很快摸清她的性子，提供帮助和释放好意越发明显和强势，甚至霸道得根本不给她一丝一毫婉拒的空间。

这种感觉太容易让人上瘾，潜移默化让人接受，甚至变得贪婪和欲罢不能。

冷静下来回想，岑西忍不住心虚。

她想不出任何合理的理由去说服自己无条件接受。

一想到林诗琪给自己的两千多块钱，对这个抽签结果，她便更加高兴不起来了。

周承诀眼神就没从岑西脸上挪开过，见她面色沉下来，表情不太对劲，忍不住伸手又捏了捏她脸颊，轻声问："想什么？"

岑西一下从自己的思绪中挣脱出来，心跳因为他这习惯性动作而控制不住漏了一拍。

女孩下意识地用手在他刚刚掐过的脸颊处扫了扫。

这个不加掩饰的小动作尽收少年眼底。

周承诀眉梢挑了挑，轻哼一声："什么意思，嫌弃我？"

他垂眸瞧了眼自己的手，又补充了句："干净的，虽然刚剥过葡萄，但是我用纸巾擦过了。"

岑西的睫毛轻扇了两下，没敢看向他，只摇了摇头，也没多说什么。

周承诀只觉得她状态不太对，但又没搞明白是什么缘由。

他收回眼神，细想了一会儿，觉得这突然的变化似乎是出现在抽签之后。

少年重新看向身旁的姑娘，眼神睨着她打量了一会儿，正打算说些什么，却一下被几桌开外站着的李佳舒直接打断。

抽完签分完组，接下来就该讨论各小组的基础物资分配问题了。

基础物资分配是滑雪场那边设置的一个稍微带点趣味性的福利环节，为了避免大家拿到的东西都一样，没了新鲜感也没了另外在山上寻找探索的干劲，他们按照不同等级设置了不同奖项由大家进行抽取，以便于随机分配不同品质的物资。

这事本来应该是在滑雪结束后再考虑的。

但由于这趟一块儿出来的人比较多，正好这会儿全员都在场，不必再召集一次人员，李佳舒、林诗琪两人决定趁这个机会，把这件事也提前解决了。

不过滑雪场那边抽这个签的时候，用到的道具是大转盘，但山庄离滑雪场还有段距离，让人把转盘弄过来，显然不太现实，也没那个必要，李佳舒他们当即又凑在一块儿大声商量起这次抽签的形式和规则。

有人说："别和刚才一样，我抽到这哥们儿已经够晦气了。"

被点到名的人当即回怼："我也不想和你一组啊，谁不想和女生一块儿？我一想到一会儿滑雪还得和你手牵手，我前年的饭都要吐出来了。"

一屋子的人哄笑作一团。

"别担心，等会儿一定帮你们好好记录这个这么有纪念意义的时刻！"

"给他们拍下来，投学校的表白墙去。"

李佳舒这会儿被他们的笑闹声吵得没了思路，愁眉苦脸地下意识回到严序边上坐着，戳了戳他的手臂："你快点想，要怎么弄？"

"随便啊，又不是不能自己花钱，到最后，大家肯定都能吃上好东西，这么讲究干什么？"严序满不在意地抱着手机打游戏。

李佳舒这人对玩是非常认真的，并且极其注重仪式感，闻言当即往他头上招呼了一下："严序你这人真的很没意思！你以后要是找得到女朋友，我就出钱带她去周承诀干爸那儿看眼科。"

严序敷衍地"哼哼"两声，仍旧没抬头："看眼科干吗？"

"帮她看看是不是瞎！"

严序嗤笑一声："你兜里还有一百块吗？还看眼科。"

李佳舒瞪了他一眼。

严序仍旧专心致志地打着游戏，李佳舒快被他给气死了，正想伸手去他手机屏幕上乱点，自己的手机倒是振动了几下。

她满不在意地点开来，还没仔细看消息，光是看见那发消息的人，都忍不住睁圆了眼。

这位哥居然还会主动发消息给她？

她和周承诀加了这么多年微信，这种情况也屈指可数。

严序一场游戏打完的时候，李佳舒、林诗琪他们已经把第二轮的抽奖模式想好了，并且连道具都已经迅速赶制成功，这会儿正站在不远处的白板前，有模有样地拿着扩音器和小喇叭制造气氛。

"来来来，经过我们的冥思苦想，这回抽奖肯定比刚才的抽签更完善了！"李佳舒指了指桌上放置的十个抽奖桶，"每个桶里都有三十张字条，里面包含了一到三等奖不等，每桶含有的奖项数量也不等，按照我们的小组个数，每个组基本上都至少有八九次抽奖机会呀。其中有一桶放置了特等奖，特等奖只有一张，单独放在一桶里。"

"听不懂！直接来吧！"体育班的倒霉蛋已经没了耐心，举手示意自己先来。

其他人也没什么意见，纷纷笑着让他上去给大家打个样。

他当即一个箭步冲到抽奖台前，伸手进去捞了许久，终于挑了个字条出来，打开来一瞧，兴奋了："三等奖三等奖！我居然能中！"

"那这桶还要抽吗？"底下有人问。

"抽，出现三等奖，就说明这桶里还有别的，得把三十张抽完为止。"林诗琪答。

场面当即热闹起来，一群人争先恐后跑上去抽，其实没人在意到底是什么奖品，为的不过是个新鲜刺激感。

岑西对此仍旧毫无兴趣，只安安静静地坐在原位，看着大家为抽中的奖项欢呼得意。

片刻后，周承诀轻敲了敲她的桌面："还不上去？再不去，我们俩今天就得饿肚子了。"

岑西的注意力被他拉了回来，犹豫片刻，小声同他说："我运气不太好，要不你还是别和我一组了？"

"你换个人吧。"她补充了句。

"换不了。"周承诀几乎是毫不犹豫地回绝了。

岑西垂下头："那今天你可能真的要和我一块儿挨饿了。"

"那可说不准。"周承诀抬眸看向她，"说来挺巧的，我这个人，运气正好还不错。"

岑西："那你去抽吧。"

女孩话音刚落，藏在桌下的手忽然被一个温暖的掌心包裹住。

岑西被吓了一跳，下意识地回过头看向身旁的少年，压低嗓音："你干吗……"

"你老说你运气不好，我运气正好又还不错，分你点，去试试。"周承诀朝不远处抬了抬下巴，"你去，我懒得去了。"

岑西紧张地往回抽手，可怎么也抵不过他的力道。

几秒过后，周承诀才似笑非笑地将她的手松开。

岑西压根儿没法继续在他面前坐着，也顾不上自己运气到底好不好，当即起身朝李佳舒的方向走去。

"这桶全抽完了，下一桶下一桶。"李佳舒一边催促林诗琪动作快点，一边朝岑西笑笑，"西西，你稍等会儿啊，哪想到这么刚好！"

说罢，林诗琪已经从桌下搬出第五桶，拆开桶面上的封条，朝岑西招了招手："快快快，祝你好运。"

女孩犹豫地朝洞口伸手，握住字条的一瞬间，不自觉地回过头看向周承诀。

周承诀的眼神就没从她身上离开过，两人四目相对，岑西手上动作一顿，随即放下字条，用刚刚被他牵过的那只手重新挑了张字条。

字条展开的一瞬间，岑西没敢自己看，下一秒，李佳舒的尖叫响彻在耳畔："五角星！是五角星！我的天，一抽即中！西！你是什么幸运女神降临！特等奖！全场！唯一！特等奖！啊啊啊！"

在后边排队的人问："那这桶是不是不用抽了？"

林诗琪回答："对对对，下一桶下一桶，特等奖是单独一桶的，三十分之一的概率，抽完剩下的里面也没放普通的。"

岑西整个人都蒙了，捏着画着五角星的字条回到位置上的时候，还保持着呆呆的状态，有些不敢相信。

周承诀觉得有些好笑，伸手在她面前打了个响指："喂。"

"嗯？"岑西回过神来看向他。

"厉害啊！"周承诀勾了勾唇，"托我们西西的福，我不用饿肚子了。"

毛林浩就坐在不远处，听到周承诀这么说，忍不住扯着嗓子调侃一句："诀哥，我真看不下去了，你就这么坐在这儿一动不动的，就吃上我们语文课代表的软饭了？"

"嗯。"周承诀懒洋洋地应了句，一点没有不好意思，还挑衅地冲他扬了扬眉梢，"就喜欢吃软饭，谁让你没遇上运气这么好的队友。"

毛林浩快被他给气死了："请客请客！看不下去了！要我说，语文课代表和数学课代表是最般配的，西姐，要不你抛弃他，和我组队得了？"

"滚。"周承诀一记冷眼当即扫过去，凉凉地嘲讽，"数学课代表拿什么和班长比？"

约莫过了二十来分钟，整场抽奖可以说是圆满结束，由于抽奖机会多，大多数组都或多或少抽到了点东西。

再加上周承诀最后大方地放话说要自掏腰包给大家再添点好吃的，在场的所有人几乎都对这次抽奖活动表示相当满意。

一帮人一边聊天一边出了桌游室，个个都喜笑颜开地回房间换装备去了。

严序慢悠悠地打完手里一把游戏时，桌游室内基本上已经不剩什么人了。

李佳舒站在门口催他快点走。

严序不紧不慢地起身，漫不经心地走到抽奖台边上，从桌下拿出那个唯一没继续往下抽的桶，将里头的字条一张接一张地往外掏，再逐张展开。

一张五角星。

又一张五角星。

还是五角星。

全是五角星。

呵，他就知道。

- 第一部完 -

DOULE YIGE QUAN